W0393658

LUNDI MÉLANCOLIE

Le jour où les enfants disparaissent

DU MÊME AUTEUR

Sourire en coin, 2005, Pocket 2007
Les Morsures du doute, 2006, Pocket 2009
Aide-moi…, 2007, Pocket 2008
Charlie n'est pas rentrée, 2008, Pocket 2009
Jusqu'au dernier, 2009, Pocket 2010
Plus fort que le doute, 2010, Pocket 2011
Tous complices, 2011

NICCI FRENCH

LUNDI MÉLANCOLIE

Le jour où les enfants disparaissent

Traduit de l'anglais (Grande-Bretagne)
par Marianne Bertrand

Fleuve Noir

Titre original :
Blue Monday

Le Code de la propriété intellectuelle n'autorisant, aux termes de l'article L. 122-5, 2° et 3° a, d'une part, que les « copies ou reproductions strictement réservées à l'usage privé du copiste et non destinées à une utilisation collective » et, d'autre part, que les analyses et les courtes citations dans un but d'exemple ou d'illustration, « toute représentation ou reproduction intégrale ou partielle faite sans le consentement de l'auteur ou de ses ayants droit ou ayants cause est illicite » (art. L. 122-4).
Cette représentation ou reproduction, par quelque procédé que ce soit, constituerait donc une contrefaçon sanctionnée par les articles L. 335-2 et suivants du Code de la propriété intellectuelle.

Copyright © Joined-Up Writing, 2011
© 2012, Fleuve Noir, département d'Univers Poche,
pour la traduction française.

ISBN : 978-2-265-09077-4

Pour Edgar, Anna, Hadley et Molly

1987

Dans cette ville, il y avait plein de fantômes. Elle devait faire attention. Elle évitait les fentes entre les pavés, gambadant, sautillant, en posant les pieds sur les surfaces planes. Elle était devenue agile à ce jeu de marelle, depuis le temps. Elle le pratiquait chaque jour sur le chemin de l'école comme sur celui du retour, depuis aussi loin qu'elle s'en souvienne : au début, en tenant la main de sa mère, qu'elle traînait puis tirait brusquement en bondissant d'une zone sécurisée à la suivante, puis toute seule. Ne surtout pas marcher sur les fentes. Sinon quoi ?... Elle était sans doute trop vieille pour ce jeu désormais, neuf ans déjà, et dans quelques semaines elle en aurait dix, juste avant le début des vacances d'été. Ce qui nc l'empêchait pas d'y jouer, par habitude essentiellement, mais aussi parce qu'elle s'inquiétait de ce qui pourrait arriver si elle cessait.

Le passage qui venait posait une difficulté particulière : la dalle, complètement fêlée, formait une mosaïque irrégulière. Elle la traversa en prenant appui sur le petit îlot entre les lignes. Ses tresses dansèrent le long de ses joues moites, et sa lourde sacoche, remplie de livres et de son casse-croûte à moitié consommé, rebondit sur sa hanche. Derrière elle, elle entendait les pieds de Joanna lui emboîtant le pas. Elle ne se retourna pas. Sa petite sœur lambinait toujours à sa suite, ne manquait jamais de l'embêter. Et voilà qu'elle geignait maintenant : « Rosie ! Rosie, attends-moi ! »

— Ben, dépêche-toi, alors ! lança Rosie par-dessus son épaule.

Il y avait plusieurs personnes entre elles deux désormais, mais elle entraperçut quand même le visage de Joanna, rouge d'avoir trop chaud, sous sa frange brune. Elle avait l'air inquiète. Le bout de sa langue était posé sur sa lèvre, sous l'effet de la concentration. Son pied atterrit sur une fente et elle chancela lorsqu'elle en toucha une autre. Elle faisait ça tout le temps. C'était une enfant maladroite qui en mettait toujours à côté en mangeant, se cognait les orteils et marchait dans la crotte de chien. « Magne ! » répéta Rosie avec impatience, tout en se faufilant parmi les gens.

Il était 16 heures et le ciel était d'un bleu mat : le trottoir réverbérait la lumière et éblouissait la fillette. Elle tourna au coin en direction du magasin, et se retrouva soudain à l'ombre où elle ralentit son allure : le danger était passé. Les pavés laissaient place au goudron. Elle passa devant l'homme au visage grêlé assis sur le pas de la porte avec une boîte en fer-blanc posée à côté de lui. Il n'avait pas de lacets à ses chaussures. Elle s'efforça de ne pas le regarder. Elle n'aimait pas sa façon de sourire sans réellement sourire, comme son père parfois, quand il lui disait au revoir le dimanche. Aujourd'hui, on était lundi : c'était le lundi qu'il lui manquait le plus, quand elle se réveillait au seuil d'une nouvelle semaine tout en sachant qu'il était reparti. Où était Joanna ? Elle patienta, regardant les autres personnes circuler autour d'elle – un groupe de jeunes turbulents, une femme avec un foulard sur la tête et un grand sac, un homme avec une canne – et sa sœur, enfin, qui émergeait de la lumière aveuglante avant de se fondre dans l'ombre, silhouette maigrichonne au sac trop grand pour elle, aux genoux noueux et aux socquettes blanches sales. Ses cheveux lui collaient au front.

Rosie se détourna une fois de plus et se dirigea vers le marchand de journaux et de tabac qui vendait également des bonbons, réfléchissant à ce qu'elle allait acheter. Des Opal Fruits peut-être... ou alors des Maltesers, quoiqu'il fasse si chaud qu'ils auraient fondu le temps de rentrer. Joanna prendrait des lacets à la fraise et elle aurait la bouche barbouillée de rose. Hayley, qui était dans la classe de Rosie, se trouvait déjà dans la boutique. Les deux fillettes se plantèrent côte à côte face au comptoir pour choisir leurs bonbons. Des Opal Fruits, décida-t-elle, mais elle devait attendre, pour payer, qu'arrive Joanna. Elle jeta un coup d'œil vers la porte et, l'espace d'un instant, elle crut distinguer quelque chose – une masse indistincte, une illusion d'optique, quelque chose d'anormal, comme un miroitement dans l'air chaud. La seconde d'après, cela avait disparu. Le seuil était vide. Il n'y avait personne.

Elle râla haut et fort, tandis qu'elle entendit un crissement de pneus.

— Faut toujours que j'attende ma petite sœur.

— Ma pauvre, compatit Hayley.

— Un vrai bébé. Ça m'énerve !

Elle dit cela pour la forme, parce qu'il lui semblait que c'était quelque chose qu'elle se devait de dire. Il fallait avoir l'air de regarder ses petits frères et sœurs de haut et lever les yeux au ciel avec un sourire de dédain.

— J'imagine, renchérit Hayley.

— Où est-elle ?

Avec un soupir théâtral, Rosie reposa son sachet de bonbons et s'approcha de l'entrée pour regarder dehors. Des voitures passèrent devant elle. Une femme portant un sari, toute de rose et d'or vêtue, qui sentait bon, et ensuite trois garçons du collège qui se trouvaient plus loin dans la rue et chahutaient.

— Joanna ! Joanna, où es-tu ?

En entendant sa voix, haut perchée et furieuse, elle songea : *on dirait maman de mauvais poil.*

Hayley était à ses côtés, en train de mâchonner bruyamment son chewing-gum.

— Et alors, elle est passée où ?...

Une bulle rose surgit de sa bouche, qu'elle aspira de nouveau.

— Elle sait, pourtant, qu'elle est censée rester avec moi.

Rosie courut jusqu'à l'angle de la rue, là où elle avait aperçu Joanna la dernière fois et regarda autour d'elle, les yeux plissés. Elle la héla de nouveau, quand bien même sa voix était couverte par le bruit d'un camion. Peut-être avait-elle traversé la rue, avait-elle vu une amie sur le trottoir d'en face. C'était pourtant peu probable. Joanna était une petite fille obéissante. « Docile », disait d'elle leur mère.

Hayley surgit à ses côtés :

— Tu ne la trouves pas ?

— Elle est sans doute rentrée sans moi, répliqua Rosie qui feignait la nonchalance même si la panique se percevait dans sa voix.

— Bon ben, à plus, alors.

— À plus.

Elle s'efforça de marcher normalement, mais rien à faire. Son corps lui refusait le calme. Elle détala soudain de façon désordonnée, le cœur battant dans la poitrine, un vilain goût dans la bouche.

— Espèce d'idiote, répétait-elle sans fin. Je vais la tuer. Quand je la retrouve, je la...

Elle se sentait mal assurée sur ses jambes. Elle s'imagina en train de rattraper Joanna par ses épaules osseuses et de la secouer jusqu'à ce que sa tête en branle.

Arrivée. Une porte d'entrée bleue et une haie que l'on n'avait plus taillée depuis le départ de son père. Elle s'arrêta, prise d'une sensation légèrement nauséeuse, celle qu'elle avait quand elle allait avoir des ennuis pour une raison ou pour une autre. Elle actionna fort le heurtoir car la sonnette ne marchait plus. Patienta. *Faites qu'elle soit là, faites qu'elle soit là, faites qu'elle soit là.* La porte s'ouvrit et sa mère apparut, qui venait de rentrer du bureau et portait encore son manteau. Son regard embrassa Rosie puis tomba sur l'espace vacant à côté d'elle.

— Où est Joanna ?

Les mots restèrent en suspens dans les airs, entre elles. Rosie vit les traits de sa mère se figer.

— Rosie ? Où est Joanna ?

Elle entendit sa propre voix répondre :

— Elle était là ! C'est pas ma faute. J'ai cru qu'elle était rentrée toute seule.

Elle sentit qu'on lui saisissait la main, puis que sa mère et elle refaisaient au pas de course le trajet qu'elle venait d'emprunter, le long de la rue où elles habitaient, jusqu'à la confiserie où les enfants traînaient devant la porte, et au-delà, devant l'homme au visage grêlé et au sourire absent, avant de sortir de l'ombre à l'angle et de se retrouver éblouies. Leurs pas claquaient sur le pavé, un point de côté lui perçait les côtes, et elle franchissait les fentes sans marquer d'arrêts.

Tout du long elle entendit, couvrant le martèlement de son cœur et le sifflement asthmatique de sa respiration, sa mère appeler :

— Joanna ? Joanna ? Où es-tu, Joanna ?

Deborah Vine pressa un mouchoir contre ses lèvres comme pour empêcher les mots de se déverser. De l'autre côté de la fenêtre donnant sur l'arrière de la maison, l'agent de police apercevait une fillette menue, aux cheveux bruns, debout dans le petit jardin, parfaitement immobile, les mains le long du corps, une besace toujours accrochée sur l'épaule. Deborah Vine le dévisagea. Il attendait qu'elle réponde.

— Je ne sais pas au juste, dit-elle. 16 heures environ. Alors qu'elle rentrait de l'école primaire dans Audley Road. Je serais bien allée la chercher moi-même sauf qu'il m'est difficile d'y être à l'heure en rentrant du bureau – et de toute façon, elle était avec Rosie, il n'y a pas de rues à traverser, et j'ai cru que c'était sans danger. D'autres mères laissent leurs enfants rentrer tout seuls et il faut bien qu'ils apprennent, non ? Qu'ils apprennent à se débrouiller tout seuls. Rosie avait promis de la surveiller.

Elle prit une longue inspiration fébrile.

Il nota quelque chose dans son carnet. Il vérifia de nouveau l'âge qu'avait Joanna. Cinq ans, trois mois. Où l'avait-on vue pour la dernière fois ? Devant le marchand de tabac. Deborah ne se rappelait plus du nom. Elle pouvait les y emmener.

Le policier referma son calepin.

— Elle est sans doute chez une amie, dit-il. Mais auriez-vous une photo ? Une récente.

— Elle est petite pour son âge, répliqua Deborah.

Elle parvenait difficilement à aligner trois mots. L'agent dut se pencher en avant pour l'entendre.

— Une petite chose toute menue. Une gentille fille. Timide comme tout quand elle rencontre quelqu'un pour la première fois. Jamais elle ne s'en irait avec un étranger.

— Une photo, répéta-t-il.

Elle alla en chercher une. L'agent lança un nouveau coup d'œil à la fillette dans le jardin, aux traits pâles et interdits. Il faudrait qu'il lui parle, à moins que l'un de ses collègues ne le fasse. Une femme, ce serait mieux. Mais peut-être Joanna referait-elle surface avant que ce ne soit nécessaire, peut-être allait-elle débouler sans prévenir. Sans doute s'était-elle éloignée sans y prendre garde avec une amie, et jouait-elle avec les joujoux de toutes les filles de cinq ans : une poupée, des crayons, un service à thé ou un diadème. Il contempla la photo que lui remettait Deborah Vine, montrant une fillette à la chevelure brune comme celle de sa sœur, au visage étroit. Une dent ébréchée, une frange lourde, un sourire dont on aurait dit qu'elle avait relevé les coins de sa bouche quand le photographe lui avait demandé de dire « ouistitiii ! ».

— Avez-vous parlé à votre mari ?

Son visage fut traversé d'un tic.

— Richard... mon... je veux dire, leur père... ne vit plus avec nous.

Puis, comme si elle ne pouvait s'en empêcher, elle ajouta :

— Il nous a quittées pour une plus jeune.

— Vous devriez le prévenir.

— Est-ce que ça signifie que c'est vraiment grave ?

Elle avait envie qu'il dise non, que cela n'avait pas réellement d'importance, mais elle savait que c'était grave. Elle était moite de peur. L'agent sentait presque cette peur irradier autour d'elle.

— Nous vous tiendrons informée. Une femme agent de police est en route.

— Que dois-je faire ? Il y a forcément quelque chose que je puisse faire. Je ne peux pas rester plantée là, comme ça, à attendre. Dites-moi quoi faire. N'importe quoi.

— Vous pourriez appeler autour de vous, suggéra-t-il. Tous ceux chez qui elle aurait pu se rendre.

Elle s'agrippa à sa manche.

— Dites-moi que ça va aller, le pressa-t-elle. Dites-moi que vous la ramènerez.

L'agent eut l'air embarrassé. Il ne pouvait l'affirmer, et il ne trouva rien d'autre à dire à la place.

À chaque coup de fil, c'était un peu plus pénible. Des voisins toquaient à la porte. Ils avaient appris.

Quelle histoire affreuse, mais les choses s'arrangeraient, bien sûr. Tout finirait bien. Le cauchemar prendrait fin. Y avait-il quoi que ce soit qu'ils puissent faire, n'importe quoi ? Il suffisait de le demander. Il n'y avait qu'un mot à dire. Et voilà que le soleil se couchait à l'horizon et que les ombres s'allongeaient sur les rues, les maisons et les parcs. L'air fraîchissait. D'un bout à l'autre de Londres, les gens étaient assis devant leur poste de télévision ou debout à leurs fourneaux, en train de touiller le contenu de leur casserole, ou de s'agglutiner au pub, en nuées enfumées, pour commenter les résultats sportifs du week-end et parler de leurs projets de vacances, se plaindre de leurs petits maux et bobos divers.

Rosie s'était recroquevillée au fond du fauteuil, les yeux écarquillés. L'une de ses tresses s'était défaite. La femme agent de police, forte, grassouillette et gentille, s'accroupit auprès d'elle et lui tapota la main. Mais la petite ne se rappelait rien, ne savait rien, ne devait rien dire : les mots étaient retors. Personne ne l'avait prévenue. Elle voulait que son père revienne à la maison et qu'il arrange tout, mais personne ne savait où il était. Probablement sur la route, dit sa mère. Rosie le visualisa sur une route qui s'étirait devant lui et s'amenuisait à perte de vue sous un ciel noir.

Elle ferma les yeux de toutes ses forces. Quand elle les rouvrirait, Joanna serait là. Elle retint son souffle jusqu'à en avoir mal à la poitrine, jusqu'à ce que le sang tambourine dans les oreilles. Elle pouvait influer sur le réel. Mais quand elle rouvrit les yeux, elle tomba sur l'agent de police, son expression soucieuse et gentille, sa mère pleurait toujours et rien n'avait changé.

À 9 h 30 le lendemain matin se tint une réunion dans la salle qu'on avait affectée au centre des opérations, au commissariat de Camford Hill. C'est à ce moment que ce qui n'avait été jusque-là qu'une recherche affolée prit la forme d'une opération coordonnée. On attribua un numéro à l'affaire. L'inspecteur divisionnaire Frank Tanner prit le commandement et fit un discours. Des gens furent présentés les uns aux autres. Des bureaux attribués, après moult pinailleries. Un ingénieur installa des lignes téléphoniques. Des tableaux en liège furent cloués aux murs. Une fébrilité particulière régnait dans la salle. Mais également autre chose que personne ne disait à haute voix mais que chacun ressentait : une espèce de nœud au ventre. Il ne s'agissait pas d'un adolescent ou d'un adulte qui aurait disparu après une dispute. Si ç'avait été le cas, ils ne seraient pas là. Il était question d'une petite fille de cinq ans. Dix-sept heures trente s'étaient écoulées depuis qu'on l'avait vue pour la dernière fois. C'était trop long. Une nuit entière. La nuit avait été fraîche : on était en juin, et non en novembre, ce qui était déjà quelque chose. Mais quand même. Toute une nuit.

L'inspecteur Tanner donnait quelques indications relatives à une conférence de presse qui se tiendrait plus tard dans la matinée quand il fut interrompu. Un agent en uniforme avait fait son apparition dans la salle. Il se fraya un chemin et s'adressa en privé à Tanner.

— Il est en bas ? s'enquit ce dernier. (L'agent répondit que oui.) Dites-lui que je veux le voir immédiatement.

Tanner adressa un signe de tête à un autre inspecteur et tous deux quittèrent la pièce de conserve.

— C'est le père ? demanda l'inspecteur, qui s'appelait Langan.

— Il vient d'arriver à l'instant.

— Ils sont en mauvais termes, lui et son ex ?

— Je pense, oui, répondit Tanner.

— C'est souvent la faute de l'entourage, commenta Langan.

— Content de l'apprendre.

— Je disais ça comme ça…

Ils parvinrent devant la porte de la salle d'interrogatoire.

— Vous comptez la jouer comment ? dit Langan.

— C'est un père inquiet, répondit Tanner, en poussant la porte.

Richard Vine était debout. Il portait un complet gris, mais pas de cravate.

— On a des nouvelles ? s'enquit-il.

— Nous faisons tout notre possible.

— Rien de neuf du tout ?

— Il est encore très tôt, plaida Tanner, conscient, alors même qu'il prononçait ces mots, que ce n'était pas vrai, que c'était même l'inverse de la vérité.

Il invita d'un geste Richard Vine à s'asseoir. Langan s'écarta de façon à pouvoir observer le père pendant qu'il parlait. Vine était grand, avec le dos rond de celui qui est mal à l'aise avec sa taille, et il avait des cheveux bruns qui grisonnaient déjà sur les tempes, même s'il ne pouvait avoir guère plus de trente-cinq ans. Ses sourcils étaient également bruns, proéminents, et il n'était pas rasé : ses traits pâles et bouffis semblaient comme contusionnés. Ses yeux marron cerclés de rouge paraissaient irrités. Il avait l'air hagard.

— J'étais sur la route, déclara Vine, sans qu'on lui pose la question. Je n'étais pas au courant. Je n'ai appris la nouvelle que tôt ce matin.

— Pouvez-vous me dire où vous étiez, Mr Vine ?

— Sur la route, je l'ai dit. Mon travail… (Il s'interrompit et repoussa une mèche de cheveux de sa figure.) Je suis représentant. Je passe beaucoup de temps sur la route. Quel rapport avec ma fille ?

— Nous avons juste besoin d'établir où vous vous trouviez.

— À St Albans. Il y a un nouveau complexe sportif. Vous voulez savoir à quelle heure ? Il vous faut des preuves ? (Sa voix se fit coupante.) Je n'étais ni de près ni de loin dans les parages, si c'est ce que vous pensez. Qu'est-ce que Debbie vous a raconté sur moi ?

— J'aimerais connaître votre emploi du temps. (Tanner continuait de s'exprimer d'une voix neutre.) Et le nom de tous ceux qui pourraient corroborer vos dires.

— Qu'est-ce que vous croyez ? Que je l'ai kidnappée et cachée quelque part, parce que Debbie ne laisse pas les enfants dormir chez moi, qu'elle les monte contre moi ? Que je...

Il ne put continuer.

— Il ne s'agit que de questions de routine.

— Pas pour moi ! Ma petite fille a disparu, mon bébé. (Il s'effondra.) Évidemment que je vous indiquerai mon emploi du temps, putain ! Vous pouvez vérifier. Mais vous perdez votre temps avec moi au lieu de la chercher.

— Nous la cherchons, affirma Langan.

Il songea : dix-sept heures trente. Dix-huit, à présent. Elle a cinq ans et cela fait dix-huit heures qu'elle a disparu. Il dévisagea le père. On ne savait jamais.

Plus tard, Richard Vine s'accroupit par terre à côté du canapé où se recroquevillait Rosie, encore en pyjama, portant toujours ses tresses de la veille.

— Papa ? dit-elle. C'était pratiquement le premier mot qu'elle prononçait depuis que sa mère avait prévenu la police la veille. Papa ?

Il ouvrit les bras et l'y accueillit.

— Ne t'en fais pas, dit-il. Elle sera bientôt rentrée. Tu verras.

— Promis ? murmura-t-elle dans son cou.

— Juré.

Mais elle sentait des larmes tomber sur le sommet de son crâne, à l'endroit de la raie.

Ils lui demandèrent ce dont elle se souvenait, mais elle ne parvenait pas à se rappeler quoi que ce soit. Seulement les fentes entre les pavés, avoir choisi des bonbons, avoir entendu Joanna la héler pour la supplier de l'attendre. Et sa bouffée de colère à l'encontre de sa petite sœur, son envie de la voir ailleurs. Ils dirent qu'il était crucial qu'elle leur décrive tous ceux qu'elle avait croisés sur le trajet du retour. Les gens qu'elle connaissait, comme ceux qu'elle ne connaissait pas. Peu importait si elle pensait qu'il ne s'agissait que d'un détail négligeable : c'était à eux d'en juger. Mais elle n'avait vu personne, juste Hayley chez le marchand de journaux, et cet homme au visage grêlé. Des ombres lui traversèrent l'esprit. Elle avait très froid, même si c'était l'été de l'autre côté de la fenêtre. Elle mit un bout de sa tresse à moitié dénouée dans sa bouche et la suça avec acharnement.

— Elle ne parle toujours pas ?
— Pas un mot.
— Elle croit que c'est sa faute.
— Pauvre gosse, quel poids à porter.
— Chut, ne parlez pas comme si c'était fichu.
— Vous pensez vraiment qu'elle est encore en vie ?

Ils se mirent en files et arpentèrent le terrain vague à côté de la maison, très lentement, se baissant de temps à temps pour ramasser des choses par terre et les mettre dans des sacs en plastique. Ils firent du porte-à-porte, présentant une photo de Joanna, celle que la mère leur avait remise ce fameux lundi après-midi, avec sa grosse frange droite et un sourire obéissant sur son étroit visage. Le cliché était célèbre, désormais. La presse avait réussi à mettre la main dessus. Il y avait des journalistes devant la maison, des photographes, une équipe de télévision. Joanna devint « Jo » ou, pire encore, la « petite Jo », comme la sainte héroïne de quelque roman victorien. Des rumeurs se mirent à courir. Impossible de savoir où elles avaient pris naissance mais elles se répandirent rapidement dans le voisinage. C'était le clochard. C'était l'homme dans le break bleu. C'était son père. On avait retrouvé ses vêtements dans une benne. On l'avait vue en Écosse, en France. On était certain de sa mort, comme on était sûr qu'elle était vivante.

La grand-mère de Rosie vint habiter chez elles et l'enfant retourna à l'école. Elle ne voulait pas y aller. Elle redoutait la façon qu'auraient les gens de la regarder, de chuchoter dans son dos et de lui faire de la lèche, en essayant d'être son ami pour la seule raison qu'il lui était arrivé cette histoire incroyable. Attablée devant son bureau, elle s'efforçait de se concentrer sur ce que disait le professeur, mais elle les sentait dans son dos. *Elle a laissé sa petite sœur se faire kidnapper.*

Elle n'avait pas envie d'aller à l'école, mais pas envie de rester chez elle non plus. Sa mère ne ressemblait plus à sa mère. Elle agissait comme quelqu'un qui faisait mine d'être une mère, mais qui était sans cesse ailleurs. Son regard se dérobait. Elle n'arrêtait pas de poser ses mains sur sa bouche comme si elle retenait quelque chose, quelque vérité qui risquait d'exploser au grand jour. Ses traits se firent maigres, tirés, vieillis. Quand, allongée dans son lit, la nuit, Rosie regardait les phares des voitures dehors balayer son plafond, elle entendait sa mère s'affairer au rez-de-chaussée. Même quand il faisait nuit et que le reste du monde dormait, sa mère restait éveillée. Et son père avait changé, lui aussi. Il vivait de nouveau seul à présent. Il la serrait trop fort dans ses bras et il sentait bizarre – quelque chose de doux et d'aigre en même temps.

Deborah et Richard Vine prirent place ensemble devant les caméras de télévision. Ils portaient toujours le même patronyme, mais n'échangeaient aucun regard. Tanner leur avait enjoint de faire simple : dire au monde entier à quel point Joanna leur manquait, et implorer celui ou celle qui avait bien pu la prendre de la laisser regagner son foyer. « N'hésitez pas à montrer votre émotion », avait-il ajouté. Les médias apprécieraient. Enfin, tant que cela ne les empêchait pas de parler.

— Laissez ma fille rentrer chez elle, commença Deborah Vine. (Sa voix se brisa : elle couvrit ses traits défaits d'une main.) Laissez-la rentrer chez elle, c'est tout.

Richard Vine ajouta, plus brusquement :

— Je vous en prie, rendez-nous notre fille. Si vous savez quelque chose, qui que vous soyez, aidez-nous, je vous en prie.

Son visage était pâle et couvert de plaques rouges.

— À votre avis ? demanda Langan à Tanner.

Tanner haussa les épaules.

— Vous voulez dire, sont-ils sincères ? Aucune idée. Comment une gosse peut-elle s'évaporer comme ça, dans les airs ?

Il n'y eut pas de vacances, cet été-là. Les deux sœurs devaient aller dans les Cornouailles séjourner dans une ferme. Rosie se rappelait ce qu'elles avaient projeté, qu'il y aurait des vaches dans les champs, des poulets dans la cour, et même un vieux et gros poney que les propriétaires les autoriseraient peut-être à monter. Et qu'elles iraient à la plage, tout près. Joanna avait peur de la mer – elle poussait des cris perçants quand les vagues lui montaient au-dessus des chevilles – mais elle adorait bâtir des châteaux de sable et chercher des coquillages, manger des glaces saupoudrées de pépites de chocolat.

À la place, Rosie passa quelques semaines chez sa grand-mère. Elle n'avait pas envie d'y aller. Elle devait rester chez elle, au cas où on retrouverait Joanna. Elle pensait que sa sœur lui en voudrait si elle n'était pas là à son retour : ce serait comme si Rosie ne tenait pas suffisamment à elle pour l'attendre.

Il y eut des réunions durant lesquelles les enquêteurs passèrent en revue les déclarations de fantaisistes, d'anciens délinquants, et de témoins oculaires qui n'avaient rien vu.

— Je penche toujours pour le père.

— Il a un alibi.

— On en a déjà discuté. Il aurait pu rentrer à temps. Tout juste.

— Personne ne l'a vu. Pas même sa propre fille.

— Peut-être que si. Peut-être que c'est pour ça qu'on n'arrive pas à la faire parler.

— De toute façon, quoi qu'elle ait pu voir, elle ne s'en souviendra plus maintenant. Il ne s'agira que de bribes de souvenirs. Impossible de retrouver trace de quoi que ce soit.

— Que voulez-vous dire ?

— Qu'on ne la reverra plus.

— Qu'elle est morte ?

— Morte.

— Vous laissez tomber ?

— Non. (Il s'interrompit un instant.) Mais je retire certains hommes de l'affaire.

— C'est bien ce que j'ai dit. Vous laissez tomber.

Un an plus tard, une photo retouchée par un nouveau programme informatique, spéculatif et sujet à caution de l'aveu même de son inventeur, permit de découvrir ce que Joanna aurait pu devenir. Ses traits seraient légèrement plus marqués, ses cheveux bruns un peu plus foncés. Sa dent serait toujours ébréchée et son sourire toujours inquiet. Certains journaux la diffusèrent, mais seulement sur une page intérieure. Une fille de treize ans particulièrement photogénique avait été assassinée, et l'affaire avait fait la une pendant des semaines. Joanna, c'était de l'histoire ancienne maintenant, un simple frisson dans les souvenirs du public. Rosie fixa la photo jusqu'à ce qu'elle se brouille. Elle avait peur de ne pas reconnaître sa sœur quand elle la verrait, qu'elle lui soit devenue étrangère. Elle craignait également que Joanna ne la reconnaisse pas – ou qu'elle y parvienne mais se détourne d'elle. Parfois, elle allait s'asseoir dans la chambre de Joanna, pièce à laquelle personne n'avait touché depuis le jour où elle avait disparu. Son nounours était sur son oreiller, ses jouets entassés dans les boîtes sous le lit, ses vêtements – qui seraient trop petits pour elle désormais – soigneusement pliés dans des tiroirs ou pendus dans l'armoire.

Rosie avait dix ans à présent. L'année suivante, elle entrerait au collège. Elle avait obtenu, à force de suppliques, d'aller dans celui qui se trouvait à plus de deux kilomètres de chez elle, dans la commune voisine, parce que là-bas elle ne serait plus la fille qui avait perdu sa petite sœur. Elle ne serait plus que Rosie Vine, en classe de sixième, fillette timide et plutôt petite pour son âge, qui s'en sortait bien dans toutes les matières mais n'excellait en rien excepté, peut-être, en biologie. Elle était suffisamment âgée pour savoir que son père buvait plus que de raison. Parfois sa mère devait venir la chercher pour la ramener à la maison parce qu'il n'était pas en mesure de s'occuper d'elle convenablement. Elle était assez âgée pour comprendre qu'elle était une grande sœur sans petite sœur, et elle ressentait parfois la présence de Joanna tel un fantôme – un fantôme à la dent ébréchée et à la voix plaintive, qui lui demandait de l'attendre. Parfois, elle croyait l'apercevoir dans la rue et avait un coup au cœur, avant que les traits de sa petite sœur n'adoptent de nouveau ceux d'une inconnue.

Trois ans après la disparition de Joanna, elles déménagèrent dans une plus petite maison à près de deux kilomètres de là, plus proche de l'école de Rosie. Elle comportait trois chambres, mais la troisième était minuscule, de la taille d'un débarras. Deborah Vine attendit que Rosie soit partie un matin pour emballer les affaires de Joanna. Elle le fit de manière méthodique, soulevant de souples piles de maillots de corps et de chemises pour les ranger dans des cartons, pliant des robes et des jupes dans des sacs poubelle, s'efforçant de ne pas regarder les poupées en plastique rose avec leurs longues chevelures de nylon et leurs yeux fixes qui la dévisageaient. Sur le nouveau portrait de synthèse, Joanna semblait plutôt calme, comme si son anxiété d'enfant l'avait quittée. Sa dent ébréchée avait laissé place à une autre, intacte.

Rosie eut ses règles. Elle se rasa les jambes. Elle tomba amoureuse pour la première fois d'un garçon à peine conscient de son existence. Elle rédigeait son journal sous la couette et le verrouillait avec une clé argentée. Elle vit sa mère fréquenter un étranger pourvu d'une barbe brune et drue mais fit mine de s'en moquer. Elle vida les verres de son père dans l'évier, même si elle savait que cela ne servirait à rien. Elle assista aux obsèques de sa grand-mère et lut à l'occasion un poème de Tennyson d'une petite voix que nul ne put réellement entendre. Elle se coupa les cheveux, court, et se mit à sortir avec le garçon dont elle s'était tellement entichée plus jeune, mais il ne se montra pas à la hauteur de ses attentes. Elle conservait une petite pile de tirages dans son tiroir à sous-vêtements : Joanna à six, sept, huit, neuf ans. Joanna à treize ans. Elle se dit que sa sœur avait exactement la même tête qu'*elle*, et pour une raison qu'elle ignorait, cette idée aggrava encore son mal-être.

— Elle est morte.

La voix de Deborah était monocorde, tout à fait calme.

— Tu es venue jusqu'ici pour me dire ça ?

— Je me suis dit que nous nous devions mutuellement au moins ça, Richard. Laisse-la partir.

— Tu n'en as aucune preuve. Tu l'abandonnes, c'est tout.

— Non.

— Parce que tu as trouvé un nouveau mari et que maintenant... (Le regard qu'il lança à son ventre rond était empli de dégoût.) Maintenant, tu vas fonder une nouvelle petite famille.

— Richard.

— Et l'oublier pour de bon.

— Ce n'est pas juste. Ça fait huit ans. La vie doit continuer, pour chacun d'entre nous.

— *La vie doit continuer.* Tu vas ajouter que c'est ce qu'aurait voulu Joanna ?

— Joanna avait cinq ans quand nous l'avons perdue.

— Quand *tu* l'as perdue.

Deborah se leva sur ses frêles jambes juchées de hauts talons, tandis que son ventre saillait sous sa chemise. Il apercevait même son nombril. Sa bouche n'était plus qu'un trait, mince et tremblant.

— Espèce de salaud.

— Et maintenant, tu l'abandonnes.

— Tu tiens à ce que je me détruise, moi aussi ?

— Pourquoi pas ? Tout, plutôt que *la vie doit continuer*. Mais ne t'en fais pas. Je continuerai de l'attendre.

Quand Rosie entra à l'université, elle se fit appeler Rosalind Teale, adoptant le patronyme de son beau-père. Elle ne le dit pas à son père. Elle l'aimait toujours, bien qu'elle soit effrayée par le désastre que semait son chagrin inaltérable. Elle ne voulait pas que quiconque aille dire : « Rosie Vine ? Pourquoi ce nom me dit-il quelque chose ? ». Même s'il y avait de moins en moins de chance que cela se produise. Joanna s'était évanouie dans le passé, n'était plus qu'une bribe de souvenir à présent, une célébrité oubliée, une curiosité passagère. Quelquefois, Rosie se demandait si sa sœur n'était pas qu'un rêve.

Deborah Teale – soit Vine – pria secrètement, ardemment, pour que lui vienne un fils, pas une fille. Mais ce furent Abbie, puis Lauren, qui débarquèrent. Elle s'accroupissait au-dessus de leurs couffins la nuit pour les écouter respirer ; elle serrait fort leurs petites mains. Elle ne les quittait pas des yeux. Elles atteignirent l'âge et la taille de Joanna, la dépassèrent, et la laissèrent dans leur sillage. Au grenier, les cartons de vêtements de Joanna restèrent intacts.

Le dossier ne fut jamais officiellement refermé. Personne ne prit aucune décision. Mais il y avait de moins en moins de choses à signaler. Les agents furent affectés à d'autres enquêtes. Les réunions s'espacèrent, puis furent tenues à l'occasion d'autres cas, jusqu'à ce que celui-ci ne soit plus évoqué du tout.

Rosie, Rosie. Attends-moi !

Premier chapitre

Il était 2 h 50 du matin. Quatre personnes traversaient Fitzroy Square. Deux jeunes gens, blottis l'un contre l'autre dans le vent, revenaient de Soho, où ils avaient passé la soirée en boîte. Pour eux, cette nuit de dimanche touchait peu à peu à sa fin. Bien qu'ils ne se le soient pas avoué mutuellement, ils retardaient l'instant où ils devraient décider de prendre deux taxis séparés, ou le même. Une femme de couleur avec un imper marron et un chapeau de pluie en plastique transparent noué sous le menton s'éloignait vers le nord en traînant des pieds, le long du côté est de la place. Pour elle, on était déjà lundi matin. Elle se rendait dans des bureaux sur Euston Road afin de vider des corbeilles et passer l'aspirateur dans l'obscurité du petit matin, pour des gens qu'elle ne voyait jamais.

La quatrième personne était Frieda Klein et, pour elle, ce n'était ni dimanche soir ni lundi matin, mais quelque chose entre les deux. Dès qu'elle aborda la place, le vent la cueillit de plein fouet. Elle dut repousser ses cheveux de sa figure pour y voir clair. Au cours de la semaine précédente, les feuilles des platanes avaient viré du rouge à l'or, mais le vent et la pluie les avaient désormais fait tomber et elles ondulaient autour d'elle comme les vagues de la mer. Ce qu'elle désirait vraiment, c'était avoir Londres pour elle toute seule. Elle ne pouvait s'approcher plus de son but qu'en cet instant.

Elle s'arrêta un instant, indécise. Où se diriger ? Vers le nord, en traversant Euston Road en direction de Regent's Park ? L'endroit serait suffisamment désert, certes, il était trop tôt même pour les joggeurs. Il arrivait à Frieda de s'y rendre en pleine nuit, l'été, d'escalader la grille et de s'enfoncer dans l'obscurité pour regarder chatoyer l'eau du lac, écouter les bruits en provenance du zoo. Pas ce soir, cependant. Elle n'avait pas besoin de faire semblant de ne pas être à Londres. Elle n'irait pas vers le sud non plus. Cela l'emmènerait dans Soho, après avoir traversé Oxford Street. Certains soirs, elle s'abîmait dans l'univers étrange des créatures noctambules de sortie ou en maraude, des petits taxis douteux qui vous ramenaient chez vous pour le montant qu'ils parvenaient à obtenir de vous, des attroupements de policiers, des camionnettes de livraison esquivant la foule et les péages urbains, et, de plus en plus, des gens qui avalaient ou buvaient encore quelque chose, à n'importe quelle heure.

Pas ce soir. Pas aujourd'hui. Pas maintenant, à la veille d'une semaine sur le point de démarrer, bien malgré elle, et qu'il s'agissait de traverser, vaseuse. Une semaine qui devrait affronter novembre, l'obscurité et la pluie, avec une obscurité et une pluie croissantes pour seules perspectives. C'était une époque où l'on ferait mieux de dormir pour se réveiller en mars, avril ou mai. Dormir. Frieda eut soudain l'impression suffocante d'être cernée de gens en train de dormir, seuls ou en couples, dans des appartements, des maisons, des auberges de jeunesse et des hôtels, en train de rêver, de regarder des films dans leurs têtes. Elle n'avait pas envie d'être des leurs. Elle prit à l'est, longeant des magasins et des restaurants fermés. Il y eut un regain d'activité quand elle traversa Tottenham Court Road, avec ses bus et ses taxis de nuit, mais le calme retomba ensuite une fois de plus, et elle put entendre le claquement de ses pas tandis qu'elle marchait le long d'immeubles de grand standing anonymes, d'hôtels miteux, de bâtiments universitaires, et même de quelques maisons indépendantes qui avaient survécu, contre toute vraisemblance. C'était un quartier très habité, bien qu'il n'en donne pas l'impression. Avait-il seulement un nom ?

Deux agents de police assis dans un véhicule en stationnement l'aperçurent alors qu'elle s'approchait de Gray's Inn Road. Ils la regardèrent d'un œil las, non dénué de sollicitude. Le coin n'était pas particulièrement recommandable pour se promener seule quand on était une femme. Ils ne parvenaient pas tout à fait à se prononcer sur son cas. Pas une prostituée. Elle n'était pas vraiment jeune, la trentaine bien entamée peut-être. De longs cheveux bruns. De taille moyenne. Son long manteau dissimulait sa silhouette. Elle n'avait pas l'air de rentrer d'une fête.

— L'idée de finir la nuit avec lui ne lui disait rien, suggéra l'un.

L'autre eut un large sourire.

— Je ne l'aurais pas fichue à la porte par une nuit pareille, répondit-il. (Il abaissa la vitre à son approche.) Tout va bien, mademoiselle ? s'enquit-il comme elle passait devant lui.

Elle se contenta d'enfoncer résolument ses mains dans les poches de son manteau et d'avancer sans montrer aucun signe qu'elle ait pu entendre.

— Vraiment aimable, commenta l'un des agents, avant de relater, sur le carnet de bord officiel, l'incident qui n'en avait pas été un, à proprement parler.

En poursuivant son chemin, Frieda entendit les mots de sa mère à son oreille. « Ça ne fait pas de mal de dire bonjour, si ? » Et alors, qu'en savait-elle ?

C'était l'une des raisons pour lesquelles elle marchait ainsi. Pour ne pas avoir à parler, ne pas être en représentation, ne pas avoir de regard posé sur elle, en train de la jauger. C'était un temps pour réfléchir – ou ne penser à rien. Juste marcher, marcher, durant ces nuits où le sommeil refusait de venir et durant lesquelles elle pouvait évacuer le chaos de ses pensées. Le sommeil accomplit normalement ce processus, mais échouait à le faire chez elle, même quand il lui était accordé, par petites plages. Elle traversa Gray's Inn Road – quelques bus et taxis de plus – et emprunta une ruelle, si petite qu'on aurait dit qu'elle avait sombré dans l'oubli.

En s'engageant dans King's Cross Road, elle constata qu'elle s'approchait de deux adolescents à capuches et jeans baggy. L'un d'eux lui lança quelque chose qu'elle ne parvint pas tout à fait à comprendre. Elle le dévisagea et il détourna le regard.

Idiot, se dit-elle. C'était idiot. L'une des règles de base pour se promener à Londres consistait à ne pas croiser le regard. C'est une provocation. Cette fois-ci, il avait renoncé, mais il suffisait d'un.

Presque sans réfléchir, Frieda suivit un chemin qui longeait plus ou moins l'artère principale en louvoyant, avant d'y revenir et de mieux s'en éloigner de nouveau. Pour la plupart des gens qui travaillaient ici ou parcouraient le quartier au volant de leur voiture, ce n'était qu'un coin moche et quelconque de Londres, des immeubles de bureaux, des appartements, le tout traversé d'une voie ferrée. Mais Frieda suivait le cours d'un ancien cours d'eau. Il l'avait toujours attirée. Un temps, il avait circulé à travers champs et vergers, jusqu'à la Tamise. Offrant aux gens un lieu où s'asseoir, où pêcher. Qu'auraient-ils pensé, ces hommes et ces femmes assis là par un soir d'été, à tremper leurs pieds dans l'eau, s'ils avaient vu ce qu'il deviendrait ? Un dépotoir, un égout, un fossé rempli de merde et de carcasses d'animaux et de tout ce dont les gens ne savaient quoi faire. Pour finir, on avait rebâti dessus, puis on l'avait oublié. Comment pouvait-on oublier une rivière ? Quand elle venait marcher par ici, Frieda faisait toujours halte à côté d'une grille d'où l'on entendait encore l'eau courir en contrebas, dans les profondeurs, comme un vague écho. Et une fois cette étape dépassée, on pouvait continuer à marcher entre les rives s'élevant de part et d'autre. Un simple nom de rue, ici ou là, pouvait évoquer les quais où l'on avait déchargé des chalands, et avant ça, les talus, les pentes herbeuses où les gens s'asseyaient pour regarder simplement l'eau cristalline se déverser dans la Tamise. Voilà ce qu'était Londres : des superpositions, des couches de constructions sans fin, oubliées tour à tour mais qui laissaient néanmoins une trace, même si ce n'était que le bruissement de l'eau perçu au travers d'une grille.

Fallait-il regretter que la ville soit condamnée à enfouir à ce point son passé, ou bien était-ce le seul moyen pour une ville de survivre ? Une nuit, elle avait rêvé d'un Londres où édifices, ponts et routes étaient démolis, excavés, afin que les anciens cours d'eau se déversant dans la Tamise puissent se retrouver à ciel ouvert. Mais à quoi bon ? Sans doute étaient-ils plus heureux comme ça, dérobés, passant inaperçus, mystérieux.

Parvenue à la Tamise, Frieda se pencha en avant comme elle le faisait toujours. La plupart du temps, il n'était pas possible de voir le courant surgir du misérable petit conduit, et ce matin, il faisait bien trop sombre. Elle ne réussissait même pas à entendre le bruit de l'eau. Ici, sur le fleuve, le vent du sud soufflait en tempête mais il était étrangement chaud. Cela faisait bizarre par un matin de novembre, alors qu'il faisait encore nuit. Elle consulta sa montre. Même pas 4 heures. Par où, maintenant ? Vers l'East End ou le West End ? Elle opta pour l'ouest, traversa le fleuve et le remonta. Elle ressentait enfin la fatigue, et le reste de la promenade s'écoula dans une sorte de brouillard : pont, bâtiments administratifs, parcs, places, traversée d'Oxford Street, et le temps qu'elle sente sous ses pieds les pavés familiers de la venelle où elle habitait, l'obscurité était encore telle qu'elle dut tâter sa porte à l'aveuglette avec sa clé, jusqu'à ce qu'elle trouve la serrure.

Chapitre deux

Carrie l'aperçut au loin, qui venait vers elle en traversant la pelouse dans le jour déclinant : ses pieds soulevaient les tas de feuilles brunes et détrempées, ses épaules étaient légèrement voûtées, ses mains plongées au fond de ses poches. Lui ne la voyait pas. Il avait le regard rivé au sol devant lui et progressait d'un pas lent et pesant, tel un homme à peine réveillé, encore léthargique et empêtré dans ses rêves. Ou ses cauchemars, se dit-elle à la vue de son mari. Il leva la tête et ses traits se détendirent. Il pressa légèrement le pas.

— Merci d'être venue.

Elle passa un bras sous le sien.

— Que se passe-t-il, Alan ?

— Il fallait que je m'en aille. Je ne tenais plus au bureau.

— Il est arrivé quelque chose ?

Pour toute réponse, il haussa les épaules et baissa la tête. Il ressemblait encore à un petit garçon, songea-t-elle, même si ses cheveux avaient prématurément grisonné. Il en avait la timidité et la candeur : on pouvait lire ses émotions sur son visage. Il semblait souvent légèrement désemparé et suscitait une envie de protection chez autrui, surtout chez les femmes. En tout cas, *elle* ressentait cette envie sauf quand elle désirait se protéger elle-même et que sa tendresse faisait place à une forme lasse d'irritation.

— Ce n'est jamais un bon jour, le lundi. (Elle s'efforça de parler d'une voix claire et enjouée.) Surtout un lundi de novembre quand la bruine se met à tomber.

— Il fallait que je te voie.

Elle l'entraîna le long du sentier. Ils avaient emprunté ce chemin tant de fois auparavant que leurs pieds semblaient les guider. Le jour déclinait. Ils dépassèrent l'aire de jeux des enfants. Elle détourna les yeux, comme elle le faisait toujours ces temps-ci, mais le lieu était vide à l'exception de quelques pigeons picorant çà et là le revêtement caoutchouté. Ils gagnèrent l'allée principale, puis longèrent le kiosque à musique. Un jour, il y avait des années de cela, ils avaient pique-niqué à cet endroit. Elle ne savait pas pourquoi elle s'en souvenait si nettement. C'était le printemps, l'une des premières belles journées de l'année, et ils avaient mangé des pâtés de porc en croûte, bu de la bière tiède à la bouteille, regardé les enfants courir dans l'herbe devant eux, trébuchant sur leurs propres ombres. Elle se rappela être restée allongée sur le dos, la tête posée sur ses genoux, pendant qu'il dégageait ses cheveux de sa figure en lui disant qu'elle était tout pour elle. C'était un homme peu loquace, peut-être était-ce la raison pour laquelle elle conservait ce genre de choses en mémoire.

Ils escaladèrent le sommet de la colline en direction des étangs. Il leur arrivait d'emporter du pain pour les canards, bien que ce soit plutôt là quelque chose réservé aux petits enfants. Quoi qu'il en soit, les canards étaient en train de se faire chasser par des bernaches du Canada qui gonflaient leurs poitrines, étiraient leurs cous et vous couraient après.

— Un chien, suggéra-t-elle. Peut-être qu'on devrait prendre un chien.

— C'est la première fois que tu dis ça.

— Un cocker. Pas trop grand, mais pas trop petit, et pas gueulard non plus. Tu veux qu'on parle de ce que tu ressens ?

— Si tu veux un chien, on n'a qu'à en prendre un. Que dirais-tu d'un cadeau de Noël mutuel ?

Il essayait de se laisser gagner par l'enthousiasme.

— Ça y est, c'est décidé ?

— Un cocker, tu dis ? Ça me va.

— C'était juste une idée comme ça.

— On peut lui trouver un prénom. Tu penses qu'on devrait prendre un mâle ? Billy. Freddie. Joe.

— Ce n'est pas ce que je voulais dire. Je n'aurais jamais dû en parler.

— Désolé, c'est ma faute. Je ne suis pas...

Il s'interrompit. Il ne parvenait pas tout à fait à se figurer ce qu'il n'était pas.

— Je préférerais que tu me racontes ce qui s'est passé, dit-elle.

— Ce n'est pas ça. Je ne peux pas vraiment expliquer.

Voilà qu'ils se retrouvaient au parc pour enfants comme s'ils y étaient attirés. Les balançoires et le jeu à bascule étaient vides. Alan s'arrêta. Il dégagea son bras et agrippa la balustrade à deux mains. Il resta ainsi quelques instants, rigoureusement immobile. Il posa une main à plat contre sa poitrine.

— Tu ne te sens pas bien ? demanda Carrie.

— Je me sens bizarre.

— Comment ça, bizarre ?

— Je ne sais pas. Bizarre. Comme si un orage approchait.

— Quel orage ?

— Attends.

— Prends mon bras. Appuie-toi sur moi.

— Attends une seconde, Carrie.

— Dis-moi ce que tu ressens. Ça fait mal ?

— Je n'en sais rien, murmura-t-il. C'est dans ma poitrine.

— J'appelle un médecin ?

Il était plié en deux, à présent. Elle ne voyait plus son visage.

— Non. Ne me laisse pas.

— J'ai mon portable.

Elle fouilla sous son manteau épais et sortit l'appareil de la poche de son pantalon.

— C'est comme si mon cœur allait exploser hors de ma poitrine tellement il bat fort.

— J'appelle une ambulance.

— Non. Ça va passer. Ça passe toujours.

— Je ne peux pas rester plantée là comme ça, à te voir souffrir.

Elle tenta de passer un bras autour de lui, mais il se tenait de façon si étrange, ainsi replié sur lui-même, qu'elle se sentit inutile. Elle l'entendit gémir et, l'espace d'un instant, elle fut tentée de s'enfuir et de le laisser là, avec son désespoir encombrant, dans le crépuscule. Elle n'en ferait rien, bien entendu. Et peu à peu, elle constata que ce qui avait bien pu le saisir relâchait prise, jusqu'à ce qu'enfin il se redresse de nouveau. Elle distingua de la sueur qui perlait sur son front même si sa main, quand elle s'en empara, était froide.

— Ça va mieux ?

— Un peu. Désolé.

— Il faut que tu t'en occupes.

— Ça va aller.

— Non. Ça ne fait qu'empirer. Tu crois que je ne t'entends pas la nuit ? Et ça affecte ton travail. Il faut que tu voies le docteur Foley.

— Je l'ai fait. Il se contente de me donner ces cachets pour dormir qui m'assomment complètement et me donnent mal à la tête.

— Tu dois y retourner.

— J'ai fait tous les examens possibles. Je l'ai bien vu dans son regard. Je suis dans le même cas que la moitié des gens qui vont voir leur docteur : juste fatigué.

— Ce n'est pas normal. Promets-moi que tu iras, Alan.

— Si tu y tiens.

Chapitre trois

De là où elle était assise, dans son fauteuil rouge au milieu de la pièce, Frieda voyait le boulet de démolition osciller et défoncer les bâtiments sur le chantier de l'autre côté de la rue. Des pans entiers tremblaient puis s'effondraient, des cloisons intérieures devenaient des murs externes en un clin d'œil, et elle distinguait un papier peint à motifs, un vieux poster, un bout d'étagère ou une cheminée ; des vies jusque-là dissimulées soudain exposées au regard. Elle avait observé la scène toute la matinée. Sa première patiente, une femme dont le mari était subitement décédé deux ans auparavant et dont le chagrin et le choc ne s'étaient jamais émoussés, était assise repliée sur elle-même et sanglotait, son joli visage rose et irrité d'avoir pleuré. Sans que son attention fléchisse pour autant, Frieda vit le boulet du coin de l'œil. Quand son second patient, qui lui avait été adressé en raison de ses troubles obsessionnels compulsifs croissants, se mit à s'agiter dans son siège, se leva pour se rasseoir de nouveau et éleva la voix de colère, Frieda vit l'engin s'écraser dans l'immeuble. Comment était-il possible que quelque chose qu'il avait fallu tant de temps pour bâtir puisse s'effondrer si rapidement ?

Des cheminées ployèrent, des fenêtres volèrent en éclats, des planchers disparurent, des allées furent rayées de la carte. D'ici la fin de la semaine, tout ne serait plus que gravats et poussière, et des hommes coiffés de casques arpenteraient le sol arasé, enjamberaient des jouets d'enfants et quelques pauvres meubles. D'ici un an, de nouveaux édifices seraient érigés sur les ruines des anciens.

Frieda expliquait aux hommes et aux femmes qui parvenaient jusqu'à son cabinet qu'elle pouvait leur offrir un espace clos où ils pouvaient explorer leurs peurs les plus intimes, leurs désirs les plus inavouables. La pièce, propre et ordonnée, invitait au calme. Il y avait un dessin sur un mur, deux fauteuils se faisant face avec une table basse entre les deux, une lampe diffusant une lumière douce en hiver et une plante verte sur l'appui de la fenêtre. Dehors, on rasait une rue entière de maisons, mais ici, au dedans, ils étaient à l'abri du monde, au moins pour un temps.

Alan était convaincu d'irriter le docteur Foley. Sans doute relatait-il son cas auprès de ses partenaires au cabinet : « Ce pauvre Alan Dekker est encore passé, il se plaint de ne pas dormir, de ne pas faire face. Il ne pourrait pas se ressaisir, tout simplement ? » Il avait bien tenté de se reprendre en main. Il avait pris les somnifères, réduit sa consommation d'alcool, fait plus d'exercice. La nuit, il se réveillait dans son lit, inondé de sueur, et son cœur battait si vite qu'il était impossible de croire qu'il ne finirait pas par se désintégrer. Assis tout raide à son bureau, les poings serrés, il avait fixé les documents sous son nez, attendant que passe l'effroi physique, en espérant que ses collègues ne remarqueraient rien. Parce que c'était humiliant de perdre ainsi le contrôle de soi. Cela lui faisait peur. Carrie évoquait une crise de la quarantaine. Il avait quarante-deux ans, après tout. Précisément l'âge où les hommes déraillaient, se mettaient à boire, à acheter des motos et à avoir des liaisons, dans l'espoir de rattraper leur jeunesse. Mais lui n'avait pas envie d'une moto, pas plus que d'une maîtresse. Il n'avait pas envie de retrouver sa jeunesse, et tout ce mal-être, ce chagrin, cette sensation de ne pas être à sa place qui allaient avec. Aujourd'hui, il était à sa place, auprès de Carrie, dans la petite maison pour laquelle ils avaient mis de l'argent de côté, et dont ils paieraient les traites pendant treize ans encore. Il y avait certes des choses dont il rêvait, mais les gens nourrissaient sans doute tous des rêves et des espoirs, et ne s'écroulaient pas dans un parc ni ne se réveillaient en pleurant. Parfois aussi, il avait ces cauchemars – il ne voulait même pas y repenser. Ce n'était sûrement pas normal. Il voulait juste que ça cesse. Il ne voulait pas être le genre de personne à avoir ce genre d'idées.

— Les cachets que vous m'avez prescrits ne marchent pas, dit-il au docteur Foley.

Il dut se retenir de présenter des excuses pour sa présence, et de faire perdre son temps au médecin, alors que le cabinet était rempli de malades affectés de maux réels, de vraies douleurs.

— Toujours du mal à dormir ?

Le docteur Foley ne le regardait pas. Il étudiait l'écran de son ordinateur et y inscrivait quelque chose, en fronçant les sourcils.

— Il n'y a pas que ça. (Il s'efforça de conserver une voix ferme. Sa figure lui semblait caoutchouteuse, comme si elle appartenait à quelqu'un d'autre.) Il m'arrive d'avoir des sensations épouvantables.

— Vous voulez dire, des douleurs ?

— C'est comme si l'on gonflait mon cœur de sang, et j'ai alors un goût métallique dans la bouche. Je ne sais pas…

Il chercha péniblement ses mots, mais en vain. Tout ce qu'il put ajouter, ce fut :

— Je ne me sens plus moi-même.

C'est une phrase qui revenait sans cesse dans sa bouche, et à chaque fois, il avait l'impression de creuser comme un trou en lui-même. Une fois, il avait crié à Carrie : « Je ne me sens plus moi-même », et au même moment il s'était rendu compte à quel point cela était bizarre.

Le docteur Foley fit pivoter son fauteuil pour lui faire face.

— Quelque chose vous a-t-il tracassé dernièrement ?

Alan n'aimait pas quand le docteur Foley était absorbé dans la contemplation de son ordinateur, mais il préférait encore ça au fait d'être observé comme il l'était à présent : comme si le médecin pouvait voir à l'intérieur de lui des choses dont Alan ne voulait pas entendre parler. Que voyait-il donc ?

— J'ai déjà vécu ça beaucoup plus jeune, ce sentiment de panique. J'avais une impression de solitude, comme dans un cauchemar, celle d'être absolument seul dans l'univers. De vouloir quelque chose, mais je ne savais pas quoi. Au bout de quelques mois, c'est parti. Aujourd'hui, c'est revenu. (Il patienta, mais le docteur Foley ne réagit pas, comme s'il ne l'avait pas entendu.) C'est arrivé quand j'étais à l'université. J'ai cru que je rencontrais le genre de problèmes typiques de cet âge-là. À présent, je me dis que je traverse une crise de la quarantaine. C'est idiot, je le sais.

— Manifestement, les médicaments ne vous sont d'aucune utilité. J'aimerais que vous alliez voir quelqu'un.

— Comment ça ?

— Quelqu'un à qui vous pourriez parler. De vos impressions.

— Vous pensez que je me fais un film ?

Il s'entrevit fou, les traits défigurés par une expression féroce, les horribles sentiments qu'il tentait de tasser tout au fond de lui soudain libérés et prenant totalement possession de lui.

— Cela peut être très efficace.

— Je n'ai pas besoin de voir un psychiatre.

— Essayez, maintint le docteur Foley. Si ça ne marche pas, vous n'aurez rien perdu.

— Je n'en ai pas les moyens.

Le docteur Foley se mit à taper sur son clavier.

— Comme je suis votre généraliste, je peux vous faire une ordonnance. Vous n'aurez rien à débourser. Ça demande un certain effort, mais ces gens-là sont doués. Ils prendront contact avec vous pour fixer un rendez-vous dans le but de faire un premier bilan. Nous aviserons ensuite.

Ça semblait tellement grave : la seule chose qu'attendait Alan, c'était que le docteur Foley lui prescrive d'autres médicaments, pour tout faire disparaître, comme une tache qu'on effacerait, sans laisser de trace. Il porta une main à son cœur et en ressentit le douloureux battement. Tout ce qu'il voulait, c'était redevenir un homme normal, menant une vie normale.

Il y a un endroit d'où l'on peut voir sans être vu, en collant l'œil contre un petit trou dans la clôture. C'est l'heure de la récréation et ils se déversent hors de leurs salles de classe et gambadent dans la cour. Des garçons et des filles, de tous gabarits et de toutes tailles. Des noirs, des café au lait, des blancs aux joues roses, blonds ou bruns, et de toutes les teintes intermédiaires. Certains ont presque achevé leur croissance, des garçons boutonneux au pied gauche, des filles avec des seins commençant tout juste à poindre sous leurs épais vêtements d'hiver, qui ne sauraient faire l'affaire. Mais d'autres sont tout petits : ils semblent à peine assez grands pour être sevrés de leur mère, avec leurs jambes filiformes et leur voix de bébé. C'est ceux-là qu'il faut observer.

Une pluie fine tombe dans la cour de l'école et il y a des flaques au sol. À quelques pas de là, tout près, un petit garçon avec les cheveux coupés à ras se précipite avec force dans l'une d'elles, et les éclaboussures lui arrachent un sourire jubilatoire. Une fille aux cheveux jaune paille coiffés en nattes haut perchées, qui porte des lunettes au verre épais couvertes de buée, se tient debout dans un coin, à scruter la foule. Elle porte son pouce à sa bouche. Deux petites filles minuscules, d'origine indienne, se tiennent par la main. Un petit blanc costaud lance un coup de pied à un petit noir maigrichon et détale. Plusieurs filles échangent des commentaires désobligeants à l'oreille l'une de l'autre, pouffent de rire, risquent des regards inquiétants en biais.

Mais tous ne sont que foule en mouvement pour l'heure. Aucun ne ressort du lot. Pas encore. Restons à l'affût.

Chapitre quatre

À 14 heures, Frieda quitta la pièce qu'elle louait au troisième étage d'un grand immeuble aux allures de manoir et rentra chez elle, à sept minutes de marche de là, par les petites rues qui se cachaient derrière les artères principales de la ville. À quelques centaines de mètres seulement se trouvait Oxford Street, sa cohue et son tohu-bohu, mais ici, c'était désert. Dans le jour éteint de novembre, tout semblait gris et immobile, tel un dessin au crayon. Elle passa devant le magasin de fournitures électriques où elle achetait ses ampoules et ses fusibles, devant les marchands de journaux ouverts 24 heures sur 24, les épiceries chichement éclairées, les petits immeubles à trois, quatre étages.

Frieda ne s'arrêta pas avant d'avoir atteint sa maison, où elle ressentit le soulagement qu'elle éprouvait toujours une fois réfugiée, quand elle fermait la porte sur le monde extérieur, qu'elle respirait cette odeur de propreté et de sécurité. Dès l'instant où elle l'avait vue, trois ans auparavant, elle avait su qu'il la lui fallait absolument, même si elle n'était plus entretenue depuis des années et qu'elle faisait miteuse et mal située, coincée comme elle l'était entre d'affreux box sur sa gauche et les HLM sur sa droite. À présent que les travaux avaient été faits, tout était à sa place. Même en fermant les yeux, elle serait en mesure de retrouver chaque objet, jusqu'aux crayons bien taillés sur son bureau. Ici, dans l'entrée, la grande carte de Londres et les crochets où pendait son trench-coat. Là, dans le salon, dont la fenêtre donnait sur la rue, l'épais tapis à poils longs sur le plancher nu, le fauteuil moelleux, et le profond canapé de part et d'autre de la cheminée dans laquelle elle allumait un feu chaque soir, d'octobre à mars. Près de la fenêtre, une table-échiquier, le seul meuble dont elle eût jamais hérité. La maison était étroite, de la largeur d'une seule pièce. Un escalier raide menait au premier étage, où se trouvaient une chambre et une salle de bains, puis un autre, plus raide encore, au dernier étage, qui ne comprenait que son atelier, avec son toit en pente et son bureau près de la lucarne, sur lequel elle rangeait toutes ses affaires de dessin. Reuben qualifiait son foyer de tanière, voire d'antre (dont elle serait le dragon, tenant les gens à l'écart). Il était vrai qu'il faisait sombre là-dedans. Bien des gens abattaient les cloisons, agrandissaient les fenêtres, laissaient entrer l'air et la lumière ; Frieda préférait les espaces douillets, confinés. Elle avait peint les murs dans des couleurs profondes, rouge mat et vert bouteille, de sorte que même en été la maison semblait faiblement éclairée, comme à demi enterrée.

Elle ramassa le courrier sur le paillasson et le déposa sur la table de la cuisine sans même y jeter un coup d'œil. Elle n'ouvrait jamais son courrier en milieu de journée. Parfois elle oubliait son existence pendant une semaine ou plus jusqu'à ce que les gens téléphonent pour se plaindre. Pas plus qu'elle ne vérifiait les messages sur son répondeur. En fait, elle ne s'était équipée d'un répondeur que l'année précédente et elle refusait obstinément d'avoir un portable, à l'incrédulité générale de son entourage, qui ne pensait pas qu'on puisse fonctionner sans de nos jours. Mais Frieda voulait pouvoir échapper aux communications et aux demandes incessantes. Elle ne voulait pas se retrouver à la disposition de quiconque, et elle aimait se couper des futilités pressantes de l'extérieur. Quand elle était seule, elle aimait l'être vraiment. Hors de contact et détachée du monde.

Elle disposait de trente minutes avant son prochain patient. Souvent, elle déjeunait au café tenu par ses amis au numéro 9 de Beech Street, mais pas aujourd'hui. Elle se prépara un en-cas rapide : toast à la Marmite, quelques petites tomates, une tasse de thé, un biscuit à l'avoine et une pomme qu'elle trancha en quatre quartiers avant d'enlever le trognon. Elle emporta l'assiette au salon et prit place dans le fauteuil près du feu qu'elle avait déjà préparé pour plus tard. Elle ferma les yeux un moment et se laissa gagner par la fatigue, puis mangea lentement sa tartine.

Le téléphone sonna. Au début, elle ne répondit pas, mais elle n'avait pas enclenché le répondeur et le correspondant ne renonçait pas. Elle finit par décrocher.

— Frieda. Paz à l'appareil. Tout va bien ? Tu étais dans ton bain ?

Frieda poussa un soupir. Paz était l'administratrice de l'Entrepôt, qui n'avait rien d'un entrepôt. C'était un centre médico-social aménagé dans un ancien dépôt, d'où sa dénomination qui semblait très tendance au début des années 1980. Frieda y avait suivi sa formation, puis exercé, avant de faire partie de la commission médicale. Quand Paz l'appelait chez elle, ce n'était pas pour lui donner de bonnes nouvelles.

— Non, je n'étais pas dans mon bain. Il est midi.

— Je prendrais un bain à midi si j'étais chez moi. Surtout un lundi. Je déteste les lundis, pas toi ?

— Pas vraiment.

— Tout le monde déteste les lundis. C'est le creux de la semaine. Quand le réveil sonne un lundi matin et qu'il fait encore nuit dehors, et qu'on sait qu'on va devoir se traîner hors du lit et relancer toute la machine.

— Tu m'as vraiment appelée pour me raconter comment tu vis tes lundis ?

— Mais non, évidemment. Ce serait bien que tu te procures un portable.

— Je ne veux pas de portable.

— Tu dates de l'âge de glace. Tu viens jeudi ?

— Je dois retrouver Jack.

Elle supervisait sa formation de thérapeute.

— Est-ce qu'il te serait possible d'arriver un peu plus tôt ? demanda Paz. On a besoin de tes conseils.

— Je peux te donner mon avis par téléphone. De quoi s'agit-il ?

— Ce serait mieux face à face, répondit Paz.

— Il s'agit de Reuben, n'est-ce pas ?

— Trois mots, c'est tout. Et puis, toi et Reuben…

Elle laissa sa phrase inachevée, et toute une histoire en suspens. Frieda se mordit la lèvre, imaginant ce qui se passait.

— À quelle heure as-tu besoin de moi ?

— Peux-tu venir à 14 heures ?

— J'ai un patient jusqu'à 14 heures. Je peux être là vers 14 h 30. Ça ira ?

— Parfait.

Elle retourna à son toast, froid à présent. Elle n'avait pas envie de penser au centre, pas plus qu'à Reuben. Elle avait pour mission de gérer le chaos et la peine des autres, pas celles de Reuben. Lui ne saurait relever du domaine de ses compétences.

Joe Franklin était son dernier patient de la journée. Durant les seize derniers mois, il était venu la voir le mardi après-midi, à 17 heures 10 – même s'il lui arrivait de ne pas venir, ou d'arriver juste à la fin de sa séance. Frieda patientait sans irritation, et en profitait pour mettre ses notes à jour, ou bien griffonnait sur son bloc de papier. Elle ne partait jamais avant que ses cinquante minutes d'entretien ne soient totalement écoulées. Elle savait qu'elle était l'unique élément fiable de sa semaine tumultueuse, kaléidoscopique. Il lui avait confié un jour que c'était l'idée de la savoir assise, svelte et bien droite dans son gros fauteuil rouge qui lui donnait la force de continuer, même quand il avait un empêchement.

Aujourd'hui, il avait trente-cinq minutes de retard. Il arriva en titubant à l'aveuglette sur le seuil, tel un homme qui viendrait tout juste de survivre à une collision de voiture et serait encore sous le choc ; sa bouche s'animait mais aucun mot n'en sortait. Ses lacets défaits traînaient à terre, constata Frieda, et sa chemise était mal boutonnée. Elle apercevait son ventre, d'un blanc choquant. Ses ongles étaient trop longs et un peu sales. Ses épais cheveux blonds avaient besoin d'un shampoing. Il ne s'était pas rasé récemment. Frieda devina qu'il venait de passer plusieurs jours au lit et ne s'en était péniblement extirpé que pour venir ici.

Il s'écroula dans le fauteuil qui faisait face au sien, la table basse toujours entre eux. Il n'avait toujours pas croisé son regard. Il contempla par la fenêtre l'horizon de grues en suspens dans le crépuscule, telles de fantomatiques silhouettes, bien que Frieda se demandât s'il distinguait réellement quelque chose au dehors. Il dégageait un air d'abattement. C'était un jeune homme charmant, tout blond et solaire, mais par un jour comme celui-ci, on ne le voyait plus. Ses traits étaient tordus ; leur éclat s'était enfui. Il semblait blessé et très las.

Un silence, non pas angoissant mais reposant, emplit la pièce, et tous deux s'en délectèrent. L'endroit était un havre de paix. Joe laissa échapper un long soupir et tourna la tête. Ses yeux étaient remplis de larmes.

— C'est si moche que ça ? s'enquit Frieda.

Elle poussa une boîte de Kleenex dans sa direction.

Il hocha la tête.

— Vous êtes arrivé jusqu'ici. C'est déjà quelque chose.

Il prit un mouchoir et le pressa avec douceur contre sa figure, la caressant délicatement comme si elle était endolorie, puis tamponna ses yeux mouillés. Après avoir fait une boule serrée et humide du mouchoir, qu'il posa sur la table, il se resservit et recommença le même processus. Il se pencha en avant et plongea son visage dans ses mains. Il leva les yeux comme pour prendre la parole, ouvrit la bouche, mais aucun mot ne vint, et quand Frieda demanda s'il avait quelque chose à dire, il secoua violemment la tête, comme un animal aux abois. À 18 heures, quand l'heure fut venue pour lui de partir, il n'avait toujours pas prononcé une parole.

Frieda se leva et lui ouvrit la porte. Elle le regarda descendre les marches d'un pas maladroit, les lacets flottant, puis resta postée à sa fenêtre et le vit sortir dans la rue. Il passa devant une femme qui ne lui prêta pas particulièrement attention. Frieda consulta sa montre. Ce soir, elle sortait. Elle devait aller se préparer. Mais bon, rien ne pressait.

Huit heures plus tard, Frieda balança ses jambes hors d'un lit qui n'était pas le sien.

— Il y a quelque chose à boire ? demanda-t-elle.

— De la bière, au frigo, répondit Sandy.

Frieda se rendit à la cuisine et saisit une bouteille dans la porte du réfrigérateur.

— Tu as un ouvre-bouteille ? lança-t-elle.

— Si on allait chez toi, tu saurais où sont les choses, rétorqua-t-il. Dans le tiroir à côté de la cuisinière.

Frieda fit sauter la capsule de la bière et regagna la chambre du petit appartement de Sandy, dans le quartier du Barbican. Elle contempla par la fenêtre les lumières scintillant dans la nuit. Son palais lui semblait desséché. Elle sirota une gorgée de la bière et déglutit.

— Si j'habitais au quinzième étage, je passerais ma vie à regarder par la fenêtre. C'est comme d'être au sommet d'une montagne.

Elle regagna le lit. Sandy était lové dans les draps défaits. Elle s'assit sur le bord et baissa les yeux sur lui. À le voir, personne n'aurait dit qu'il s'appelait Sandy : il était plutôt d'un type méditerranéen, au teint olive, aux cheveux d'un noir de jais semblable à l'aile d'un corbeau, exception faite de quelques mèches argentées. Il soutint son regard sans sourire.

— Oh, Frieda...

Frieda voyait son cœur comme un vieux coffre qu'on aurait remonté du fond des mers, et dont on aurait forcé le couvercle recouvert de bernacles après tout ce temps. Qui savait quels trésors elle trouverait à l'intérieur ?

— Tu veux de la bière ?

— De ta bouche, alors.

Elle renversa la bouteille et prit une gorgée, puis se pencha sur lui, lui frôlant les lèvres. Elle sentit le liquide frais s'écouler en filet dans sa bouche. Il l'aspira goulûment, toussa et rit.

— C'est sans doute mieux à la bouteille, remarqua-t-elle.

— Non, dit-il. C'est meilleur de tes lèvres.

Ils échangèrent un sourire, et puis les sourires s'estompèrent. Frieda posa une main sur sa poitrine lisse. Ils prirent tous deux la parole en même temps et s'en excusèrent l'un comme l'autre, puis recommencèrent à parler en même temps.

— Toi d'abord, suggéra Frieda.

Il effleura sa joue.

— Je ne m'y attendais pas, avoua-t-il. C'est arrivé si vite.

— À t'entendre, ce ne serait pas une bonne chose.

Il l'attira sur le lit et se pencha sur elle, laissant courir une main sur son corps.

— Oh, non, répliqua-t-il. Mais j'ai l'impression de ne pas savoir où j'en suis. (Silence.) Parle-moi.

— Je crois que je m'apprêtais à dire la même chose. Ceci n'était pas prévu.

Sandy sourit.

— Parce que tu avais prévu autre chose ?

— Pas vraiment. Je passe mon temps à aider les gens à mettre de l'ordre dans leur vie. À leur trouver un fil conducteur. Mais je ne sais pas quel est le mien. Et voilà que j'ai l'impression d'être entraînée dans quelque chose. Je ne sais pas au juste de quoi il s'agit.

Sandy l'embrassa dans le cou et sur la joue, puis, intensément, sur la bouche.

— Tu restes ?

— Un jour, peut-être, répondit Frieda. Mais pas maintenant.

— Et je pourrai venir chez toi ?

— Un jour.

Chapitre cinq

L'inspecteur de police Yvette Long lança un regard à son patron, l'inspecteur divisionnaire Malcolm Karlsson.

— Vous vous sentez d'attaque ? demanda-t-elle.

— Ça change quelque chose ?

Sur ce, ils sortirent par la porte latérale du palais de justice, sans pour autant échapper aux reporters et aux caméras. Karlsson s'efforça de ne pas tressaillir sous les flashs. Il aurait l'air fuyant et vaincu quand on diffuserait les photos aux nouvelles. Il parvenait à identifier certaines des têtes présentes pour les avoir vues dans la tribune réservée à la presse durant les semaines précédentes. Un brouhaha de questions l'assaillit.

— Une à la fois, dit-il. Mr Carpenter.

Il s'adressait à un homme chauve agrippant un microphone.

— Cet acquittement constitue-t-il une humiliation personnelle ou un échec du système ?

— J'ai décidé d'engager des poursuites conjointement avec le ministère public. C'est tout ce que j'ai à dire.

Une femme leva la main. Elle travaillait pour un journal réputé. Il ne se rappelait plus lequel.

— On vous a reproché d'avoir porté l'affaire devant les tribunaux prématurément. Qu'avez-vous à répondre ?

— J'étais chargé de l'enquête. J'en assume l'entière responsabilité.

— Relancez-vous les investigations ?

— Les enquêteurs étudieront tout nouvel indice.

— D'après vous, cette opération a-t-elle été un gâchis de main-d'œuvre et d'argent public ?

— Je pense avoir monté avec mes hommes un dossier incontestable, dit Karlsson, tachant de réprimer une sensation de nausée. Apparemment, les jurés n'étaient pas du même avis.

— Donnerez-vous votre démission ?

— Non.

Plus tard ce jour-là se tint, suivant la tradition, une veillée au pub Le Duc de Westminster. Un groupe d'agents s'agglutina bruyamment dans un coin, sous une vitrine exposant divers nœuds marins. L'inspectrice Long vint s'asseoir près de Karlsson. Elle tenait deux verres de whisky à la main, puis s'aperçut qu'il avait à peine touché celui qu'on lui avait déjà servi.

Karlsson lança un regard aux autres agents.

— Ils sont plutôt de bonne humeur, constata-t-il. Compte tenu des circonstances.

— Parce que vous avez pris tout le blâme. Ce que vous n'auriez pas dû faire.

— C'est mon boulot, répliqua-t-il.

Yvette Long balaya la salle du regard et sursauta.

— Je n'y crois pas ! Crawford est ici. Le connard qui vous a foutu dans la merde. Il est vraiment là.

Karlsson sourit. Il ne l'avait jamais entendue jurer auparavant. Elle devait être vraiment en colère. Le préfet s'avança vers le bar d'un pas hésitant, puis vint les rejoindre et prendre place à leur table. Il n'avait pas remarqué le regard noir que lui lançait l'inspectrice Long. Il fit glisser un verre en direction de Karlsson.

— Ça vous en fera un de plus, déclara-t-il. Vous l'avez mérité.

— Merci, monsieur, dit Karlsson.

— Vous avez pris pour tout le monde aujourd'hui, poursuivit Crawford. Ne croyez pas que je ne l'ai pas remarqué. Je sais que j'ai exigé beaucoup de vous. Il y avait des raisons politiques à ça. Il fallait qu'on nous voie agir.

Karlsson rassembla ses verres, comme s'il les étudiait pour décider lequel boire en premier.

— C'était ma décision, s'obstina l'inspecteur. C'est moi qui étais en charge de cette affaire.

— Vous n'êtes pas en train de vous adresser à la presse, Mal. À la vôtre. (Il but son verre d'une traite et se releva.) Je ne peux pas rester. Un dîner avec le ministre de l'Intérieur. Vous voyez le genre. Je vais juste y faire un saut et me lamenter avec les autres. (Il se pencha alors vers Karlsson, comme pour lui faire une confidence.) Quand même, vous méritez un résultat. Vous aurez plus de chance la prochaine fois.

Reuben McGill fumait encore comme dans les années 1980. Ou les années 1950. Il sortit une Gitane de son paquet, l'alluma et referma son briquet d'un coup sec. Au début, il ne dit rien, et Frieda non plus. Elle était assise de l'autre côté de son bureau et l'observait minutieusement. En un sens, il avait l'air mieux qu'il ne l'était quand elle avait fait sa connaissance, quinze ans plus tôt. Il avait encore tous ses cheveux, désormais gris, son visage était plus ridé, voire flasque, mais cela ne faisait qu'ajouter à son charme vagabond. Il portait encore un jean et une chemise à col ouvert. Voilà un homme qui déclarait à ses interlocuteurs – à ses patients – qu'il s'inscrivait en marge de la société.

— Content de vous voir, dit-il.

— Paz m'a appelée.

— Ah oui ? C'est à se croire entouré d'espions. Vous aussi, vous m'espionnez ? Alors, quel est votre verdict ? Maintenant qu'on vous a mandatée.

— Je siège à la commission médicale du centre, expliqua Frieda. Ce qui signifie que si quelqu'un exprime un problème, je dois y répondre.

— Faites-le, alors, rétorqua Reuben. Que devrais-je faire, selon vous ? Ranger mon bureau ?

La surface du bureau disparaissait en effet sous des piles de livres, de journaux, de dossiers et de revues. Y traînaient aussi des stylos, des mugs et des assiettes.

— Ce n'est pas le désordre en lui-même, dit Frieda. Ce que je ne peux m'empêcher de remarquer, c'est que c'est le même que lorsque je suis venue ici il y a trois semaines. Je ne parviens pas tout à fait à comprendre comment il se fait que vous n'en ayez pas ajouté. Pourquoi ça n'a pas bougé.

Il rit.

— Vous êtes dangereuse, Frieda. Je ne devrais accepter de vous rencontrer qu'en terrain neutre. Comme vous l'avez sans doute entendu dire, Paz et le reste de l'équipe pensent que j'ai manqué de rigueur, ou de méthode. Désolé, c'est que je suis trop occupé à me soucier des gens.

— Paz vous a à l'œil. Et moi aussi. Vous parlez de cocher toutes les cases. Peut-être que c'est un avertissement. Et peut-être est-il préférable de l'entendre de la bouche de personnes qui vous aiment avant que ceux qui ne vous aiment pas commencent à le remarquer. Il y en a, paraît-il.

— Paraît-il, oui, reprit Reuben. Vous savez ce que vous feriez si vous vouliez vraiment m'aider ?

— Quoi ?

— Vous viendriez travailler ici à plein temps.

— Je ne suis pas sûre que ce soit une bonne idée.

— Pourquoi pas ? Vous pourriez conserver vos patients. Et me surveiller.

— Je ne tiens pas à vous surveiller, Reuben. Je ne suis pas responsable de vous, pas plus que vous ne l'êtes de moi. J'aime avoir mon autonomie.

— Qu'ai-je fait de mal ?

— Comment ça ?

— Pratiquement à la seconde où la jeune étudiante ambitieuse que vous étiez est entrée ici, j'ai vu celle qui prendrait ma suite un jour. Que s'est-il passé ?

Frieda fronça les sourcils, incrédule.

— Premièrement, jamais vous n'avez envisagé de transmettre votre bébé à quiconque. Et deuxièmement, je n'ai aucune envie de diriger quoi que ce soit. Je ne veux pas passer ma vie à vérifier qu'on a réglé la facture de téléphone et que les portes coupe-feu sont bien fermées. (Frieda se tut un instant.) Quand je suis venue ici pour la première fois, j'ai su que l'endroit – à ce moment-là, en tout cas – était fait pour moi. C'est difficile de faire perdurer une structure pareille. Personnellement, je ne pourrais pas.

— Vous pensez que j'ai échoué ? Est-ce ce que vous suggérez... que le niveau s'est dégradé ?

— C'est comme un restaurant, dit Frieda. Vous préparez un dîner remarquable un soir. Mais il faut renouveler l'exploit le lendemain soir, et le suivant. La plupart des gens n'en sont pas capables.

— Je ne vends pas de foutues pizzas. J'aide les gens à traverser leur vie. Qu'est-ce que je fais de travers ? Dites-moi.

— Je n'ai pas dit que vous ratiez quoi que ce soit.

— Sauf que vous vous faites du souci à mon sujet.

— Peut-être, avança prudemment Frieda, devriez-vous déléguer un peu plus.

— C'est ça que pensent les gens ?

— L'Entrepôt est votre création, Reuben. Vous avez accompli là quelque chose d'extraordinaire. Le centre a aidé nombre de personnes. Mais vous ne pouvez pas vous montrer trop possessif à son égard. Si vous le faites, il se cassera la figure dès que vous serez parti. Ce n'est certainement pas votre souhait. Le centre n'est plus ce qu'il était quand vous avez commencé dans votre salon.

— Bien sûr que non.

— Vous ne vous êtes jamais dit que votre manque de poigne en ce moment était une façon de lâcher prise ? Sans avoir à admettre que c'est ce que vous faites ?

— Manque de poigne ? Parce que mon bureau est en désordre ?

— Et que peut-être il serait préférable de procéder plus rationnellement ?

— Allez-vous faire foutre. Je ne suis pas d'humeur pour une thérapie.

— Je m'en allais. (Frieda se leva.) J'ai un rendez-vous.

— Pour conclure, suis-je en quelque sorte à l'épreuve ? s'enquit Reuben.

— Quel problème y aurait-il à vous montrer plus pointilleux ? Si vous n'essayez pas, pas moyen de dire quel effet ça ferait.

— Avec qui, ce rendez-vous ? Ça a un rapport avec moi ?

— Je vois mon stagiaire. C'est notre séance hebdomadaire et nous ne parlerons pas de vous.

Reuben écrasa le mégot de sa cigarette dans un cendrier déjà plein à ras bords.

— Vous ne pouvez pas rester planquée dans votre petite pièce à parler à des gens pour le restant de vos jours, lâcha-t-il. Vous devez vous confronter au monde et vous salir les mains.

— Je croyais que parler aux gens dans une petite pièce, c'était précisément notre boulot.

En sortant du bureau de Reuben, Frieda tomba sur Jack Dargan en train de tourner en rond dans le couloir. C'était une grande perche – un jeune homme passionné, intelligent et impatient, par ailleurs – en stage au centre, tout comme l'avait été Frieda à son âge. Il assistait aux séances de thérapie de groupe, et il avait un patient. Frieda le retrouvait une fois par semaine pour discuter de leur progrès. Le jour où ils avaient fait connaissance, et même s'il était conscient qu'il s'agissait d'un cliché, qu'elle-même en avait également conscience, et qu'il s'était méprisé pour ça, Jack était tombé raide dingue amoureux d'elle.

— Il faut que je sorte d'ici, déclara-t-elle. Venez.

Ils croisèrent un homme qui venait vers eux, une expression égarée sur son visage rond, avec un regard de cocker dérouté.

— Puis-je vous aider ? s'enquit-elle.

— Je cherche le Dr McGill.

— Par ici.

Elle indiqua la porte close d'un signe de tête.

Avant de sortir, elle passa devant Paz, qui parlait au téléphone avec volubilité tout en lançant ses mains couvertes de bagues en tous sens, gesticulant de manière extravagante, et elle se sentit soudain comme une maman canard qui montrerait le chemin à son unique caneton. Un bus remontait la colline quand ils furent à l'air libre, à bord duquel ils grimpèrent. Jack était agité. Il ne savait pas s'il devait s'asseoir sur le siège à côté du sien ou prendre celui de devant, ou encore de derrière. Quand il se décida pour la place à côté d'elle, il s'assit sur sa jupe et se redressa d'un bond comme ébouillanté.

— On va où ?

— Il y a un café que tiennent des gens de ma connaissance. Ils viennent d'ouvrir et c'est près de chez moi.

— Parfait, répondit Jack. Super. Très bien.

Avant de ne plus rien trouver à ajouter.

Frieda regardait fixement par la fenêtre, sans rien dire, et Jack l'étudia en coin. Jamais il ne s'était trouvé aussi près d'elle. Sa cuisse touchait la sienne et il pouvait sentir son parfum. Quand le bus tangua au coin d'une rue, il se retrouva pressé contre son corps. Il ne savait rien de sa vie privée. Elle ne portait pas d'anneau à la main gauche, aussi pouvait-il présumer qu'elle n'était pas mariée. Mais vivait-elle avec quelqu'un ? Avait-elle un amant ? Peut-être était-elle homosexuelle – il n'aurait su dire. Que faisait-elle quand elle sortait du centre ? Que portait-elle quand elle n'était pas vêtue de ses tailleurs masculins, de ses jupes sans fantaisie ? Se laissait-elle jamais aller à se lâcher les cheveux, danser, boire à l'excès ?

Quand ils descendirent du bus, Jack dut presser le pas pour ne pas se laisser distancer par Frieda tandis qu'elle le guidait dans un dédale de rues, pour enfin déboucher dans Beech Street. La rue regorgeait de petits restaurants et de cafés bondés, de modestes galeries d'art, de magasins vendant du fromage, des carreaux de céramique, des articles de papeterie. Il y avait un teinturier qui restituait le linge dans la journée, une quincaillerie, un supermarché ouvert 24 heures sur 24 vendant des journaux aussi bien en grec et en polonais qu'en anglais.

Il faisait bon au Numéro 9, un lieu à la décoration simple. Flottait une odeur de pain en train de cuire et de café. Il n'y avait qu'une demi-douzaine de tables en bois, vides pour la plupart, et quelques tabourets au bar.

La femme derrière le comptoir les salua d'un geste de la main.

— Comment ça va, depuis ce matin ?

— Bien, répondit Frieda. Kerry, voici mon collègue Jack. Jack, je vous présente Kerry Headley.

Jack, rose de plaisir d'avoir été qualifié de collègue de Frieda, marmonna quelque chose.

Kerry lui adressa un large sourire.

— Que puis-je vous offrir ? Il ne reste plus beaucoup de gâteaux – Marcus en refera dans un moment. Il est parti chercher Katya à l'école. Il reste quelques galettes.

— Café, simplement, pour moi, merci, répondit Frieda. De votre belle machine flambant neuve. Jack ?

— Même chose, dit Jack, que la caféine et la nervosité avaient pourtant déjà rendu fébrile.

Ils prirent place à une table près de la vitrine, face à face. Jack ôta son gros manteau et Frieda constata qu'il portait un pantalon de velours côtelé marron avec une chemise à rayures vives sur un tee-shirt jaune citron. Ses baskets étaient sales et ses cheveux fauves en pétard, comme s'il avait passé la journée à se passer les doigts dedans d'exaspération.

— Vous vous habillez comme ça quand vous voyez un patient ? ironisa Frieda.

— Pas exactement. C'est comme ça que je m'habille, c'est tout. Ça pose un problème ?

— Vous devriez porter quelque chose de plus neutre, si vous voulez mon avis.

— Genre complet-cravate ?

— Non, pas nécessairement. Un truc chiant, genre chemise unie quelconque, ou alors une veste. Quelque chose de plus invisible. L'idée, c'est que le patient ne s'intéresse pas trop à vous.

— Il n'y a pas grand risque.

— Que voulez-vous dire ?

— Le type que je suis censé soigner est complètement égocentrique. C'est ça, son véritable problème. Je veux dire, c'est grave, non ? Si je commence à trouver que mon tout premier patient est un vrai boulet.

— Vous n'êtes pas tenu de l'aimer. Vous devez juste lui venir en aide.

— Ce type, reprit Jack, rencontre des difficultés dans son couple. Mais il s'avère que lesdits problèmes ont surgi parce qu'il a envie de coucher avec une collègue de bureau. En gros, il a entrepris une thérapie dans le seul but que je lui concède que sa femme ne le comprend pas et qu'il serait en droit d'aller voir ailleurs. C'est comme s'il se mettait à l'épreuve pour être en mesure de s'autoriser à le faire sans ressentir de culpabilité.

— Et ?

— Pendant mes études à la fac de médecine, je croyais qu'on me formait pour guérir les gens. Dans leur corps, dans leur tête. Ça ne me convient pas trop si mon boulot en tant que thérapeute consiste juste à l'autoriser à tromper sa femme sans arrière-pensée.

— Parce que c'est ce que vous croyez faire ?

Frieda l'observa attentivement et remarqua le mélange de nervosité et d'exigence passionnée qui l'animait. Il avait de l'eczéma aux poignets et les ongles rongés. Il cherchait à lui donner satisfaction, mais aussi à la tester. Il parlait vite, dans un flot de paroles, et ses joues s'empourpraient et pâlissaient tour à tour.

— Je ne sais pas ce que je fais, répondit Jack. C'est ce que je cherche à vous dire. C'est ici que je peux être honnête, n'est-ce pas ? Je ne me sens pas à l'aise avec l'idée de l'encourager à l'infidélité. D'un autre côté, je ne peux pas simplement lui dire : « Tu ne commettras point l'adultère. » Ce n'est plus de la thérapie.

— Et pourquoi ne commettrait-il pas l'adultère ? répliqua Frieda. Vous ne savez pas comment est sa femme. Peut-être qu'elle l'y contraint. Peut-être commet-elle l'adultère elle-même.

— Tout ce que je sais d'elle, c'est ce qu'il m'en dit. Vous dites que les gens ont besoin de se forger une histoire. De toute évidence, il en a déjà trouvé une, et qui l'arrange bien. J'essaie de comprendre ce qu'il ressent, encore qu'il ne me simplifie pas la tâche, mais lui n'essaie pas de comprendre son épouse. Ni personne. Ça me dérange. Je ne sais pas quoi faire. Je ne veux pas lui concéder tacitement qu'il aurait le droit de se comporter comme une ordure. Que feriez-vous à ma place ?

Sur ce, il s'adossa à sa chaise et leva sa tasse de café, en en renversant comme il la portait à ses lèvres. Dans son dos, un homme râblé franchit la porte, traînant une enfant à sa suite, dont l'énorme sac à dos la faisait ressembler à une tortue. L'homme hocha la tête à la vue de Frieda et la salua d'un geste de la main.

— Vous ne pouvez pas administrer de thérapie au monde, expliqua Frieda. Pas plus que vous ne pouvez le modifier à votre convenance. La seule chose que vous puissiez faire, c'est vous occuper de la petite portion de l'univers qui se trouve dans la tête de votre patient. Il n'est pas question de lui accorder une permission, vous n'êtes pas là pour ça. Mais on cherche à ce qu'il soit honnête envers lui-même. Quand j'évoque l'idée d'une trame narrative, je ne veux pas dire qu'elles sont toutes valables. Vous pourriez commencer par essayer de l'amener à comprendre pour quelle raison il tient à avoir votre accord sur ce point. Pourquoi est-ce qu'il ne passe pas tout simplement à l'acte ?

— Si je lui présente les choses sous cet angle, peut-être qu'il se contentera de le faire.

— Au moins, il en prendra la responsabilité, au lieu d'essayer de vous la refiler. (Frieda garda le silence un instant et réfléchit.) Vous vous entendez bien avec le docteur McGill durant ces séances de thérapie de groupe ?

Jack eut l'air réticent.

— Je ne pense pas qu'il ait beaucoup de temps à m'accorder. Pas plus qu'à aucun d'entre nous, en fait. J'avais tellement entendu parler de lui avant de trouver une place à l'Entrepôt, mais il a l'air un peu stressé et distrait. Je ne pense pas que nous soyons sa priorité. C'est bien vous qui le connaissez le mieux, non ?

— Peut-être bien.

Chapitre six

Ces derniers temps, Reuben McGill avait commencé à trouver difficile de tenir cinquante minutes sans cigarette. Il en termina une dans son bureau et mit dans sa bouche une pastille de menthe extra-forte. C'était inutile, il le savait. Les gens sentaient le tabac sur vous quoi que vous fassiez. Il en allait autrement vingt ans plus tôt, quand tout sentait très légèrement la fumée de cigarette. Mais bon, pourquoi cela lui importait-il ? Pourquoi se donnait-il seulement la peine de sucer une pastille pour la masquer ? Ce n'était pas comme si c'était illégal.

Il trouva Alan Dekker dans la salle d'attente en train de patienter, prêt pour sa première séance. Il le conduisit jusqu'à l'une des trois pièces du centre où les patients étaient reçus. Alan regarda autour de lui.

— Je m'attendais à trouver un divan, déclara-t-il. Comme dans les films.

— Pas la peine de croire tout ce qu'on voit dans les films. Pour ma part, je pense qu'il est préférable de se faire face. Comme des gens normaux.

Il fit signe à Alan de prendre place dans un fauteuil gris à dossier droit, très ferme, de sorte qu'il serait obligé de se tenir bien raide, et de regarder droit devant lui. Reuben s'assit en face. Ils se trouvaient à près de deux mètres l'un de l'autre. Pas proches au point que cette proximité soit oppressante. Pas éloignés au point que l'un ou l'autre ait besoin d'élever la voix.

— Alors, que voulez-vous que je dise ? commença Alan. Je n'ai jamais fait ça.

— Parlez, simplement, répondit Reuben. On a tout le temps.

Il s'était écoulé trois minutes, quatre peut-être, depuis que Reuben avait fini sa cigarette. Il l'avait éteinte sur la rampe de l'escalier de secours, même si elle n'était qu'à moitié consumée, et l'avait laissée tomber sur l'aire bétonnée en contrebas. Il avait de nouveau envie de fumer. En tout cas, il ne pouvait s'empêcher de penser à une cigarette. Il ne s'agissait pas que de la fumer. C'était un moyen de mesurer le temps, ainsi qu'un objet à tenir dans la main. Soudain, il ne sut plus que faire des siennes. Les poser sur les bras du fauteuil semblait trop formel. Sur ses genoux semblait trop replié sur lui-même, comme s'il avait quelque chose à cacher. Il alterna entre l'un et l'autre.

Quand Reuben avait créé le centre en 1977, il était, à trente et un ans, l'un des psychanalystes les plus renommés du pays. En réalité, il s'agissait moins d'un centre que d'un groupe ou d'un mouvement. Il avait développé une forme de thérapie plus éclectique et moins soumise aux règles que les thérapies traditionnelles de l'époque. Ce qui allait transformer la discipline tout entière. Son portrait parut dans des revues. On l'interviewait dans les journaux. Il présenta des documentaires télévisés. Écrivit des livres aux titres énigmatiques, à connotation légèrement érotique (*Désir et impuissance acquise*, *Du caractère badin de l'amour*). Il avait débuté dans le salon de sa maison mitoyenne d'époque victorienne à Primrose Hill, et même après que le centre fut devenu une institution financée par la Sécurité sociale et eut déménagé à Swiss Cottage, il garda une touche bohème. L'Entrepôt avait été conçu par un architecte moderniste, qui conserva les poutres d'acier et les murs de brique brute du bâtiment d'origine, puis y ajouta quantité de verre et d'acier brossé. Pourtant, au fil des ans, quelque chose s'était perdu. Ce que Reuben trouvait difficile à admettre, c'était qu'il n'y avait en fait jamais réellement eu de nouvelle version de la thérapie. Reuben McGill avait été un personnage séduisant et charismatique, et il avait attiré les collègues et patients comme le chef religieux attire les disciples. Peu à peu, la beauté et le charisme s'étaient dilués. Ses méthodes thérapeutiques s'étaient avérées difficiles à reproduire, et l'amplitude des cas auxquels elles avaient été jugées applicables n'avait cessé de se réduire. L'Entrepôt était un succès, tout comme il inspirait le respect. Il avait changé la vie de certains, mais il ne révolutionnerait pas le monde.

Reuben restait un analyste talentueux, mais ces dernières années il s'était passé quelque chose. Il avait lu quelque part que les pilotes de ligne, après des décennies de service irréprochable, pouvaient développer une phobie du vol. Il avait entendu parler de vieux acteurs ayant soudain connu un trac si handicapant qu'ils ne pouvaient plus se produire sur scène. Il avait ouï dire qu'il existait semblable crainte chez des analystes, qui redoutaient de ne pas être de véritables médecins, de ne pouvoir offrir le genre de soins qu'offraient les autres branches de la profession, que tout ça n'était que vent, mirages et écrans de fumée. Reuben n'avait jamais éprouvé pareils sentiments. En quoi consistait une cure, franchement, après tout ? Il savait qu'il était une sorte de guérisseur. Il était convaincu de pouvoir faire quelque chose pour les gens qui venaient le trouver, blessés comme ils l'étaient au-delà de l'exprimable.

Le problème était plus simple que ça, plus embarrassant. Soudain – à moins que ce ne soit progressivement ? – il s'était lassé de ses patients. Voilà à quoi tenait la véritable différence entre l'analyse et les autres disciplines médicales. Dans ces dernières, le patient se présentait et l'on examinait son bras, scannait son sein, ou bien on inspectait le dessous de sa langue. Mais en tant qu'analyste, il fallait écouter les symptômes exposés maintes et maintes fois, à n'en plus finir, séance après séance. Au tout début, ça ne lui faisait pas cet effet. Parfois, Reuben avait eu le sentiment d'écouter une forme particulièrement pure de littérature, une littérature orale, qu'il fallait interpréter, décoder. Peu à peu, il en était venu à penser qu'il s'agissait d'une littérature d'un genre plutôt pauvre, remplie de clichés, répétitive, sans surprise. Puis, dernièrement, qu'il ne s'agissait plus de littérature d'aucune sorte, rien que d'une logorrhée informe, irréfléchie, qu'il s'était mis à laisser déferler autour de lui, telle une rivière, telle la circulation automobile, comme quand on se tient sur un pont enjambant l'autoroute en regardant foncer les voitures et les camions en contrebas, des gens dont on ne sait rien et dont on n'a rien à faire. Ils parlaient, pleuraient parfois ; lui opinait du chef, pensait à autre chose, guettant la cigarette qu'il pourrait fumer dans cinquante minutes, précisément.

— Ces pensées me rongeaient comme un cancer, disait Alan. Vous voyez ce que je veux dire ?

Silence.

— Pardon ? s'exclama Reuben.

— J'ai dit : « Vous voyez ce que je veux dire ? ».

— Dans quel sens ?

— Vous m'écoutiez ou non ?

Nouveau silence. Reuben consulta sa montre à la dérobée. Cela faisait vingt-cinq minutes que la séance avait débuté. Il ne gardait aucun souvenir des propos qui avaient été tenus. Il s'efforça de trouver une question à poser.

— Avez-vous le sentiment qu'on ne vous écoute pas ? dit-il. Pouvons-nous en parler ?

— Arrêtez avec ça, rétorqua Alan. Vous étiez ailleurs.

— Qu'est-ce qui vous fait dire ça ?

— Répétez-moi une chose que j'ai dite. Rien qu'une chose. N'importe laquelle.

— Je suis désolé, Monsieur… heu…

— Vous rappelez-vous seulement mon nom ? C'est James.

— Désolé, James…

— Ce n'est pas James ! C'est Alan. Alan Dekker. Sur ce, je m'en vais, et croyez-moi, je porterai plainte contre vous. Vous ne vous en tirerez pas comme ça. Vous ne devriez pas être autorisé à recevoir des patients.

— Alan, il faut que nous…

Ils se levèrent de concert et, l'espace d'un instant, se défièrent mutuellement. Reuben se pencha en avant pour saisir la manche d'Alan, puis hésita et leva les mains, le laissant partir.

— Je n'en reviens pas, commenta Alan. J'avais bien dit que ça ne servirait à rien. On m'a dit qu'il fallait que je tente le coup. Que ça aiderait. « Faites l'effort, rien qu'une fois. »

— Je suis désolé, répéta Reuben, dans un souffle.

Mais Alan n'était plus là pour l'entendre.

Chapitre sept

Frieda était de retour au centre le vendredi après-midi pour emprunter des livres à la petite bibliothèque en vue d'un exposé qu'elle devait présenter quelques semaines plus tard. La plupart des gens étaient déjà rentrés chez eux, mais Paz était encore là et elle lui fit signe d'approcher.

Cela ne faisait que six mois que Paz travaillait pour l'Entrepôt. Elle avait grandi à Londres, et elle parlait avec l'accent local de l'est de la ville et de ses environs, où les *t*, les *l* et *h* ne se prononçaient pas. Mais sa mère était originaire d'Andalousie, et Paz elle-même avait les cheveux bruns et les yeux sombres. C'était une femme entière qui conférait une certaine intensité dramatique aux lieux, même lorsque tout semblait calme. Aujourd'hui, il émanait d'elle une impression d'urgence aggravée.

— J'ai tenté de vous appeler, dit-elle. Avez-vous parlé à Reuben ?

— Vous savez bien que oui. Pourquoi ? Que se passe-t-il ?

— Pour commencer, il n'est tout simplement pas venu recevoir ses patients cet après-midi. Et je n'arrive pas à le joindre.

— C'est pas bon signe.

— Il y a pire. Ce patient... (Paz baissa les yeux sur le papier qui se trouvait devant elle.) Son cas était franchement grave, avec attaques de panique, et son généraliste l'a adressé à Reuben. Ça s'est mal passé. Très mal. Il compte déposer plainte.

— À quel sujet ?

— Il soutient que Reuben n'a pas écouté un mot de ce qu'il a dit.

— Et qu'en dit Reuben ?

— Mais rien du tout, c'est bien le problème. Il pense sans doute qu'il peut s'en tirer comme ça. Peut-être, en effet. Mais il s'est moqué de ce patient. Qui était fâché. Très fâché.

— Les choses s'arrangeront sûrement.

— Justement, Frieda, j'y venais. Désolée de vous mêler à cette histoire. Mais je l'ai déjà plus ou moins persuadé – Alan Dekker, je veux dire – de ne rien faire avant de vous avoir parlé. Je me suis dit que vous pourriez peut-être le prendre en charge.

— En tant que patient ?

— Oui.

— Oh, Seigneur ! pesta Frieda. Reuben ne peut pas réparer ses erreurs tout seul ? (Paz s'abstint de répondre et se contenta de lever vers elle un regard implorant.) Avez-vous évoqué la question avec Reuben ? Je ne peux pas lui retirer un patient comme ça.

— Plus ou moins.

— Ce qui signifie ?

— Qu'il ne parle pas vraiment. Mais j'ai cru comprendre qu'il voulait que vous preniez sa relève. Si vous acceptez.

— Très bien. Très bien. Je peux le recevoir pour un entretien préliminaire, j'imagine.

— Demain ?

— On est samedi demain. Je peux le voir lundi. 14 h 30 à mon cabinet.

— Merci, Frieda.

— Entre-temps, vérifiez l'emploi du temps de Reuben et voyez s'il est possible de transférer également les autres patients.

— Vous croyez qu'il va aussi mal que ça ?

— Peut-être qu'Alan Dekker n'est que le premier à se rendre compte de la situation.

— Reuben ne va pas apprécier.

Chaque vendredi, Frieda se rendait à pied à Islington, chez sa nièce, Chloë. Il ne s'agissait pas de visites de courtoisie : Chloë venait d'avoir seize ans et devait passer un examen en juin, le GCSE, et Frieda lui dispensait des cours de soutien en chimie, matière que Chloë (qui envisageait elle-même de devenir médecin) considérait avec un mélange de dégoût et de fureur, presque comme s'il s'agissait d'une personne qui lui en voudrait personnellement. L'idée venait de sa mère, Olivia, mais Frieda n'avait accepté qu'une fois que Chloë elle-même se fut engagée à contrecœur à y consacrer une heure chaque vendredi après-midi, de 16 h 30 à 17 h 30. Elle ne s'était pas toujours montrée fidèle à sa promesse. Une fois, elle ne s'était pas présentée du tout (mais ne l'avait fait qu'une fois, au vu de la réaction de Frieda). Elle arrivait assez souvent en retard, le pas traînant, et plaquait violemment ses classeurs sur la table de la cuisine, au milieu d'un tas de vaisselle sale et de piles de factures non ouvertes, tout en envoyant des regards noirs à sa tante, laquelle ignorait ses humeurs.

Aujourd'hui, elles étudieraient les liaisons covalentes. Chloë haïssait les liaisons covalentes. Elle abominait les liaisons ioniques. Elle avait horreur du tableau de classification périodique des éléments. Elle détestait faire des équations. Elle abhorrait convertir une masse en moles et inversement. Elle prit place face à Frieda, ses cheveux blond foncé pendant devant sa figure et les manches de son immense sweat à capuche ramenées au-dessus de ses mains de sorte que seuls ses doigts, aux ongles laqués de noir, étaient visibles. Frieda se demanda si la jeune fille dissimulait quelque chose. Voici un an, pratiquement, Olivia, hystérique, avait appelé Frieda pour lui apprendre que Chloë se tailladait la peau. Elle le faisait avec la lame de son taille-crayon ou l'aiguille de ses compas. Olivia l'avait découvert par hasard en ouvrant la porte de la salle de bains : elle avait vu les incisions sur les bras et les cuisses de sa fille. Chloë avait prétendu que ce n'était rien, qu'elle faisait toute une histoire pour pas grand-chose, que tout le monde faisait ça, que ça ne faisait pas mal du tout. De toute façon, tout était la faute d'Olivia, parce qu'elle ne comprenait pas quel effet ça faisait d'être à sa place, fille unique d'une mère qui la traitait comme un bébé, et d'un père qui s'était fait la malle avec une femme guère plus âgée que sa fille. « Répugnant. » Si être un adulte ressemblait à ça, elle ne voulait jamais grandir. Ensuite, elle s'était enfermée dans la salle de bains en refusant de sortir – et c'est là qu'Olivia avait appelé Frieda. Frieda était venue, et s'était assise dans l'escalier devant la salle de bains. Elle avait dit à Chloë qu'elle était là si elle voulait parler, et qu'elle patienterait une heure. Dix minutes avant l'écoulement du délai qui lui était imparti, Chloë avait émergé de la salle de bains, les traits gonflés d'avoir pleuré, de nouvelles marques sur les bras, qu'elle avait exhibées à Frieda dans un geste de défi rempli de colère : « Tiens, regarde ce qu'elle m'a fait faire... » Elles avaient parlé, ou plutôt, Chloë avait lâché un flot de propos semi-intelligibles sur le soulagement qu'il y avait à passer une lame sur sa peau et regarder se former des bulles rouges, sa colère envers son père « minable » et, « oh, Seigneur », sa mère et tout son cinéma, le dégoût qu'elle ressentait envers son propre corps adolescent, en pleine transformation.

— Pourquoi dois-je endurer tout ça ? avait-elle pleurniché.

Frieda ne pensait plus que Chloë se scarifie encore, mais elle ne posait jamais la question. Elle détourna son regard des manches longues et de l'expression butée de sa nièce, puis se concentra sur la chimie.

— Quand des métaux rencontrent des non-métaux, que se passe-t-il, Chloë ?

Chloë bâilla bruyamment, la bouche grande ouverte.

— Chloë ?

— Ch'ais pas. Pourquoi faut qu'on fasse ça le vendredi ? Je voulais aller en ville avec mes copains.

— Nous avons déjà eu cette conversation. Ils échangent leurs électrons. On va commencer par la liaison covalente simple. Prends le cas de l'hydrogène. Chloë ?

Chloë marmonna quelque chose.

— As-tu entendu un mot de ce que j'ai dit ?

— T'as dit hydrogène.

— Bien. Aimerais-tu prendre un bloc-notes ?

— Pourquoi ?

— Ça aide pour prendre des notes.

— Tu sais ce qu'a encore fait M'man ?

— Non, je ne sais pas. Papier, Chloë.

— Elle s'est inscrite dans une agence de rencontres, rien que ça.

Frieda referma le manuel et l'éloigna.

— Ça t'ennuie ?

— Qu'est-ce que tu crois ? Évidemment que ça m'ennuie.

— Pourquoi ?

— C'est nul, comme si elle était en manque de cul.

— Ou qu'elle était seule.

— Mmm... C'est pas comme si elle vivait toute seule.

— Tu veux dire, parce qu'elle t'a, toi ?

Chloë haussa les épaules.

— J'ai pas envie d'en parler. T'es pas mon psy, tu sais.

— Très bien, répondit Frieda avec douceur. Revenons à l'hydrogène. Combien d'électrons dans une molécule d'hydrogène ?

— Tu t'en fiches, hein ? T'en as rien à foutre. Mon père avait raison à ton sujet !

Sa voix fléchit devant l'expression qu'affichait Frieda. Chloë avait appris à présent que toute mention concernant les relations qu'entretenait Frieda avec sa famille était taboue, et aussi provocatrice soit-elle, elle éprouvait un respect mêlé de crainte et d'admiration pour sa tante et redoutait de lui déplaire.

— *Un*, répondit-elle d'un air boudeur. Un connard d'électron.

Chapitre huit

Durant la phase neurologique de sa formation médicale, Frieda avait soigné un homme ayant survécu à l'accident de voiture qui avait détruit la partie de son cerveau affectée à l'identification faciale. Du jour au lendemain, il s'était retrouvé incapable de distinguer les gens les uns des autres : ils ne présentaient plus à ses yeux que des ensembles de traits, de motifs sans signification émotionnelle. Il ne reconnaissait plus sa femme ni ses enfants. Ce qui avait amené Frieda à méditer sur l'unicité remarquable de chaque visage humain, et notre formidable aptitude à le déchiffrer. Elle avait alors amassé des douzaines de livres de portraits, œuvres de photographes célèbres pour certains, ou dénichés chez des bouquinistes pour d'autres, tirés par d'anonymes témoins de sujets inconnus et disparus depuis longtemps. Quand elle était incapable de trouver le sommeil et que même la marche échouait à la plonger dans l'oubli, il lui arrivait de sortir un ouvrage de sa bibliothèque et de le feuilleter, se plongeant dans les visages de ces hommes, femmes, enfants, tâchant de deviner leur vie intérieure à l'expression de leur regard.

Elle reconnut instantanément en Alan Dekker l'homme qu'elle avait croisé devant le bureau de Reuben. Sa figure – ronde, aux traits chiffonnés, parsemée de légères taches de rousseur – n'était pas séduisante à proprement parler, mais attachante. Ses yeux étaient d'un brun triste, et lui rappelaient l'expression d'un chien s'attendant à être battu mais quémandant néanmoins de l'affection. Sa voix tremblait et il frappa du poing dans sa paume ouverte tout en parlant. Elle remarqua que ses ongles étaient rongés jusqu'au sang.

— Vous croyez... Vous croyez... Vous croyez... commença-t-il. (Il était habitué à ce qu'on l'interrompe. Il parlait pour combler les vides jusqu'à parvenir à trouver ses mots.) Vous croyez que ça a été facile pour moi d'aller trouver cet homme ?

— Ce n'est jamais facile, répondit Frieda. Cela a dû demander du courage.

Alan se tut un instant, l'air déconcerté.

— J'y suis allé à cause de ma femme, Carrie. C'est elle qui m'a conduit là-bas. Je ne l'aurais pas fait autrement, je pense. Il s'est payé ma tête.

— Il vous a fait faux bond.

— Il ne me prêtait aucune attention. Il ne s'est même pas rappelé mon nom.

Il regarda Frieda mais elle se contenta de hocher la tête et de patienter, en se penchant légèrement en avant dans son fauteuil.

— En plus, il est rémunéré avec l'argent du contribuable. Je vais lui régler son compte.

— C'est à vous de voir, répliqua Frieda. Laissez-moi juste vous dire clairement qu'il n'y a pas d'excuse pour la façon dont il vous a traité. (Elle s'interrompit et réfléchit un moment, puis jura en son for intérieur. Bon sang, il n'y avait pas moyen de faire autrement.) Quoi que vous envisagiez, j'espérais que nous pourrions discuter de la situation, vous et moi.

— Cherchez-vous à m'en dissuader ?

— Je voulais dire : de vos sentiments, de votre souffrance. Parce que vous souffrez, non ?

— Ce n'est pas la question, protesta Alan. (Ses yeux s'étaient remplis de larmes et il les chassa d'un clignement.) Ce n'est pas la raison de ma venue.

— Comment la décririez-vous ?

Alan releva la tête. Frieda vit quelque chose fléchir dans son expression comme s'il capitulait.

— Les mots, c'est pas mon truc. J'ai pris un congé maladie. C'est comme si mon cœur était trop gros pour ma cage thoracique. J'ai un goût dans la bouche, comme du métal. Ou du sang. Et il me vient des pensées, des images, qui me traversent l'esprit. Ça me réveille la nuit. Je ne peux pas… C'est comme si je n'étais plus moi-même. Que je ne me reconnaissais plus, et j'ai peur. Je ne peux plus… (Il s'arrêta et déglutit.) Je n'arrive plus à faire l'amour à ma femme. Je l'aime, mais je n'y arrive pas.

— Ça arrive, répondit Frieda. Vous ne vous rendez sans doute pas compte à quel point c'est courant.

— J'en suis malade, poursuivit Alan. Tout me rend malade.

Ils se dévisagèrent.

— En allant trouver le docteur McGill, vous avez fait le premier pas. Ça s'est mal passé. J'en suis désolée. Vous pensez pouvoir réessayer ? Avec moi ?

— Ce n'est pas pour ça que je suis venu. Je… (Il s'interrompit et renonça comme si l'effort était trop grand.) Vous croyez pouvoir m'aider ?

Frieda le regarda – ses ongles rongés, son visage anxieux parsemé de taches de rousseur et mal rasé, son regard implorant. Elle lui répondit d'un hochement de tête.

— J'aimerais vous voir trois fois par semaine. Et que ce soit votre priorité. Chaque séance durera cinquante minutes, et si vous arrivez en retard, je ne décalerai pas l'heure de fin. Ça vous paraît faisable ?

— Je pense, oui.

Elle sortit son agenda de son tiroir.

Chapitre neuf

Ils se tenaient côte à côte sur le pont de Waterloo. Frieda ne regardait pas le palais de Westminster, pas plus que la grande roue du London Eye ou la cathédrale Saint-Paul, masse miroitante de la ville reflétée dans les eaux brunes. Elle contemplait les courants du fleuve, à l'endroit où ils tourbillonnaient au pied du pont. Elle avait presque oublié la présence de Sandy jusqu'à ce qu'il prenne la parole.

— Tu ne préfères pas Sydney ?

— Sydney ?

— Ou Berlin ?

— Non. Je pense qu'il faut que je retourne travailler à présent, Sandy.

— Manhattan, peut-être.

— On n'aime réellement qu'une seule ville. La mienne est ici.

— Ça représente l'Essex ? demanda Alan, en étudiant le dessin au mur.

— Non, répondit Frieda.

— Où est-ce ?

— Je ne sais pas.

— Pourquoi l'avoir acheté, alors ?

— Je voulais un tableau qui ne retienne pas trop l'attention. Qui ne distrairait pas les gens.

— J'aime ceux qui représentent vraiment quelque chose, comme les vieux voiliers où l'on peut voir tous les détails, les cordages, les voiles… Ça, c'est pas mon genre de tableau. C'est trop flou, trop sombre comme atmosphère.

Frieda s'apprêtait à rétorquer que c'était une bonne chose dans la mesure où ils n'étaient pas ici pour parler tableaux, quand elle se retint.

— Est-ce ce que le sombre est nécessairement une mauvaise chose ?

Alan hocha la tête.

— Je commence à piger, dit-il. Tout a un second sens, d'après vous. Ce que vous faites, c'est décrypter des trucs dans mes propos.

— De quoi souhaiteriez-vous parler, alors ?

Alan s'adossa et croisa les bras, comme s'il parait aux attaques de Frieda. Lundi, il s'était montré anxieux et dans le besoin. Aujourd'hui, il était assuré, sur la défensive. Au moins s'était-il présenté au rendez-vous.

— C'est vous le médecin. Enfin, une espèce de médecin. C'est à vous de me dire. Vous ne me demandez pas de vous raconter mes derniers rêves ? Ou alors devrais-je évoquer ma petite enfance ?

— Très bien, répondit Frieda. Je suis médecin. Alors dites-moi ce qui ne va pas chez vous. Expliquez-moi ce que vous faites là.

— Pour autant que je sache, je suis là afin de ne pas déposer de plainte contre un autre médecin. Ce type déshonore la profession. Je sais que vous tenez tous à vous serrer les coudes. Mais j'envisage toujours de porter plainte.

Alan ne cessait de changer de position. Il décroisait les bras, passait ses mains dans les cheveux, regardait Frieda, puis détournait les yeux.

— Il existe des lieux où déposer plainte, répliqua-t-elle. Si c'est ce que vous décidez de faire. Mais pas ici. Ici, vous venez parler de vous-même, avec honnêteté. Vous ne pouvez sans doute le faire avec personne d'autre, ni avec vos proches amis, ni avec votre femme, ou encore vos collègues de travail. C'est peut-être une opportunité à saisir.

— Le problème que j'ai avec tout ça… (Alan désigna la pièce d'un mouvement de bras) c'est que vous pensez pouvoir résoudre les problèmes rien qu'en en parlant. Je me suis toujours considéré comme une personne pratique. Face à un problème, il faut s'y coller et le résoudre, voilà ma conviction. En parler ne le fait pas disparaître.

L'expression de Frieda resta inchangée mais elle ressentit une forme de lassitude familière. Encore cette rengaine. La première véritable séance ressemblait bien souvent à un premier rancard particulièrement raté. Lors d'un premier entretien, les gens soutenaient tous qu'ils n'avaient pas réellement besoin d'aide, qu'ils ne savaient pas ce qu'ils faisaient là, que cela ne servait à rien de parler pour parler. Il fallait parfois attendre plusieurs semaines avant de dépasser ce stade. Il arrivait aussi qu'on n'y parvienne pas du tout.

— Comme vous l'avez dit, je suis médecin, reprit Frieda. Décrivez-moi vos symptômes.

— Ce sont les mêmes qu'avant.

— Qu'avant quoi ?

Frieda se pencha légèrement en avant dans son fauteuil.

— Quoi ? Je ne sais pas au juste. J'étais jeune. Vingt ans à peine – ce qui doit remonter à environ vingt et un, vingt-deux ans. Pourquoi ?

— Comment vous en êtes-vous sorti à cette époque ?

Alan marqua un silence, fit une étrange grimace, anxieuse.

— Ils ont fini par partir.

— Donc pendant vingt et quelques années, vous n'avez plus ressenti le moindre symptôme, et aujourd'hui, ils reparaissent.

— Ben, oui. Ce qui ne signifie pas nécessairement que j'aie besoin d'être ici. Je pense que mon généraliste ne m'a adressé à vous que pour se débarrasser de moi. Ma conviction, c'est qu'en gros les docteurs ne souhaitent qu'une chose, que leurs patients dégagent aussi vite que possible et ne reviennent pas. Pour cela, ils vous prescrivent en général des cachets, et si ça ne marche pas, ils vous envoient consulter un confrère. En fait, ce qu'ils souhaitent vraiment, bien sûr, c'est...

Soudain, il se tut. Un silence s'installa.

— Vous allez bien ? s'inquiéta Frieda.

Alan tourna lentement la tête.

— Vous entendez ?

— Quoi ?

— On dirait une sorte de grincement, ajouta-t-il. Ça vient de là.

Il désigna l'autre bout de la pièce, à l'opposé de la fenêtre.

— Il ne s'agit sans doute que des travaux, répondit Frieda. Il y a un chantier de construction en cours...

Elle fronça les sourcils. Un craquement s'était bel et bien fait entendre, et il ne venait pas d'en face. Mais de l'intérieur de l'immeuble. Et pourtant, pas tout à fait. Le bruit s'amplifia. Le grincement se mua en gémissement, jusqu'à ce qu'Alan et Frieda le ressentent autant qu'ils l'entendaient. Puis survint ce qui ressemblait à une explosion au plafond et quelque chose passa au travers : du plâtre et des débris de bois, mais aussi et surtout, un homme. Il atterrit lourdement sur le tapis. De gros morceaux de plâtre lui tombèrent dessus. La pièce fut soudain envahie de poussière blanche. Frieda ne bougea pas. C'était à ce point inattendu qu'elle se sentait incapable d'interpréter ce qui se passait. Elle se contenta de contempler la scène comme si un spectacle se déroulait sous ses yeux. En attendant de voir ce qui se produirait ensuite.

Dans l'intervalle, Alan avait bondi de son fauteuil pour se précipiter sur la silhouette ramassée au sol. Se pouvait-il qu'il soit mort ? s'interrogea Frieda. Comment un mort avait-il pu traverser son plafond ? Alan s'agenouilla et toucha le corps, et la silhouette s'anima. Lentement, elle remua, se mit à quatre pattes puis se releva. C'était un homme : massif, les cheveux en bataille, en bleu de travail. Mais il était difficile de distinguer quoi que ce soit d'autre à son sujet vu qu'il était couvert d'une couche de poussière blanche. Si ce n'est que, sur sa figure, un mince filet de sang partant du bord d'un sourcil dégoulinait jusque sur la pommette. Il regarda Alan, puis Frieda, l'air égaré.

— On est à quel étage ? demanda-t-il avec un accent étranger, d'Europe de l'Est.

— Quel étage ? répéta Frieda. Au troisième. Vous allez bien ?

L'homme examina le trou béant au plafond, puis reporta son regard sur Frieda. Il se tapota les bras et le corps, dégageant des tourbillons de poussière.

— Excusez-moi un instant, dit-il avant de quitter la pièce.

Frieda et Alan se dévisagèrent. Alan indiqua le fauteuil dans lequel il était assis jusque-là.

— Vous permettez ?

— Si je permets ?

Il traîna le fauteuil sous la déchirure puis monta dessus. Frieda leva les yeux vers lui, puis les baissa sur ses chaussures posées sur le siège, sans savoir quoi dire. La tête d'Alan avait disparu dans le trou. Elle perçut un « coucou » étouffé et d'autres mots qu'elle ne put distinguer. Puis une autre voix, encore plus distante. Enfin, Alan redescendit.

— Ça a l'air grave ? demanda Frieda.

Alan fit la grimace.

— Vous avez de la chance que je sois en arrêt maladie.

— Vous êtes dans la construction ?

— Je travaille au ministère de l'Urbanisme et du Logement, répondit-il. Je serais tenu de signaler l'incident si j'étais en fonction.

— Il faudra que je fasse faire les réparations nécessaires. Ça vous paraît compliqué ?

Alan lança un bref coup d'œil au trou, secoua la tête et inspira entre ses dents dans un sifflement.

— Je n'aimerais pas être à votre place, dit-il. Foutus incapables. S'il s'était rompu le cou, qui aurait payé ? Fichus Polaks.

— Ukrainien, lança une voix par l'ouverture.

— Vous écoutez ? cria Frieda.

— Quoi ? fit la voix.

— Vous vous êtes fait mal ?

— C'est votre plafond qui a pris, fit remarquer Alan.

— J'arrive, continua la voix.

Frieda s'écarta des gravats et hasarda :

— Je suis désolée pour cet incident. Nous allons devoir nous en tenir là, j'imagine.

— Vous aviez arrangé le coup ? demanda Alan. C'est un moyen de briser la glace ?

— Fixons un autre rendez-vous, voulez-vous ? Si ça vous va.

Alan leva les yeux au plafond.

— Ce qu'il y a de dérangeant dans cette histoire, à part le choc, c'est de voir à quel point on vit proches les uns des autres. Nous sommes comme des animaux en cage empilés les uns sur les autres.

Frieda l'examina en haussant les sourcils.

— Vous parlez en vrai psychanalyste. Parfois il arrive qu'un homme tombant par un trou dans le plafond ne soit qu'un homme tombé par un trou dans le plafond. Ça ne veut rien dire. Ce n'est qu'un accident. (Elle considéra les gravats et la poussière qui se déposait à présent sur toutes les surfaces.) Un accident particulièrement irritant.

L'expression d'Alan se fit sérieuse.

— C'est moi qui devrais vous présenter des excuses, dit-il. Je me suis montré grossier avec vous. Vous n'êtes pas responsable pour votre collègue. Pas plus que pour mon généraliste. Il y a bien des trucs dont j'aimerais vous parler. Des pensées. Dans ma tête. Peut-être que vous pourriez les chasser.

— Vous ne vous êtes pas montré grossier, pas vraiment. Donc je vous revois vendredi. À supposer que d'ici là, j'aie pu faire dégager tout ça.

Elle raccompagna Alan à la porte puis, comme elle le faisait toujours, regagna son bureau et commença à prendre des notes sur la séance, quoique celle-ci ait à peine duré dix minutes. Elle fut interrompue par un coup toqué à la porte. Un coup, pas la sonnerie de l'interphone, aussi se figura-t-elle que ce devait être Alan, mais il s'agissait de l'homme d'au-dessus, toujours couvert de poussière.

— Cinq minutes, réclama-t-il.

— *Quoi*, cinq minutes ? demanda Frieda.

— Vous pas bouger, dit-il. Je reviens dans cinq minutes.

Frieda passa deux appels afin d'annuler les rendez-vous suivants. Puis, alors qu'elle achevait de consigner ce qu'elle avait à noter, un nouveau coup à la porte retentit. Il lui fallut un moment pour reconnaître l'homme qui se tenait debout devant elle, maintenant qu'il était propre, qu'il sentait le savon et qu'il était vêtu d'un jean, d'un tee-shirt et d'une paire de tennis qu'il portait sans chaussettes. Ses cheveux d'un châtain foncé étaient ramenés en arrière. Il tendit la main.

— Josef Morozov.

Comme en rêve, Frieda lui serra la main et se présenta, même si elle avait cru, l'espace d'un instant, qu'il allait porter ses doigts à ses lèvres et y déposer un baiser.

Dans son autre main, il tenait un paquet de biscuits au chocolat.

— Vous aimez les gâteaux ?

— Non, pas vraiment.

— Il faut qu'on parle. Vous avez thé ?

— Il faut qu'on parle, en effet.

— Il nous faut le thé. Je vous prépare.

Frieda ne conservait presque rien dans le petit appartement où elle recevait ses patients mais il lui arrivait de se faire du thé ou du café. Aussi l'invita-t-elle à entrer et le regarda-t-elle s'affairer dans sa cuisine. Dans la mesure où elle devait lui indiquer où se trouvait chaque chose, cela prit plus de temps que si elle l'avait préparé elle-même. Emportant chacun un mug, ils regagnèrent la pièce de consultation.

— Vous auriez pu mourir, constata Frieda. Vous allez bien ?

Il leva le bras gauche et l'étudia comme s'il appartenait à un autre. Une cicatrice d'un rouge violacé courait le long de sa face interne.

— Je suis tombé d'une échelle, expliqua-t-il, par une fenêtre, aussi. Et une fois, j'ai cassé la jambe quand un… (Il fit un geste vague.) Il m'a roulé dessus. J'avais mur dans le dos. Ça, c'était rien.

Il sirota son thé et regarda par la fenêtre les travaux de démolition en cours.

— Gros chantier, commenta-t-il.

— Et si on parlait de celui-ci ?

Josef se retourna et contempla les gravats au sol, puis le plafond.

— Gros travaux, admit-il.

— C'est ici que je travaille, expliqua Frieda.

— Vous pouvez pas travailler là-dedans, répliqua Josef.

— Qu'est-ce que je fais, alors ? Je veux dire : qu'est-ce que *vous* comptez faire ?

Josef sourit d'un air mélancolique.

— C'est ma faute, dit-il. Mais celui qui a construit ce plancher, c'est encore plus sa faute.

— Je me fiche pas mal de votre plancher, rétorqua Frieda. Ce qui m'importe, c'est mon plafond.

— C'est pas mon plancher. Je fais les travaux pendant que les gens sont dans leur maison à la campagne. Ici, c'est leur appartement en ville. Vous travaillez tous les jours ?

— Tous les jours. Sauf le week-end.

Il s'éloigna et porta une main à son cœur, dans un geste qui ne manquait pas de panache. Il s'inclina légèrement.

— J'arrangerai tout pour vous.

— Quand ça ?

— Ça sera mieux que c'était avant que je tombe par le trou.

— Vous n'êtes pas tombé par le trou. C'est vous qui l'avez *creusé*.

Il fronça les sourcils, l'air pensif.

— Quand avez-vous besoin de travailler ici ?

— J'aimerais y travailler dès demain, mais j'imagine que c'est exclu.

Josef balaya la pièce du regard. Puis sourit encore.

— J'installe une cloison là, dit-il. Je travaille derrière. Comme ça, vous avez votre bureau. Quand vous n'êtes pas là, je pose nouveau papier peint. Que je repeins. Avec vraie couleur.

— Cette couleur convient parfaitement.

— Vous me laissez la clé et la cloison est finie demain, vous récupérez votre bureau. Un peu plus petit, c'est tout.

Il tendit la main. Frieda s'interrogea un instant. Elle confiait sa clé à un homme qu'elle venait tout juste de rencontrer. Mais qu'allait-elle faire d'autre ? Trouver un autre maçon ? Que pouvait-il arriver, au pire ? Question à ne jamais poser. Elle ouvrit un tiroir, dénicha un double de sa clé et le remit à Josef.

— Vous êtes ukrainien ? redemanda-t-elle.
— Pas polonais.

Les mieux, ce sont les timides, avec leur sourire anxieux et leur lèvre inférieure qui tremble. Ceux qui veulent revoir maman et qui restent assis sur les marches même par temps froid et humide, jusqu'à ce que leur maîtresse vienne les chercher et les oblige à se lever, à courir dans la cour. Il les faut dotés d'un tempérament docile, ne demandant qu'à donner satisfaction. Qu'on peut modeler à sa guise.

Il y en a un, un petit garçon, assis sur la petite bascule en bois, qui attend qu'un autre grimpe à l'autre extrémité. Mais personne ne vient, et il reste là, assis tout seul. Au début, il sourit, rempli d'espoir, mais peu à peu ses traits se figent. Il jette des regards autour de lui. Il voit les autres enfants le regarder, sans se décider à se joindre à lui. Il essaie d'inviter un autre garçon à venir jouer avec lui mais ce dernier l'ignore.

Lui, éventuellement. Il faut savoir ce que l'on cherche mais également se montrer prudent. Peu importe combien de temps ça prend. Le temps n'est pas un problème.

Chapitre dix

— Voilà qui était intéressant, déclara Sandy.

Ils traversaient la City main dans la main en direction de son appartement, qui n'était plus qu'à une centaine de mètres. Autour d'eux s'élevaient d'imposants bâtiments qui les surplombaient, et dont la hauteur obscurcissait presque le ciel. Des banques, des établissements financiers et d'augustes cabinets d'avocats aux noms gravés au-dessus des portes. L'odeur de l'argent. Les rues étaient propres et désertes. Les feux de signalisation passaient du rouge au vert, et ainsi de suite, mais seul un taxi les franchissait de temps à autre.

Ils avaient assisté au pot de départ d'un docteur qui travaillait avec Sandy, et que connaissait également Frieda depuis plusieurs années. Ils étaient arrivés séparément, mais au cours de la soirée, Sandy s'était approché du groupe où se tenait Frieda et avait posé une main dans son dos. Elle s'était tournée vers lui et il avait baissé la tête pour déposer un baiser sur sa joue, trop proche de sa bouche et trop insistant pour qu'il s'agisse d'un simple bonjour entre connaissances. C'était clairement une déclaration, et il tenait bien sûr à ce qu'elle soit remarquée de tous. Quand la jeune femme s'était retournée vers ses interlocuteurs, elle avait remarqué l'intérêt illuminant les regards qui s'échangeaient, même si personne ne fit de commentaire. Et voilà qu'ils étaient repartis ensemble, conscients de tous les yeux posés sur eux, des conjectures qu'ils laissaient derrière eux. « Frieda et Sandy, Sandy et Frieda... vous étiez au courant, vous aviez deviné ? »

— Et la prochaine fois, tu vas m'inviter à faire la connaissance de ton patron. Oh, j'oubliais... c'est toi le patron, non ?

— Ça t'ennuie ?

— Si ça m'ennuie ?

— Que les gens sachent qu'on est ensemble.

— Parce qu'on est ensemble ? lui demanda-t-elle d'un ton sarcastique, même si son cœur battait fort.

Ils avaient atteint le quartier du Barbican. Il se tourna vers elle et la prit par les épaules.

— Allez, Frieda. Pourquoi est-ce si difficile ? Dis-le tout haut.

— Dire quoi ?

— Qu'on est ensemble, qu'on forme un couple. On couche ensemble, on fait des projets, on se raconte ce qu'on a fabriqué dans la journée. Je pense à toi tout le temps. Je me souviens de toi, je me rappelle ce que tu as dit, ce que tu as ressenti. Regarde-moi ça : un consultant de quarante ans et quelques, à la tempe grisonnante, et je me sens pourtant comme un ado. Pourquoi est-ce si difficile pour toi de l'admettre ?

— J'aimais bien quand notre histoire était secrète, se défendit Frieda. Quand personne n'était au courant à part nous.

— Le secret ne pouvait pas durer éternellement.

— Je sais bien.

— Tu es comme un animal sauvage. J'ai tout le temps la trouille qu'au moindre geste brusque, au moindre son de travers, tu t'enfuies.

— T'as qu'à prendre un labrador, rétorqua Frieda. J'en avais un quand j'étais petite, une chienne. Chaque fois qu'on la laissait, elle se mettait à hurler.

Et quand on rentrait à la maison, elle était aussi reconnaissante que si on était partis depuis dix ans.

— Ce n'est pas de ça que je veux, répondit Sandy. Ce que je veux, c'est toi.

Elle se serra contre lui et passa les bras sous son épais manteau ainsi que sous la veste de son complet. Elle sentait la chaleur de son corps au travers de sa fine chemise. Il pressait ses lèvres dans ses cheveux.

— Moi aussi, je te veux.

Sans un mot, ils pénétrèrent dans l'immeuble. Dans l'ascenseur, ils se tournèrent l'un vers l'autre tandis que les portes se refermaient et s'embrassèrent si farouchement qu'elle sentit le goût du sang sur sa lèvre. Ils ne se séparèrent qu'arrivés à son étage. Une fois dans son appartement, il lui ôta son manteau et le laissa tomber par terre. Il fit glisser la fermeture Éclair de sa robe, souleva ses cheveux et défit le fermoir de son collier, laissant la fine chaîne d'argent s'enrouler au creux de sa paume, pour la poser ensuite sur la petite console dans l'entrée. S'agenouillant sur le parquet, il lui enleva une chaussure, puis l'autre. Quand il leva les yeux vers elle, elle s'efforça de sourire. Être heureuse lui faisait peur.

— Je ne viens pas de Pologne, déclara Josef, une fois de plus, à l'unique autre client du pub minable mais à l'atmosphère chaleureuse et réconfortante.

— Ça m'est égal. J'aime bien les Polonais. J'ai rien contre eux.

— Je viens d'Ukraine. C'est très différent. En été, on…

— Moi je conduis des bus.

— Ah. (Josef hocha la tête.) J'aime bien les bus, ici. J'aime bien monter à l'étage, à l'avant.

— C'est à toi.

— Pardon ?

— Un autre, mon vieux.

Il tendit son verre. Josef pensait avoir réglé la dernière tournée. Il plongea la main dans la poche de sa veste, qui ne serait pas assez chaude pour lui permettre de traverser l'hiver, et palpa les pièces qui s'y trouvaient. Il n'était pas sûr d'avoir de quoi payer une autre tournée, mais ne voulait pas se montrer grossier envers son nouvel ami, lequel s'appelait Ray, et était rose et rond.

— Je veux bien t'offrir une bière, mais j'en prends pas pour moi, dit-il enfin. Je dois aller maintenant. Demain, je commence travail pour une dame.

Ray lui adressa un sourire entendu qui s'évanouit quand il vit l'expression de Josef.

Elle adorait la sensation du vent sur sa figure. Elle adorait l'obscurité et sa fraîcheur, et cette façon qu'avaient les rues alentour d'être quasi désertes, tandis que seuls ses pas et le bruissement des feuilles sèches troublaient le silence. Au loin, cependant, elle percevait encore le grondement de la circulation. Elle passa sous le petit pont d'où pendait, depuis aussi longtemps qu'elle empruntait ce chemin, une paire de bottes qui valsait dans les airs. Au pont de Waterloo, elle s'arrêtait toujours un moment pour contempler les grands édifices massés de part et d'autre du fleuve et écouter le doux son de l'eau qui léchait le rivage. C'était d'ici que Londres s'offrait aux regards. Depuis ce point, la ville s'étendait sur des kilomètres des deux côtés, s'étiolant en banlieues puis en une sorte de campagne insipide où ne se rendait jamais Frieda tant qu'elle pouvait l'éviter. Elle tourna le dos au fleuve. Non loin, sa petite maison étroite l'attendait, avec sa porte bleu foncé, le fauteuil au coin du feu, le lit qu'elle avait fait ce matin.

À son retour, il était 3 heures du matin bien sonnées, mais quoique son corps fût las, son esprit fourmillait de pensées et d'images, et elle sut qu'elle n'arriverait pas à dormir. L'une de ses collègues, experte en maladie du sommeil, lui avait dit qu'il pouvait être utile de concentrer son attention sur une image paisible – un lac, ou une prairie couverte d'herbes hautes, avait-elle suggéré – et c'est ce que faisait Frieda à présent, allongée dans son lit avec les rideaux à moitié tirés, de façon à pouvoir voir la lune. Elle s'imagina perdue dans le dessin accroché au mur de son bureau, en train de fouler les couleurs chaudes et cendrées du paysage. Mais bientôt elle se surprit à se représenter le tableau qu'avait décrit Alan Dekker, celui d'un navire en pleine tempête, avec des cordages fouettant l'air en tous sens, dans une agitation générale frénétique. Voilà ce qui devait parfois se passer dans sa tête, se dit-elle. Et de là, songeant à Alan, elle se souvint du plafond en train d'exploser et du corps tombant au travers dans une pluie de plâtre et de poussière. Elle se demanda si son cabinet serait prêt pour elle demain, si ce n'est, bien sûr, qu'on était déjà demain, et que dans trois heures environ ce serait l'heure de se lever.

Quand Josef débarqua dans l'appartement, c'est tout juste si Frieda parvint à le distinguer au début, derrière l'immense panneau d'aggloméré qu'il portait. Il l'appuya contre un des murs du cabinet et leva les yeux au plafond.

— J'ai un patient qui arrive dans une demi-heure, déclara Frieda.

— Il y en a pour dix minutes, répliqua Josef. Quinze, peut-être.

— C'est pour combler le trou ?

— Avant que le trou s'arrange, ça va d'abord empirer. Je vais l'agrandir, enlever les débris. Après, je peux le renforcer et le boucher. (Il fit un geste en direction du panneau.) Ça, je vais utiliser pour faire une cloison ici et vous rendre votre pièce. J'ai pris mesures et découpé deux morceaux, à la bonne taille.

Frieda avait tant de questions à poser et tant de réserves au sujet de l'opération qu'elle ne savait pas lesquelles exprimer en premier.

— Comment ferez-vous pour entrer et sortir ? demanda-t-elle sans conviction.

— Par le trou, dit Josef. Je descends une échelle, et après je la remonte.

Il sortit et revint quelques minutes plus tard avec deux sacs, l'un rempli d'outils et l'autre de bouts de bois de différentes tailles. À une vitesse étonnante, il mit la première plaque en place, après quoi Frieda entendit divers coups provenant du côté qu'elle ne pouvait voir. Elle jeta un œil dans la minuscule extrémité de la pièce, désormais à moitié barrée par la plaque.

— Ça aura l'air de quoi une fois que vous aurez terminé ? s'enquit-elle.

Josef tapota la plaque pour tester sa résistance. Il semblait satisfait.

— Le trou, bouché, répondit-il. Ensuite, la planche va partir. Ensuite, un après-midi, le plafond est couvert d'un papier et repeint. Et si vous voulez, le reste de la pièce repeint. Le même après-midi. (Il balaya les lieux du regard.) Avec vraie couleur.

— Mais c'est une vraie couleur.

— À vous de voir. Une couleur triste, si vous voulez. Les gens là-haut, ils paient. Je compte ce travail dans ce qu'ils paient.

— Je ne suis pas sûre que ce soit correct.

Josef haussa les épaules.

— Ils me font travailler dans des endroits dangereux où on traverse le plancher. Ils peuvent bien payer un peu.

— Je n'en suis pas convaincue, protesta Frieda.

— Je vais chercher la deuxième planche maintenant, et après vous récupérez votre pièce. Un peu plus petite qu'au début, c'est tout.

— Très bien.

Frieda consulta sa montre. Bientôt, elle serait assise dans ce cabinet réduit et prêterait l'oreille aux rêves sombres d'Alan et à sa tristesse quotidienne.

Chapitre onze

— Franchement, Alan, je ne comprends pas pourquoi tu dois faire tant de cachotteries tout d'un coup.

Le dîner était terminé et Carrie venait de zapper d'une chaîne à l'autre avec la télécommande, mais elle éteignait à présent la télévision et se tournait vers lui en croisant les bras. Elle s'était montrée cinglante et susceptible toute la soirée. Alan s'attendait à cette conversation.

— Je ne fais pas de cachotteries.

— Tu ne me dis rien de ce qui se passe durant ces séances. C'est moi qui t'ai poussé à y aller et voilà que tu me tiens à l'écart.

— Ce n'est pas ça… (Alan tenta de se remémorer comment Frieda avait présenté les choses plus tôt dans la journée.) C'est un endroit où je peux m'exprimer en toute sécurité. Où je peux dire n'importe quoi.

— Tu n'es pas en sécurité ici ? Tu ne peux donc pas tout me dire ?

— Ce n'est pas la même chose. Elle, c'est une étrangère.

— Donc tu peux confier des choses à une étrangère que tu ne peux pas dire à ta propre femme ?

— Oui.

— Quel genre de trucs ? Oh, désolée, j'oubliais. Tu ne peux pas me les dire parce que ce sont des secrets, c'est ça ?

Ça ne lui ressemblait pas d'être sarcastique. Ses joues s'étaient empourprées.

— Il n'y a rien de mal. Ce ne sont pas des secrets de cette nature. Je ne lui confie pas que j'ai une maîtresse, si c'est à ça que tu penses.

— Si c'est ce que tu veux.

La voix de Carrie était tendue et haut perchée. Elle haussa les épaules et ralluma la télévision.

— Ne sois pas comme ça, dit-il.

— Comme quoi ?

— Blessée. Comme si j'avais fait quelque chose de nature à te vexer.

— Je ne suis pas vexée, rétorqua-t-elle sur le même ton sec.

Il lui prit la télécommande des mains et éteignit la télévision de nouveau.

— Si tu tiens vraiment à le savoir, ce dont nous avons parlé aujourd'hui, c'est de notre difficulté à avoir un bébé.

Elle se tourna vers lui.

— C'est pour ça que tu ne vas pas bien ?

— Je ne sais pas pourquoi ça ne va pas. Je te dis juste de quoi nous avons parlé aujourd'hui.

— C'est aussi moi qui ne parviens pas à avoir ce bébé.

— Je sais.

— C'est moi qu'on tâte et palpe et qui dois attendre mes règles chaque mois.

— Je sais.

— Et ce n'est pas comme si...

Elle s'interrompit.

— Ce n'est pas comme si c'était ta faute, acheva Alan à sa place, avec lassitude. C'est la mienne. C'est mon taux de spermatozoïdes qui est bas. Et c'est moi qui suis impuissant.

— Je n'aurais jamais dû dire ça.

— Il n'y a pas de problème. C'est vrai, après tout.

— Je ne le pensais pas. Il n'est pas question de faute. Ne fais pas cette tête.

— Quelle tête ?

— Comme si tu allais pleurer.

— Quel mal y aurait-il à pleurer ? demanda Alan, à son propre étonnement. Pourquoi est-ce que je ne pleurerais pas ? Et toi non plus ?

— Ça m'arrive, si tu veux savoir. Quand je suis seule.

Il saisit sa main et joua avec l'alliance qu'elle portait au doigt.

— Toi aussi, tu me caches des choses.

— On aurait dû en parler plus. Mais je continue de penser que tout finira bien. Il y a plein de femmes qui attendent des années. Et si ça ne vient pas, on peut peut-être adopter. Je suis encore assez jeune.

— J'avais envie de mon propre fils, répondit Alan à mi-voix, presque comme s'il s'adressait à lui-même. C'est de ça que j'ai parlé aujourd'hui. Le fait de ne pas avoir d'enfant, ça ne me rend pas seulement triste, ça me fait un drôle d'effet, comme si j'étais incomplet. Comme s'il manquait quelque chose au fond de moi – et c'est là que tous ces trucs rappliquent pour remplir le vide. (Il s'interrompit.) Ça a l'air débile.

— Non.

Elle avait pourtant envie de hurler : « Et moi, alors ? Mon fils, ma fille ? J'aurais fait une bonne mère. » Elle dit seulement :

— Continue.

— Ce n'est pas juste. Pas juste pour toi non plus. Je ne me suis pas montré à la hauteur et je ne peux pas réparer les torts. Tu dois regretter de m'avoir rencontré.

— Non.

Même si, bien sûr, il était arrivé qu'elle se dise que les choses auraient été tellement plus faciles avec un autre homme, d'un genre différent, sûr de lui, et doté d'un sperme vigoureux qui voudrait bien nager à la rencontre de son utérus, à l'image du saumon remontant la rivière. Elle tressaillit. Ces deux éléments semblaient aller de pair, mais elle savait que ce n'était pas juste. Alan n'y était pour rien.

— C'est sorti comme ça tout seul, des trucs que j'ignorais penser. C'est une femme plutôt intimidante, mais pour une raison obscure, on peut quand même se confier à elle. Au bout d'un moment, ce n'était même plus comme si je m'adressais à quelqu'un. Ça faisait le même effet que d'explorer une maison dans laquelle je n'étais jamais entré jusque-là, en découvrant des choses, en les ramassant pour les étudier, comme si je me laissais aller à errer en moi-même. Et là, je me suis retrouvé en train de dire ce truc… (Il se tut un instant, passa une main sur son front. Il se sentait un peu nauséeux soudain, presque essoufflé.)

— Quoi ? le relança Carrie. Quel truc ?

— J'ai cette image dans la tête… ça a l'air dingue. Elle semble tellement réelle, comme si je la regardais, ou que je me la remémorais ou je ne sais quoi… Ça ne donne pas l'impression que je l'imagine en tout cas, mais que ça m'arrive pour de vrai.

— Qu'est-ce qui t'arrive ? Quelle image, Alan ?

— Moi et mon fils ensemble. Un petit garçon de cinq ans, avec des cheveux d'un roux vif et des taches de rousseur, un grand sourire. Je peux le voir comme je te vois.

— Tu le vois ?

— Et je lui apprends à jouer au football. (Il fit un geste en direction du petit jardin qu'il avait négligé dernièrement.) Il se débrouille comme un chef, il contrôle le ballon, et je me sens tellement fier de lui. Fier de moi aussi, d'être un vrai père, de faire ce que font les papas avec leur fils. (Il avait la poitrine nouée, comme s'il avait couru sur une longue distance.) Et toi, tu es à la fenêtre, en train de nous regarder.

Carrie ne dit rien. Des larmes roulaient le long de ses joues.

— Ces derniers temps, je n'ai pas réussi à m'ôter cette image de la tête – parfois, je n'en ai pas envie, mais à d'autres instants j'ai l'impression que je vais devenir dingue si elle persiste. La thérapeute m'a demandé si c'était moi que je pensais voir enfant, ou le petit garçon en moi, ou je ne sais pas qui, que je chercherais à sauver, d'une certaine façon. Mais ce n'est pas ça. Je vois mon fils. Notre fils.

— Oh, mon Dieu.

— Celui que nous attendons.

C'est toujours comme ça. Arrive un moment où l'on sait, c'est tout. C'est aussi simple que ça. Après tous ces mois passés à observer, à guetter la secousse sur la ligne et à attendre que ça morde à l'hameçon, tout ce temps passé à se montrer patient et prudent, à se demander si celui-ci serait le bon, ou celui-là, sans jamais renoncer ou se laisser abattre, les choses se concrétisent, soudain. Il suffit de se tenir prêt.

Il est petit et chétif, il fait peut-être plus jeune que son âge, quoi que ce soit difficile à dire. Il se tient à l'écart de ses camarades au début ; son regard fouille à droite et à gauche pour voir où l'on pourrait vouloir de lui. Il porte un jean un peu trop grand pour lui et une grosse veste qui lui tombe presque jusqu'aux genoux. Il approche. Il a de grands yeux marron et des taches de rousseur cuivrées. Il est coiffé d'un bonnet de laine grise couronné d'un pompon, mais voilà qu'il l'enlève : ses cheveux sont d'un roux flamboyant. C'est un signe, un cadeau ; c'est parfait.

Désormais, ce n'est plus qu'une question de temps. Il faut faire les choses convenablement. Il n'y en aura jamais un autre aussi parfait que celui-là.

Chapitre douze

Josef aimait travailler ainsi. Les clients étaient partis et ne viendraient visiter le chantier qu'une fois tous les quinze jours, vraisemblablement. Il pouvait habiter l'appartement la plupart du temps. Y prendre ses repas, s'il le désirait. Par le passé, il avait surtout travaillé au sein d'une équipe, ce qui n'était pas mal non plus, avec tous les corps de métier représentés – le plâtrier, le menuisier, l'électricien –, une sorte de famille qui se querellait, se battait, et tentait de vivre ensemble. Mais là, c'était presque comme des vacances. Josef pouvait travailler quand ça lui chantait, même en pleine nuit, quand il faisait noir dehors et que tout était aussi calme que ça ne le serait jamais. Et le jour, un jour comme celui-ci par exemple, quand il était environ 14 heures et que la paupière se faisait lourde, il arrivait qu'il repose ses outils et s'allonge. Il ferma les yeux et songea tout d'abord au problème posé par le trou, se demandant de combien il lui faudrait l'agrandir pour dégager les pièces de bois endommagées et le plâtre brisé. Puis, sans raison aucune, il se mit à penser à sa femme, Vera, et aux garçons. Il ne les avait pas revus depuis l'été précédent. Il se demanda ce qu'ils faisaient à présent, après quoi leur image s'évanouit comme si ses proches s'étaient avancés dans quelque brume, très lentement, de sorte qu'il n'y eut aucun moment précis où il les perdit de vue. L'instant d'après, il dormait, plongé dans des rêves dont il ne se souviendrait pas à son réveil, parce qu'il en allait toujours ainsi.

Au début, il crut que la voix faisait partie de son rêve. C'était une voix d'homme, et avant qu'il ne parvienne à saisir le sens des propos, il en ressentit la tristesse, une tristesse âpre qui, émanant d'un homme, procurait une sensation bizarre. S'ensuivit un silence, puis une autre voix prit la parole : celle-là, il la connaissait. C'était celle de la voisine d'en dessous, le docteur. Josef leva la main et sentit la rugosité de l'aggloméré sous ses doigts. Il vit la lueur du trou dans le plafond au-dessus de sa tête et lentement, comme dans un brouillard, comprit où il se trouvait : par terre, dans son cabinet. À entendre ainsi les deux voix – celle de l'homme chevrotante, celle de la femme, claire et calme –, il ressentit un malaise croissant. Il écoutait une confession, une chose que nul autre n'était censé entendre. Il leva les yeux sur l'échelle. S'il tentait de la gravir, on l'entendrait. Mieux valait rester couché là où il était en espérant que ce serait bientôt fini.

— Ma femme m'en a voulu, disait l'homme. C'est comme si elle était jalouse. Elle voulait que je lui rapporte ce que je vous avais confié.

— Et vous l'avez fait ?

— Plus ou moins, répondit l'homme. En partie. Mais à ce moment-là, alors que je le lui racontais, je me suis rendu compte que je ne vous avais pas tout dit.

— Qu'est-ce que vous ne m'avez pas dit ?

S'installa un long silence. Josef percevait les battements de son cœur. Comme l'alcool dans son haleine. Comment se faisait-il qu'ils ne l'entendent pas, ne le sentent pas ?

— Je peux vraiment tout dire ici ? poursuivit l'homme. Si je pose la question, c'est que je me suis rendu compte en parlant à Carrie qu'il y a toujours des limites à ce que je peux dire. Je veux dire… Je ne peux lui confier que les choses que les maris sont censés dire à leurs femmes, et quand je suis de sortie avec un ami, je ne peux tenir que le genre de propos que sont censés échanger les amis.

— Ce lieu vous permet de dire n'importe quoi. Il n'y a pas de limites.

— Vous allez trouver ça idiot…

— Peu m'importe que ce soit idiot ou non.

— Et vous ne répéterez à personne ce que je dis ?

— Pourquoi le ferais-je ?

— Vous me le promettez ?

— Alan, je suis professionnellement tenue de respecter votre intimité. À moins que vous ne confessiez un crime grave. Ou que vous projetiez d'en commettre un.

— Je vais confesser de mauvais sentiments.

— Alors dites-moi à quoi ils ressemblent.

Josef songea que ce qu'il devait faire en fait, c'était se boucher les oreilles. Il n'était pas censé écouter ceci. Il était même censé *ne pas* l'entendre. Mais il n'en fit rien. Il ne put s'en empêcher. Il avait envie de savoir. Quelle importance, franchement ?

— J'ai beaucoup réfléchi, confia l'homme. Je vous parlais de mon désir d'avoir un enfant. D'avoir un fils. Dans ce cas, pourquoi est-ce que je ne me contente pas de suivre un traitement de la stérilité et de prendre du Viagra ? C'est un problème médical, qui n'a rien à voir avec ce qui se passe dans ma tête.

— Dans ce cas, pourquoi ne le faites-vous pas ?

— J'avais une drôle d'impression au sujet de mon fils, au sujet de ce petit garçon, ce garçon qui me ressemble. C'était comme un manque. Mais ces attaques que j'ai vécues, où j'ai manqué faire un malaise, m'évanouir, me ridiculiser... Il ne s'agit pas de manque. Ça relève plutôt d'autre chose.

— Quoi donc ?

— De la culpabilité.

Nouveau silence.

— Quel genre de culpabilité ? insista Frieda.

— J'y ai réfléchi, répondit l'homme. Voilà comment j'ai vu les choses. Je veux ce garçon. Je veux qu'il joue au ballon avec moi. Et je me retrouve planté là, à désirer qu'il soit avec moi. Mais lui pas. Vous voyez ce que je veux dire ?

— Pas vraiment, avoua Frieda. Pas encore.

— C'est évident. Ils ne demandent pas à naître. C'est nous qui voulons d'eux. J'imagine que c'est un instinct. Mais quelle différence entre ça et l'addiction ? On prend de l'héroïne pour cesser d'avoir envie d'héroïne. On a envie d'un enfant, et on fait un enfant pour cesser d'être travaillé par ce désir.

— Donc, ce que vous êtes en train de me dire, c'est qu'avoir un enfant est un geste égoïste ?

— Évidemment que ça l'est, rétorqua l'homme. Ce n'est pas comme si on lui avait demandé son avis.

— Essayez-vous de me dire que vous vous sentez coupable parce que votre désir d'enfant est égoïste ?

— Oui. (Longue pause.) Et aussi...

Il s'interrompit encore. Josef était de l'avis de Frieda : il y avait autre chose à l'œuvre, là.

— Ce qu'il y aussi, c'est cette forme d'empressement dans le désir. Peut-être que c'est ce que ressentent les femmes.

— Que voulez-vous dire par là ?

Sa voix n'était plus qu'un marmonnement. Josef dut tendre l'oreille pour comprendre.

— J'ai entendu parler de femmes qui ne se sentent pas complètes avant d'avoir eu un enfant. C'est comme ça pour moi, mais encore plus fort. Je me sens... je me suis toujours senti... comme s'il me manquait quelque chose, comme s'il y avait comme un gouffre en moi.

— Un gouffre en vous ? Continuez.

— Et que si j'avais cet enfant, ça le comblerait. Ça vous paraît inquiétant ?

— Non. Mais j'aimerais explorer un peu plus ce besoin pressant et ce manque. Que dirait votre femme, si vous lui racontiez ça ?

— Elle se demanderait quel genre d'homme elle a épousé. Je me demande moi-même quel genre d'homme elle a épousé.

— Peut-être qu'une des facettes du mariage consiste à garder certaines choses pour soi-même.

— J'ai rêvé de mon fils.

— À vous entendre, il est réel.

— Dans mon rêve, il l'était. Il était là, une réplique de moi au même âge. Rouquin, petit uniforme d'écolier. Mais il se trouvait au loin, de l'autre côté de quelque chose d'immense, genre le Grand Canyon. Sauf qu'il faisait nuit noire, et que ce canyon était incroyablement profond. Je me tenais debout sur le bord, en train de le regarder. J'avais envie d'aller le rejoindre mais je savais que si je faisais un pas en avant, je tomberais dans le gouffre obscur. Ce n'est pas vraiment un rêve agréable.

Josef songea alors à ses propres petits garçons et ressentit très nettement de la gêne. Il se fourra le bout de ses doigts dans la bouche et se mit à les mâchonner. Il ne savait pas au juste pourquoi. Peut-être pour se punir, ou pour détourner son esprit de ce qu'il entendait. Il ne cessa pas d'écouter les mots mais il cessa de les traduire. Il tenta de les laisser devenir musique, une musique qui se contenterait de flotter par là. Enfin, il comprit que la séance touchait à sa fin. Les voix changèrent de ton et se firent plus distantes. Il entendit la porte s'ouvrir. C'était le moment. Aussi silencieusement qu'il le put, il se leva et entreprit de grimper l'échelle avec douceur pour éviter tout craquement. Soudain, il entendit cogner.

— C'est vous ? lança une voix. (Aucun doute : c'était bien elle.) Vous êtes là ?

L'espace d'un instant, confus, Josef envisagea de garder le silence : elle finirait peut-être par s'en aller.

— Je sais que vous êtes là. Ne faites pas semblant. Passez par ce fichu trou et venez ici immédiatement.

— J'ai rien entendu, répliqua Josef. C'est pas problème.

— Immédiatement.

— Depuis combien de temps étiez-vous là ? demanda Frieda, blême de colère, une fois qu'ils se retrouvèrent face à face.

— Je dormais, répondit Josef. Je travaillais là, pour le trou. Et je suis tombé endormi.

— Dans mon cabinet.

— De l'autre côté du mur.

— Vous êtes complètement malade ? s'écria Frieda. Ceci est d'ordre privé. Aussi privé que possible. Que penserait-il s'il l'apprenait ?

— Je lui dirai pas.

— Lui dirai pas ? Évidemment que vous ne lui direz pas. Vous ne savez pas de qui il s'agit. Mais à quoi pensiez-vous, bon sang ?

— Je dormais, et là, des voix me réveillent.

— Désolée de vous avoir dérangé.

— J'ai essayé pas entendre. Je suis désolé. Je referai pas. Vous me direz à quelle heure vous travaillez, et moi je boucherai le trou.

Frieda prit une profonde inspiration.

— Je n'arrive pas à croire que j'ai tenu une séance avec un maçon dans la même pièce. Mais bon, ça ira pour cette fois. Plus ou moins. Bouchez-moi juste ce fichu trou.

— Ça prendra un jour. Ou deux. Ou un peu plus, peut-être. La peinture met longtemps à sécher maintenant il fait froid.

— Faites aussi vite que possible.

— Mais il y a une chose que je comprends pas, remarqua Josef.

— Quoi donc ?

— Quand un homme a envie d'un enfant, alors il fait quelque chose pour ça. Il ne fait pas que parler. Il fait face au problème, et il essaie trouver solution. Il va voir un docteur et il fait ce qu'il faut pour avoir un fils.

— Je croyais que vous dormiez, s'exclama Frieda, avec un air quasi horrifié.

— Je dormais. Le bruit m'a réveillé. J'ai entendu un peu la conversation. Cet homme a besoin d'un fils. Il m'a fait penser aux miens.

L'expression de Frieda, d'abord colérique, s'épanouit lentement en un sourire. Elle ne put s'en empêcher.

— Vous voulez que je discute de mon patient avec vous ? ironisa-t-elle.

— J'ai pensé que ça allait pas, juste parler. Il a besoin de changer de vie. Avoir un fils. S'il peut.

— Pendant que vous écoutiez ce que vous n'aviez pas à entendre, avez-vous entendu le passage où j'ai dit que c'était totalement secret ? Que personne ne saurait ce qu'il m'avait confié ?

— Mais à quoi ça sert de parler, s'il fait rien ?

— Vous voulez dire, comme quand on reste couché par terre à dormir au lieu de réparer le trou par lequel on est tombé ?

— Je réparerai. C'est quasiment fait.

— Je ne sais même pas pourquoi je vous dis ça, conclut Frieda. Mais je le dirai quand même : je ne peux pas arranger la vie d'Alan, lui procurer un fils aux cheveux roux. Nous vivons dans un monde compliqué, imprévisible. Mais peut-être – je dis bien :

peut-être – que si je lui parle, comme vous dites, je peux l'aider à gérer un peu mieux la situation. Ce n'est pas grand-chose, je sais.

Josef se frotta les yeux. Il n'avait pas encore l'air franchement réveillé.

— Je peux vous offrir un verre de vodka pour excuser ?

Frieda consulta sa montre.

— Il est 15 heures. Faites-moi plutôt une tasse de thé pour vous faire pardonner.

Quand Alan quitta Frieda, le jour tombait déjà. Le vent charriait quelques gouttes de pluie et détachait les feuilles mortes encore accrochées aux arbres par petites rafales. Le ciel était d'un gris menaçant. Des flaques luisaient, sombres et noires, sur le trottoir. Il ne savait pas où il allait. Il avançait d'un pas maladroit et empruntait des rues transversales, longeant des maisons aux fenêtres éteintes. Il ne pouvait pas rentrer chez lui, pas encore. Pas retrouver le regard vigilant de Carrie, sa sollicitude anxieuse. Il s'était senti un peu mieux dans cette pièce chaleureuse, lumineuse. Ce grouillement en lui, ces coups au cœur, s'étaient apaisés et il n'avait plus ressenti que son degré de lassitude, à quel point l'épuisement l'appesantissait. Il aurait presque pu dormir, assis comme il l'était dans le fauteuil en face d'elle, en train de confier des choses qu'il ne dirait jamais à Carrie parce qu'elle l'aimait et qu'il ne voulait pas que cet amour-là cesse. Il pouvait imaginer l'expression qu'afficherait sa femme, sa grimace de détresse, vite réprimée. Mais celle de cette autre femme ne s'altérait jamais. Rien de ce qu'il pourrait dire ne la blesserait ni ne la choquerait. On aurait dit un tableau, avec cette façon qu'elle avait de garder le silence, sans bouger d'un pouce. Il n'en avait pas l'habitude. La plupart des femmes hochaient la tête et murmuraient, vous poussant à poursuivre mais en même temps vous empêchant d'aller trop loin, vous maintenant sur le droit chemin. Enfin, en tout cas, c'est comme ça qu'était sa mère, ainsi que Lizzie et Ruth, au bureau. Et Carrie, bien sûr.

Maintenant qu'il était reparti, cependant, il n'allait plus aussi bien. Les sensations bizarres le cernaient de nouveau, à moins qu'elles ne remontent à la surface. Il ignorait d'où elles venaient. Il aurait aimé pouvoir retourner dans cette pièce, au moins jusqu'à ce qu'elles se dissipent à nouveau – mais il ne pensait pas que la psychanalyste apprécierait, du tout. Il se souvint qu'elle avait parlé de cinquante minutes, précises. Elle était sévère, se dit-il, et il se demanda ce que Carrie penserait d'elle. Elle penserait de Frieda que c'était une dure à cuire. Une coriace.

Un petit square clôturé se trouvait sur sa gauche, avec trois pochards d'un côté en train de boire du cidre directement à la cannette. Alan y entra d'un pas trébuchant et s'assit sur l'autre banc. La bruine gagnait en force à présent : il sentait des gouttes de pluie sur sa tête, comme il les entendait crépiter sur les feuilles détrempées qui gisaient en tas au sol. Il ferma les yeux. Non, se dit-il. Carrie ne pouvait pas le comprendre. Frieda non plus, pas vraiment. Il était seul. C'était ça le plus dur. Il était seul, avec ce sentiment d'incomplétude. Au bout d'un long moment, il se releva.

C'était comme écrit. Appelez ça comme vous voudrez : fatalité, destin, un truc à voir avec les étoiles. Le petit rouquin aux taches de rousseur était tout seul. Sa mère était en retard, une fois de plus. Elle s'attendait à quoi ? Voilà qu'il regardait autour de lui, à présent. Il fixait le portail ouvert, et la rue au-delà. Allez. Allez viens, mon petit. Franchis ce portail. C'est ça. Par là. Doucement, maintenant. Ne te retourne pas. Viens à moi. Viens à moi. Et maintenant, je te tiens.

Sa mère avait un imperméable bleu vif et les cheveux roux : elle était aisément repérable. Mais aujourd'hui, elle ne se trouvait pas à la sortie avec les autres mères, et la plupart des autres enfants avaient déjà quitté l'école. Il ne voulait pas que Mrs Clay le fasse patienter dans la salle de classe, encore une fois. Ce n'était pas permis mais il savait comment rentrer chez lui et, de toute façon, il croiserait sa mère avant d'y arriver, en train de courir tout échevelée parce qu'elle était en retard. Il s'approcha furtivement du portail. Mrs Clay ne le quittait pas des yeux, mais dut alors se moucher : comme elle couvrait toute sa figure ridée d'un grand mouchoir blanc, il s'échappa discrètement. Personne ne le surprit. Une pièce d'une livre trempait sur la chaussée dans une petite flaque et, après avoir jeté un coup d'œil autour de lui pour s'assurer qu'il ne s'agissait pas d'une blague, il la ramassa et la frotta du bout de sa chemise. Si sa mère ne le croisait pas d'ici là, il s'achèterait des bonbons au magasin du coin ou alors un paquet de chips. Il fouilla la rue du regard : elle n'était toujours pas en vue.

Chapitre treize

Depuis longtemps, à présent, Frieda avait appris à organiser son existence de façon à la rendre aussi sereine et fiable qu'une roue à eau, dont chaque rayon plongerait au cœur de l'expérience pour en ressortir de nouveau. Aussi les jours s'ajoutaient-ils aux jours, avec le sentiment de poursuivre un but précis : ses patients venaient la journée et, à l'heure convenue, elle voyait Reuben, fréquentait des amis, enseignait la chimie à Chloë, s'asseyait au coin du feu pour lire ou faisait de petites esquisses au crayon gras dans l'atelier aménagé au grenier. De son côté, Olivia nourrissait la conviction que l'ordre était une sorte d'emprisonnement qui vous empêchait de vivre de nouvelles expériences, tandis que l'insouciance et le chaos étaient des expressions de la liberté. Mais pour Frieda, seul l'ordre vous accordait la liberté de réfléchir, de développer des pensées dans un espace préalablement dégagé pour elles, de donner forme et de mettre un nom sur les idées et les sentiments soulevés au cours de la journée, comme le limon et les herbes folles. En les qualifiant, on leur permettait de reposer en quelque sorte mais les choses s'y refusaient. Semblables à des nuages troubles dans l'eau, remuant sous la surface, qui la rempliraient d'un sentiment de malaise.

Et puis Sandy était entré dans sa vie. Ils dînaient, parlaient et couchaient ensemble, après quoi Frieda rentrait chez elle sans jamais dormir chez lui. Ils n'en étaient qu'au début, en un sens c'était compliqué, déroutant et excitant, de se retrouver ainsi intimement liés, de se découvrir et de s'explorer l'un l'autre, d'échanger des confidences. Jusqu'où le laisserait-elle entrer dans sa vie ? Elle s'efforçait de l'imaginer. Voulait-elle vivre en couple, évoluer à l'avenir comme des alpinistes enchaînés ensemble ?

La veille, Sandy était resté chez elle pour la première fois. Frieda ne lui avait pas révélé que personne n'avait jamais passé la nuit sous son toit depuis qu'elle avait fait l'acquisition de sa maison. Ils avaient été voir un film, dîné tardivement dans un petit restaurant italien de Soho, puis ils étaient rentrés chez elle. Après tout, c'était si près, c'était logique, avait-elle dit, comme s'il s'agissait d'une décision fortuite et non d'une étape décisive. Et voilà qu'on était dimanche matin. Frieda s'était réveillée tôt, alors qu'il faisait encore relativement nuit. L'espace d'un instant, avant que ses souvenirs lui reviennent, elle avait tressailli, paniquée, en découvrant la silhouette à ses côtés. Elle était doucement sortie du lit, avait pris une douche, était descendue ensuite au rez-de-chaussée pour allumer le feu et se préparer une tasse de café. Elle ressentait une impression bizarre, dérangeante, à l'idée de commencer la journée avec quelqu'un sous son toit. Quand repartirait-il chez lui ? Et s'il n'en faisait rien ?

Quand Sandy vint la rejoindre, Frieda était en train d'ouvrir les factures et autres correspondances administratives qu'elle gardait toujours pour le week-end.

— Bonjour !

— Salut.

Son ton était sec et Sandy haussa un sourcil interrogateur.

— Je peux m'en aller tout de suite, dit-il. À moins que tu m'offres un café et que je m'en aille ensuite.

Frieda leva les yeux et lui fit un sourire, contrite.

— Désolée. Je vais te faire du café. Ou alors...

— Oui ?

— D'habitude, le dimanche matin, je vais prendre mon petit déjeuner et lire les journaux pas loin d'ici, après quoi je vais au marché de Columbia Road pour acheter des fleurs, ou les regarder, simplement. T'as qu'à venir, si ça te dit.

— Oui, ça me dit.

Frieda prenait en général la même chose chaque dimanche matin : un bagel à la cannelle passé au grille-pain accompagné d'une tasse de thé. Sandy commanda un bol de porridge et un double expresso à Kerry, qui s'efforçait de conserver une attitude toute professionnelle. En croisant le regard de Frieda, elle haussa le sourcil, manière de signifier son approbation, sans se soucier de la mine renfrognée de cette dernière. Mais le Numéro 9 se remplissait déjà de monde et ni Kerry ni Marcus n'eurent guère de temps à leur consacrer. Seule la petite Katya errait, désœuvrée, d'une table à l'autre. De temps à autre, elle s'arrêtait auprès de Frieda et de Sandy pour plonger son index dans le bol de sucre et le sucer ensuite.

On trouvait toujours une pile de journaux sur le comptoir. Frieda en sélectionna plusieurs et les posa en tas entre eux deux. Elle ressentit soudain l'impression alarmante qu'ils s'étaient transformés en un vrai couple établi au cours des quelques journées écoulées – un couple qui se rendait ensemble à des réceptions, qui passait la nuit ensemble, qui se levait le dimanche matin pour lire les journaux dans un silence complice. Elle mordit à belles dents dans son bagel puis but une gorgée de thé. Était-ce une si mauvaise chose ?

Il arrivait souvent que le dimanche soit le seul moment où Frieda lisait les journaux de bout en bout, et durant les semaines qui venaient de s'écouler, Sandy l'avait tant accaparée qu'il était possible qu'elle ait laissé son univers se réduire à son travail et lui. C'est ce qu'elle lui disait à présent.

— Encore que ça importe peut-être peu d'être coupé de ce qui se passe dans le monde de temps à autre. Ce n'est pas comme si je pouvais y faire quoique ce soit. Comme si ça comptait de ne pas savoir si les actions ont pris ou perdu un point. Ou encore...

Elle saisit l'un des journaux qui gisaient, ouverts, et pointa du doigt un gros titre :

— ... que quelqu'un que je ne connais pas a fait quelque chose de terrible à une autre personne que je ne connais pas non plus. Ou qu'une célébrité dont je n'ai jamais entendu parler vient de rompre avec une autre célébrité dont je n'ai jamais entendu parler.

— C'est mon plaisir secret, avoua Sandy. Je... Quoi, que se passe-t-il ?

Frieda ne lui prêtait plus aucune attention. Elle était soudain complètement absorbée par l'article qu'elle était en train de lire.

Sandy se pencha et lut l'intitulé : « Le petit Mattie toujours porté disparu : l'appel déchirant de sa maman. »

— T'en as forcément entendu parler. Ça vient juste d'arriver. C'était dans tous les journaux hier.

— Non, murmura Frieda.

— Imagine ce que doivent endurer les parents.

Frieda étudia le portrait étalé sur trois colonnes d'un jeune garçon aux cheveux roux et taches de rousseur, au large sourire de travers, avec ses yeux bleus qui regardaient, en biais, celui ou celle qui pouvait bien être derrière l'appareil.

— Vendredi, commenta-t-elle.

— Il doit être mort à l'heure qu'il est. J'ai de la peine pour la pauvre prof qui l'a laissé partir... Elle a droit au mépris général, maintenant.

Frieda n'entendit pas réellement ce qu'il disait. Elle balayait du regard l'histoire de Matthew Faraday qui s'était échappé de son école primaire d'Islington sans se faire remarquer le vendredi après-midi et qu'on avait aperçu pour la dernière fois non loin du marchand de bonbons à une centaine de mètres de là. Elle s'empara d'un autre journal et relut la même histoire, rédigée de manière un peu plus vivante, avec un encadré rédigé par un profileur professionnel. Elle prit tous les journaux tour à tour – l'affaire avait été couverte sous tous les angles, apparemment. On trouvait des articles sur la souffrance abominable des parents, l'enquête de police, l'école primaire, les réactions de la population locale, la sécurité des enfants de nos jours.

— Bizarre, bizarre... commenta Frieda, comme pour elle-même.

Il pleuvait et il n'y avait pas grand monde au marché aux fleurs. Frieda se réjouissait de la pluie. Elle en aimait la sensation sur ses cheveux et appréciait que la rue soit vide. Sandy et elle longèrent des étals vendant de vastes bouquets de fleurs et des plantes. On n'était qu'à la mi-novembre mais les marchands proposaient déjà à la vente des articles propres à Noël – cyclamens, tiges de houx, jacinthes en pots, couronnes pour les portes d'entrée et même des boules de gui. Frieda les ignora délibérément. Elle détestait Noël, tout comme la période précédant celui-ci, les acheteurs fébriles, la camelote que l'on trouvait dans les magasins, les décorations lumineuses installées trop tôt dans les rues, les chants de Noël qui s'échappaient à tue-tête des boutiques surchauffées jour après jour, les catalogues qui se déversaient par sa porte et dans sa poubelle, et par-dessus tout cette insistance sur la valeur de la famille. Frieda n'estimait pas les siens, pas plus qu'ils ne tenaient Frieda en estime. Un gouffre immense gisait entre eux, infranchissable.

Le vent faisait claquer les stores des stands. Frieda s'arrêta pour acheter une grosse gerbe de chrysanthèmes couleur bronze. Alan Dekker avait rêvé d'un enfant aux cheveux roux. Le petit Matthew Faraday, aux cheveux roux, avait disparu. Coïncidence sinistre, mais insignifiante. Elle plongea le nez dans les fleurs et huma profondément leur parfum humide. Fin de l'histoire.

Elle ne put s'empêcher d'y repenser, cependant. Et ce soir-là – une nuit tempétueuse et venteuse, qui faisait claquer les couvercles des poubelles dans les rues, ployer les arbres en leur donnant des formes étranges, filer les nuages en masses sombres dans les cieux –, elle déclara sans ambages à Sandy qu'elle avait besoin de se retrouver seule un moment, puis alla marcher, pour s'apercevoir que ses pas l'emmenaient à Islington, le long des belles demeures et des squares soigneusement entretenus avant de finir dans les quartiers plus pauvres. Il lui fallut peu de temps pour s'y rendre, quinze minutes à peine, guère plus, et elle se retrouva enfin debout face à l'école primaire où l'on avait vu Matthew pour la dernière fois, à contempler les fleurs amoncelées devant. Certaines fanaient déjà dans leur emballage de cellophane et elle perçut un doux relent de décomposition.

Les baleines ne sont pas des poissons. Les araignées ont huit pattes. Les papillons viennent des chenilles et les grenouilles des têtards, et les têtards viennent de l'espèce de gelée épaisse pleine de petits points que Mrs Hyde conserve parfois dans un pot de confiture à l'école. Deux et deux font quatre. Deux et deux font quatre. Deux et deux font quatre. Il ne savait pas ce qui venait après. Il ne se rappelait plus. Maman viendrait bientôt. S'il serrait les yeux suffisamment fort et comptait jusqu'à dix, très lentement – un hippopotame, deux hippopotames... –, quand il les rouvrirait, elle serait là.

Il ferma les yeux très fort et compta, puis les rouvrit. Il faisait toujours nuit. Elle était fâchée contre lui, c'était pour ça. C'était une leçon. Il était sorti sans sa main chaude, qui le tenait bien fort. Elle avait dit : « Ne fais jamais ça, promis, Matthew ? », et il avait promis. Promis-juré-craché. Il avait mangé les bonbons. N'accepte jamais quoi que ce soit de la part d'un étranger, Matthew. C'était un sort. Les potions magiques, ça peut vous transformer complètement. En quelque chose de tout petit, comme un insecte dans un coin de la pièce, et alors, maman ne le verrait plus ; peut-être même qu'elle lui marcherait dessus. Ou alors, il aurait une autre tête, un autre corps, celui d'un animal effrayant ou d'un monstre, mais avec lui coincé dedans. Elle le regarderait et ne comprendrait pas que c'était lui, Matthew, son petit chéri, son petit chou. Mais son regard serait pareil, non ? Il regarderait encore à l'extérieur de lui avec ses yeux à lui. Ou alors, il serait obligé de l'appeler et de crier pour lui dire qui il était vraiment, mais il y avait du scotch sur sa bouche et tout ce qu'il pouvait entendre quand il criait, c'était un bourdonnement qui se répercutait dans sa tête et qui faisait comme l'une de ces cornes de brume qu'on entend sur un ferry-boat en mer, au moment du départ en vacances avec maman et papa. Qui résonne au loin, et fait frissonner d'effroi, même si on ne sait pas pourquoi, et on a envie d'être protégé par des bras forts, parce que le monde est immense et profond, et plein de surprises qui donnent l'impression d'avoir le cœur trop gros pour sa poitrine.

Il avait besoin de faire pipi. Il s'appliqua à n'avoir plus envie. Il était trop grand pour se faire pipi dessus. Les gens riaient, montraient du doigt et se bouchaient le nez. D'abord ce fut chaud et mouillé, puis tiède et enfin froid, et ça lui collait aux cuisses, et puis cette légère odeur, persistante à l'arrière de la gorge. Il avait les yeux mouillés, aussi, qui lui piquaient. Il ne pouvait pas les essuyer. Maman. Papa. Je suis vraiment désolé d'avoir fait une bêtise. Si vous me ramenez chez moi maintenant, je serai sage. Je le jure.

À moins qu'on ne l'ait transformé en serpent, parce que ses bras n'étaient plus des bras mais qu'ils faisaient partie de son torse, même s'il pouvait remuer les doigts, et parce que ses pieds n'étaient plus des pieds, mais collés ensemble. Il était une fois un petit garçon prénommé Matthew qui ne tint pas sa promesse, avala une potion magique, et qui fut transformé en serpent pour sa peine. Ondulant par terre. Du bois sous sa joue. Il le sentait, au toucher comme à l'odeur. S'il se tortillait, pourrait-il se déplacer comme un serpent ? Il ramassa son corps avant de le tendre à nouveau, et ce dernier fit un bond sur le plancher. Soudain son visage rencontra quelque chose de froid et de ferme, avec un bout rond. Il leva la tête et l'explora du bout du menton, mais ça ne bougea pas. Puis il s'étira et posa la joue dessus, pour voir ce que c'était. Une fois, en jouant, il s'était caché dans le placard de ses parents. Il s'était recroquevillé dans le noir, en pouffant de rire, un peu effrayé – il n'y avait qu'une très mince bande de lumière entre les battants –, en attendant qu'on le trouve. Il les entendait dans la maison, en train de chercher dans des endroits débiles, derrière les rideaux par exemple. Il avait déjà posé la tête sur quelque chose de semblable alors. Voilà que sa joue mouillée sentait un bout de ficelle et un nœud.

La chaussure se déroba et sa tête retomba au sol avec un bruit mat. La chaussure lui frappa le flanc. Trop fort. Une petite lumière éblouissante s'alluma et Matthew roula de côté, de sorte qu'il se retrouva les yeux levés vers elle et qu'il ne voyait plus rien à présent, excepté cette lumière aveuglante. Elle lui transperça les yeux pour s'épanouir ensuite dans sa tête, puis l'obscurité se fit encore plus complète.

La lumière s'éteignit. La chaussure le repoussa sur le côté. Un rectangle gris se dessina soudain dans le noir, suivi d'un clic, après quoi il disparut.

Chapitre quatorze

Frieda pressa la sonnette de la porte familière. Aucun son ne s'en éleva, et elle n'aurait su dire si elle ne marchait pas ou si elle avait retenti en quelque lieu obscur de la maison. Elle appuya de nouveau sur le bouton. Toujours aucun bruit. Elle actionna le lourd heurtoir à plusieurs reprises. Elle recula et leva les yeux vers les fenêtres. Nulle lumière visible, aucun mouvement, pas le moindre signe d'une quelconque présence. Se pourrait-il qu'il se soit absenté ? Elle frappa une nouvelle fois, plus fort cette fois-ci, au point d'en faire vibrer la porte. Elle se pencha et poussa le clapet de la boîte aux lettres. Elle jeta un œil à l'intérieur. Du courrier s'amoncelait sur le tapis. Elle s'apprêtait à repartir quand elle entendit quelque chose à l'intérieur. Elle frappa encore. Du mouvement, aucun doute possible. Elle entendit des pas approcher, un raclement, le bruit d'un verrou qu'on tire, sur quoi la porte s'ouvrit.

Reuben plissa les yeux, comme si le gris de ce matin nuageux de novembre suffisait à l'éblouir. Il était vêtu d'un jean crasseux et d'une chemise partiellement boutonnée. Il ne parut pas tout de suite évident qu'il ait reconnu Frieda. Il semblait perplexe et désorienté. Frieda perçut une odeur d'alcool, de tabac et de sueur. Manifestement, il avait passé au moins une nuit dans cette tenue.

— Quelle heure est-il ? demanda-t-il.

— 9 h 15, répondit Frieda.

— Du matin ou du soir ?

— Du matin, il me semble.

— Ingrid est partie, lâcha Reuben.

— Où ça ?

— Elle m'a quitté. Elle est partie en disant qu'elle ne reviendrait pas. Elle n'a pas voulu me dire où elle allait.

— Je ne savais pas. Je peux entrer ?

— Vaut mieux pas.

Frieda força le passage. Cela faisait plus d'un an qu'elle n'était venue ici, et la maison dégageait un air d'abandon. Une fenêtre était fêlée, une suspension s'était détachée du plafond et des fils électriques se retrouvaient dénudés. Balayant l'espace du regard, elle dénicha un téléphone sous un journal dans l'entrée. Elle sortit un petit bout de papier de sa poche et composa le numéro qui s'y trouvait inscrit. Après une brève conversation, elle raccrocha.

— Il se range où, ce téléphone ?

— N'importe où, répondit Reuben. Je ne le retrouve jamais.

— Je vais vous préparer du café.

En pénétrant dans la cuisine de Reuben, Frieda dut porter sa main à sa bouche pour retenir un haut-le-cœur face à l'odeur. Elle contempla l'amoncellement déprimant d'assiettes, de casseroles, de verres, de cartons sales et d'emballages de repas à emporter à moitié consommés.

— Je ne m'attendais pas à avoir de la visite, s'excusa Reuben. (Son ton était presque provocateur, comme un enfant qui aurait démoli tous ses jouets.) Il manque une petite touche féminine. C'est encore pire à l'étage.

Frieda fut un instant tentée de fuir cette épouvantable scène et de le laisser se débrouiller. Reuben ne lui avait-il pas tenu des propos en ce sens des années auparavant ? « Il faut les laisser faire leurs propres erreurs. La seule chose que vous puissiez faire, c'est de suivre le mouvement et de vous assurer qu'ils ne fichent pas la trouille à tout le monde, ou qu'ils ne se fassent pas arrêter ni ne fassent de mal à autrui, à part eux-mêmes. » C'était au-delà de ses forces. Il n'était pas question de nettoyer, mais elle résolut de dégager au moins une sorte de passage dans tout ce sordide. Elle poussa Reuben sur une chaise où il resta docilement assis, à se frotter la figure en marmonnant. Elle mit de l'eau à chauffer. Disséminées çà et là dans la cuisine se trouvaient diverses bouteilles au quart ou à moitié pleines : whisky, Cinzano Bianco, vin, Drambuie. Elle les vida toutes dans l'évier. Elle mit la main sur un sac-poubelle et le remplit des vieux restes d'aliments. Au moins, cela prouvait qu'il n'avait pas fait que boire. Elle empila la vaisselle dans l'évier puis, quand celui-ci se retrouva plein, autour. Elle ouvrit les placards et dénicha un pot de café instantané, au fin fond d'une étagère du haut. Qui n'avait jamais été ouvert. Elle se servit du bout d'une cuillère pour déchirer le film protecteur couvrant le haut du bocal. Elle lava deux mugs et prépara un café noir et fort pour chacun d'eux. Reuben le contempla, grommela quelque chose et secoua la tête. Frieda porta la tasse à sa bouche. Il en prit deux ou trois gorgées et grogna aussitôt.

— M'suis brûlé la langue.

Mais elle maintint la pression, renversant le liquide dans sa bouche, l'encourageant, jusqu'à ce qu'il en ait bu la moitié.

— On est venue pavoiser devant mon état, c'est ça ? ironisa Reuben. Et voilà où j'en suis… Voilà ce qu'est devenu Reuben McGill. Ou alors allez-vous m'offrir vos condoléances ? Vous allez me dire combien vous êtes désolée, vraiment ? Ou me faire la leçon ?...

Frieda leva son mug, l'examina et le reposa sur la table.

— Je suis venue vous demander conseil, déclara-t-elle.

— C'est une blague, rétorqua Reuben. Regardez-moi ça. Vous croyez que je suis en état de donner des conseils ?

— Alan Dekker, répliqua Frieda. Le patient que j'ai récupéré. Vous voyez qui c'est ?

— Que vous avez récupéré ? Tu veux dire celui que vous m'avez piqué. Celui à cause duquel je me suis fait suspendre de mes fonctions au sein de mon propre centre. Celui-là. Le problème, c'est que je ne me rappelle pas grand-chose à son sujet parce que ma propre ancienne élève, ma protégée, m'a dégagé du cas. C'est quoi le problème, alors ? Il s'est plaint à votre sujet aussi ?

— Le problème, c'est que son cas me perturbe.

— Ah oui ?

— Ces deux dernières nuits, je n'ai pas pu dormir correctement.

— Vous n'avez jamais dormi correctement.

— Mais avant, c'était à cause de mes rêves. C'est comme s'il m'avait contaminée. Je me demandais si vous aviez ressenti quoi que ce soit à son sujet. Ça pourrait expliquer pourquoi ça s'était mal passé, entre vous et lui.

Reuben reprit une gorgée de café.

— Seigneur, je déteste ça, dit-il. Vous vous souvenez du Dr Schoenbaum ?

— C'était l'un de vos formateurs, n'est-ce pas ?

— Exact. C'est Richard Steiner qui l'a analysé. Et Thomas Bayer qui a analysé Richard Steiner. Et Sigmund Freud qui a analysé Thomas Bayer. Schoenbaum a été comme ma ligne directe avec Dieu et il m'a appris qu'un psychanalyste n'était plus un être humain. Plutôt un mât totémique.

— Un mât totémique ?

— Vous ne faites qu'être présent. Et quand un patient débarque pour vous annoncer que sa femme vient de mourir, vous ne lui offrez même pas vos condoléances. Vous analysez pourquoi il ressent le besoin de vous le dire. Schoenbaum était brillant et charismatique et je pensais : rien à foutre. Avec mes patients, je serais tout ce que lui n'était pas. J'allais leur tenir la main, et dans notre petit cabinet, je les accompagnerais dans leur moindre action, leur moindre mouvement, je ressentirais tout ce qu'ils ressentaient.

Reuben se pencha en travers de la table en direction de Frieda et elle vit ses yeux se rapprocher, tirant sur le jaune, veinés de rouge au coin. Son haleine était fétide : un relent de café, d'alcool et d'aliments médiocres.

— Vous ne croiriez jamais jusqu'où je suis allé. Vous ne croiriez jamais quelle merde charrie l'esprit humain, et je m'y suis embourbé jusqu'au cou. Des hommes m'ont dit des trucs sur des gosses, des femmes m'ont confié des trucs sur leurs pères et leurs oncles, et je n'ai jamais compris pourquoi ils ne se contentaient pas de sortir de là pour se faire péter la cervelle, et je me disais que si je les accompagnais, si je leur montrais qu'ils n'étaient pas seuls, que quelqu'un pouvait partager leur souffrance, alors peut-être qu'ils pourraient revenir à la vie et faire quelque chose de la leur. Et vous savez quoi ? Trente ans plus tard, j'ai ma dose. Vous savez ce que m'a dit Ingrid ? Que je faisais pitié et que je buvais trop, que j'étais devenu chiant.

— Vous avez bel et bien aidé des gens, riposta Frieda.

— Ah, vous croyez ? Ils s'en seraient sans doute aussi bien tirés en avalant quelques médocs ou en faisant un peu d'exercice, ou sans rien faire. Enfin bref, je ne sais pas ce que ça leur a apporté, mais en tout cas, ça ne m'a pas fait de bien à moi, putain. Regardez-moi ça. Voilà ce que ça donne quand vous laissez ces gens s'immiscer dans votre tête. Tout ça pour dire : si vous êtes venue ici pour trouver un conseil, je vais vous en donner un. Si un patient commence à vous obséder, refilez-le à quelqu'un d'autre. Vous ne pourrez pas l'aider, et vous ne vous rendrez pas service. Là, c'est dit. Vous pouvez vous en aller, maintenant.

— Ce n'est pas que je me sois laissée envahir par son cas, pas comme vous l'entendez. C'est juste... eh bien, curieux. C'est un homme déroutant.

— Comment ça ?

Frieda lui parla de ses séances avec Alan, et du choc qu'elle avait eu en ouvrant les journaux et en apprenant la disparition de Matthew. Reuben ne l'interrompit pas. L'espace d'un instant, Frieda oublia presque où elle se trouvait. Les années s'évanouirent et voici qu'elle était de nouveau étudiante, en train d'exposer ses craintes à son mentor, Reuben. Il savait écouter, quand il le voulait bien. Penché légèrement en avant, il ne la quitta pas des yeux.

— Et voilà tout, conclut-elle. Vous voyez ce que je veux dire ?

— Vous vous rappelez cette patiente que vous avez eue il y a des années de ça ? Comment s'appelait-elle... Melody, ou je ne sais plus quoi.

— Vous voulez dire, Melanie ?

— C'est ça. Cette patiente somatisait de façon classique. Troubles fonctionnels intestinaux, vertiges et pertes de connaissance, bref, peu importe.

— Et alors ?

— Ses craintes et ses refoulements s'étaient matérialisés dans ses symptômes physiques. Elle ne pouvait les admettre, mais son corps a trouvé le moyen de les exprimer.

— Donc vous pensez...

— Les gens sont très bizarres, et leurs esprits plus tordus encore. Pensez à cette femme qui avait développé une allergie au XXe siècle. Qu'est-ce que cela signifiait ? Ce que je suggère, c'est qu'Alan est en train de faire un truc du même ordre. On peut paniquer sans raison objective, vous savez, et relier le phénomène à ce qui vous tombe sous la main.

— Oui, acquiesça Frieda lentement. Mais il a songé à un petit rouquin avant que Matthew disparaisse.

— Hmm, mouais, ma théorie tenait la route. De fait, elle tient toujours la route – c'est juste qu'elle s'applique à vous plutôt qu'à votre patient.

— Astucieux.

— Je ne plaisante qu'à moitié… Vous vous faites du souci pour Alan, vous n'arrivez pas vraiment à vous forger d'opinion sur son cas. Donc vous rattachez son fils imaginaire à un symbole qui vous arrange.

— Un enfant kidnappé n'a rien d'un symbole.

— Et pourquoi pas ? Tout est symbole.

— Foutaises, rétorqua Frieda.

Elle rit pourtant. Son moral était remonté.

— Et vous, alors ?

— Oh, ah… À vous de me conseiller. Bilan des courses : plus de femme. Plus de boulot. Je bois du gin à même la tasse à café. Que me conseillez-vous, Docteur ? Tout ça, c'est la faute de ma mère ?

Frieda examina les lieux.

— Je pense que vous devriez faire le ménage, commença-t-elle.

— Thérapie comportementale, c'est ça ? demanda Reuben, d'un ton sarcastique.

— C'est juste que je n'aime pas le désordre. Vous vous sentiriez mieux.

Reuben se tapa la tête si fort que Frieda en tressaillit.

— À quoi sert de nettoyer ici si on est aussi foutu *là-dedans*… protesta-t-il.

— Au moins, vous serez foutu dans une maison propre.

— On dirait ma mère.

— J'aimais bien votre mère.

Un coup ferme retentit à la porte.

— Mais qui ça peut bien être, putain ? s'irrita Reuben.

Il s'éloigna d'un pas traînant. Frieda prit son mug de café et le vida au-dessus de la vaisselle dans l'évier. Reuben revint dans la cuisine.

— Y a un type qui vous demande, déclara-t-il.

Josef lui emboîtait le pas.

— Voilà qui était rapide, commenta Frieda.

— C'est l'homme de ménage ?

— Je suis maçon, répondit Josef. Vous avez fait la fête ?

— Qu'est-ce qu'il fout là ?

— Je lui ai demandé de venir, expliqua Frieda, pour rendre un service. Que vous rémunérerez. Alors soyez poli. Josef, je me demandais si vous vouliez bien réparer deux ou trois trucs. Genre, la sonnerie de l'entrée, une fenêtre cassée, et il y a un plafonnier qui s'est détaché.

— La bouilloire ne marche pas bien, ajouta Reuben.

Josef balaya la pièce du regard.

— Votre femme est partie ?

— C'est pas ma femme. Et la réponse est oui. Comme vous pouvez voir. J'ai fait tout ça tout seul.

— Je suis vraiment désolé.

— Je n'ai pas besoin de votre compassion, rétorqua Reuben.

— Oh que si, coupa Frieda. (De la main, elle effleura l'épaule de Josef.) Merci. Et vous aviez raison : parfois, parler ne suffit pas.

Josef inclina la tête pour signifier, de manière courtoise, qu'il avait compris.

Chapitre quinze

— Frieda ?

— Désolée.

— Tu es complètement ailleurs. À quoi pensais-tu ?

Frieda détestait qu'on lui pose cette question.

— À pas grand-chose, répondit-elle. À ce que j'ai à faire aujourd'hui. Le boulot.

Elle avait si mal dormi que ses yeux lui piquaient. À présent, elle se sentait crispée, à cran, et n'avait pas envie de converser avec Sandy, qui avait dormi à ses côtés, murmurant dans ses rêves des choses qu'elle n'avait pas comprises.

— Il faut qu'on parle.

— Qu'on parle ?

— Oui.

— Par exemple, qu'on parle du nombre de mecs avec lesquels j'ai couché ?

— Non. On peut garder ça pour plus tard, quand on aura tout le temps. J'aimerais parler de nos projets.

— De ce que je compte faire cet été, tu veux dire ? Mieux vaut que tu saches que je déteste prendre l'avion. Et bronzer sur une plage.

— Arrête.

— Pardon. Ne fais pas attention. Il est 7 h 30 et j'ai passé presque toute la nuit éveillée, le cerveau en ébullition. Les seuls projets que je puisse faire pour l'instant concernent les huit heures à venir.

— Viens chez moi ce soir. Je nous préparerai quelque chose de simple et on pourra discuter.

— Ça ne présage rien de bon.

— Mais non.

— J'ai un patient à 19 heures.

— Viens après.

Frieda ne prenait jamais de notes durant une séance : elle le faisait après, puis consignait le tout dans un ordinateur le soir ou le week-end. Mais il pouvait lui arriver de dessiner ou de griffonner distraitement sur le bloc de papier qu'elle gardait à portée de main. Cela l'aidait à canaliser ses idées. C'est ce qu'elle faisait à présent, assise dans son cabinet remis en état, repeint d'une couleur appelée « Os », avec la désapprobation manifeste de Josef. Elle esquissait d'un trait vague la main gauche d'Alan, laquelle reposait, pour l'heure, sur le bras de son fauteuil. Difficile de dessiner une main. La sienne portait un gros anneau d'or à l'annulaire, était rongée autour de l'ongle du pouce et parcourue de veines saillantes. Son index était plus long que son annulaire : c'était censé signifier quelque chose mais elle ne se rappelait pas quoi. Il tenait aujourd'hui encore moins en place que d'habitude, s'agitant dans son fauteuil, se penchant en avant, pour s'adosser de nouveau ensuite, se frottant l'aile du nez. Elle remarqua qu'une éruption s'était déclenchée dans son cou et qu'il avait une tache de dentifrice sur sa chemise. Il parlait, avec volubilité, du fils qu'il désirait. Des paroles taboues et refoulées en lui pendant tant d'années se déversaient à présent. Elle dessina l'articulation de son petit doigt et écouta très attentivement, tout en s'efforçant de réprimer le malaise qui s'insinuait en elle, et lui donnait la chair de poule.

— … qu'on m'appelle papa, racontait-il maintenant. Qu'il ait confiance en moi. Que je sois toujours là pour lui. Il joue au football et aime les jeux de société. Il aime qu'on lui raconte des histoires le soir, de dinosaures et de train.

— À vous entendre, on dirait qu'il existe.

— C'est un mal ?

— Vous avez un si grand manque que vous êtes en train de le matérialiser en esprit.

Alan se passa les mains partout sur son visage aux traits las, comme pour le laver à fond.

— J'ai besoin d'en parler à quelqu'un, admit-il. Je veux pouvoir dire ces choses à haute voix. C'est comme quand je suis tombé amoureux de Carrie. J'avais déjà eu des petites amies, bien sûr, mais rien de comparable. Je me sentais libéré de moi-même. (Il regarda Frieda, qui enregistra mentalement cette phrase pour plus tard.) Les premiers mois, j'avais juste envie de prononcer son nom à haute voix au premier venu. Je rusais pour la glisser dans la conversation. Je disais tout le temps : « Carrie, ma petite amie… ». Ça rendait la chose plus réelle quand je racontais ça à un autre. C'est pareil maintenant, comme si j'avais juste besoin de le dire à quelqu'un parce que ça soulage un peu cette pression en moi. Vous pouvez comprendre ?

— Je le peux. Mais je ne suis pas ici pour rendre plus réel quelque chose d'irréel, Alan, expliqua Frieda.

— Vous avez dit que chacun avait besoin d'écrire l'histoire de sa vie.

— Et que comptez-vous donc faire de celle-ci ?

— Carrie dit qu'on n'a qu'à adopter. Je n'en ai pas envie. Je ne veux pas remplir des formulaires et laisser des gens décider à ma place si je suis apte à devenir parent. Je veux mon propre fils, pas celui d'un autre. Attendez… (Alan sortit son portefeuille de la poche de sa veste.) Il faut que je vous montre quelque chose.

Il en tira une vieille photo.

— Là. Voilà à quoi ressemblerait mon fils, j'imagine.

Frieda la saisit à contrecœur. L'espace d'un instant, elle ne put prononcer un son.

— C'est vous ? se risqua-t-elle enfin à demander, en fixant du regard le petit garçon légèrement potelé en short bleu debout auprès d'un arbre, un ballon de foot passé sous le bras.

— Moi quand j'avais cinq ou six ans.

— Je vois.

— Que voyez-vous ?

— Que vous étiez très roux.

— Mes cheveux se sont mis à grisonner avant que j'atteigne la trentaine.

Cheveux roux, lunettes, taches de rousseur. Elle fut traversée d'un frisson d'inquiétude et, cette fois-ci, l'exprima :

— Vous ressemblez beaucoup au petit garçon qui a disparu.

— Je sais. Évidemment que je le sais. C'est lui que je vois dans mes rêves.

Alan la regarda en s'efforçant de sourire. Une larme roula le long de sa joue, jusque dans sa bouche entrouverte.

Il ne devait rien manger. Il le savait. Il était permis de boire de l'eau, de l'eau tiède et rance à la bouteille, mais il ne devait rien avaler. S'il mangeait, il ne pourrait plus jamais rentrer chez lui. Il resterait ici à jamais. Des doigts puissants lui forcèrent la bouche. On poussa des trucs dedans, qu'il recracha. Une fois, des petits pois réussirent à passer et il toussa, s'étrangla pour les faire revenir mais il les sentait descendre malgré lui. Est-ce que ça comptait, quelques pois ? Il ne connaissait pas la règle. Il avait tenté de mordre la main et alors la main l'avait frappé, il avait pleuré, et la main l'avait cogné à nouveau.

Qu'il était sale, ce petit garçon. Son pantalon était devenu raide de pisse et sentait mauvais, et la veille au soir, il avait fait caca dans un coin. Il n'avait pas pu s'en empêcher. Son ventre le brûlait si fort qu'il avait cru mourir. Il se liquéfiait et se consumait. Ça gargouillait de partout en lui. Il avait chaud, frissonnait. Il avait mal partout, et se sentait tout déréglé. Mais il était propre à présent. Brosse à récurer et eau brûlante. Peau rose, à vif. Poils contre ses dents et ses gencives. L'une de ses dents branlait. La petite souris allait venir. S'il restait éveillé, il pourrait la voir et lui demander de le sauver. Mais s'il restait éveillé, elle ne viendrait pas. Il le savait.

Et ce truc désagréable dans les cheveux. Noir, poisseux, qui sentait fort, comme quand on passe devant les hommes qui travaillent dans la rue avec des marteaux-piqueurs qui font un boucan d'enfer qui vous transperce les oreilles. Ses cheveux lui faisaient tout bizarre, désormais. Il se transformait en quelqu'un d'autre. S'il y avait un miroir, il verrait quelqu'un d'autre dedans. Qui ça ? Quelqu'un avec un regard brillant de colère, un air méchant. Bientôt il serait trop tard. Il ne savait pas quelle formule prononcer pour annuler le sort.

Un plancher nu. De vilains murs verts, lézardés. Un store tiré à la fenêtre. Une ampoule pendant du plafond à une corde élimée. Un radiateur blanc qui lui brûlait la peau s'il le touchait et poussait des gémissements la nuit, comme un animal à l'agonie sur la route. Un pot de chambre en plastique blanc, fêlé. Il avait honte rien qu'à le regarder. Un matelas par terre, maculé de taches sombres. L'une d'entre elles représentait un dragon, l'autre un pays, sans qu'il sache dire lequel. Une autre tache rappelait un visage au nez crochu et il se disait que c'était la tête d'une sorcière, une autre encore venait de lui. Il y avait une porte, mais qui ne s'ouvrait pas pour lui. Même s'il avait pu faire usage de ses mains, et même si elle ouvrait, Matthew savait qu'il ne pourrait la franchir. Des choses l'attendaient de l'autre côté, qui s'en prendraient à lui.

L'inspectrice Yvette Long examina le salon des Faraday. Des jouets étaient disséminés un peu partout : un grand bus en plastique rouge et plusieurs petites voitures sur le tapis, des romans et des livres illustrés, une marionnette en forme de singe. Sur la table basse, un gros bloc de papier ligné comportant les exercices d'écriture de Matthew – lettres laborieuses, dansantes au feutre rouge, avec B et D inversés. Andrea Faraday était assise en face de l'inspectrice. Ses longs cheveux roux étaient gras et emmêlés et son visage bouffi par les larmes. Selon Yvette Long, cela devait faire plusieurs jours qu'elle pleurait sans discontinuer.

— Que puis-je ajouter ? Il n'y a rien à dire. Rien. Je ne sais rien. Vous croyez que je ne le vous dirais pas ? Je n'arrête pas de repasser les moindres détails en revue.

— Vous rappelez-vous quelque chose de suspect, une personne bizarre qui aurait traîné dans le coin ?

— Non ! Rien. Si je n'avais pas été en retard, oh mon Dieu, si je n'avais pas été en retard... Je vous en prie, ramenez-le. Mon petit garçon. Il lui arrive encore de faire pipi au lit la nuit, parfois.

— Je sais à quel point c'est douloureux. Nous faisons tout ce qui est en notre pouvoir. Dans l'intervalle...

— Ils ne sauront rien de lui. Il est allergique aux arachides. Et s'ils lui en donnent ?

L'inspectrice Long s'efforça de garder une expression de calme et posa une main sur le bras d'Andrea.

— Tâchez de penser à un détail susceptible de nous aider.

— Ce n'est qu'un bébé, en fait. Il doit me réclamer en pleurant et je ne peux pas venir jusqu'à lui. Vous comprenez quel effet ça fait ? J'ai raté le bus et j'étais en retard.

Jack avait suivi le conseil de Frieda. Aujourd'hui, il portait un pantalon noir, une chemise bleu pâle, dont seul un bouton était défait, ainsi qu'une veste en laine dont les poches, remarqua-t-elle, étaient encore cousues. Ses chaussures, des richelieus noires, avaient l'air bon marché. Le prix devait encore figurer sur la semelle. Il s'était même coiffé en arrière et rasé, quoiqu'il ait oublié un endroit sous le menton. Il ne ressemblait plus à un étudiant dépenaillé mais à un stagiaire en comptabilité, voire à la nouvelle recrue de quelque culte religieux. Jack se référa à son cahier et évoqua ses cas. L'ensemble était décousu et Frieda avait du mal à se concentrer. Elle consulta sa montre. L'heure était écoulée. Elle adressa à Jack un signe de tête, puis lui demanda :

— Imagine qu'un patient avoue un crime. Que faites-vous ?

Jack se redressa, l'air méfiant. Frieda cherchait-elle à le piéger d'une manière ou d'une autre ?

— Quelle sorte de crime ? Dépassement de vitesse ? Vol à la tire ?

— Quelque chose de vraiment sérieux. Comme un meurtre.

— Rien ne sort du cabinet, répondit Jack d'un ton sceptique. Ce n'est pas ça qu'on promet ?

— Vous n'êtes pas un prêtre dans un confessionnal, répliqua Frieda en riant. Vous êtes un citoyen. Si quelqu'un vous avoue un meurtre, vous appelez la police.

Jack devint cramoisi. Il avait échoué.

— Mais autre chose : que faites-vous si vous *soupçonnez* un patient d'avoir commis un crime ?

Jack hésita. Il mâchouilla le bout de son pouce.

— Il n'y a pas de bonne ou de mauvaise réponse.

— Comment fait-on pour le soupçonner ? dit-il enfin. Je veux dire, c'est juste une intuition ? On ne peut pas aller trouver la police sur la base d'une simple impression, si ? Les intuitions sont souvent complètement fausses.

— Je n'en sais rien. (Frieda s'adressait à elle-même plutôt qu'à lui.) Je ne sais pas au juste ce que ça signifie.

— Ce qu'il y a, reprit Jack, c'est qu'en me laissant aller, je pourrais soupçonner tout un tas de gens d'être des criminels. J'ai vu un homme hier qui tenait des propos parfaitement révoltants. Je me sentais comme asphyxié rien qu'à l'écouter. Je n'arrêtais pas de penser à ce que vous m'aviez dit une fois, au sujet de la différence qu'il y a entre imaginer et passer à l'action.

Frieda hocha la tête à son attention.

— Exact.

— Et vous nous répétez tout le temps que notre mission n'est pas de gérer le désordre du monde mais celui qui se trouve dans la tête du patient. (Il se tut un instant.) Il s'agit de l'un de vos patients, hein ?

— Pas vraiment. Ou peut-être bien.

— Le plus simple serait de lui poser la question.

Frieda le regarda et sourit.

— C'est comme ça que vous procéderiez ?

— Moi ? Non. Je viendrais vous trouver et suivrais vos instructions.

Frieda se rendit à pied dans le quartier du Barbican après le départ de son dernier patient, aussi n'y parvint-elle qu'à 20 h 30. Un simple crachin tombait quand elle s'était mise en route, mais le temps d'arriver, la pluie était devenue torrentielle, au point que des flaques se formaient sur le trottoir et que les voitures faisaient gicler des arcs d'eau en roulant.

— Je vais te chercher une serviette, déclara Sandy quand il la vit. Et une chemise.

— Merci.

— Pourquoi n'as-tu pas pris de taxi ?

— J'avais besoin de marcher.

Il lui trouva une chemise blanche et souple, lui ôta ses chaussures et ses collants avant de lui sécher les pieds et de lui essorer les cheveux. Elle se blottit dans le canapé et il lui tendit un verre de vin. Il faisait bon dans l'appartement lumineux. Dehors, la tempête faisait rage, et les lumières de Londres miroitaient avant de s'évanouir.

— Bien agréable, déclara-t-elle. C'est quoi, ce que je sens ?

— Des crevettes à l'ail avec du riz et une salade verte. Ça te va ?

— C'est formidable, oui. Je ne cuisine pas souvent moi-même.

— Je peux m'en accommoder.

— Contente de le savoir.

Ils dînèrent sur la table basse. Sandy alluma une bougie. Il portait une chemise et un jean bleu foncé. Il la regarda avec une intensité qui la troubla. Elle était habituée à la curiosité de ses élèves et de ses patients, mais il s'agissait là d'autre chose.

— Pourquoi est-ce que je ne sais rien de ton passé ?

— C'est ça, la conversation sérieuse ?

— Pas vraiment. Mais tu ne me dis pas tout.

— Ah bon ?

— J'ai l'impression que tu en sais beaucoup plus sur moi que je n'en sais sur toi.

— Ça prend du temps.

— Je sais bien. Et on a tout le temps, non ?

Elle soutint son regard.

— Je pense, oui.

— Cette histoire m'a pris au dépourvu, avoua-t-il.

— Ça fait ça, l'amour.

Le mot lui échappa avant qu'elle puisse se retenir : ça devait être le vin.

Sandy posa sa main sur les siennes. Il avait l'air soudain grave.

— J'ai bel et bien un aveu à te faire.

— Tu ne vas pas me dire que tu es marié ?

Il sourit.

— Non. Pas ça. On m'a proposé un nouveau poste.

— Oh. (Un immense sentiment de soulagement l'envahit.) Je croyais que tu allais m'annoncer quelque chose de terrible. Mais c'est une bonne chose, non ? Quel poste ?

— Un poste de professeur titulaire.

— Sandy, c'est formidable !

— À Cornell.

Frieda rangea soigneusement son couteau et sa fourchette côte à côte puis repoussa son assiette. Elle posa ses coudes sur la table.

— Dans l'État de New York.

— Oui, confirma Sandy. Cette fac-là.

— Donc tu pars aux États-Unis.

— C'est ce qui est prévu, oui.

— Ah. (Soudain, elle eut froid, et se sentit complètement dégrisée.) Quand as-tu accepté ?

— Il y a quelques semaines.

— Donc tu savais depuis le début.

Il se détourna. Il semblait à la fois gêné et agacé de l'être.

— Quand j'ai eu ce poste, je ne t'avais pas encore rencontrée.

Frieda reprit son verre et but une gorgée de vin. Il lui parut aigre. C'était comme si la lumière avait changé et que tout avait un aspect différent.

— Viens avec moi, suggéra-t-il.

— Comme le ferait une femme docile.

— Tu as des contacts. Tu peux exercer là-bas tout aussi bien qu'ici. On pourrait redémarrer à zéro, ensemble.

— Je n'ai pas envie de redémarrer à zéro.

— J'aurais dû te le dire, je le sais.

— J'ai baissé la garde, constata Frieda. Je t'ai laissé entrer chez moi, dans ma vie. Je t'ai confié des trucs que je n'ai jamais dits à personne d'autre. Et depuis le début, tu avais prévu de partir.

— Avec toi.

— Tu ne peux pas faire de projets pour moi. Tu détenais une information nous concernant, que j'ignorais.

— Je ne voulais pas te perdre.

— Quand pars-tu ?

— Au nouvel an. Dans quelques semaines. J'ai vendu l'appart. J'ai trouvé un truc à Ithaca.

— T'as pas perdu de temps.

Elle s'entendit parler, froide, amère et contenue. Elle n'était pas sûre d'en apprécier le ton. À la vérité, elle avait chaud et se sentait affaiblie par la détresse.

— Je ne savais pas quoi faire, dit-il. Je t'en prie, Frieda ma chérie, viens avec moi. Partons ensemble.

— Tu me demandes de tout plaquer ici et de recommencer en Amérique ?

— Oui.

— Et si je te demande de renoncer à ton poste de professeur et de rester avec moi ici ?

Il se leva et marcha jusqu'à la fenêtre, en lui tournant le dos. Il regarda dehors quelques secondes, puis fit demi-tour.

— Je ne le ferai pas, répondit-il. Je ne peux pas.

— Et donc ?

— Épouse-moi.

— Va te faire foutre.

— Je te fais une demande en mariage, je ne suis pas en train de t'insulter !

— Je ferais mieux de m'en aller.

— Tu ne m'as pas répondu.

— Tu es sérieux ?

Frieda avait l'impression d'être assommée par l'alcool.

— Oui.

— Il faut que j'y réfléchisse tranquillement.

— Tu veux dire que tu pourrais répondre « oui » ?

— Je te dirai ça demain.

Chapitre seize

Tanner ouvrit sa porte d'un air surpris. L'inspecteur divisionnaire Malcolm Karlsson se présenta.

— Mon assistante vous a contacté, commença-t-il.

Tanner hocha la tête et le mena dans un salon déprimant. Il y faisait froid. Tanner s'agenouilla et bidouilla un radiateur électrique installé dans le foyer de la cheminée. Alors qu'il s'affairait çà et là pour préparer du thé et le servir, Karlsson inspecta la pièce du regard et se remémora des visites faites enfant avec ses grands-parents, quand ceux-ci allaient voir leurs amis, ou de vagues relations. Trente ans plus tard, ce souvenir évoquait encore une odeur de pesanteur et d'obligation.

— J'occupe votre ancien poste, reprit Karlsson.

Il songea tout en le disant qu'on aurait dit un reproche. Tanner n'avait pas l'air d'un inspecteur. Pas même d'un inspecteur à la retraite. Il portait un vieux cardigan et un pantalon gris lustré, et s'était rasé maladroitement, en laissant des poils de trois jours par endroits.

Tanner servit le thé dans deux mugs de taille différente et lui tendit le plus grand.

— Je n'ai jamais envisagé de rester à Kensal Rise, déclara-t-il. Quand j'ai pris ma retraite, anticipée, on devait déménager sur la côte. Quelque part vers l'Est, genre Clacton ou Frinton. On a commencé à collecter des brochures. Là-dessus, ma femme est tombée malade. Les choses sont devenues un peu trop compliquées. Elle est à l'étage. Vous l'entendrez sans doute m'appeler.

— Je suis désolé, compatit Karlsson.

— Normalement, ce sont les hommes qui tombent malades sitôt avoir pris leur retraite. Mais je vais bien. Je suis juste éreinté.

— J'ai passé quelques jours à m'occuper de ma mère quand elle s'est fait opérer, renchérit Karlsson. C'était plus difficile que d'être flic.

— On ne dirait pas un flic, à vous entendre, répliqua Tanner.

— J'ai l'air de quoi, alors ?

— D'autre chose. Vous avez fait des études, non ?

— Oui, en effet. Et ça devrait m'empêcher de faire partie de l'équipe ?

— Sans doute. Qu'avez-vous étudié ?

— Le droit.

— Une belle perte de temps, vraiment.

Karlsson but une gorgée de son thé. Il apercevait de petites flaques de lait surnageant à la surface qui dégageaient un léger goût aigre.

— Je sais pourquoi vous êtes là, dit Tanner.

— On recherche un gosse qui a disparu. On a établi un certain schéma. Âge de l'enfant, heure du jour, genre d'endroit, procédé, occasion, et un nom a surgi à l'écran. Un seul. Joanna Vine. Ou Jo ?

— Joanna.

— Le mien s'appelle Matthew Faraday. Mattie, pour la presse. Ça doit faire mieux dans un titre, j'imagine. Le petit Mattie. Mais son nom est Matthew.

— Elle a disparu il y a vingt ans.

— Vingt-deux.

— Et Joanna a été enlevée à Camberwell. Ce petit garçon se trouvait à Hackney, non ?

— Vous avez suivi l'affaire.

— Difficile de l'éviter.
— Exact. Continuez.
— C'était en été, pour Joanna. Là, c'est en hiver.
— Donc vous n'êtes pas convaincu ?

Tanner réfléchit un moment avant de répondre, et commença de ressembler un peu plus à l'inspecteur principal qu'il avait été. Quand il reprit la parole, il décompta les points sur ses doigts.

— Convaincu ? Une fille, un garçon. Nord de Londres, sud de Londres. Été, hiver. À quoi il faut ajouter un écart de vingt-deux ans. Qu'est-ce que c'est que cette histoire ? Il kidnappe un enfant, attend la moitié de sa vie, puis en prend un autre. Mais vous croyez que les deux affaires sont liées. Y a-t-il un indice que vous n'ayez pas confié à la presse ?

— Non, répondit Karlsson. Vous avez raison. Il n'y a aucune raison objective. J'ai approché le sujet sous un autre angle. Des milliers d'enfants disparaissent chaque année. Mais une fois qu'on élimine les fugues d'adolescents, ceux qui ont été enlevés par d'autres membres de la famille, les accidents, alors il reste un tout petit nombre. Combien d'enfants se font tuer par un inconnu chaque année ? Quatre, cinq ?

— Par là, oui.

— Tout à coup, ces deux disparitions ont quelque chose de similaire. Vous savez combien il est difficile d'enlever un enfant. Il faut l'emmener sans qu'il fasse d'histoire, sans se faire voir et ensuite... Quoi ? Se débarrasser du corps de telle sorte qu'on ne le retrouve jamais ou expédier l'enfant à l'étranger, ou je ne sais quoi encore.

— La presse a-t-elle évoqué votre hypothèse ?

— Non. Et je ne vais pas lui faciliter la tâche.

— Il n'y a pas de fait avéré, reprit Tanner. On ne peut pas baser toute l'enquête là-dessus. C'est le problème que nous avons rencontré à l'époque. On était sûrs que c'était la famille. Parce que c'est ce que nous enseignent les statistiques. C'est toujours la famille. Si les parents sont séparés, c'est le père, ou un oncle. D'après ce que je crois me rappeler, il n'avait pas d'alibi solide au début, du coup on a passé trop de temps sur lui.

— Et son alibi tenait la route, pour finir ?

— Assez bien, dit-il d'un air sombre. On a cru qu'il suffirait de le faire craquer, en espérant qu'il n'avait pas déjà tué sa fille. Parce que c'est toujours ce qui se passe. Sauf exception contraire. Mais je n'ai pas besoin de vous dire tout ça. Vous avez lu le dossier.

— En effet. Il m'a fallu une journée entière pour le parcourir et en gros, il n'y avait rien dedans. Je voulais vous demander s'il y avait quelque chose que vous n'auriez pas porté au dossier. Des soupçons, peut-être. Des intuitions. Des suppositions.

Tanner s'adossa au canapé. Il respirait profondément.

— Cherchez-vous à me faire dire que l'affaire me poursuit encore ? Que c'est la cause de ma retraite anticipée ?

— C'est vrai ?

— Les cadavres, je pouvais gérer. Je pouvais même supporter que des types soient relâchés alors que j'étais sûr qu'ils étaient coupables. Je pouvais supporter de voir leur avocat planté à côté d'eux sur le trottoir en train d'expliquer de quelle façon leur client avait été innocenté, et combien ils étaient reconnaissants au jury d'avoir entendu raison. À la fin, ce n'était plus qu'une histoire de paperasse et d'objectifs. À la fin, je n'y arrivais plus, c'est tout.

— Joanna Vine, répéta Karlsson, d'une voix douce. Qu'est-il advenu de l'enquête ?

— Rien. Rien du tout. Je vais vous dire à quoi ça ressemblait. J'ai une porte de placard dans la cuisine, qui n'a pas de poignée. Pour l'ouvrir, il faut insérer ses ongles dans la fente et trouver un semblant de prise pour pouvoir l'ouvrir. L'enquête sur Joanna Vine s'est déroulée normalement. On a monté un bureau, pris des centaines de dépositions, rédigé des rapports, donné des conférences de presse, on a tenu des réunions sur nos progrès. Mais on n'a jamais mis la main sur le moindre indice. Il n'y avait rien dans quoi insérer l'ongle pour trouver une prise.

— Et que s'est-il passé ?

— Les conférences se sont tenues dans des salles de plus en plus petites. On s'est retrouvés à court d'occupations. Tout d'un coup, un an s'était écoulé. Il ne s'était rien produit. Personne n'avait craqué.

— Qu'en avez-vous pensé ?

— Pensé ? Je viens de vous dire ce que j'ai pensé.

— Je veux dire, d'après vous, c'était qui ? Quelle était votre supposition ?

Tanner laissa échapper un rire amer.

— Je n'arrivais pas à me faire une idée du tableau. Au bout de quelques jours, j'ai cru qu'on la trouverait dans un fossé quelconque, ou un canal, une tombe creusée en vitesse. Avec ces détraqués, on a généralement à faire à une impulsion. Ensuite, ils essaient juste de se débarrasser de la preuve matérielle de leur forfait. Ce n'est pas ce que cette affaire m'évoquait, mais bon, je n'avais pas d'impression du tout. Il n'y avait rien, un point c'est tout. Comment analyser le rien ? Peut-être qu'il – ou elle – l'avait juste enterrée au bon endroit. Et alors, votre enquête, comment se passe-t-elle ?

— Elle me rappelle la vôtre. Pendant quelques heures, on a espéré qu'il allait ressurgir, qu'il s'était perdu ou caché dans un placard, ou qu'il était chez un ami. On a interrogé les parents. Ils ne sont pas séparés. On a parlé à une tante. Le frère de la mère vit pas loin. Lui ne travaille pas, et boit. On a vraiment cru que c'était lui. Et maintenant, on attend.

— Et les caméras de surveillance ?

— Soit le ravisseur est malin, soit il a de la chance. Il s'est avéré, après examen, que la caméra de l'école ne fonctionnait pas. On se garde bien de le dire, mais un quart, environ, des caméras, sont défectueuses, ou pas activées. On sait que le petit a quitté l'école à pied. Il y a quelques caméras sur des devantures de magasins et à côté d'un pub juste avant chez lui. Matthew n'y apparaît pas, mais on m'a dit qu'elles sont mal réglées, de sorte que ce n'est pas concluant. De plus, le chemin pour rentrer chez lui longe un parc où il n'y a aucune caméra.

— Vous ne pouvez pas vérifier tous les numéros de plaques d'immatriculation qui entrent et sortent de la zone ?

— Hein ? Qui entrent et sortent de Hackney ? Il ne s'agit pas d'un quartier chaud à 2 heures du matin. On ne saurait pas par où commencer.

— Peut-être vous faudra-t-il attendre encore vingt et quelques années.

Karlsson se leva. Il sortit une carte de son portefeuille et la remit à Tanner, qui eut l'air vaguement amusé.

— Vous savez ce que je vais ajouter, conclut Karlsson. Mais s'il y a quoi que ce soit, le moindre détail qui vous revienne, appelez-moi, voulez-vous ?

— Ça sent le roussi, hein ? Quand on est obligé de venir trouver des gens comme moi ?

— Ça m'a aidé, répliqua Karlsson. Je suis presque content que ç'ait été aussi moche pour vous que ça l'est pour moi.

Ils marchèrent ensemble jusqu'à la porte.

— Je suis désolé pour votre femme, dit Karlsson. Ça va mieux ?

— Pire, rétorqua Tanner. Et ça prendra du temps selon le médecin. Il vous faut un taxi ?

— Mon chauffeur m'attend dehors.

Karlsson fit un pas avant que ne lui vienne une pensée, une chose qu'il ne comptait pas dire.

— Je rêve de lui, confessa-t-il. Je ne me souviens pas des rêves à mon réveil, mais je sais qu'ils portent sur lui.

— Je le faisais aussi, répondit Tanner. Il m'arrivait de prendre deux ou trois verres avant d'aller me coucher. Ça aidait, parfois.

— Tu m'as manqué, hier soir, déclara Sandy.

Frieda inspecta la cuisine. Elle se sentait déjà en territoire étranger.

— Je prenais justement mon petit déjeuner. Veux-tu un…

— Non, merci.

— Au moins il ne pleut plus. Tu es ravissante. C'est une nouvelle veste ?

— Non.

— Je dis n'importe quoi… Je suis désolé pour hier soir. Désolé. Tu avais raison d'être fâchée.

— Je ne le suis plus.

— Non, répondit Sandy. Parce que tu as décidé de ne pas me suivre. J'ai raison ?

— Je ne peux pas tout laisser, avança-t-elle. Même pour être avec toi.

— Tu n'as pas peur, pourtant, de perdre ce que nous partageons ?

Elle ne l'avait pas prévu, mais sans savoir comment, voilà qu'ils s'embrassaient, et qu'il lui ôtait doucement sa veste, sa chemise, qu'ils basculaient ensemble sur le canapé, qu'il pressait sa bouche contre la sienne, et elle ses mains dans son dos nu, le serrant contre elle pour la dernière fois. Il cria son nom, à plusieurs reprises, et elle sut qu'elle se réveillerait la nuit en entendant cette plainte.

— C'était une erreur, dit-elle après.

— Pas pour moi. Je ne pars pas avant Noël. Passons ce temps ensemble. Pour essayer d'arranger les choses.

— Non. Je n'aime pas les adieux à rallonge.

— Comment peux-tu partir, après ça ?

— Au revoir, Sandy.

Quand elle fut partie, il se posta à la fenêtre pour observer le square où elle reparaîtrait. Quelques minutes plus tard, elle s'y montrait, en effet, mince silhouette droite qui remontait rapidement la rue. Elle ne leva pas les yeux.

Chapitre dix-sept

— Le patron sera absolument furax, grommela l'inspecteur Foreman, d'un air sombre.

Ils étaient plusieurs dans la salle des opérations, bien que Karlsson soit sorti et qu'on ne l'attende que plus tard. Ils feuilletaient les journaux du matin, où la fièvre Matthew ne semblait pas près de retomber. Un tabloïd comportait neuf pages sur lui – plusieurs photos, des interviews de gens qui le connaissaient ou prétendaient le connaître, des articles sur le métier de profiler, un long reportage sur la vie de Matthew à son domicile. On y spéculait sur l'état du couple Faraday. Informations qui auraient émané de sources « bien informées ».

— Putain, mais c'était qui, alors ?

— Ils tentent le coup. Ils savent que c'est généralement le papa ou le beau-père.

— Il était à des kilomètres de là. Il n'y a aucune chance qu'il puisse être suspect. Pourquoi éditer des choses pareilles ?

— À ton avis ? Pour l'argent que rapporte Matthew. J'ai lu quelque part que les journaux tirent à des dizaines de milliers d'exemplaires quand ils font la une sur lui. Ça pourrait durer un moment.

— Le prix du sang.

— Facile à dire. Qui de vous s'est déjà vu proposer de l'argent, ici ?

— Quoi… pour livrer des informations ?

— Tu verras. Patiente seulement.

— Le patron ne va pas être content.

— Pas plus que le sien. Je tiens de source sûre que le préfet se penche tout personnellement sur l'affaire.

— Crawford n'est qu'un enfoiré.

— Un enfoiré qui peut nous faire passer un sale quart d'heure.

— Karlsson est un vrai flic, lui. Si quelqu'un peut résoudre cette affaire, c'est lui.

— Alors on dirait que c'est mal barré, non ?

Cela faisait vingt-deux ans. Mais quand Karlsson se présenta auprès de Deborah Teale, il lut de l'espoir dans son regard, ainsi que de la peur. Elle posa deux doigts sur sa lèvre inférieure et s'appuya sur le chambranle de la porte comme si la terre tanguait sous ses pieds.

— En réalité, il n'y a rien de neuf au sujet de votre fille, s'empressa-t-il d'ajouter.

— Non, bien sûr que non, répondit-elle. (Elle laissa échapper un petit rire tremblant, pressant une main contre sa poitrine.) Vous l'avez dit en appelant. C'est juste…

Sa voix s'éteignit : qu'y avait-il à dire, après tout ? C'est juste que… Comment cesse-t-on d'attendre, comment cesse-t-on d'espérer et de redouter ? Karlsson ne put s'empêcher de penser à ce qu'elle devait endurer, aujourd'hui encore, tant d'années plus tard. La découverte d'un petit corps dans une fosse serait pour elle un soulagement. Au moins elle serait fixée, et il y aurait une tombe sur laquelle déposer des fleurs.

— Puis-je me permettre d'entrer ? lui demanda-t-il.

Elle hocha la tête et recula pour le laisser passer.

Chaque maison a une odeur différente. Celle de Tanner sentait vaguement le renfermé, comme si on n'avait pas ouvert la fenêtre depuis des mois, une odeur qui vous prenait à la gorge, comme l'eau d'un vase de fleurs fanées. Le foyer de Deborah Teale sentait le produit nettoyant, la crème à récurer et la cire avec, sous-jacent, un relent de cuisine à l'huile. Elle le conduisit dans le salon, en s'excusant pour le désordre invisible. Il vit des photos un peu partout dans la pièce, mais aucune de Joanna.

— Je voulais juste vous poser quelques questions.

Il se cala dans un fauteuil moelleux et trop bas pour lui, dont il aurait du mal à s'extirper.

— Des questions ? Que reste-t-il à demander ?

Karlsson ne détenait pas de réponse. Il se demanda soudain ce qu'il faisait là, à revisiter une tragédie qui n'avait certainement rien à voir avec Matthew Faraday. Il regarda la femme qui lui faisait face, son étroit visage, ses épaules minces. Il avait étudié son profil dans le dossier. Elle devait avoir cinquante-trois ans à présent. Certaines personnes – le nouveau jules de son ex-épouse par exemple – s'épanouissaient et se transformaient en une confortable version d'elles-mêmes avec l'âge, mais on eut dit que les ans avaient fait peser un poids sur Deborah Teale, effaçant peu à peu sa jeunesse et sa douceur.

— J'ai réexaminé l'affaire.

— Pourquoi ?

— Parce que nous ne l'avons jamais résolue.

Ce qui n'était pas un mensonge, mais pas non plus l'entière vérité.

— Joanna est morte, objecta Deborah Teale. Oh, il m'arrive encore d'imaginer qu'elle pourrait être quelque part, n'importe où, mais en vérité, je sais qu'elle est morte, comme je suis sûre que vous le savez aussi. Elle est probablement morte le jour même où nous l'avons perdue. Pourquoi remuer le passé ? Si vous trouvez son corps, alors venez me le dire. Vous ne trouverez plus le tueur à ce stade, si ?

— Je n'en sais rien.

— Sans doute devez-vous revenir sur certains crimes non résolus de temps à autre pour satisfaire quelque règle bureaucratique. Mais j'ai déjà dit tout ce qu'il y avait à dire. Je l'ai répété des centaines et des centaines de fois. Au point d'avoir eu peur de devenir dingue. Avez-vous la moindre idée de ce qu'on ressent quand on perd un enfant ?

— Non.

— C'est déjà ça, répliqua-t-elle. Au moins vous ne me soutenez pas que vous savez ce que je ressens.

— Vous avez décrit Joanna comme une petite fille au tempérament inquiet.

— Oui.

Deborah fronça le sourcil.

— Et elle savait qu'elle ne devait pas faire confiance aux inconnus ?

— Évidemment.

— Et pourtant elle a disparu sans un bruit en plein après-midi, dans une rue passante.

— Oui. Comme si elle n'avait été qu'un rêve.

Ou comme si elle avait fait confiance à la personne qui l'avait emmenée, songea Karlsson.

— À un moment donné, on est obligé de se dire que c'est fini, voyez-vous ? Obligé. Je vous ai vu regarder les photos quand vous êtes entré. Je sais ce que vous pensez, évidemment : qu'il n'y en a aucune de Joanna. Vous vous êtes sans doute dit que c'était un peu malsain.

— Pas du tout, répondit Karlsson, en toute sincérité. Il croyait beaucoup au déni. Selon lui, c'était ainsi que les gens restaient sains d'esprit.

— Voici Rosie, et mon mari, George. Et mes deux jeunes enfants, Abbie et Lauren. J'ai pleuré, prié, fait mon deuil, et pour finir, je lui ai dit au revoir et j'ai continué de vivre, et je ne veux pas revenir dessus. Je le dois à ma nouvelle famille. Ça vous paraît insensible ?

— Non.

— À d'autres, si.

Sa bouche prit un pli amer.

— Vous voulez parler de votre ex-mari ?

— Aux yeux de Richard, je suis un monstre.

— Vous le voyez toujours ?

— Alors c'est de ça qu'il est question ? Vous pensez encore que c'est lui ?

Karlsson contempla la femme face à lui, ses traits tirés et ses yeux brillants. Il l'aimait bien.

— Franchement, je ne pense rien. Sauf que l'affaire n'a pas été résolue.

— J'imagine que ça doit ressembler à un reliquaire de Joanna chez lui. Sainte Joanna parmi les bouteilles de whisky. Mais je ne pense pas que ça signifie quoi que ce soit pour autant.

Ça ne signifiait rien, en effet. D'après ce que Karlsson avait vu au cours de sa carrière, les meurtriers se révélaient souvent sentimentaux ou narcissiques. Il pouvait aisément concevoir un père en train d'assassiner sa fille puis de la pleurer en versant des larmes d'auto-apitoiement d'ivrogne.

— Est-ce qu'il vous arrive de le revoir ?

— Pas depuis des années. Contrairement à la pauvre Rosie. J'essaie de la convaincre de garder ses distances mais elle se sent quelque part responsable de lui. Elle a trop bon cœur et ça lui jouera des tours. J'aimerais…

Elle s'interrompit.

— Oui ?

Mais elle secoua violemment la tête.

— Je ne sais plus ce que j'allais dire. Si seulement… Bref.

Richard Vine tint à se rendre au commissariat plutôt que de recevoir Karlsson dans son appartement. Il avait mis un complet, lustré par les ans et serré à la taille comme autour du torse, avec une chemise blanche boutonnée jusqu'au col, qui lui comprimait la pomme d'Adam. Au-dessus, ses traits semblaient pochés et ses yeux légèrement injectés de sang. Ses mains tremblaient quand il s'empara du mug de café. Il en but goulûment une gorgée.

— S'il n'y a pas de nouveau indices, de quoi s'agit-il ?

— Je réexamine le dossier, répondit Karlsson avec prudence.

Il regrettait de n'avoir pu interroger Richard Vine à son domicile : on peut déduire beaucoup d'éléments de l'environnement d'un individu, même quand ce dernier tente de le mettre en ordre à l'avance pour des visiteurs. Sans doute avait-il honte de le montrer à des inconnus.

— Vous autres avez passé le plus gros de l'enquête à essayer de me faire avouer. Pendant ce temps-là, le vrai salaud s'est fait la malle. (Il se tut un instant et s'essuya la bouche du revers de la main d'un geste las.) Vous l'avez vue, elle aussi, ou il n'y a que moi ?

Karlsson s'abstint de répondre. Il se sentait oppressé par la douleur et les vies dévastées auxquelles il se confrontait. Pourquoi parlait-il seulement à cet homme ? En raison d'une lubie, d'une intuition sans fondement ; par désespoir et parce qu'il ne détenait aucun indice digne de ce nom. Matthew Faraday et Joanna Vine, deux affaires que séparaient vingt-deux années, et qui ne présentaient pas d'autre lien que le fait qu'ils avaient le même âge et qu'ils avaient disparu sans laisser de traces en plein jour, à proximité d'un magasin de bonbons.

— C'est elle qui l'a perdue. Elle était censée veiller sur elle et elle a laissé une gosse de neuf ans le faire à sa place. Et après ça, elle l'a tout simplement laissée tomber. Elle a remballé toutes ses photos et les a mises dans un carton, elle a déménagé, épousé Mr Respectable, et elle nous a oubliés, Joanna et moi. *La vie doit continuer.* Voilà ce qu'elle est venue me dire. *La vie doit continuer.* Ben, en tout cas, moi je ne renonce pas à retrouver notre fille.

Karlsson prêtait obligeamment l'oreille, la tête calée sur une main, tout en griffonnant distraitement sur son bloc-notes ouvert. On aurait dit une vieille rengaine, servie et resservie à qui voudrait bien l'entendre au bar.

— Diriez-vous de Joanna que c'était une enfant confiante ? demanda-t-il, tout comme il avait posé la question à Deborah Teale.

— C'était une petite princesse.

— Oui, mais faisait-elle confiance aux gens ?

— On ne peut faire confiance à personne en ce bas monde. Voilà ce que j'aurais dû lui dire.

— Aurait-elle fait confiance à un inconnu ?

Une drôle d'expression parcourut les traits de Richard Vine, circonspecte et spéculative.

— Je n'en sais rien, répondit-il enfin. Peut-être. Peut-être pas. Elle n'avait que cinq ans, bon sang. Ça a bousillé ma vie, vous savez. Un jour, tout va bien et puis... Bref, c'était comme de tirer sur l'un de ces tricots, ce que fait toujours Rosie quand elle vient me voir. Tout se défait et en rien de temps, circulez, il n'y a plus rien à voir. (Il regarda Karlsson et, l'espace d'un instant, l'inspecteur entraperçut sur son visage l'homme qu'il avait été un jour.) C'est pour ça que je ne peux pas lui pardonner. Les choses ne se sont pas défaites pour elle comme pour moi. Elle aurait dû souffrir plus. Elle n'a pas suffisamment payé.

À la fin de la discussion, sur le point de partir, il ajouta :

— Si vous voyez Rosie, dites-lui de venir me voir. Elle, au moins, n'a pas abandonné son vieux père.

Le premier coup de poing rata sa mâchoire et atterrit sur son cou. Le second fut pour son estomac. Alors même qu'il reculait en titubant, levant les mains devant sa figure, Alec Faraday fut frappé par le silence inhérent à la scène. Il entendait un avion dans le ciel au-dessus de sa tête et la circulation dans la grande artère sur sa droite – il crut même distinguer le son d'une radio au loin – mais les hommes ne faisaient aucun bruit, hormis leur respiration sonore, proche du grognement, chaque fois que s'abattait un poing.

Ils étaient cinq. Portaient des capuches, et même une cagoule pour l'un d'entre eux. Il tomba à genoux puis à terre, tâchant de se mettre en boule pour résister à leurs coups, s'efforçant de se protéger le visage. Il sentit une botte lui cogner durement les côtes, puis une autre la cuisse. Quelqu'un lui administra un violent coup de pied dans l'aine. Il entendit quelque chose craquer quelque part. Sa bouche était remplie de liquide, il expectorait quelque chose, il ne savait quoi. La douleur l'inonda comme le flot d'une rivière. Il vit le goudron couvert de givre scintiller sous lui puis il ferma les yeux. Il ne servait à rien de lutter. Ne comprenaient-ils pas que ce serait un soulagement que d'être mort ?

Enfin, quelqu'un prit la parole.

— Vieux dégueulasse.

— Crève, saloperie de pédophile de mes deux !

Un raclement de gorge se fit entendre et quelque chose d'humide atteignit son cou. Un dernier coup s'abattit, mais qui lui semblait frapper quelqu'un d'autre. Les pas s'éloignèrent.

Il avait avalé un petit peu de pomme de terre écrasée avec de la sauce au jus de viande parce qu'il n'avait pas réussi à la garder en bouche plus longtemps, même s'il en avait recraché la plus grande partie qui gisait encore par terre, comme du vomi. Un pilon de poulet se trouvait également par terre, et commençait à sentir bizarre. Il avait ingurgité des pâtes à la sauce tomate parce qu'il pleurait et que c'était descendu en lui comme ça, sans qu'il puisse l'empêcher. La pièce était remplie d'une odeur d'aliments en décomposition, ainsi que de sa propre odeur. Il baissa la tête et renifla sa peau, aigrelette. Il la lécha, et n'aima pas son propre goût.

Mais il s'était rendu compte qu'en se tenant sur la pointe des pieds sur le matelas, et en inclinant la tête, il parvenait à la passer sous le store rigide et alors, à voir par la fenêtre. Juste le coin du bas. Tout barbouillé de saleté, et ensuite brouillé par son haleine, en plus. S'il posait son front contre la vitre, celle-ci était si froide que ça en était douloureux. Il voyait du ciel. Aujourd'hui bleu et dur, il le blessait au fond des yeux. Il y avait un toit en face, tout blanc, brillant, avec un pigeon dessus qui le regardait. En se donnant du mal, il apercevait la rue, à peine. Elle ne ressemblait pas à celle où il habitait quand il était Matthew. Ici, tout était cassé. Vide. Tout le monde était parti, sachant qu'il se préparait du vilain.

— Je ne me rappelle pas. Je ne me rappelle vraiment pas. Ne comprenez-vous pas ? Je ne distingue plus ce que je sais de moi-même de ce qu'on m'a dit depuis, et ce dont je me suis convaincue pour me réconforter, de ce dont j'ai rêvé. Tout est mélangé. Ça ne sert à rien de m'interroger. Je ne pourrai pas vous aider. Je suis désolée.

La femme qui lui faisait face était contrite. Karlsson avait vu des photos de Rosie Teale enfant, elle avait à présent trente et un ans. Il y a quelque chose d'étrange à se retrouver ainsi brutalement propulsé à l'âge adulte : ses cheveux bruns tirés soigneusement en arrière, dégageant un visage étroit, triangulaire, exempt de maquillage ; les lèvres pâles, un brin gercées ; les mains osseuses, dénuées de bagues, qui gisaient croisées sur ses genoux. Elle ne faisait pas son âge, tout en ayant l'air trop vieille pour son âge, et semblait mal nourrie, se dit Karlsson.

— Je sais. Vous aviez neuf ans. Mais je me demandais juste s'il y avait quoi que ce soit, n'importe quoi vraiment, auquel vous auriez pu songer depuis que la police vous a interrogée la dernière fois. Un détail que vous auriez vu, entendu, ou bien… je ne sais pas, moi… senti, ressenti. N'importe quoi. Elle était là et l'instant d'après, elle n'y était plus, et durant ces quelques secondes, il a bien dû se passer *quelque chose*.

— Je sais. Et parfois je me dis…

Elle s'interrompit.

— Oui ?

— Parfois il m'arrive de penser que je détiens bien une information, sans savoir laquelle… Ça doit vous paraître stupide.

— Non, pas du tout.

— Mais ça ne sert à rien. Je ne sais pas de quoi il s'agit, et plus j'essaie de mettre la main dessus, plus ça fout le camp. Ce n'est sans doute qu'une illusion, de toute façon. J'essaie de trouver quelque chose qui n'a jamais existé, pour la seule raison que j'aimerais tant la trouver. Et à supposer qu'elle ait jamais existé, il y a longtemps qu'elle a disparu. C'est un peu comme l'une de vos scènes de crimes dans ma tête : au début j'ai refusé de l'examiner, je n'en avais pas la force, et ensuite je l'ai foulée avec mes gros sabots tellement de fois qu'il n'en reste plus rien.

— Vous me direz si ce quelque chose devait vous revenir ?

— Bien entendu.

Elle ajouta :

— Est-ce que ça a un rapport avec ce petit garçon qui a disparu, Matthew Faraday ?

— Pourquoi posez-vous la question ?

— Pour quelle autre raison seriez-vous là sinon, après tout ce temps ?

Karlsson eut soudain l'impression qu'il lui devait un mot de consolation.

— Vous n'aviez que neuf ans. Personne de sensé ne saurait vous en vouloir.

Elle lui sourit.

— Alors, c'est que je ne suis pas sensée.

Chapitre dix-huit

Karlsson était déjà de méchante humeur quand Yvette Long vint lui annoncer dans son bureau qu'une femme demandait à le voir. Elle lança un regard inquiet à son patron.

— Comment va Faraday ?

— Pas bien. Mâchoire en bouillie, côtes cassées. Vous devez faire une déclaration à la presse dans une demi-heure environ. Les journalistes attendent déjà.

— C'est bien de leur faute, tiens ! s'emporta Karlsson. C'est à cause d'eux cette histoire. À quoi s'attendaient-ils ? Ah ça, ils doivent être choqués, j'en suis certain. Des débuts de piste sur les auteurs de l'agression ?

— Rien.

— Et comment va son épouse ?

— À peu près comme on pouvait s'y attendre.

— Qui veille sur elle, à présent ?

— Deux agents du service de soutien psy. J'y retourne tout à l'heure.

— Bien.

— Et le préfet veut vous voir après votre conférence de presse.

— Moins bien.

— Désolée.

Un instant, Yvette Long faillit poser une main sur son épaule. Il semblait si fatigué.

— Vous savez à qui je viens de parler ?

— Non.

— À Brian Munro. (Yvette Long ne cilla pas.) Le responsable des caméras de surveillance du coin.

— A-t-il trouvé quoi que ce soit ?

— Des voitures. Tout plein de voitures. Des voitures avec une personne dedans, ou plus d'une personne dedans. Des voitures au nombre de voyageurs indéterminé. Mais, comme il dit, quand on ne peut recouper avec rien, ce n'est même pas comme de chercher une aiguille dans une meule de foin. C'est comme de chercher un fétu de paille dans une meule de foin.

— Vous pourriez recouper avec des délinquants ou des contrevenants avérés. Ou avec des personnes répertoriées pour infractions sexuelles.

— Oui, l'idée nous a traversé l'esprit, et Brian vient justement de passer un très long moment à m'expliquer à quel point la chose serait longue et difficile. Et que je pourrais faire gagner un tout petit peu de temps en y mettant mes hommes, des gens qui pourraient aller faire du porte-à-porte et prendre des dépositions.

— Au sujet de cette femme... reprit Yvette Long.

— Qui est-ce ?

— Elle dit qu'elle veut vous entretenir au sujet de l'enquête.

— Faites la recevoir par n'importe quel agent du bureau.

— Elle dit qu'elle veut parler à l'inspecteur en charge du dossier.

Karlsson fronça les sourcils.

— Pourquoi vous m'ennuyez avec ça ?

— Elle vous a demandé nommément. On dirait qu'elle a des amis bien placés.

— Je me fiche de savoir si... (Karlsson poussa un gémissement.) J'aurai aussi vite fait de la recevoir.

Mais elle a vraiment choisi son jour pour me faire perdre mon temps. Qui est-elle ?

— Je ne sais pas. Un médecin.

— Un médecin ? Mais bon sang, faites-la entrer !

Karlsson gardait un grand bloc-notes sur son bureau à portée de main pour y consigner des remarques, établir des listes, griffonner. Il l'ouvrit sur une page blanche. Il prit un stylo et cliqua dessus à plusieurs reprises. La porte s'ouvrit et Yvette Long s'avança dans le bureau.

— Voici le Dr Frieda Klein, annonça-t-elle. Elle... euh... elle n'a pas voulu dire de quoi il s'agissait.

La femme passa devant l'inspectrice Long qui s'éclipsa en refermant la porte derrière elle. Karlsson fut légèrement déconcerté. Les gens ordinaires se comportaient de façon étrange en présence de la police. Ils devenaient nerveux, ou trop empressés. Comme s'ils avaient commis quelque faute. Ce n'était pas le cas chez cette femme. Elle inspecta la pièce avec une curiosité non dissimulée, après quoi il eut le sentiment d'être jaugé quand elle se tourna vers lui. Elle ôta son long manteau et le jeta sur une chaise contre le mur. Elle en tira une autre vers sa table et prit place. Il eut soudain l'impression très irritante que c'était *lui* qui serait venu la trouver.

— Inspecteur divisionnaire Malcolm Karlsson, déclara-t-il.

— Je sais, oui.

— On m'a dit que vous souhaitiez me parler en personne.

— C'est exact.

Karlsson nota le nom « Frieda Klein » sur son bloc-notes et le souligna d'un trait.

— Et que c'est en rapport avec la disparition de Matthew Faraday.

— Peut-être.

— Alors vous feriez mieux de me dire ce que vous avez à me dire, parce que nous n'avons pas beaucoup de temps.

Un instant, elle sembla mal à l'aise.

— J'hésite à vous confier ce qui suit, dit-elle. Parce que je suis relativement convaincue que vous penserez que je vous fais perdre votre temps.

— Si vous en êtes sûre, alors vous feriez mieux de partir et de ne pas m'en faire perdre plus.

Pour la première fois, Frieda Klein plongea directement son regard dans le sien, de ses grands yeux sombres.

— J'y suis obligée, reprit-elle. J'y ai réfléchi toute la semaine. Je vous le dis, et après je vous laisse.

— Alors dites-moi.

— Très bien.

Elle inspira profondément. Karlsson eut la vision d'une petite fille sur scène s'apprêtant à réciter quelque chose. Une grande inspiration avant le grand saut.

— Je suis psychanalyste, commença-t-elle. Voyez-vous de quoi il s'agit ?

Karlsson sourit.

— J'ai fait quelques études par-ci par-là, répliqua-t-il. Tout flic que je suis.

— Je sais, rétorqua-t-elle. Vous avez fait du droit à Oxford. J'ai vérifié.

— J'espère que cela me rend digne de votre respect.

— Je vois un nouveau patient depuis peu. Son nom est Alan Dekker. Quarante-deux ans. Il est venu me voir parce qu'il souffre de graves attaques de panique, à répétition. (Elle se tut un instant.) Je pense que vous devriez lui parler.

Karlsson nota le nom. Alan Dekker.

— C'est en rapport avec la disparition ? s'enquit-il.

— Oui.

— A-t-il avoué ?

— S'il l'avait fait, j'aurais composé le 999.

— Et donc ?

— Les angoisses d'Alan Dekker sont liées à un fantasme qu'il a, celui d'avoir un fils – ou plutôt, l'obsession de ne pas en avoir. Ce fantasme se manifeste par un rêve qui implique apparemment le fait d'enlever un enfant dans des circonstances qui m'évoquent fortement la disparition de ce garçon. Et avant que vous n'alliez dire que le rêve a pu être induit par ce qu'il a pu entendre, il a commencé à faire ce rêve avant la disparition de Matthew Faraday.

— Autre chose ?

— J'avais l'impression que ce désir d'enfant chez Dekker était un fantasme d'ordre narcissique. C'est-à-dire, qu'en réalité, il s'agissait de lui.

— Je sais ce que signifie « narcissique », merci.

— Mais il m'a alors été donné de voir une photo de mon patient petit garçon, photo qui rappelait à bien des égards – et même de façon frappante – Matthew Faraday.

Karlsson avait cessé de prendre des notes. Il ne faisait qu'agiter son stylo entre deux de ses doigts. Il repoussa son fauteuil loin de la table.

— Le problème, c'est que d'un côté, on n'a aucun indice digne de ce nom. Personne n'a vu Matthew se faire enlever. Peut-être ne l'a-t-on pas enlevé. Peut-être s'est-il enfui pour rejoindre un cirque. Peut-être est-il tombé dans une bouche d'égout. D'un autre côté, on reçoit tellement d'aide qu'on ne sait plus quoi en faire. Rien que ce matin, cinq personnes ont avoué l'avoir kidnappé, alors qu'aucune n'aurait pu le faire. Depuis l'émission télévisée qui lui a été consacrée la semaine dernière, on a reçu au moins trente mille coups de fil. On l'a aperçu un peu partout en Grande-Bretagne, en Espagne et en Grèce. Des gens ont soupçonné leur mari, leur petit ami, des voisins. Son pauvre père s'est fait tabasser hier soir parce que les tabloïds n'aiment pas sa tronche. J'ai été contacté par des profileurs qui m'ont assuré que l'auteur du crime est un solitaire, qui a du mal dans ses rapports avec autrui, ou qu'il s'agit d'un couple, ou encore d'un gang faisant du trafic d'enfants sur Internet. Une médium me soutient que Matthew est enfermé dans un espace clos et souterrain quelque part, ce qui nous est d'une grande aide, vu que ça nous permet d'éliminer Piccadilly Circus. Pendant ce temps-là, des journalistes racontent que si tout ça est arrivé, c'est parce qu'on n'a pas assez de flics sur le trottoir, de voitures dans les rues, ou de caméras de surveillance en état de marche. Ou encore, que c'est de la faute aux années 1960.

— Aux années 1960 ? s'étonna Frieda.

— C'est l'explication que je préfère, car c'est à peu près la seule qui n'ait pas l'air d'être ma faute, en gros. Alors vous m'excuserez si je ne fais pas automatiquement preuve de gratitude si vous me signalez quelqu'un qui pourrait être, selon vous, d'une certaine façon qui reste à déterminer, lié au crime. Je suis vraiment désolé, docteur Klein, mais ce que vous m'avez rapporté ne me fait guère plus d'effet que si on me disait qu'un voisin a passé pas mal de temps dans sa cabane de jardin ces derniers temps.

— Vous avez raison, dit Frieda. C'est ce que j'aurais conclu moi-même.

— Alors pourquoi être venue me voir à ce sujet ?

— Parce qu'une fois que l'idée m'est rentrée dans la tête, je me suis sentie obligée d'en parler à quelqu'un.

Les traits de Karlsson se durcirent.

— Vous voulez dire, de le faire consigner quelque part ? Afin que si quelque chose tourne mal, ce soit ma faute et non la vôtre ?

— Parce que c'était la chose à faire, c'est tout. (Frieda se leva et tendit le bras vers son manteau.) Je savais que ce n'était rien. J'avais juste besoin de m'en assurer.

Karlsson se leva à son tour et contourna son bureau pour la raccompagner à la porte. Il avait le sentiment de s'être montré trop dur avec elle. Il avait fait payer ses frustrations de la matinée à une femme qui cherchait juste à se rendre utile. Même si c'était en vain.

— Voyez les choses de mon point de vue. Je ne peux pas me permettre d'interroger des gens en raison d'un simple rêve. Je sais que c'est vous la psy, et non pas moi, mais les gens font ce genre de rêve tout le temps, ce qui ne signifie pas nécessairement quelque chose.

À ces mots, Frieda prit à son tour sèchement la parole.

— Si vous le permettez, je me passerai de leçon sur la signification du rêve de la part d'un inspecteur.

— Je voulais juste dire...

— Ne vous en faites pas, le coupa Frieda. Je ne vous ferai pas perdre plus de temps. (Elle entreprit d'enfiler son manteau.) Il ne s'agissait pas simplement d'un petit rêve qu'il fait depuis des années, comme le sont la plupart des rêves anxieux. Il avait fait ce rêve il y a longtemps, quand il était jeune homme, et voilà qu'il ressurgit soudain.

Karlsson s'apprêtait à la congédier, à lui faire franchir la porte, quand il s'interrompit.

— Comment ça, « ressurgit » ?

— Les détails ne vous intéresseront pas. Mais autrefois, il s'agissait d'un désir très net de fille, et aujourd'hui, de garçon. L'un de ses tourments vient de ce qu'il y a un aspect sexuel dans ce changement.

— Changement ? (Frieda resta interloquée devant l'expression de Karlsson.) Vous voulez dire qu'il a déjà fait ce rêve auparavant ? Il y a longtemps ?

— Pourquoi tenez-vous à le savoir ?

Un silence s'installa.

— Par curiosité, reprit Karlsson. Pour des raisons personnelles. Quel âge avait-il ?

— Il sortait à peine de l'adolescence, m'a-t-il dit. Vingt ou vingt et un ans. Bien avant qu'il rencontre sa femme. Puis, tout d'un coup, les rêves se sont arrêtés.

— Enlevez votre manteau, ordonna Karlsson. Asseyez-vous. Je veux dire, je vous en prie. Asseyez-vous, s'il vous plaît.

L'air légèrement méfiant, Frieda reposa son manteau sur la chaise où il gisait auparavant et se rassit.

— Je ne vois pas vraiment... commença-t-elle.

— Votre patient a quoi ?... Quarante-trois ans ?

— Quarante-deux, je pense.

— Donc ce précédent rêve remonterait à vingt-deux ans plus tôt ?

— Par là, oui.

Karlsson s'appuya contre son bureau.

— Laissez-moi redire les choses clairement. Il y a vingt-deux ans, il rêve d'une petite fille. D'enlever une petite fille. Puis, plus rien. Et aujourd'hui, il rêve d'enlever un petit garçon.

— Exact.

Subitement, les yeux de Karlsson se plissèrent, soupçonneux.

— Vous ne plaisantez pas avec moi, hein ? Vous n'avez parlé à personne de l'affaire. Vous n'avez effectué aucune recherche de votre côté.

— Mais de quoi parlez-vous ?

— Personne ne vous en a parlé ?

— De quoi ?

— J'ai déjà vu des journalistes se faire passer pour des témoins, juste pour voir ce qu'on avait. Si c'est une sorte de coup monté, sachez que vous risquez d'être poursuivie en justice.

— J'allais remettre mon manteau et l'instant d'après je risque d'être poursuivie en justice ?

— Vous n'êtes au courant de rien si ce n'est de la disparition de Matthew Faraday ?

— Je ne lis pas beaucoup les journaux. Je ne sais presque rien de l'affaire Faraday. Il y a un problème ?

Karlsson se frotta la figure, presque comme s'il essayait de se réveiller.

— Oui, il y en a un. Le problème, c'est que je ne sais plus quoi penser.

Il marmonna quelque chose que Frieda ne put distinguer. On aurait dit qu'il s'en prenait à lui-même, ce qui était précisément ce qu'il était en train de faire.

— Je crois que je vais toucher deux mots à votre patient.

Chapitre dix-neuf

Frieda rentra chez elle en poussant un petit soupir de soulagement, laissa choir le sac de courses par terre tout en ôtant son manteau et son écharpe. Il faisait froid et nuit dehors, le gel n'était pas loin, l'hiver non plus. Mais on se sentait douillettement au chaud et à l'abri à l'intérieur. Une lumière était allumée dans le salon, et le feu prêt à prendre. C'est ce qu'elle fit avant de se rendre à la cuisine avec le sac. Reuben disait toujours qu'il existait deux types de chefs en cuisine : l'artiste et le scientifique. Lui appartenait manifestement à la famille des artistes, capable d'improvisations extravagantes ; elle était la scientifique, précise et un peu tatillonne, suivant chaque recette à la lettre. Une cuillère à café se devait d'être rase ; préconisait-on du vinaigre de vin rouge, alors rien d'autre ne saurait faire l'affaire ; la pâte devait reposer au réfrigérateur une heure entière. Elle cuisinait très rarement. C'était Sandy qui avait tenu ce rôle au sein de leur relation et désormais... Eh bien, elle ne voulait pas penser à Sandy parce que ça faisait mal à la façon d'une rage de dent qui se réveillerait subitement. Une douleur si vive et aiguë qu'elle lui en coupait le souffle, telle une décharge électrique. Elle se contentait d'assembler des ingrédients sur son assiette en s'efforçant de ne pas penser à lui et à toute sa batterie de cuisine, et se préparait un repas pour une personne. Mais aujourd'hui, elle suivait une recette simple que lui avait inexplicablement envoyée Chloë par courriel, en l'enjoignant à la tester sans tarder, une salade de chou-fleur et de pois chiches au curry. Elle la considéra d'un œil sceptique.

Elle mit son tablier, se lava les mains, baissa les stores, et hachait un oignon quand on sonna à la porte.

Elle n'attendait personne et les gens débarquaient rarement chez elle à l'improviste, à part les jeunes gens au sourire louche vendant des chiffons à poussière, vingt contre un billet de cinq livres. Peut-être était-ce Sandy. Aurait-elle voulu que ce soit le cas ? Elle se souvint aussitôt que ce n'était pas possible. Il était parti à Paris par l'Eurostar le matin même, pour une conférence. Elle savait encore ce genre de choses de lui, et pouvait donc encore l'imaginer mener la vie qu'elle avait désertée. Cela changerait bien assez tôt. Il ferait des choses dont elle ignorerait tout, verrait des gens qu'elle n'avait jamais croisés ou dont elle n'aurait jamais entendu parler, il porterait des vêtements qu'elle n'avait jamais vus, lirait des livres dont il ne parlerait plus avec elle.

La sonnerie retentit de nouveau et elle posa le couteau, se rinça les mains à l'eau froide puis alla ouvrir.

— Je vous dérange ? demande Karlsson.

— À votre avis ?

— Il fait un peu froid dehors.

Frieda recula d'un pas et le laissa entrer. Elle remarqua avec quel soin il essuyait ses chaussures – plutôt élégantes, noires, à lacets bleus – sur son paillasson avant de pendre son manteau noir, trempé par la pluie, à côté du sien.

— Vous cuisiniez.

— Bravo. Je comprends maintenant pourquoi vous êtes devenu enquêteur.

— Je ne vous prendrai qu'une minute.

Elle le conduisit dans son salon où le feu, encore faible, peinait à chauffer. Elle s'accroupit devant et souffla avec application pour ranimer les flammes, avant de s'asseoir face à Karlsson et de croiser soigneusement les mains sur ses genoux. Il remarqua à quel point elle se tenait droite ; elle nota que l'une de ses dents de devant était très légèrement ébréchée. Ce détail la surprit : Karlsson semblait par ailleurs scrupuleux au sujet de son apparence, presque dandy avec sa veste d'un doux gris foncé, sa chemise blanche, et une cravate rouge si fine qu'on aurait dit un trait ironique le long de sa poitrine.

— C'est au sujet d'Alan ?

— J'ai pensé que vous aimeriez être au courant.

— Vous lui avez parlé ?

Elle se redressa plus encore dans son fauteuil. Son expression ne vacilla pas, et pourtant Karlsson eut l'impression qu'elle retenait une grimace de détresse anticipée. Elle était plus pâle que lors de leur dernière entrevue, et fatiguée aussi. Il lui trouva l'air malheureux.

— Oui. Ainsi qu'à sa femme.

— Et ?...

— Il n'avait rien à voir avec la disparition de Matthew Faraday.

Il perçut un relâchement de tension.

— Vous êtes sûr ?

— Matthew a disparu le vendredi 13 novembre. Je crois que Mr Dekker était avec vous cet après-midi là ?

Frieda réfléchit un instant.

— Oui. Il a dû partir vers 14 h 50.

— Et sa femme dit qu'elle l'a retrouvé peu de temps après. Ils sont rentrés ensemble. Un voisin est passé les voir juste après leur retour, et il est resté prendre le thé. On a vérifié.

— Dans ce cas, très bien, conclut Frieda.

Elle se mordit la lèvre inférieure, retenant la question suivante.

— Ils étaient choqués qu'on les interroge, ajouta-t-il.

— J'imagine.

— Vous vous demandez sans doute ce que je leur ai dit.

— Peu importe.

— J'ai dit qu'il s'agissait d'une enquête de routine.

— Ce qui signifie… ?

— Rien au juste, c'est une expression toute faite.

— Je le lui dirai moi-même.

— J'ai pensé que c'était peut-être souhaitable, en effet.

Karlsson étira ses jambes devant le feu, qui crépitait gaiement à présent. Il se prit à espérer que Frieda lui offrirait une tasse de thé ou un verre de vin de façon à pouvoir rester dans ce cocon de chaleur intimement éclairé, mais elle ne semblait pas près de le faire.

— C'est un drôle de type, non ? Complètement à vif. Mais sympa. J'ai bien aimé sa femme.

Frieda haussa les épaules. Elle n'avait pas envie de parler de lui. Sans doute avait-elle déjà causé assez de dégâts comme ça.

— Je suis désolée de vous avoir fait perdre votre temps, conclut-elle d'un ton neutre.

— Ce n'est pas la peine. (Il haussa les sourcils à son intention.) « Les rêves sont souvent plus profonds quand ils semblent les plus fous. »

— Vous me citez Freud ?

— Même les flics lisent, parfois.

— Je ne pense pas que les rêves aient une quelconque profondeur. Généralement, je déteste quand mes patients me racontent les leurs comme s'ils étaient lourds de symbolisme mystique. Mais dans ce cas précis… (Sa voix s'éteignit.) Bref, j'avais tort. Et je m'en réjouis.

Karlsson se leva et elle fit de même.

— Je vais vous laisser regagner vos fourneaux.

— Puis-je vous poser une question ?

— Laquelle ?

— Ça a un rapport avec Joanna Vine ?

Karlsson sembla d'abord interloqué, puis méfiant.

— N'ayez pas l'air si surpris. Vingt-deux ans auparavant. C'est ça qui a vous a fait tiquer. Il m'a fallu cinq minutes sur le Web et je n'ai rien d'une flèche en informatique.

— Vous avez raison, lui concéda-t-il. C'est juste que… La coïncidence était bizarre, c'est tout.

— Et voilà tout ?

— On dirait. (Il hésita.) Puis-je à mon tour vous demander quelque chose ?

— Allez-y.

— Comme je suis sûr que vous le savez, nous vivons à une époque où l'on sous-traite tout ou presque.

— Je m'en étais aperçue, oui.

— Vous voyez le genre, moins de personnel à charge, même si ça coûte plus cher en fin de compte. Même la police est tenue de sous-traiter certains trucs.

— Quel rapport avec moi ?

— Je me demandais si vous pourriez me donner une seconde opinion. On vous rembourserait, bien sûr.

— Une seconde opinion sur quoi ?

— Accepteriez-vous de parler à la sœur de Joanna Vine, qui avait neuf ans quand elle a été portée disparue et qui était avec elle au moment de sa disparition ?

Frieda regarda Karlsson d'un air inquisiteur. Il avait l'air un peu gêné.

— Pourquoi moi ? Vous ne savez rien de moi et vous devez avoir des gens chez vous capables de faire ce genre de chose.

— C'est exact, bien sûr. Pour être honnête, je tentais le coup à tout hasard. Une idée qui m'est venue comme ça.

— Comme ça ? reprit Frieda en riant. Ça ne fait pas très rationnel.

— Ça ne l'est pas. Et vous avez raison, je ne vous connais pas, mais vous avez fait un rapprochement...

— Erroné, comme nous l'avons vu.

— Certes, oui, peut-être bien...

— Vous vous raccrochez à des chimères, avança Frieda, non sans gentillesse.

— La plupart des affaires sont plutôt carrées. On progresse en enquêtant selon une routine, en faisant les choses dans les règles. On a du sang, des empreintes digitales, de l'ADN, des images capturées par les caméras de surveillance de la ville, des témoins. C'est plus ou moins évident. Mais il arrive qu'on tombe sur un cas où les règles ne s'appliquent plus, on dirait. Matthew Faraday s'est volatilisé dans les airs, et il n'y a aucune piste à remonter. On n'a pas le moindre indice. Aussi sommes-nous obligés de creuser tout ce qu'on a – la moindre rumeur, la moindre idée, tout lien possible avec un autre crime, si ténu soit-il.

— Je ne vois toujours pas ce que je pourrais faire mieux qu'un autre.

— Probablement rien. Comme j'ai dit, je tente le coup à tout hasard et je cours surtout le risque de me faire passer un savon pour avoir dépensé le denier public en faisant faire deux fois le travail, sans nécessité. Mais peut-être êtes-vous capable d'une perspicacité que n'ont pas les autres. Et vous avez un regard extérieur. Peut-être serez-vous à même de voir des indices que nous ne voyons plus, faute de les avoir eus sous les yeux et de les avoir étudiés trop longtemps.

— Cette intuition subite, là...

— Oui.

— La sœur ?

— Elle s'appelle Rose Teale. La mère s'est remariée.

— Est-ce qu'elle a vu quelque chose ?

— Elle dit que non. Mais elle a l'air paralysée par la culpabilité.

— Je ne sais pas, hésita Frieda.

— Vous voulez dire, vous ne savez pas si ça pourrait apporter quelque chose ?

— Tout dépend de ce que vous entendez par « apporter quelque chose ». Quand j'entends ça, ça me donne envie de travailler sa culpabilité, de l'aider à passer à autre chose. Se pourrait-il qu'elle conserve un souvenir caché quelque part, qu'on pourrait dénicher ? La mémoire ne fonctionne pas aussi simplement que ça, si vous voulez mon avis. Et quoi qu'il en soit, ce n'est pas mon truc.

— C'est quoi votre truc, alors ?

— Soulager les gens de ce qu'ils peuvent bien porter en eux : leurs peurs, leurs désirs, leurs jalousies, leurs peines.

— Et que diriez-vous d'aider à retrouver un petit garçon disparu ?

— Ce que j'ai à offrir à mes patients, c'est un refuge.

Karlsson examina la pièce autour de lui.

— On se sent bien chez vous, dit-il. Je comprends pourquoi vous n'avez pas envie d'en sortir pour vous retrouver exposée aux désordres du monde.

— Les désordres qu'on peut trouver dans l'esprit de quelqu'un ne sont guère plus rassurants, vous savez.

— Vous voudrez bien y songer ?

— Certainement. Mais n'attendez pas de moi que je vous rappelle.

Une fois parvenu à la porte, il lança :

— Nos métiers ont bien des choses en commun.

— Vous croyez ?

— Symptômes, indices, tout ça…

— Pour moi, ça n'a rien à voir.

Après le départ de l'inspecteur, Frieda regagna la cuisine. Elle séparait laborieusement le chou-fleur en bouquets comme préconisé dans la recette de Chloë quand on sonna de nouveau à la porte. Elle s'arrêta et tendit l'oreille. Ce ne pouvait être Karlsson, de nouveau. Pas plus qu'Olivia, vu qu'Olivia actionnait vigoureusement le heurtoir en plus de la sonnette d'ordinaire, la hélait même par la fente de la boîte aux lettres, en lançant des cris impérieux. Elle mit la poêle remplie d'oignons de côté, tout en se faisant la réflexion qu'elle n'avait pas faim de toute façon. Tout ce dont elle avait envie, c'était de quelques biscuits salés avec du fromage. Voire rien du tout, rien qu'une tasse de thé et au lit. Mais elle savait qu'elle ne parviendrait pas à dormir.

Elle entrouvrit la porte, qu'elle laissa quand même retenue par sa chaîne.

— Qui est-ce ?

— Moi.

— Qui ça, « moi » ?

— C'est moi, Josef.

— Josef ?

— Fait froid.

— Que faites-vous là ?

— Très froid.

Frieda fut tout d'abord tentée de lui dire de s'en aller et de claquer la porte. Qu'est-ce qui lui prenait de débarquer ainsi à l'improviste ? Puis elle ressentit une chose qui ne l'avait jamais quittée depuis l'enfance. Elle imagina quelqu'un en train de la voir, de la juger, de faire des commentaires sur elle. Que dirait-il ? « Regardez-moi cette Frieda. Elle l'appelle, lui demande un service qu'il rend sur-le-champ, sans poser de questions. Ensuite il débarque chez elle, il a froid, il est seul, et tout ce qu'elle fait, c'est lui fermer la porte au nez. » Il arrivait à Frieda de souhaiter que cette personne imaginaire lui fiche la paix, une fois pour toutes.

— Vous feriez mieux d'entrer, dit-elle.

Frieda dégagea la chaîne du verrou et ouvrit le battant. Un vent mordant s'engouffra dans sa maison, accompagné d'obscurité, et Josef s'effondra chez elle.

— Comment savez-vous que j'habite ici ? demanda-t-elle avec méfiance, avant qu'il ne relève la tête vers elle. (Elle retint brusquement son souffle.) Que vous est-il arrivé ?

Josef ne répondit pas tout de suite. Il s'accroupit et entreprit de défaire ses lacets, qui avaient comme fusionné en un nœud compliqué et détrempé.

— Josef ?

— Je veux pas salir votre maison jolie.

— Ce n'est pas grave.

— Là.

Il ôta une grosse bottine, dont la semelle se décousait. Ses chaussettes étaient rouges avec de petits dessins de rennes. Puis il se mit à l'œuvre sur la suivante. Frieda inspecta sa figure. La joue gauche, boursouflée, présentait un hématome, et son front une entaille. Voilà que la deuxième bottine était venue : il l'aligna soigneusement avec sa semblable et rangea les deux contre le mur, puis se redressa.

— Par ici, l'invita Frieda en le conduisant dans sa cuisine. Asseyez-vous.

— Vous cuisinez ?

— Vous n'allez pas vous y mettre, vous aussi !

— Pardon ?

— Je cuisinais, oui, plus ou moins.

Elle fit couler de l'eau froide sur un essuie-mains replié et le lui remit.

— Pressez-ça contre votre joue, et laissez-moi examiner votre tête. Je vais commencer par la nettoyer. Ça va piquer.

Tandis qu'elle essuyait le sang, Josef se contentait de regarder droit devant lui. Dans son regard, elle lut quelque chose de farouchement déterminé. À quoi pensait-il ? Il sentait la sueur et le whisky mais ne semblait nullement ivre.

— Que s'est-il passé ?

— Des types...

— Vous vous êtes battu ?

— Ils ont crié sur moi, ils m'ont poussé. J'ai poussé aussi.

— Poussé aussi ? répéta Frieda. Josef, vous ne pouvez pas faire ça. Un jour, quelqu'un sortira un couteau.

— Ils m'ont traité de « putain de Polak ».

— Ça ne vaut pas le coup, insista Frieda. Ça n'en vaut jamais la peine.

Josef balaya la pièce du regard.

— Londres, commença-t-il. Ce n'est pas partout comme chez vous... Très joli. Bon, et maintenant, on peut boire vodka ensemble.

— Je n'ai pas de vodka.

— Whisky ? Bière ?

— Je peux vous offrir du thé avant que vous repartiez. (Elle examina sa coupure, d'où suintait toujours du sang.) Je vais mettre un pansement là-dessus. Je pense que vous vous en tirerez sans points de suture. Vous aurez peut-être une petite cicatrice.

— On peut se donner de l'aide, vous et moi, proposa-t-il. Vous êtes mon amie.

Frieda envisagea un instant de réfuter ce dernier point mais cela lui sembla trop compliqué.

Il savait que le chat n'était pas réellement un chat. C'était une sorcière qui faisait semblant d'être un chat. Il était gris, pas noir comme ils le sont normalement dans les livres, avec des gros paquets de poils qui pendouillaient, ce qui n'arrivait pas aux chats normaux. Ses yeux étaient jaunes, et ils le dévisageaient sans cligner. Il avait une langue râpeuse et des griffes qui le piquaient. Parfois, il faisait semblant de dormir mais alors un œil jaune, qui n'avait cessé de le surveiller, s'ouvrait. Quand Matthew était allongé sur son matelas, le chat grimpait sur son dos nu et plantait ses griffes dans sa peau, et sa fourrure graisseuse le chatouillait. Il le narguait.

Quand le chat était là, Matthew ne pouvait pas regarder par la fenêtre. De toute façon, c'était difficile de regarder dehors parce que ses jambes tremblaient trop fort, et que ses yeux lui faisaient mal dans la lumière qui venait de derrière le store, cette lumière d'un autre monde. C'était parce qu'il était en train de se transformer en autre chose. Il se transformait en Simon. Il y avait des marques rouges sur sa peau. Et des boutons dans sa bouche qui le piquaient fort quand il buvait de l'eau. Une moitié de lui était Matthew et l'autre était Simon. Il avait avalé la nourriture qu'on lui enfonçait dans la bouche. Des haricots blancs froids et des frites grasses et molles, comme des vers.

En collant la tête par terre juste à côté du matelas, il pouvait entendre des sons. Des petits coups. Des voix méchantes. Quelque chose qui ronronnait. Un instant, cela lui rappela les temps d'avant, quand il était entier, et que sa maman – quand elle était encore sa maman, avant qu'il ne lui lâche la main – nettoyait la maison et lui façonnait un environnement sécurisé.

Aujourd'hui, lorsqu'il avait regardé dans le coin du bas de la fenêtre, le monde avait changé de nouveau, il était blanc et brillant, et il aurait été beau s'il n'avait également eu mal à la tête. La beauté était cruelle : elle faisait mal.

Chapitre vingt

Le petit train vétuste était quasiment vide. Il progressait, grinçant et bringuebalant, parmi les quartiers dérobés de Londres – à l'arrière de rangées de maisons mitoyennes avec leur jardin détrempé par l'hiver, le long des murs noircis des usines désaffectées, le long des orties et des épilobes en épi surgis des fentes des murs de brique qui offraient de temps à autre un aperçu sur quelque canal. Frieda vit la silhouette repliée d'un homme dans un manteau épais, tenant une canne à pêche au-dessus de l'eau brune et huileuse. Des fenêtres éclairées défilèrent dans un éclair lumineux et il arrivait à Frieda d'y apercevoir une personne dans l'encadrement : un jeune homme en train de regarder la télévision, une vieille femme lisant un livre. Du haut d'un pont, elle contempla une rue commerçante en contrebas : des guirlandes lumineuses de Noël étaient enroulées autour des réverbères, une foule portant des sacs ou tirant des enfants par la main se pressait dans la rue, des pneus de voitures éclaboussaient tout sur leur passage. Londres défilait comme un film.

Elle descendit à Leytonstone. La nuit tombait et tout semblait gris et légèrement estompé. Les lampadaires orange miroitaient sur les trottoirs mouillés. Des bus passaient en tanguant. La rue où vivait Alan était longue et droite, un couloir de maisons attenantes remontant à la fin de l'époque victorienne bordé de robustes platanes qui devaient dater de la construction des habitations. Alan habitait au numéro 108, tout au bout. Tout en marchant, ralentissant un peu pour retarder le moment où elle devrait lui faire face, elle plongeait le regard dans les *bow-windows* du voisinage et apercevait les vastes pièces du rez-de-chaussée, les vues traversantes donnant sur les jardins de derrière, en sommeil pendant l'hiver.

Frieda avait dû s'armer de courage pour cette entrevue. Même ainsi, un nœud lui serra la poitrine au moment de pousser le portail et de sonner à la porte vert foncé. Au loin, elle entendit un double carillon enjoué. Elle avait froid et se sentait fatiguée. Elle s'accorda une pensée pour son foyer, le feu qu'elle allumerait en rentrant, une fois que ceci serait terminé. Puis elle entendit des pas et la porte s'ouvrit à la volée.

— Oui ?

La femme qui lui faisait face était petite, trapue. Elle se tenait les jambes légèrement écartées, fermement campée, comme prête pour la bagarre. Ses cheveux étaient bruns, coupés court. Elle avait de grands yeux gris, étrangement beaux, un teint lisse et pâle avec un grain de beauté juste au-dessus de la bouche, une mâchoire carrée. Elle portait un jean, une chemise de flanelle grise retroussée jusqu'aux coudes, et pas de maquillage. Elle examinait Frieda d'un œil méfiant. Ses lèvres dessinaient une ligne sévère.

— Mon nom est Frieda. Alan m'attend, je crois.

— En effet. Entrez.

— Vous devez être Carrie.

Elle fit un pas dans l'entrée. Quelque chose se pressa contre son mollet et elle baissa les yeux. Un gros chat s'enroulait autour de sa jambe, en ronronnant.

Elle se pencha et laissa un doigt courir le long de son échine vibrante.

— Hansel, dit Carrie. Gretel doit être par là, quelque part.

Il faisait bon et sombre à l'intérieur, et une agréable odeur de bois flottait dans les airs. Frieda eut l'impression d'avoir pénétré un autre univers que celui suggéré par sa façade. Elle s'attendait à ce que cette maison ressemble à celles qu'elle avait longées, avec leurs cloisons abattues, leurs nouvelles portes-fenêtres, ces espaces ouverts au maximum. À la place, elle se retrouvait dans un dédale de couloirs, de petites pièces, de grands placards et d'étagères profondes regorgeant d'objets. Carrie la fit passer devant le salon, mais Frieda eut le temps d'apercevoir un petit recoin chaleureux pourvu d'un poêle à bois encastré au mur, et une vitrine remplie d'œufs, de plumes, de nids faits de mousse et de brindilles et même, debout contre l'un des carreaux, un martin-pêcheur empaillé un peu dégarni, semblait-il. Dans la pièce adjacente – celle que la plupart des gens aurait supprimée –, encore plus petite, trônait un grand bureau sur lequel se trouvaient plusieurs maquettes d'avions en balsa, du genre que fabriquait le frère de Frieda dans sa jeunesse. Le seul fait de les voir ranima une odeur de colle et de vernis, la sensation des résidus gluants au bout des doigts, le souvenir de ces minuscules tubes de peinture grise et noire.

Au mur extérieur de la cuisine pendait un ensemble de photos de famille encadrées – certaines de Carrie petite, coincée entre deux sœurs sur un banc de jardin, posant debout avec ses parents ; d'autres étaient d'Alan. Sur l'une d'entre elles, il se tenait avec ses parents, petite silhouette trapue entre deux autres, grandes et grêles, et elle s'efforça de l'étudier de plus près en passant devant.

— Asseyez-vous, offrit Carrie. Je vais aller le chercher.

Frieda enleva son manteau et s'assit devant la petite table. La trappe pour chat de la porte arrière cliqueta et un autre chat se glissa au travers, noir, blanc et orange celui-ci, tel un puzzle joli à regarder. Il sauta sur les genoux de Frieda et s'y installa, en se léchant délicatement une patte.

La cuisine était séparée en deux. Aux yeux de Frieda, on aurait dit l'illustration physique de deux centres d'intérêt différents, une démarcation précise de la place d'Alan et de celle de Carrie au sein du foyer : la femme qui cuisine et l'homme qui bricole ou répare. D'un côté se trouvaient toutes les choses que l'on trouve normalement dans une cuisine : un four, un micro-ondes, une bouilloire, une balance, un robot ménager, un support magnétique pour les couteaux aiguisés, un présentoir à épices, une pyramide de poêles et casseroles diverses, une coupe remplie de pommes vertes, une petite étagère dévolue aux livres de cuisine, certains vieux et usés, d'autres jamais ouverts, semblait-il, un torchon pendu à un crochet. De l'autre côté, le mur était tapissé d'étroites étagères compartimentées. Chaque boîte était étiquetée en grosses lettres majuscules : « Clous », « Punaises », « Vis 4,2 × 65 mm », « Vis 3,0 × 30 mm », « Ciseaux à bois », « Rondelles », « Fusibles », « Clé radiateur », « Alcool à brûler », « Papier de verre – gros grain », « Papier de verre – grain fin », « Accessoires perceuse », « Piles AA ». Il devait y avoir des douzaines, des centaines de casiers semblables : l'ensemble évoquait une ruche à Frieda. Elle se figura tout le travail qu'il avait fallu y investir – Alan et ses doigts malhabiles en train de ranger délicatement ces petits objets à leur place, une mine satisfaite sur son visage rond et poupin. L'image était si forte qu'elle dut cligner des yeux pour la chasser.

Dans une situation autre que celle-ci, elle aurait pu émettre un commentaire sardonique, mais elle sentait le regard de Carrie posé sur elle, ainsi que le courant particulier qui circulait entre elles. Carrie s'exprima à sa place, sèchement :

— Il construit une cabane dans le jardin.

— Et moi qui me croyais organisée... commenta Frieda. Ça ne plaisante pas, là.

— Les affaires de jardinage sont toutes là-dedans. (Carrie fit un signe de tête en direction d'une porte étroite à côté de la fenêtre, vraisemblablement destinée à faire office de garde-manger.) Mais il n'a pas trop jardiné ces temps-ci. Je vais aller le chercher. Peut-être qu'il dort. Il est tout le temps fatigué.

Elle hésita, puis ajouta brusquement :

— Je ne veux pas qu'on me le perturbe.

Frieda ne répondit rien. Elle aurait eu trop de choses à dire, mais rien qui puisse empêcher Carrie de voir en elle une menace.

Frieda écouta Carrie monter à l'étage. Sa voix, sèche quand elle s'adressait à Frieda, était tendre, maternelle, quand elle appela son mari. Quelques instants plus tard, elle les entendit redescendre : le pas de Carrie était léger et résolu, celui d'Alan plus lent et plus lourd, comme s'il laissait peser tout son poids flasque sur chaque marche. Lorsqu'il entra dans la pièce, en se frottant les yeux de ses poings fermés, elle constata à quel point il avait l'air las et malheureux.

Elle se leva, délogeant le chat.

— Je suis désolée de vous avoir dérangé.

— Je ne sais pas si je dormais vraiment, répondit-il.

Il semblait déconcerté. Frieda remarqua de quelle façon Carrie posait sa main dans son dos pour le conduire dans la pièce et prenait place derrière sa chaise tel un garde. Il se pencha et ramassa Gretel, le maintenant contre son large buste et enfouissant son visage dans sa fourrure.

— Il fallait que je vous voie, commença Frieda.

— Je vous laisse ? demanda Carrie.

— Il ne s'agit pas d'une séance thérapeutique.

— Je n'en sais rien, répondit Alan. Tu peux rester si tu veux.

Carrie s'affaira dans la cuisine, remplissant la bouilloire, ouvrant et refermant des placards.

— Vous savez pourquoi je suis ici, dit enfin Frieda.

Alors qu'il caressait le chat sur ses genoux, Frieda se remémora de quelle façon il se passait les mains nerveusement sur son pantalon, d'avant en arrière, quand il était dans son cabinet, comme s'il ne pouvait jamais rester totalement immobile. Elle prit une longue inspiration.

— Durant nos séances, j'ai été frappée par des ressemblances avec l'affaire d'un petit garçon qui a disparu. Il s'appelle Matthew Faraday. C'est pourquoi j'en ai parlé à la police.

Derrière elle, Carrie remuait bruyamment des couverts, puis elle posa un mug devant elle avec brusquerie. Du thé se renversa.

— Je me suis trompée. Je suis vraiment désolée de vous avoir causé des angoisses supplémentaires.

— Oh… soupira Alan, lentement, avec effort.

Il ne semblait pas avoir quoi que ce soit à ajouter.

— Je sais que je vous ai dit dans mon cabinet que vous y étiez en sécurité et que vous pouviez tout dire, poursuivit Frieda. (La présence de Carrie la rendait mal à l'aise. Au lieu de s'adresser à Alan, elle récitait des mots qu'elle avait répétés à l'avance, qui avaient l'air de manquer de naturel et de sincérité.) Il y avait toutes ces coïncidences entre vos fantasmes et puis, les faits avérés. J'ai eu le sentiment de n'avoir pas le choix.

— Donc vous n'êtes pas tout à fait désolée, coupa Carrie.

Frieda se tourna vers elle.

— Pourquoi dites-vous ça ?

— Vous pensez avoir bien agi compte tenu des circonstances. Vous croyez que votre attitude était justifiée. Selon moi, ce n'est pas ce qu'on appelle être désolée. Vous savez, quand les gens vous disent « Je suis désolé si... », parce qu'ils ne trouvent pas le courage de dire « Je suis désolé que... ». C'est ça que vous êtes en train de faire. Vous présentez des excuses sans réellement ressentir le besoin de vous faire pardonner.

— Ce n'est pas ce que je cherche à faire, contesta Frieda, prudemment.

Elle était impressionnée par la pugnacité de Carrie et touchée par son besoin farouche de protéger Alan.

— J'avais tort. J'ai fait une erreur. J'ai fait intervenir la police dans votre vie d'une façon qui a dû être choquante et très douloureuse pour vous deux.

— Alan a besoin d'aide, pas qu'on porte des accusations contre lui. Enlever ce petit garçon ! Mais regardez-le ! Vous l'imaginez en train de faire une chose pareille ?

Frieda n'avait aucun mal à imaginer n'importe qui faisant n'importe quoi.

— Je ne vous en veux pas, dit-il. Je n'arrête pas de penser qu'ils ont peut-être raison.

— Qui ça, raison ? s'emporta Carrie.

— Le docteur Klein. Cet enquêteur. Peut-être que je l'ai bel et bien kidnappé.

— Ne dis pas des choses pareilles.

— Peut-être que je deviens fou. De fait, je me sens un peu fou.

— Dites-lui qu'il ne l'est pas, implora Carrie d'une voix pressante, tout en tremblant.

— C'est comme d'être en plein cauchemar, comme si tout fichait le camp, reprit Alan. Un docteur incapable me refile à un autre, tout aussi incapable, comme une patate chaude. Enfin je tombe sur quelqu'un qui m'inspire confiance. Elle m'amène à dire des choses que j'ignorais même penser, et ensuite me signale à la police en raison de ces confidences. Laquelle police débarque et demande à savoir ce que je faisais le jour où ce petit garçon a été porté disparu. Tout ce que je voulais, c'était dormir la nuit. Tout ce que je voulais, c'était la paix.

— Alan, coupa Frieda. Écoutez-moi maintenant. Beaucoup de gens ont l'impression de devenir fous.

— Ça ne veut pas dire que ce n'est pas mon cas.

— Non, en effet.

Son visage s'éclaircit soudain, et ses traits se fendirent d'un sourire qui lui donna l'air plus jeune.

— Pourquoi est-ce que je me sens mieux quand vous dites ça, et non moins bien ?

— Je tenais à venir vous expliquer ce que j'avais fait et vous dire que je suis désolée. Mais aussi que je comprendrai tout à fait si vous ne voulez plus me voir. Je peux vous adresser à quelqu'un d'autre.

— Pas quelqu'un d'autre, non.

— Vous voulez dire que vous voulez continuer ?

— Serez-vous capable de m'aider ?

— Je n'en sais rien.

Alan garda le silence un moment.

— Je ne vois pas d'autre solution qui ne serait pire.

— Alan ! s'écria Carrie, comme s'il l'avait personnellement trahie.

Frieda eut une brusque bouffée d'empathie pour l'autre femme. Les patients évoquaient très souvent leurs conjoints ou leur famille, mais elle n'avait pas l'habitude de les rencontrer, encore moins de se retrouver impliquée dans leurs relations.

Elle se leva, souleva son manteau du dossier de la chaise et le renfila.

— Vous devez en discuter entre vous.

— On n'a pas besoin d'en discuter, répliqua Alan. Je vous revois mardi.

— Si vous êtes sûr.

— Oui.

— Bien. Inutile de me raccompagner.

Frieda referma la porte de la cuisine sur le couple et resta un moment de l'autre côté, avec l'impression d'espionner. Elle entendit des voix s'élever et retomber. Elle n'arrivait pas à déterminer s'ils se querellaient. Elle s'approcha des photos d'Alan et de ses parents. Il était potelé et grave, et affichait déjà le même sourire anxieux, le même air de désarroi. Un des portraits des parents semblait avoir été pris par un photographe ambulant. Probablement pour un anniversaire. Ils avaient revêtu leurs plus beaux atours. Les couleurs étaient presque criardes. Frieda esquissa un sourire, avant que celui-ci ne se fige. Elle regarda la photo de plus près. Elle marmonna quelque chose pour elle-même, une sorte de pense-bête.

Hansel l'accompagna jusqu'à la porte et la regarda partir de ses yeux dorés, qui ne cillaient pas.

— M'enfin pourquoi tu l'as quitté, putain ?!

— Je n'ai pas dit que je l'avais quitté. J'ai dit que c'était fini.

— Oh, arrête, Frieda.

Olivia marchait de long en large dans son salon, trébuchant sur ses talons aiguilles, foulant vêtements et objets, un verre de vin rouge rempli à ras bord dans une main et une cigarette dans l'autre. Le vin ne cessait de déborder par-dessus bord et de semer des gouttelettes dans son sillage, et la cendre de cigarette s'allongea jusqu'à ce qu'elle aussi se répande par terre, pour finir incrustée dans le tapis crasseux sous le pied emphatique d'Olivia. Elle portait un cardigan doré, étincelant, trop petit pour elle et entrouvert sur sa poitrine, un bas de survêtement bleu parcouru d'une bande le long des jambes et des sandales d'été haut perchées. Frieda se demanda si elle plongeait lentement dans une forme de dépression volubile. Parfois, c'était comme si la moitié des gens de son entourage s'effondraient, à des degrés divers.

— Jamais il ne t'aurait quittée, jamais ! insistait Olivia. Alors pourquoi ?

Frieda n'avait pas réellement envie de parler de Sandy. En tout cas, certainement pas avec Olivia. Il s'avéra qu'on ne lui en donnerait pas l'opportunité, de toute façon. Olivia reprit :

— Pour commencer, il est beau gosse. Putain, si tu voyais certains des types que j'ai fréquentés ces derniers temps... Je ne comprends pas comment ils osent se faire passer pour « homme séduisant ». Je les vois franchir la porte et j'ai le cafard. Ils veulent une sublime blonde mais n'ont pas l'air de penser qu'ils ont eux-mêmes besoin de faire un effort. Ils croient qu'on en est là ? Je me jetterais aux pieds d'un mec comme Sandy.

— Tu ne l'as jamais rencontré...

— Et pourquoi, d'ailleurs ? Où en étais-je ? Ah, oui. Deuzio, il est riche. Enfin, il doit être plutôt friqué – c'est bien un consultant, non, ou un truc dans le genre ? Pense à sa pension de retraite. Ne me regarde pas comme ça. Ça compte. Crois-moi, ça compte, putain. C'est difficile d'être seule quand on est une femme, laisse-moi te le dire, et tu n'as pas de quoi assurer tes arrières, hein, vu que tes putain de proches t'ont rayée de leurs testaments ? Oh merde, j'espère que t'étais au courant – je ne viens pas faire une gaffe, si ?

— Ça ne me surprend pas vraiment, répondit Frieda d'un ton ironique. Mais je ne veux pas de leur argent – et de toute façon, je ne pense pas qu'ils aient grand-chose à laisser, si ?

— Bon, ben, dans ce cas, tout va bien. Où en étais-je ?

— Deuxièmement, rappela Frieda. Car tu comptes bien t'en tenir à deux, non ?

— Ah ouais, riche. Je l'épouserais rien que pour ça. Je suis prête à tout pour sortir de ce trou à rats. (Elle envoya un coup de pied dans la bouteille de vin couchée par terre au pied du canapé, qui roula de côté, tandis que du rouge se répandait lentement par le goulot.) Troisièmement, je parie qu'il t'aime, ce qui devrait compter pour trois, quatre, et cinq, parce qu'il est très rare d'être aimé. (Elle s'arrêta brusquement et se jeta sur le canapé. Le peu de vin qui restait dans son verre s'envola en partie et barbouilla ses genoux d'un cramoisi criard.) Quatrièmement – à moins que ce ne soit sixièmement –, il est sympa. Il l'est, non ? Peut-être pas, parce que je crois me rappeler que tu as un faible pour les types inquiétants. Bon d'accord, d'accord, je ne voulais pas dire ça, oublie. Septièmement...

— Arrête. C'est dégradant.

— Dégradant ? Je vais te montrer ce qui est dégradant. (Elle indiqua la pièce d'un ample geste. De la cendre se répandit en un arc poudreux autour d'elle.) Cinquièmement, ou dixièmement, on s'en fout, tu ne rajeunis pas.

— Olivia. La ferme, tu m'entends ? Tu es allée trop loin et si tu continues, je m'en vais. Je suis venue ici pour donner une leçon de chimie à Chloë.

— Laquelle n'est toujours pas là, de sorte que c'est sur moi que tu t'acharnes jusqu'à ce qu'elle arrive, c'est-à-dire peut-être jamais. Tu seras bientôt trop vieille pour avoir des enfants, tu sais, encore que de mon point de vue, ce soit peut-être une chance. T'y as pensé ? D'accord, d'accord, tu peux me fusiller de ton regard terrifiant, mais j'en suis au deuxième, non, au troisième verre de vin maintenant (verre qu'elle acheva de vider d'un geste théâtral) et tu ne peux pas m'intimider. Je suis blindée. Je peux dire ce que je veux sous mon propre toit, et je pense que tu fais une belle idiote, docteur Frieda Klein-avec-tous-tes-titres-à-rallonge. Là, ayé, j'en suis à trois. Peut-être que ça faisait quatre. Ça doit être ça. Tu devrais boire plus, tu sais. T'as beau être intelligente, t'es aussi d'une bêtise monumentale. Peut-être que ça vient du sang des Klein. Que disait Freud ? Je vais te dire ce qu'il disait. Il disait : « Que veulent les femmes ? » Et tu sais ce qu'il répondait à ça ?

— Oui.

— Je vais te le dire, moi. Il disait : « Elles veulent de l'amour et du travail. »

— Non. Il concluait plus ou moins qu'elles voulaient être des hommes. Il disait que les filles devaient se remettre de n'être pas des garçons.

— Connard. Enfin bref… Où en étais-je ?

— C'est quoi, ce bruit ?

Olivia quitta la pièce, poussa un cri perçant, et s'en revint l'œil vitreux.

— Ce bruit, déclara-t-elle, c'est Chloë en train de vomir sur le tapis dans l'entrée.

Chapitre vingt et un

Alors que Frieda réglait le chauffeur de taxi, elle aperçut Josef en train de patienter sur le seuil de sa porte.

— Que faites-vous ici ? dit-elle. Vous n'êtes pas invité à demeure, vous savez. Vous ne pouvez pas débarquer à chaque fois que vous avez besoin de compagnie.

Comme pour justifier sa présence, il brandit une bouteille.

— C'est bonne vodka. Je peux entrer ?

Frieda déverrouilla la porte.

— Ça fait combien de temps que vous êtes ici ?

— J'ai attendu, c'est tout. Je me disais, peut-être vous alliez rentrer.

— Je ne compte pas coucher avec vous. Je viens de passer une journée épouvantable.

— Pas coucher. (Josef lui lança un regard lourd de reproches.) Juste boire.

— Pour un verre, je ne dis pas non.

Pendant que Josef allumait le feu dans l'âtre, Frieda fouilla dans le fond d'un placard et dénicha un paquet de chips. Elle les versa dans un récipient, qu'elle apporta avec deux petits verres. Le feu crépitait déjà.

En entrant dans la pièce, elle vit Josef avant qu'il ne prenne conscience de sa présence. Il contemplait les flammes avec une tout autre expression sur son visage que celle, souriante, avec laquelle il l'avait accueillie.

— Vous êtes triste, Josef ?

Il se retourna, avant de répondre :

— Loin.

— Pourquoi ne rentrez-vous pas chez vous ?

— L'année prochaine, peut-être.

Frieda s'assit.

— Il nous faut du jus de fruits avec ça ?

— Bon tout seul, répliqua-t-il. Pour le goût.

Il dévissa le bouchon et remplit délicatement les deux verres jusqu'à deux millimètres du rebord. Il en tendit un à Frieda.

— Buvez le premier d'un seul coup, ordonna-t-il.

— Je crois que ça me va.

Ils vidèrent leur verre d'une seule traite, dans un même élan. Le visage de Josef s'épanouit lentement en un sourire. Frieda s'empara de la bouteille et étudia l'étiquette.

— Doux Jésus, qu'est-ce que c'est que ce truc ?

— C'est russe. Mais bon. (Il remplit de nouveau leurs verres.) Pourquoi épouvantable, cette journée ?

Frieda avala une nouvelle gorgée de la vodka de Josef. Elle lui piqua le fond de la gorge avant de se répandre, brûlante, dans sa poitrine. Frieda raconta alors à Josef comment elle était restée assise par terre, dans la salle de bains d'Olivia, pendant que Chloë s'agenouillait au-dessus de la cuvette des W.-C., prise de haut-le-cœur, même quand il ne lui restait plus rien à vomir. Frieda n'avait pas dit grand-chose, se contentant de se pencher en avant pour lui caresser doucement la nuque. Ensuite, elle avait essuyé la figure de Chloë avec un gant de toilette humide.

— Je ne savais pas quoi dire. Je n'arrêtais pas de penser à l'effet que ça me ferait, si j'étais malade, en train de dégueuler, et qu'une vieille venait me faire la leçon pour m'expliquer qu'il est préférable de boire avec modération. Du coup, je n'ai rien dit.

Josef ne répondit rien. Il se contenta de contempler son verre de vodka comme s'il en émanait une faible lumière et qu'il avait besoin de toute sa concentration pour la voir. Frieda trouvait réconfortant de parler à quelqu'un qui ne tentait pas de faire le malin, ou d'être drôle, ou rassurant. Aussi lui parla-t-elle ensuite de sa visite à Alan. À son propre étonnement, elle s'entendit confier à Josef qu'elle était allée trouver la police à son sujet.

— Qu'en pensez-vous ?

Très lentement, avec un soin désormais exagéré, Josef remplit de nouveau son verre.

— Ce que je pense, dit-il, c'est que vous devriez pas y penser. C'est mieux de pas trop penser, en général.

Frieda sirota sa boisson. Était-ce le troisième verre ? Ou le quatrième ? Peut-être même le cinquième ? Ou bien Josef n'avait-il fait que la resservir avant que les verres ne soient vidés de sorte qu'on ne pouvait pas réellement mesurer les doses, mais qu'il s'agissait plutôt d'une sorte de verre élastique qui grandissait peu à peu ? Elle commençait juste à se faire à l'idée de ne plus réfléchir quand son téléphone sonna. Et elle s'apprêtait à dire quelque chose qui l'étonna tellement qu'elle laissa sonner plusieurs fois.

Josef semblait perplexe.

— Vous ne décrochez pas ?

— D'accord, d'accord. (Frieda respira un grand coup. Elle ne se sentait pas tout à fait lucide mais s'empara du téléphone.) Allô ?

— Je t'aime.

— Qui est-ce ?

— Combien de femmes t'appellent pour te dire je t'aime ?

— Chloë ?

— Je t'aime, vraiment, même si tu es sévère et froide.

— T'es toujours soûle ?

— Il faut que je sois soûle pour te dire que je t'aime ?

— Je vais te dire un truc, Chloë, tu devrais aller au lit et récupérer.

— Je suis au lit. Je me sens trop mal.

— Restes-y. Bois beaucoup d'eau cette nuit, même si ça te rend encore plus malade. Je t'appelle demain.

Elle raccrocha et lança un regard exaspéré à Josef.

— Non, dit-il. C'est bien. Vous arrangez les choses. Vous êtes comme moi. Deux jours en arrière, une femme m'appelle, pour qui je travaille. Elle crie. Je vais chez elle. Il y a de l'eau qui jaillit d'un tuyau comme une fontaine. Cinq centimètres d'eau dans la cuisine. Elle crie toujours. Ce n'est qu'une simple valve. Je tourne la valve, j'éponge l'eau. C'est comme vous. Il y a une urgence, on vous appelle, vous courez, et vous les sauvez.

— Si seulement... commenta Frieda. J'aimerais bien être de ceux qui savent quoi faire quand une chaudière ne marche plus ou qu'une voiture refuse de démarrer. Voilà le genre de talent qui arrange vraiment les choses. Vous êtes celui qui répare le tuyau qui fuit. Moi, je suis celle qui est employée par la société qui a fabriqué le tuyau pour aller trouver le patient qui crie et tenter de le convaincre de ne pas les poursuivre en justice.

— Non, non, protesta Josef. Dites pas ça. Vous êtes...

— Complexée.

— Non.

— Démotivée.

— Non, s'emporta Josef en agitant les mains comme s'il essayait de mimer le sens des mots qui ne lui venaient pas. Vous dites « je suis nulle », pour que je réponde : « Mais non, vous faites ça bien, très bien. »

— Peut-être, concéda Frieda.

— Ne dites pas ça. Vous devriez protester.

— Je suis trop fatiguée. J'ai bu trop de vodka.

— Je travaille pour votre ami Reuben, continua Josef.

— Ce n'est pas forcément mon ami.

— Drôle de type. Mais il parle de vous. J'apprends des choses sur vous.

Frieda haussa les épaules.

— Reuben me connaissait mieux il y a dix ans. Je n'étais pas la même alors. Comment va-t-il ?

— J'arrange sa maison.

— C'est une bonne chose, fit remarquer Frieda. C'est probablement ce dont il a besoin.

— Voulez-vous me dire pourquoi il était si urgent de me voir ?

Sasha Wells approchait les vingt-cinq ans. Elle était vêtue d'un pantalon noir et d'une veste apparemment conçue pour camoufler sa silhouette. Malgré cela, et même si ses cheveux blonds sales étaient en bataille, et qu'elle ne cessait d'y passer la main, repoussant des mèches de ses cheveux de ses yeux même quand elle ne les avait pas dans l'œil, et même si elle était juste un poil trop maigre, et même si les doigts de sa main gauche étaient tachés de cigarette, et même si elle ne voulait pas croiser le regard de Frieda sauf pour lui adresser un demi-sourire doucereux, sa beauté était manifeste. Ses grands yeux sombres semblaient s'en excuser. En la voyant, Frieda pensait à un animal blessé, du genre qui réagit à la blessure non pas en agressant mais en se roulant en boule et en battant en retraite. Aucune des deux ne prit la parole pendant un certain temps. Sasha jouait nerveusement avec ses mains. Frieda fut tentée de la laisser fumer une cigarette. Visiblement, elle en mourait d'envie.

— Mon ami Barney a un ami appelé Mick qui dit que vous êtes super. Que je peux vous faire confiance.

— Vous pouvez dire tout ce que vous voulez.

— Très bien, répondit Sasha, mais si doucement que Frieda dut se pencher en avant pour l'entendre.

— À ce que je comprends, vous avez déjà consulté un psychothérapeute.

— Oui. Je voyais un dénommé James Rundell. Je crois qu'il est assez connu.

— Oui, confirma Frieda. J'ai entendu parler de lui. Combien de temps l'avez-vous vu ?

— Six mois, environ. Peut-être un peu plus. J'ai commencé juste après avoir décroché mon boulot. (Elle repoussa ses cheveux de sa figure, puis les laissa y retomber.) Je suis une scientifique, une généticienne. J'aime mon travail, et j'ai de bons amis, mais j'étais coincée dans une ornière et j'avais l'impression de ne pas pouvoir m'en dégager. (Elle fit une petite grimace qui la rendit plus belle encore.) Relations médiocres, vous voyez le truc. Je me laissais un peu malmener.

— Pourquoi êtes-vous ici, alors ?

Un long silence s'installa.

— C'est difficile... commença Sasha. Je ne sais pas comment le dire.

Soudain, Frieda eut le sentiment de savoir ce qui allait suivre. Elle songea à cette impression que l'on a quand on patiente sur un quai de métro, à l'approche d'un train. Avant d'entendre quoi que ce soit, avant d'apercevoir les feux à l'avant de la locomotive, on sent un souffle d'air chaud sur le visage, on voit voleter un bout de papier. Frieda sut ce que Sasha s'apprêtait à dire. Elle fit une chose qu'elle ne se rappelait pas avoir jamais faite avant une séance de thérapie. Elle se leva, s'approcha de sa patiente et posa sa main sur l'épaule de la jeune femme.

— Tout va bien, déclara-t-elle. (Puis elle retourna s'asseoir.) Vous pouvez tout confier, ici. Absolument tout.

Cinquante minutes plus tard, Frieda convenait d'un autre rendez-vous avec Sasha. Elle nota deux numéros de téléphone, ainsi qu'une adresse e-mail. Elle resta assise en silence pendant quelques minutes. Puis passa un coup de fil. Puis un autre, plus long ; un troisième, enfin. Quand elle eut fini, elle enfila une courte veste en cuir et sortit d'un pas vif, en direction de Tottenham Court Road. Elle héla un taxi et indiqua une adresse qu'elle venait de griffonner à la hâte au dos d'une enveloppe. Le véhicule se fraya un chemin dans les rues situées au nord d'Oxford Street, le long de Bayswater Road ensuite, et vers le sud, en traversant Hyde Park. Frieda regardait par la fenêtre, sans réellement prêter attention. Quand la voiture ralentit puis s'arrêta, elle se rendit compte que, faute de concentration, elle ne savait pas vraiment où elle était. C'était un quartier de la ville qu'elle connaissait à peine. Elle régla le chauffeur et sortit. Elle se trouvait devant une espèce de petit bistrot dans une rue essentiellement résidentielle, remplie de maisons aux façades de stuc blanc. Le restaurant était décoré de paniers de fleurs pendus aux avant-toits. En été, les gens dînaient sans doute dehors, mais il faisait trop froid pour ça aujourd'hui, même pour des Londoniens.

Frieda entra et fut frappée par la chaleur soudaine, le bourdonnement des conversations. C'était une salle aux dimensions restreintes, ne contenant pas plus d'une douzaine de tables. Un homme affublé d'un tablier à rayures s'approcha d'elle.

— Madame ?

— Je dois voir quelqu'un, expliqua-t-elle en inspectant les lieux.

Et s'il n'était pas là ? Et si elle ne le reconnaissait pas ? Enfin, elle le repéra. Elle l'avait vu dans deux ou trois conférences, et sur des photos accompagnant une interview dans une revue. Il était assis tout au fond avec une femme. Ils en étaient apparemment au plat principal, plongés en pleine conversation. Elle traversa la pièce et se planta auprès de la table. L'homme se retourna. Il était vêtu d'un pantalon noir et d'une très belle chemise avec des motifs noirs et blancs. Il portait les cheveux très courts ainsi qu'une barbe à peine naissante.

— Docteur Rundell ? s'enquit Frieda.

Il se leva de sa chaise.

— Oui ?

— Permettez que je me présente : Frieda Klein.

Il eut l'air perplexe.

— Frieda Klein. Oui, j'ai entendu parler de vous mais…

— Je viens d'entendre l'une de vos patientes en consultation. Sasha Wells.

Il semblait toujours désorienté, mais aussi sur ses gardes.

— Comment ça ?

Frieda n'avait jamais frappé quiconque auparavant. Pas vraiment. Pas du poing, pas en faisant appel à la pleine force d'un uppercut. Il le cueillit pile à la mâchoire et le médecin tomba à la renverse, en travers de sa propre table, qu'il entraîna dans sa chute et qui lui retomba dessus, plats, vin, eau, flacons d'huile et de vinaigre compris. Même Frieda, debout au-dessus de lui, haletante, le sang bourdonnant dans ses oreilles, fut saisie par les dégâts qu'elle avait provoqués.

En franchissant la porte de la salle d'interrogatoire, l'inspecteur divisionnaire Karlsson s'appliqua à froncer les sourcils.

— Quand ils ont droit à un coup de fil, les gens appellent normalement leur avocat, déclara-t-il. Ou leur mère.

Frieda leva vers lui un œil noir.

— Vous êtes la seule personne à laquelle j'ai pensé, répliqua-t-elle. Sous l'impulsion du moment.

— Vous voulez dire, dans le feu de l'action, rétorqua Karlsson. Comment va votre main ?

Frieda leva sa main droite. Elle était enveloppée d'un bandage sur lequel des taches de sang commençaient d'apparaître.

— Ce n'est pas comme au cinéma, hein ? Quand on frappe quelqu'un, il ne se relève pas comme ça. Ça lui fait du mal, comme à vous.

— Comment va-t-il ? s'enquit Frieda.

— Rien de cassé. Nous vous en sommes reconnaissants. Mais il a un sacré paquet de contusions et elles auront l'air pire demain, et sans doute pire encore le jour d'après. (Il se pencha en avant et s'empara de la main droite de Frieda. Elle tressaillit légèrement.) Pouvez-vous bouger les doigts ? (Elle hocha la tête.) J'ai vu des gens se broyer les articulations avec un coup de poing comme celui-là. (Il lui tapota gentiment la main, ce qui la fit tressaillir de nouveau, puis la relâcha.) Et avez-vous jamais entendu l'expression suggérant de ne pas frapper un homme tombé à terre ? À ce que je comprends, le docteur Rundell est un confrère psychanalyste. Est-ce ainsi que vous réglez entre vous les désaccords professionnels ?

— Si vous êtes ici pour dresser un réquisitoire contre moi, coupa Frieda, finissons-en tout de suite.

— Ce n'est pas mon rayon. Mais j'imagine qu'en temps normal, vous seriez poursuivie pour coups et blessures, et dégradations du bien d'autrui. Je pense – Dieu sait pourquoi – que votre casier judiciaire est vierge. Vous vous en tirerez donc peut-être avec un mois ou deux à la prison pour femmes de Holloway.

— J'irai volontiers jusqu'au procès, répliqua Frieda.

— Ah ça, je crains qu'on ne vous dénie le droit de vous présenter devant la cour. Je viens de parler à l'agent qui a procédé à votre arrestation, et il semble que le docteur Rundell tienne absolument à ne pas porter plainte. Ça ne fait pas du tout l'affaire de mon collègue. Pas du tout du tout.

— Et le restaurant ?

— Nous y venons, poursuivit Karlsson. J'ai même vu les photos. Vous savez, quand je suis tombé par le passé sur des scènes de crime de cet ordre, où la victime refusait de porter plainte, c'était en général qu'il y avait une forme d'intimidation mafieuse en jeu. Y aurait-il quelque chose que vous nous cacheriez ? (Il échoua cette fois-ci à réprimer un sourire.) Un trafic de drogue qui aurait mal tourné ?

— Il s'agit d'un problème personnel.

— Quand bien même, je n'ai jamais entendu parler d'une victime insistant pour prendre en charge l'intégralité des dégâts. (Il se tut un instant.) Vous n'êtes pas le genre de personne que je m'attends à voir arrêtée pour rixe en public. Et voilà que vous avez l'air de regretter d'échapper au truc que redoutent la plupart des gens, vous voyez ce que je veux dire, du genre être inculpé, reconnu coupable, envoyé en prison, tout ça, quoi.

— Ça ne m'ennuie pas.

— Vous êtes une coriace, dit-il. (Puis son expression changea.) Y a-t-il un détail dont vous voudriez m'informer au sujet de cette affaire ? D'ordre criminel ?

Frieda secoua la tête.

— Mais qu'est-ce qu'il a fait, alors ? insista l'enquêteur. Il a couché avec l'une de ses patientes ?

Frieda resta imperturbable.

— Je ne peux pas cautionner ce genre de comportement. On n'est pas en Sicile.

— Peu m'importe que vous le cautionniez ou non.

— C'est vous qui m'avez appelé.

Les traits de Frieda s'adoucirent.

— Vous avez raison, reconnut-elle. Je suis désolée. Et merci.

— Je suis venu vous dire que vous pouviez vous en aller et, en fait, vous proposer de vous reconduire. Mais bon… conclut-il, un peu désespéré, que deviendrait le monde si chacun réglait ses problèmes de cette manière ?

Frieda se leva.

— Dans quel état est-il, de toute façon ?

Chapitre vingt-deux

Le mardi après-midi, Frieda dit à Alan :

— Parlez-moi de votre mère.

— Ma mère ? (Il haussa les épaules.) C'était... (Il s'interrompit, fronça les sourcils, contempla les paumes de ses mains comme s'il pouvait y trouver une réponse.)... une gentille femme, acheva-t-il sans conviction. Elle est morte à présent.

— Je veux dire, votre autre mère.

Ce fut comme si elle lui avait envoyé un énorme coup de poing dans l'estomac. Elle entendit même le souffle de douleur et de surprise qui lui échappa, et il se pencha légèrement en avant, le visage grimaçant.

— Comment ça ? parvint-il à répondre.

— Votre mère biologique, Alan.

Il râla à mi-voix.

— Vous avez été adopté, non ?

— Comment le savez-vous ? murmura-t-il.

— Pas par magie. J'ai juste vu une photo d'eux chez vous.

— Et ?

— Ils ont tous les deux les yeux bleus. Les vôtres sont marron. C'est génétiquement impossible.

— Oh, lâcha-t-il.

— Quand comptiez-vous me le dire ?
— Je ne sais pas.
— Jamais ?
— Ça n'a rien à voir avec tout ça.
— Vous plaisantez ?
— J'ai été adopté. Point barre.
— Vous vous languissez d'avoir votre propre enfant, de manière si aiguë que vous en faites des rêves d'une netteté saisissante, et des attaques prolongées de panique extrême. Et vous pensez que le fait que vous ayez été adopté n'est pas pertinent ?

Alan haussa les épaules. Il leva les yeux vers les siens, puis baissa le regard. Au dehors, le bras de la grue soulevait une charge dans le ciel bleu dur. De grosses mottes de boue s'échappèrent de ses mâchoires en dents de scie.

— Je n'en sais rien.
— Vous voulez un fils qui soit votre copie conforme. Vous rejetez l'idée d'adopter un enfant. Vous voulez le vôtre – avec vos gênes, vos cheveux roux et vos taches de rousseur. Comme si vous cherchiez à vous adopter vous-même, vous porter secours et prendre soin de vous.
— Ce n'est pas ça.

Alan semblait se retenir à grand-peine de s'enfoncer les doigts dans les oreilles.

— Est-ce donc un tel secret ?

Carric est au courant, évidemment. Ainsi qu'un ami. Je le lui ai dit un jour, après quelques verres. Mais pourquoi devrais-je en parler à tout le monde ? C'est personnel.

— Au point de ne pas pouvoir l'évoquer devant son psy ?
— Je ne trouvais pas ça important.
— Je ne vous crois pas, Alan.
— Je me fiche de ce que vous croyez ou pas. Je vous le dis.

— Selon moi, vous savez que ça importe. C'est même tellement important que vous ne pouvez vous résoudre à l'évoquer ni même à y penser.

Il secoua la tête lentement d'un côté puis de l'autre, comme un vieux taureau las qu'on tourmente.

— Certains secrets procurent une forme de liberté, reprit Frieda. Un espace intime. C'est une bonne chose. Tout le monde doit avoir ce genre de secrets. Mais d'autres peuvent être sombres et oppressants, comme une horrible cave froide et humide où l'on n'ose pas descendre mais qu'on sait toujours là, remplie de créatures souterraines menaçantes, remplie de cauchemars. Ce sont ces secrets-là que vous devez confronter, exposer à la lumière, pour voir de quoi il s'agit vraiment.

Tout en parlant, elle songeait à tous ceux qu'on lui avait confiés au fil des ans, toutes ces pensées, ces désirs, ces peurs illicites que les gens lui remettaient entre les mains pour qu'elle les garde en lieu sûr. Reuben s'était senti intoxiqué par eux à la fin, mais elle les avait toujours portés avec le sentiment de jouir d'un privilège, celui que les gens l'autorisent à voir leurs craintes, lui permettent de les éclairer.

— Je ne sais pas, répondit Alan. Peut-être qu'il y a des choses sur lesquelles mieux vaut ne pas trop s'attarder.

— Sinon ?

— Sinon ça vous fichera sans dessus dessous alors qu'il n'y a rien à faire de toute façon.

— Croyez-vous qu'éventuellement vous êtes ici, avec moi, parce qu'il y a trop de choses sur lesquelles vous ne vous êtes pas trop attardé et qu'elles se sont accumulées en vous ?

— Ça, je n'en sais rien. On n'en a jamais discuté, c'est tout. Quelque part, je savais que c'était un terrain sur lequel il ne fallait pas s'aventurer. Elle voulait que je la prenne pour ma mère.

— Le faisiez-vous ?

— Mais *c'était* ma mère. Maman et papa, c'est tout ce que je connaissais. Cette autre femme, elle n'a rien à voir avec moi.

— Vous ne connaissiez pas votre mère biologique ?

— Non.

— Aucun souvenir ?

— Rien.

— Savez-vous qui elle était ?

— Non.

— Vous n'avez jamais cherché à savoir ?

— Même si je l'avais fait, ça n'aurait servi à rien.

— Comment ça ?

— Personne ne savait.

— Je ne comprends pas. On peut toujours trouver, vous savez, Alan. C'est même assez simple.

— C'est là que vous vous trompez. Elle a fait le nécessaire pour que cela n'arrive pas.

— Comment ça ?

— Elle m'a abandonné. Dans un petit parc près d'une cité à Hoxton. C'est le livreur de journaux qui m'a trouvé. C'était l'hiver, il faisait très froid, et j'étais enveloppé dans une serviette de toilette. (Il lança un regard noir à Frieda.) Comme dans un conte de fées. Sauf que c'est pour de vrai. Pourquoi devrais-je me soucier d'elle ?

— Quels débuts dans la vie… compatit Frieda.

— Je ne m'en souviens pas, donc ça n'a aucune importance. Ce n'est qu'une légende.

— Une légende qui vous concerne.

— Je ne l'ai jamais connue, elle ne m'a jamais connu non plus. Elle n'a pas de nom, de voix, de visage. Elle ne sait pas non plus comment je m'appelle.

— Il est assez difficile de mener une grossesse à terme et de donner naissance, puis d'abandonner son enfant sans que personne s'en aperçoive, persista Frieda.

— Elle y est arrivée.

— Donc vous étiez tout petit quand vos parents vous ont adopté. Vous n'avez jamais rien appris d'autre ?

— Exact. Raison pour laquelle ça n'a rien à voir avec ce que je ressens aujourd'hui.

— Comme quand vous évoquiez le désir d'avoir votre propre enfant, puis l'éventualité d'adopter.

— Je vous l'ai dit. Je ne veux pas adopter. Je veux mon propre enfant, pas celui d'un autre.

Frieda le regarda sans ciller. Il croisa son regard quelques secondes, puis baissa les yeux, à l'image d'un petit garçon qu'on aurait surpris à mentir.

— Notre séance s'achève. Nous nous reverrons mardi prochain. J'aimerais que vous réfléchissiez à tout ceci.

Ils se levèrent d'un même élan. Il secoua de nouveau la tête lentement de droite à gauche, de ce pauvre geste impuissant qui lui venait parfois, comme s'il tentait de s'éclaircir les idées.

— Je ne suis pas sûr d'en être capable, dit-il. Je ne suis pas taillé pour.

— Nous avancerons petit à petit.

— Dans le noir, acheva Alan.

Ces mots prirent la thérapeute au dépourvu, et elle ne put que hocher la tête à son tour.

En rentrant chez elle, Frieda trouva un petit colis sur son paillasson et identifia aussitôt l'écriture de Sandy. Elle se pencha et le ramassa avec prudence, comme s'il risquait d'exploser au moindre mouvement brusque. Mais elle ne l'ouvrit pas immédiatement. Elle le porta dans la cuisine et se prépara d'abord une tasse de thé, se postant à la fenêtre pendant que la bouilloire faisait son œuvre, plongeant le regard au-delà de son reflet dans l'obscurité au-dehors et le ciel nocturne, qui était clair et froid.

Ce n'est qu'une fois attablée, le mug de thé en main, qu'elle ouvrit le paquet et en sortit un jonc en argent, un petit carnet contenant deux ou trois de ses esquisses et un crayon à mine tendre, cinq pinces à cheveux retenues ensemble par un mince bandeau marron. C'était tout. Elle secoua l'enveloppe, mais il n'y avait ni lettre ni mot. Elle contempla les objets dérisoires exposés sur la table. Était-ce vraiment là tout ce qu'elle avait laissé chez lui ? Comment était-il possible de laisser si peu de traces derrière soi ?

Le téléphone sonna et elle décrocha, tout en regrettant au même instant de n'avoir pas laissé le répondeur se charger de l'appel.

— Frieda, il faut que tu m'aides. Je ne sais absolument plus quoi faire, là, et son putain de crétin de père n'est d'aucune aide non plus.

— Je suis là, tu sais, coupa Chloë. Même si tu aimerais que je ne le sois pas.

Frieda écarta légèrement le combiné de son oreille.

— Allô ? lança-t-elle. Je suis censée parler à qui, là ?...

— À moi, rétorqua Olivia, d'une voix aiguë et perçante. Je t'ai appelée parce qu'il se trouve que je suis au bout du rouleau. Si *quelqu'un* est suffisamment mal élevé pour décrocher l'autre téléphone et écouter aux portes, alors ce *quelqu'un* ne devra s'en prendre qu'à lui-même s'il entend des trucs qu'il aurait préféré ne pas entendre.

— Blah blah blah blah, railla Chloë. Elle veut me consigner à la maison parce que j'ai pris une cuite. J'ai seize ans. J'ai dégueulé. Basta cosi. Elle n'a qu'à s'enfermer elle-même.

— Chloë, écoute...

— Même à un chien, je ne parlerais pas comme ça.

— Pas plus que moi. J'aime bien les chiens. Les chiens ne crient pas, ne font pas des remarques tout le temps, et ne s'apitoient pas sur leur sort.

— Ton propre frère vient de dire que c'était normal en grandissant, coupa Olivia, en finissant sur un sanglot. (David devenait toujours le « frère de Frieda » ou

« le père de Chloë » quand elle lui en voulait plus qu'à l'accoutumée.) Il ferait bien de grandir un peu lui-même. C'est pas moi qui me suis barrée avec une espèce de jeune pouffiasse aux cheveux décolorés.

— Attention, Olivia, répliqua Frieda sèchement.

— Si tu essaies de m'empêcher de sortir, j'irai vivre avec lui.

— J'en serais très heureuse, mais qu'est-ce qui te donne à croire qu'il veut de toi ? Il t'a bien abandonnée, non ?

— Vous allez arrêter ça tout de suite, toutes les deux ! intervint Frieda.

— Ce n'est pas moi qu'il a quittée, c'est *toi*. Je peux le comprendre.

— Je vais raccrocher maintenant, déclara Frieda très fort.

Ce qu'elle fit. Elle se leva et se versa un petit verre de vin blanc, puis se rassit. Elle tripota les objets que lui avait retournés Sandy, les faisant rouler entre ses doigts. Le téléphone retentit de nouveau.

— Allô ? fit Olivia d'une petite voix.

— Salut.

Frieda patienta.

— Je ne m'en sors plus, là.

Frieda but une gorgée de vin et le garda en bouche, savourant sa fraîcheur. Elle songea à son bain, à son livre, au feu qu'elle avait préparé, à ce qu'elle devait organiser. Dehors, c'était l'hiver et un vent mauvais soufflait dans les rues sombres.

— Tu veux que je vienne ? proposa-t-elle. Parce que ça ne me pose pas de problème.

Chapitre vingt-trois

L'après-midi suivant, Karlsson convoqua une conférence de presse durant laquelle les Faraday, face à une rangée de photographes et de journalistes, lancèrent un appel pour qu'on leur rende leur fils.

Karlsson avait passé la matinée à examiner les dépositions recueillies par son équipe auprès de centaines de prétendus témoins, ainsi que les éventuels signalements, de moins en moins nombreux. Il se posta d'un côté. Il observa le couple tandis que les flashs crépitant leur illuminaient le visage. Leurs traits s'étaient tant altérés depuis la disparition de Matthew. Jour après jour, il avait vu le chagrin creuser de nouvelles rides, tirer la peau, éteindre la lueur dans leurs yeux. La figure d'Alec Faraday présentait encore des boursouflures et des ecchymoses, traces de son agression, et il se déplaçait avec raideur en raison de sa côte cassée. Tous deux semblaient maigres et tendus, et la mère eut la voix brisée quand elle évoqua leur petit garçon chéri, mais ils réussirent à tenir bon jusqu'au bout. Ils eurent les mots poignants habituels. Ils supplièrent le monde entier de contribuer aux recherches, et une personne en particulier de leur rendre leur fils bien-aimé.

Prière inutile, évidemment. Ces émissions étaient en grande partie conçues pour faire pression sur les parents, pour voir si c'était eux les coupables. Mais tous savaient que les Faraday n'auraient pu commettre ce crime. Même les journaux qui l'avaient accusé, lui, avaient fait une volte-face éhontée, et l'avaient élevé au rang de saint au supplice. Au moment du drame, il se trouvait en compagnie d'un client dans le cabinet comptable où il travaillait et avait des douzaines de témoins. Quant à elle, elle avait couru depuis le cabinet médical où elle exerçait en qualité de secrétaire pour arriver à l'école à temps pour le chercher. Et l'idée même que celui ou celle qui avait bien pu kidnapper Matthew puisse soudain changer d'avis en les entendant parler et en voyant leurs mines ravagées était absurde, entre autres parce que l'enfant était très certainement mort, et depuis un certain temps. Il ne tenait donc plus qu'au grand public de réagir – ce qu'il ne manquerait pas de faire, et le déluge de désinformation et de faux espoirs qui avaient heureusement fini par tarir recommencerait de les inonder.

Ce soir-là, il resta tard au bureau. Il étudia les photos du garçon, celles de l'endroit où il avait disparu, la grande carte dans la salle d'opération, constellée de punaises et de drapeaux. Il relut les dépositions. Il ressentait des douleurs lancinantes au cerveau et une autre à la poitrine.

Il le regardait fixement, et l'autre garçon le dévisageait en retour. C'était Simon. Il avança une main dans sa direction, pour voir s'il était amical, et Simon fit de même, au même moment, mais sans sourire. Il était très mince et très blanc, ses os saillaient de ses épaules et de ses hanches, et son zizi ressemblait à un petit escargot rose. Quand il fit un pas vers Simon, Simon en fit un vers lui. Un petit pas saccadé, comme celui d'une marionnette, et là, comme une marionnette, Simon se replia par terre, Matthew en fit autant, et ils se contemplèrent mutuellement. Matthew posa un doigt sur le visage étroit du garçon, sa tête de lutin, avec des creux à la place des joues, des trous pour les yeux, une bouche bâillonnée par un gros scotch, et toucha le miroir froid, moucheté de salissures, puis regarda les larmes salir la peau là où il collait son front.

Il sentit des mains dans son dos, sentit qu'on le tenait. Des mots tendres, un souffle contre lui.

— Tu vas être notre petit garçon, disait la voix. Mais pas notre vilain petit garçon. On n'aime pas les vilains petits garçons.

Quand Frieda ouvrit la porte à Karlsson, celui-ci se tenait sur le seuil comme si elle attendait sa visite, et d'une certaine façon, c'était le cas. Elle avait su qu'elle n'en avait pas terminé avec l'affaire Matthew Faraday.

— Entrez.

Ils se rendirent au salon, où brûlait un feu et où une pile de revues académiques reposait sur le bras de son fauteuil.

— Je vous dérange ?

— Pas vraiment. Asseyez-vous.

Il portait un sac de cuir, pendu à son épaule, qu'il posa par terre avant d'enlever son manteau. Il prit place. Elle hésita, puis demanda :

— Désirez-vous quelque chose à boire ? Un café ?

— Quelque chose d'un peu plus fort, peut-être ?

— Vin ? Whisky ?

— Whisky, je pense. C'est bien une soirée à whisky.

Frieda servit deux petits verres, ajoutant un trait d'eau, et s'installa face à lui.

— Que puis-je pour vous ?

Son comportement était plus doux que d'habitude. Ce qui faillit le faire fondre en larmes.

— Je n'arrive pas à penser à autre chose. Je me lève en pensant à lui, je me couche et je rêve de lui. Je vais au pub avec les collègues, on parle de tout, j'entends des mots sortir de ma bouche. C'est fou qu'on puisse continuer d'agir comme si tout était normal quand ça ne l'est pas. Je parle à mes gosses au téléphone, je leur demande comment s'est passée leur journée, je leur raconte des trucs débiles, légers, sur la mienne, et tout ce temps-là, je ne fais que le voir. Il est mort, vous savez. Ou en tout cas, j'espère qu'il l'est parce que si ce n'est pas le cas… Que peut-il arriver, dans le meilleur des cas ? Qu'on retrouve son corps et qu'on attrape le salaud qui a fait ça. Dans le meilleur des cas.

— C'est vraiment aussi désespéré que ça ?

— Dans dix ans, dans vingt ans, je serai toujours le flic qui n'a pas réussi à sauver Matthew Faraday. Quand j'aurai pris ma retraite – comme le vieil enquêteur à qui j'ai rendu visite, qui était responsable de l'affaire Joanna Vine –, je resterai assis chez moi à penser à Matthew en me demandant ce qui s'est passé, où il est enterré, qui l'a fait, et où se trouve le ravisseur à présent.

Il fit tournoyer son whisky dans son verre, puis but une gorgée.

— Sans doute passez-vous la moitié de votre temps avec des gens rongés par la culpabilité, mais pour ce que j'en ai vu, les gens n'en ressentent pas assez, loin de là. Ils ressentent de la honte quand on les attrape, soit, mais aucune culpabilité s'ils passent au travers. Partout sur cette terre, des gens ont commis des choses affreuses et mènent des vies tout à fait normales et agréables, en compagnie de leurs proches et de leurs amis.

Il vida son whisky à grands traits et Frieda le resservit sans lui demander son avis. Elle n'avait pas encore touché au sien.

— Si je ressens ça, reprit-il, imaginez les parents. (Il desserra sa cravate d'un geste impatient.) Vais-je rester hanté toute ma vie ?

— Vous n'avez jamais rencontré de cas semblable auparavant ?

— J'ai eu mon compte de meurtres, de suicides et de violences conjugales. Pas facile de garder foi en l'humain : peut-être que c'est pour ça que je suis divorcé et que je me confie à une femme que je n'ai rencontrée que deux ou trois fois, plutôt qu'à ma propre épouse. Il n'a que cinq ans vous savez, l'âge de mon benjamin.

— Il n'y a pas de réponse à ce que vous ressentez, répliqua Frieda.

Une drôle d'atmosphère s'empara de la pièce où ils se tenaient, songeurs et tristes.

— Je sais. J'avais juste besoin de le dire à quelqu'un. Désolé.

— Ne soyez pas désolé.

Elle n'ajouta rien d'autre. Elle plongea le regard dans son verre et Karlsson la fixa, découvrant chez elle une nouvelle facette. Au bout d'un moment, il demanda :

— Parlez-moi de votre travail.

— Que voulez-vous savoir ?

— Je n'en sais rien. Vous êtes médecin ?

— Oui. Quoi que ce ne soit pas obligatoire. Je me suis spécialisée en psychiatrie avant de faire mes stages pratiques. C'est un long processus et une stricte discipline. J'ai tout plein de titres accolés à mon nom.

— Je vois. Et vous exercez en libéral pour l'essentiel ? Vous voyez combien de patients par jour ? À quoi ressemblent-ils ? Pourquoi faites-vous ça ? Est-ce que ça marche ? Ce genre de choses…

Frieda émit un petit rire, puis décompta ses réponses sur ses doigts.

— Pour commencer, j'exerce pour moitié comme indépendante et pour moitié dans le public. Je reçois des patients qui me sont adressés par le centre médical de l'Entrepôt, où j'ai été formée et où j'ai travaillé pendant des années, mais aussi par des généralistes et des hôpitaux, et je prends également en charge les gens qui viennent me voir de leur propre chef, en général parce qu'une de leurs connaissances m'a recommandée à eux. Il est important pour moi de ne pas m'engager qu'avec des gens assez aisés pour pouvoir s'offrir une thérapie. Sinon, ce serait comme de soigner les maladies des riches. Non conventionnée, une thérapie coûte assez cher.

— Combien ?

— Je fonctionne à vue de nez. Je prends deux livres à chaque millier que vous gagnez – donc si vous gagnez trente mille, vous me versez soixante livres par séance. J'ai eu un client qui m'a dit qu'il me devrait dans ce cas cinq cent mille livres par heure. Heureusement pour lui, j'ai fixé un plafond à cent livres. J'ai la réputation de prendre des gens pour trois fois rien, même si mes confrères désapprouvent. Bref : je dirais qu'environ 70 % de mes patients me sont envoyés par le service public, peut-être un peu moins. Bien. Deuxième point : je vois mes patients à peu près trois fois par semaine, et j'ai normalement sept patients – en d'autres termes, environ vingt séances par semaine. Je connais des psychothérapeutes qui enchaînent huit séances par jour – ce qui fait quarante par semaine. Quand un patient s'en va, l'autre arrive. Ça leur remplit le portefeuille, mais je n'en serais pas capable. Pas plus que je n'en ai envie.

— Pourquoi pas ?

— J'ai besoin d'absorber les choses, de réfléchir à chaque personne que je vois, de prendre des notes dignes de ce nom sur le processus. Je n'ai pas besoin de plus d'argent que je n'en gagne pour l'instant. J'ai besoin de temps. Quelle était la question suivante ?

— À quoi ressemblent-ils ?

— Je ne sais pas quoi répondre, là. Ils n'ont pas grand-chose en commun les uns avec les autres.

— Si ce n'est que tous sont des épaves.

— La plupart d'entre nous sommes dépassés à un moment donné de notre vie, malheureux au-delà du supportable ou dysfonctionnels au-delà du tolérable, ou encore simplement bloqués dans une situation. (Elle posa sur lui un regard perçant.) Vous ne croyez pas ?

— Je n'en sais rien. (Karlsson fronça les sourcils, mal à l'aise.) Vous arrive-t-il de refuser des gens ?

— Si je pense qu'ils n'ont pas besoin de thérapie, ou si je pense que ça se passerait mieux avec un autre. Je ne prends que ceux que je crois pouvoir aider.

— Et qu'est-ce qui vous a poussée à devenir psychothérapeute ?

C'était ce qu'il aurait réellement aimé savoir mais le point sur lequel il n'espérait guère de réponse. Ils avaient partagé un agréable moment ensemble au salon, à discuter, et pourtant il ne la comprenait guère mieux, pas plus qu'il ne parvenait à mieux discerner ses points faibles ou ses doutes. Elle était très réservée, songea-t-il. La maîtrise d'elle-même qui l'avait si vivement frappé lors de leur premier entretien flanchait rarement.

— On s'en tiendra là pour ce soir. Et vous ?

— Quoi, moi ?

— Pourquoi vous êtes-vous enrôlé dans la police ?

Karlsson haussa les épaules, puis contempla son whisky.

— Dieu sait pourquoi. Ces derniers temps, je me suis demandé pourquoi je n'étais pas devenu juriste, comme on l'attendait de moi : je gagnerais un paquet et je dormirais la nuit.

— Et quelle est la réponse ?

— Il n'y en a pas. Je travaille trop, je gagne trop peu, je suis noyé sous la paperasse, on ne me remarque que quand les choses tournent mal, je me fais huer par la presse et par mon propre patron, et les gens ne me font plus confiance. Et maintenant que je chapeaute l'équipe d'enquêtes criminelles, je rencontre plein de tueurs, d'hommes qui battent leurs femmes, de pervers, de dealers. Que dire ? L'idée m'avait juste semblé bonne à l'époque.

— Vous aimez ça, donc.

— Si j'aime ? C'est mon travail, et je crois le faire plutôt bien, la plupart du temps. Bien que ça ne paraisse pas évident sur cette affaire.

Il sembla se rappeler quelque chose et plongea la main dans son sac. Il en sortit deux dossiers cartonnés.

— Voici les dépositions de Rosalind Teale. La sœur de Joanna Vine. La première a été prise juste après la disparition, et nous l'avons réinterrogée l'autre jour.

— Quelque chose de significatif dedans ?

— Je sais que vous êtes réfractaire à l'idée, mais j'aimerais que vous y jetiez un œil.

— Dans quel but ?

— Toute remarque serait bienvenue.

— Maintenant ?

— Ce serait bien.

Karlsson remplit de nouveau son verre, sans ajouter d'eau. Il se leva et arpenta la pièce comme s'il était au musée. Frieda n'aimait pas qu'on l'observe pendant qu'elle lisait. Elle n'aimait pas non plus l'idée qu'il étudie ses biens et qu'il s'en serve pour tenter d'apprendre quelque chose à son sujet. Mais le moyen le plus rapide pour qu'il cesse était de prendre connaissance de ces dépositions. Elle ouvrit le dossier le plus ancien et s'y attela, s'obligeant à lire lentement, mot à mot.

— Vous avez lu tous ces livres ? s'enquit Karlsson.

— Chut, grommela Frieda, sans même lever les yeux du dossier.

Alors qu'elle passait au second, plus récent, elle ne put détacher son esprit de la présence de Karlsson, pourtant hors de son champ de vision. Pour finir, elle le referma. Elle ne dit rien, même si elle savait que l'enquêteur patientait.

— Alors ? dit-il. Si elle était votre patiente, que lui demanderiez-vous ?

— Si elle était ma patiente, je ne lui demanderais rien. J'essaierais de l'aider à cesser de se sentir coupable pour sa sœur. À part ça, je pense qu'on devrait la laisser tranquille.

— C'est le seul éventuel témoin, répliqua Karlsson.

— Et elle n'a rien vu. Et c'était il y a plus de vingt ans. Et chaque fois que vous lui en reparlez, vous ne faites que la chambouler à nouveau.

Karlsson revint sur ses pas et reprit sa place face à Frieda. Il étudia son verre de whisky.

— C'est du bon, conclut-il. D'où vient-il ?

— On me l'a offert.

— Dites-moi autre chose au sujet de ces dépositions, dit-il. Vous êtes intelligente. N'y voyez-vous pas un challenge ?

— N'imaginez pas pouvoir me provoquer, rétorqua Frieda.

— Je ne vous provoque pas. J'en suis à un stade où je serais reconnaissant de n'importe quel apport. Je m'intéresse à tous ceux qui peuvent détenir des connaissances que je n'ai pas.

Frieda s'interrompit un instant.

— Avez-vous envisagé la possibilité que Joanna ait pu être enlevée par une femme plutôt qu'un homme ?

Karlsson reposa son verre tout doucement sur la table basse jouxtant son fauteuil.

— Pourquoi dites-vous ça ?

— La disparition s'est déroulée très rapidement. Rosie Vine n'a perdu sa sœur de vue qu'une minute, environ. Apparemment, il n'y a eu aucune agitation, aucun bruit. On n'avait pas affaire à l'enlèvement de quelqu'un dans une rue tranquille, qu'on jetterait à l'arrière d'une camionnette. Ça s'est passé dans une rue remplie de passants, de magasins. Je pourrais imaginer une petite fille s'éloignant avec une femme. En la tenant par la main.

Frieda se figura la scène, la petite fille en train de s'éloigner, toute confiante. Puis s'efforça de ne plus la voir.

— C'est très intéressant, dit Karlsson.

— Ne prenez pas ce ton condescendant. Ce n'est pas très intéressant. C'est une évidence que vous avez dû envisager depuis le début.

— L'idée nous avait traversés, admit-il. C'est une possibilité. Mais vous devez reconnaître que votre curiosité est piquée.

— Pourquoi me demandez-vous ça ? insista Frieda. Que cherchez-vous à me faire dire ?

— J'aimerais que vous parliez à Rose Teale. Peut-être pourriez-vous la sonder comme nous ne savons pas le faire.

— Mais quel est le but ?

Elle s'empara du dossier et le feuilleta.

— N'est-ce pas frustrant ? reprit le policier. Quand je lis cette déposition, je rêve de pouvoir grimper à bord d'une machine à remonter le temps pour m'y trouver ne serait-ce qu'une minute, juste cinq secondes, et là, je pourrais découvrir ce qui s'est réellement passé. (Il décocha un sourire amer.) Ce n'est pas ainsi que sont censés s'exprimer les policiers adultes.

Frieda examina la déposition encore une fois : la petite fille parlant de sa petite sœur. La thérapeute avait l'impression qu'on lui demandait d'entreprendre un voyage et qu'une fois qu'elle aurait accepté, il serait trop tard pour renoncer. À quoi bon s'impliquer ? Pouvait-elle apporter quoi que ce soit ? Peut-être, allez savoir. Et si elle le pouvait, elle le devait.

— Très bien, répondit-elle enfin.

— Vraiment ? C'est formidable.

— Ce qu'il me faudrait, ce sont ces artistes de la police auxquels vous faites appel pour créer des portraits-robots. Vous avez ça ?

Karlsson sourit et secoua la tête.

— Non, dit-il. On a bien mieux.

Chapitre vingt-quatre

Tom Garret était manifestement ravi de rencontrer quelqu'un qui savait de quoi il parlait quand il décrivit les aspects neurologiques de l'identification faciale.

— Le vieux concept du portrait-robot était basé sur l'idée simpliste qu'on perçoit les visages comme des éléments disparates – yeux bleus, grand nez, sourcils broussailleux, menton pointu – et qu'en les assemblant, on obtient un visage reconnaissable. Mais ce n'est pas vraiment comme ça qu'on voit les visages et c'est pourquoi les reconstitutions de portrait ont l'air ridicules.

— Ridicules, ce n'est pas le mot, intervint Karlsson.

— Comiques. Et pratiquement inutilisables. Comme vous le savez (et il se tournait à présent résolument vers Frieda), l'aire fusiforme des visages, qui constitue la partie centrale du gyrus fusiforme dans le cerveau, est spécifiquement associée à l'identification faciale et si elle a été lésée, le patient est incapable de reconnaître le moindre visage, pas même de parents proches. Nous avons exploité cette idée en créant un programme d'identification faciale holistique.

— Excellent.

Frieda se rapprocha encore de l'écran de Garret.

Ce dernier continua de parler de systèmes composites évolutionnistes et d'algorithmes génériques jusqu'à ce que Karlsson tousse et leur rappelle que Rose Teale patientait dehors.

— Ça vous va si on reste là ? suggéra-t-il.

— Pas de problème, répondit Frieda. Mais je vous en prie, laissez-moi faire sans interférer.

Frieda avait lu le dossier et vu des photos mais n'en fut pas moins choquée par l'apparence de Rose. On aurait dit quelqu'un qui avait subi un événement traumatisant la veille, et non plus de vingt ans auparavant. Cette femme n'avait-elle donc jamais reçu d'aide ? N'avait-elle pas été soignée ? Rose lança des regards furtifs autour d'elle, en direction de Garret, qui pianotait sur un clavier et ne lui prêta aucune attention, puis en direction de Karlsson, adossé au mur les bras croisés. Quand Frieda s'avança pour se présenter, Rose ne posa pas de question, se contenta de se laisser conduire et installer sur une chaise au milieu de la pièce. Frieda prit place en face d'elle. Karlsson avait suggéré que cela pourrait faire du bien à Rose de se sentir utile. À regarder la femme passive, abattue, qui se tenait de l'autre côté de la table, Frieda se mit à en douter.

— J'ai déjà tout essayé, commença Rose. J'ai tenté de me souvenir. Je n'ai pas cessé de me rejouer la scène. Il ne reste rien.

— Je sais, la rassura Frieda. Vous avez fait tout votre possible.

— Alors pourquoi suis-je ici ?

— Il existe des moyens d'accéder à des informations enregistrées dans votre cerveau dont vous ignorez la présence. Ça n'a rien de magique. Il s'agit plutôt d'ouvrir un vieux classeur dont on aurait oublié l'existence. Je ne vais pas vous poser la moindre question, et aucun de nous n'attend rien de vous. Je vous demande juste de m'accorder votre attention un moment. Vous allez y arriver ?

— Comment ça ?

— J'aimerais tenter quelque chose avec vous. Je ne veux pas que vous réfléchissiez. Faites juste ce que je vous dis. (Frieda adoucit alors sa voix.) Je sais que vous vous sentez probablement tendue, à retourner ainsi dans un commissariat pour parler à des inconnus, mais j'aimerais que vous vous installiez confortablement et que vous vous détendiez comme si on allait vous raconter une histoire. Je vais vous demander de fermer les yeux.

Rose semblait méfiante. Son regard se porta un instant vers Karlsson. Il resta impassible.

— Très bien, dit-elle.

Et elle obtempéra.

— J'aimerais que vous repensiez à cette journée, commença Frieda. J'aimerais que vous vous y replongiez et que vous vous imaginiez en train de quitter l'école, de marcher le long du trottoir, de traverser la rue, de regarder les boutiques, les gens, les voitures. Ne dites rien. Imaginez-vous juste en train de le faire.

Frieda étudia le visage de la jeune femme, les fines rides au coin de ses yeux, les paupières frémissantes. Elle patienta une minute. Deux minutes. Elle se pencha en avant et reprit d'une voix encore plus basse, presque en chuchotant.

— Ne dites rien, Rose. Ne cherchez pas à vous remémorer quoi que ce soit. J'aimerais que vous fassiez quelque chose pour moi. Imaginez une femme. Jeune, ou d'âge moyen. À vous de décider. (Frieda vit tressaillir les traits de Rose, perplexe.) Faites-le simplement, poursuivit-elle. Ne vous posez pas de questions. N'y réfléchissez même pas. Imaginez juste une femme. N'importe laquelle, la première qui vous vient à l'esprit. Mettons qu'elle soit sur le trottoir, au bord. Elle vient de sortir d'une voiture et elle regarde autour d'elle. Intégrez-la dans la scène avec vous. Regardez-la. Pouvez-vous faire ça ?

— Oui.

— Vous y êtes arrivée ?

— Oui.

— Patientez. Patientez, et regardez-la. Examinez la femme qui vous est venue à l'esprit. Mémorisez bien son apparence.

Une minute s'écoula. Frieda vit Karlsson froncer les sourcils à son adresse. Elle l'ignora.

— Bien, reprit-elle. Vous pouvez ouvrir les yeux maintenant.

Rose cilla, comme quelqu'un qui viendrait tout juste de se réveiller et serait ébloui par la lumière.

— J'aimerais que vous alliez vous asseoir auprès de Tom, qui va vous montrer quelque chose.

Tom Garret se leva et invita Rose à prendre place sur la chaise qu'il occupait. Tandis qu'elle s'exécutait, il lança un regard interrogateur à Frieda qui semblait lui demander : « Vraiment ? »

— Allez-y, lui lança-t-elle.

Il haussa les épaules. Sur l'écran figurait une grille comportant dix-huit visages féminins.

— Aucune ne lui ressemble, dit Rose.

— Elles ont été sélectionnées au hasard, expliqua Tom. Elles ne sont pas censées lui ressembler. Ce que j'aimerais que vous fassiez, c'est cliquer sur les six qui vous semblent s'en approcher le plus. Vous devez le faire rapidement sans trop réfléchir. Ne vous posez pas de questions. Il n'y a pas de bonne ou de mauvaise réponse. Ce n'est pas un test.

— Où voulez-vous en venir ?

— C'est juste un exercice, lui dit Frieda. Je suis curieuse de voir ce qui va se passer.

Rose poussa un soupir, donnant l'impression qu'elle cédait à contrecœur. Elle posa la main sur la souris et déplaça le curseur.

— Aucune d'elles ne lui ressemble, répéta-t-elle.

— Choisissez celles qui s'en approchent le plus, l'encouragea Tom. Ou celles qui s'en éloignent le moins.

— Soit.

Elle cliqua sur un visage, le plus étroit, puis un autre, et encore un autre, jusqu'à en avoir sélectionné six.

— Ça vous va ?

— Maintenant, cliquez sur « OK ».

Elle obtempéra et l'écran se remplit de nouveau de dix-huit autres visages.

— C'est qui, elles ? demanda Rose.

— Elles sont générées par les six que vous avez retenues, expliqua Tom. Choisissez-en six, encore une fois.

Elle recommença le processus, puis une fois encore, et encore, indéfiniment. De temps à autre, elle s'interrompait et fermait les yeux avant de reprendre. Frieda, qui regardait par-dessus son épaule, voyait un changement se produire peu à peu. Une foule d'étrangères se transformait petit à petit en un groupe d'individus apparentés dont la ressemblance ne cessait de se renforcer. Le visage se fit plus étroit, les pommettes plus saillantes, la forme en amande des yeux plus prononcée. Vingt générations plus tard, ces visages n'évoquaient plus seulement une famille mais une fratrie, et deux générations en sus, ils étaient presque identiques.

— Choisissez-en une.

— Elles sont quasiment pareilles. (Rose hésita.) Le curseur s'immobilisa sur l'écran avant d'atterrir sur l'une des figures.

— Là.

— C'est le visage que vous avez vu ?

— Je ne l'ai pas *vu*, à proprement parler. C'est celui que j'ai imaginé.

Karlsson s'approchait à présent et étudiait l'image.

— Et les cheveux ?

— Je n'ai pas vu les cheveux. Le visage que j'ai imaginé portait un foulard.

— Je peux vous en faire un.

Tom cliqua sur un menu déroulant et la figure apparut dix-huit fois avec différentes sortes de foulards. Rose en indiqua un.

— Comme ça ? demanda Frieda.

— À peu près, répondit Rose. Plus ou moins, je pense.

— C'est bien, Rose, conclut Frieda. Vous vous êtes débrouillée comme un chef. Merci beaucoup.

— Comment ça, débrouillée ?

— Je sais que c'était difficile pour vous de revenir ici. Qu'il vous a fallu du courage.

— Je n'ai pas réussi à me reprojeter sur place. Je ne me suis rien rappelé du tout. Je me suis juste figuré un visage qu'ensuite, vous avez tenté de recréer. C'est malin mais je ne vois pas en quoi ça vous aide.

— On verra. Pourriez-vous attendre dehors un moment ?

Karlsson patienta jusqu'à ce que Rose soit bien sortie et que la porte soit refermée.

— C'était quoi, ça ?

— Vous ne faites donc pas confiance à votre propre système d'identification faciale ?

— Je ne parle pas du système. Je vous ai fait venir ici parce que je pensais que vous seriez peut-être à même de l'hypnotiser, ou j'sais pas, moi... d'agiter une aiguille devant ses yeux. Je m'étais dit que vous pourriez mettre en œuvre vos techniques psychologiques et déterrer quelque souvenir enfoui. Au lieu de quoi vous l'avez poussée à inventer un visage de toutes pièces.

— J'ai fait un peu de recherche il y a quelques années de ça. Je travaillais avec des gens qui avaient des zones aveugles dans leur champ visuel. Ce qu'on faisait, c'était leur montrer un ensemble de points qui se trouvaient dans la zone de champ visuel qui ne fonctionnait pas chez eux. Ils ne pouvaient les voir, mais on leur demandait de deviner leur nombre comme ça, au hasard. Dans la plupart des cas, ils tombaient juste. L'information ne transitait pas par leur conscience, mais n'en était pas moins traitée. Il n'aurait servi à rien de revenir sur les souvenirs conscients de Rosie. Elle a passé sa vie à les revisiter. À l'heure qu'il est, ils ont été pollués de manière irréparable, même si elle a bel et bien vu quelque chose. Je me suis dit qu'il y aurait peut-être là un moyen de contourner tout ça.

Karlsson se tourna vers Tom Garret.

— Qu'en pensez-vous ? Ce sont des conneries, non ?

— Il est question de vision aveugle, n'est-ce pas ? demanda Tom à Frieda.

— C'est bien ça.

— Conneries, répéta Karlsson.

Manifestement, il était très fâché.

— Je n'ai pas entendu dire qu'on puisse l'appliquer à la mémoire, dit Tom.

— J'ai pensé que ça valait le coup d'essayer.

Karlsson s'assit et contempla l'écran, la femme d'âge moyen au foulard qui le dévisageait en retour.

— Ah, vraiment ? (Son ton suintait le sarcasme.) Vous jouez à la devinette, putain. Vision aveugle !

— On peut l'imprimer ? demanda Frieda à Tom, ignorant ostensiblement l'inspecteur – mais ce dernier s'empara de la feuille quand elle sortit de l'imprimante et l'agita sous son nez.

— Franchement, c'est de la merde. Rose vient sans doute de l'inventer. Pour rendre service. Elle est de nature serviable. Elle ne veut pas nous décevoir.

— C'est juste, convint Frieda. C'est le plus probable.

— Et si elle ne l'a pas imaginé de toutes pièces, si vous avez réellement mis le doigt sur un souvenir datant de ce jour-là, ce visage peut très bien n'être que celui d'une femme sortie faire ses courses.

— Exact.

— Et si… – et c'est bien l'hypothèse la plus foireuse que j'ai jamais rencontrée – cette femme est impliquée, alors ce qu'on a, c'est un portrait de quelqu'un datant d'il y a vingt-deux ans mais aucun suspect auquel le comparer, aucun témoin à interroger.

— Vous pourriez montrer cette image à ceux qui se trouvaient dans le coin à l'époque, pour voir si quelque chose leur revient à l'esprit.

— Et ? Si c'était le cas – ce qui ne le sera pas –, en quoi cela nous sera-t-il utile ? Pouvez-vous les faire venir ici et les mettre en transe pour qu'ils nous inventent une adresse ?

— À vous de voir. C'est vous l'enquêteur.

— Voilà ce que j'en pense.

Karlsson froissa le portrait et jeta la boulette en direction de la poubelle métallique, qu'il rata.

— Au moins ça, c'est clair, commenta Frieda.

— Vous me faites perdre mon temps, un point, c'est tout.

— Non. C'est *vous* qui me faites perdre le *mien*, inspecteur divisionnaire Karlsson. Et avec grossièreté.

— Vous pouvez partir à présent. Il y en a qui ont du vrai travail.

— Avec plaisir.

Elle se pencha et ramassa la boule de papier.

— Pourquoi voulez-vous ce truc ?

— En guise de souvenir, peut-être.

Rose était dehors, assise sur une chaise, les mains croisées sur les genoux, le regard perdu dans le vague.

— Nous avons terminé, dit Frieda. Et nous vous sommes très reconnaissants pour ce que vous avez fait.

— Je ne pense pas avoir été d'une grande aide.

— Qui sait ? Ça valait le coup d'essayer. Vous êtes pressée, là ?

— Je ne sais pas.

— Dix minutes. (Frieda lui saisit l'avant-bras ct la mena hors du commissariat.) Il y a un café un peu plus loin dans la rue.

Elle commanda du thé pour deux ainsi qu'un muffin au cas où Rose aurait faim, mais aucune d'elles n'y toucha.

— Avez-vous déjà bénéficié d'une assistance psychologique ?

— Moi ? Pourquoi ? Vous croyez que j'en ai besoin ? Est-ce flagrant à ce point ?

— Je pense que n'importe qui en aurait besoin après avoir traversé ce que vous avez traversé. On ne vous a jamais aidée après la disparition de votre sœur ?

Rose secoua la tête.

— J'ai parlé un peu à une femme, agent de police, quand c'est arrivé. Elle était gentille.

— Mais rien d'autre ?

— Non.

— Vous aviez neuf ans. Votre sœur s'est volatilisée sous votre nez. Vous étiez censée veiller sur elle – ou en tout cas, c'est ce que vous pensiez. Selon moi, un enfant de neuf ans ne peut pas être responsable d'autrui. Elle n'est jamais revenue et vous n'avez jamais cessé de vous sentir coupable depuis. Vous pensez que c'était votre faute.

— Mais ça l'était, répondit Rose dans un murmure. C'est ce que tout le monde a pensé.

— Ça, j'en doute fort, mais ce qui compte aujourd'hui, c'est que c'était votre conviction alors. Votre conviction encore à présent. Vous êtes comme quelqu'un dont la psyché se serait développée autour du fait majeur écrasant que constitue cette disparition. Mais il n'est pas trop tard, vous savez. Vous pouvez vous pardonner.

Rose la regarda et secoua la tête lentement, tandis que des larmes lui montaient aux yeux.

— Si, vous le pouvez. Mais vous avez besoin d'aide pour ça. Je peux faire le nécessaire pour que vous n'ayez pas à payer. Il faudra un certain temps. Votre sœur est morte et vous devez lui faire vos adieux et bâtir votre propre vie, maintenant.

— Elle me hante, chuchota Rose.

— Ah oui ?

— C'est comme si je n'en étais jamais séparée. Elle ressemble à un petit fantôme à mes côtés. Toujours le même âge. Nous vieillissons tous, et elle reste là, toute petite. C'était une petite chose tellement anxieuse. Tout lui faisait peur, ou presque : le bord de mer, les araignées, les bruits forts, les vaches, le noir, les feux d'artifice, les ascenseurs, le fait de traverser la route. Le seul moment où elle n'avait pas l'air inquiète, c'était quand elle dormait – elle dormait toujours avec sa joue sur ses mains, qu'elle pressait l'une contre l'autre, comme si elle priait. Sans doute le faisait-elle pour de bon quand elle s'endormait, d'ailleurs – elle suppliait probablement Dieu d'éloigner d'elle les monstres.

Un petit rire lui échappa, puis une grimace.

— Vous avez le droit de rire à son sujet, comme vous avez le droit de vous remémorer en quoi elle n'était pas parfaite.

— Mon père en a fait une sainte, vous savez. Ou un ange.

— Difficile, pour vous.

— Et ma mère n'en parle pas.

— Alors il est temps pour vous de trouver quelqu'un d'autre avec qui en parler.

— Est-ce que je pourrais venir vous voir ?

Frieda hésita.

— Je ne suis pas sûre que ce soit une bonne idée. Du point de vue de la police, je suis maintenant impliquée dans votre affaire. Ça brouillerait les frontières.

Mais je peux vous recommander quelqu'un de bien, que je connais.

— Merci.

— Alors, c'est entendu ?

— D'accord.

Chapitre vingt-cinq

Dans une semaine précise, ce serait le jour le plus court de l'année. Le centre serait fermé jusqu'au début de l'année suivante. Les patients devraient prendre leur mal en patience. Et à leur retour, Reuben serait probablement là pour les recevoir si Frieda affirmait à Paz qu'il était en état de reprendre ses fonctions. Raison pour laquelle la jeune femme se rendait, en ce dimanche après-midi chez lui, sous prétexte de lui rendre certains des dossiers qu'il avait oubliés dans son cabinet, mais il ne se laisserait pas duper bien longtemps. Il s'agissait de Reuben, après tout, avec son regard détaché qui vous jaugeait et son sourire narquois.

Avant qu'elle ait pu lever la main pour toquer, la porte s'ouvrit à la volée et Josef sortit en trombe, portant un tas de débris de planches. Il fila sous son nez pour se diriger vers la benne débordante qui se trouvait dans la rue, comme elle le constatait à présent. Il y déversa son fardeau et rebroussa chemin, en se frottant ses paumes poussiéreuses.

— Que faites-vous ici ? On est dimanche.

— Dimanche, lundi, qui sait quel jour on est ?

— Moi je le sais. Reuben aussi. Enfin, j'espère.

— Entrez. Il est par terre dans la cuisine.

Frieda franchit la porte d'entrée, ne sachant à quoi s'attendre depuis sa dernière visite. Elle ne put retenir une exclamation. Il était évident que Josef avait passé là pas mal de temps à travailler. Ce n'était pas seulement que l'odeur d'abandon fétide avait disparu, et qu'à la place flottait celle, astringente, de la térébenthine et de la peinture, ou qu'on avait débarrassé les bouteilles, cannettes et autres assiettes sales et ouvert les rideaux. L'entrée avait été repeinte. La cuisine était en cours de démolition – les placards avaient été démontés et un nouveau chambranle de porte donnant sur le jardin mis en place. Dehors, sur l'étroite bande de pelouse, fumaient les restes d'un bûcher. Et en effet, Reuben était bien là, allongé par terre, à moitié caché sous un nouvel évier en porcelaine.

Frieda fut si surprise que l'espace d'un instant elle ne put que rester plantée là à le contempler, avec sa ravissante chemise en lin qui lui remontait sur le ventre et sa tête rigoureusement invisible.

— C'est vraiment vous, là-dessous ? lança-t-elle enfin.

Les pieds s'agitèrent dans leurs chaussettes violettes et le corps s'avança en se tortillant. La figure de Reuben apparut petit à petit, puis surgit tout à fait.

— Ce n'est pas aussi moche qu'il y paraît, annonça-t-il.

— Vous avez été pris en flagrant délit. On bricole ? Un dimanche après-midi, en plus. Et quoi encore, vous allez laver la voiture ?

Il s'assit, arrangea sa chemise.

— Ce n'est pas vraiment du bricolage. Vous me connaissez : livré à moi-même, je suis même pas fichu de remplacer une ampoule. Je donne un coup de main à Josef, c'est tout.

— C'est ce que j'imagine. Franchement, le faire travailler un week-end... Vous le payez double ?

— Je ne le paie pas du tout.

— Reuben ?

— Reuben est mon propriétaire, dit Josef. Il m'offre un toit et moi…

— Il l'entretient, compléta Reuben, qui se relevait en chancelant légèrement.

Les deux hommes se mirent à rire et lancèrent un coup d'œil à Frieda pour guetter sa réaction. La plaisanterie avait été répétée, à l'évidence.

— Vous avez emménagé ?

Josef indiqua le réfrigérateur, et Frieda aperçut une photo écornée fixée à la porte par un aimant : une femme aux cheveux bruns, assise sur une chaise, avec deux petits garçons prenant la pose de part et d'autre.

— Ma femme, mes fils.

Frieda regarda Josef. Il porta une main à son cœur et attendit.

— Vous avez de la chance, dit-elle.

Il sortit un paquet de cigarettes de la poche de sa chemise et en remit une à Reuben, avant de se servir. Reuben dénicha son briquet et alluma les deux. Frieda se sentait agacée. Elle avait l'impression de faire face à deux garnements cachant mal leur jubilation, et qu'elle devrait jouer le rôle de l'adulte tyrannique.

— Thé, Frieda ? proposa Reuben.

— Volontiers. Quoique vous pourriez au moins me proposer un peu de la vodka que vous avez cachée sous l'évier.

Les deux hommes échangèrent un regard.

— Vous êtes ici pour m'espionner, déclara Reuben. Pour voir si je suis apte à reprendre du service.

— L'êtes-vous ?

— C'est la mort du père. Ce que vous avez toujours désiré.

— Ce que j'aimerais, c'est que le père retourne au travail quand il sera prêt, et pas avant.

— On est dimanche. Je peux boire le dimanche et quand même aller travailler le lundi. Je peux boire un lundi et quand même aller travailler ce même lundi, d'ailleurs. Vous n'êtes pas mon maître.

— Je prépare du thé, annonça Josef, mal à l'aise.

— Pas de thé pour moi, répliqua Reuben. Les Anglais croient toujours qu'un thé arrange tout.

— Je suis pas Anglais, répliqua Josef.

— Je ne tenais pas particulièrement à venir ici, déclara Frieda.

— Alors pourquoi l'avoir fait ? Parce qu'on vous l'a demandé ? Qu'on vous a mandatée ? Quoi ? C'est la jeune Paz, l'ambitieuse ? Ça ne ressemble pas beaucoup à la Frieda Klein que je connais. La Frieda Klein qui n'en fait qu'à sa tête.

Il laissa tomber sa cigarette au sol et l'écrasa sous son talon. Josef se pencha pour la ramasser et la porta avec soin dans sa paume jusqu'à la poubelle où il la déposa.

— Ce que vous faites de votre vie vous regarde, Reuben. Vous pouvez boire de la vodka toute la journée et saccager votre maison, pas de problème. Mais vous êtes médecin. Votre métier est de soigner. Certaines des personnes qui viennent au centre sont très vulnérables, très fragiles, et placent en nous leur confiance. Vous ne reviendrez pas travailler avant qu'on puisse être sûr que vous n'abuserez pas de votre pouvoir. Et je me fiche que vous soyez ou non fâché contre moi.

— Je suis assez fâché, ça, oui.

— Vous vous apitoyez sur vous-même. Ingrid vous a quitté et vous pensez avoir été injustement traité par vos confrères. Mais Ingrid vous a quitté parce que vous l'avez trompée sans vergogne depuis des années, et vos confrères ont réagi de la seule façon possible à votre comportement au centre. Voilà pourquoi vous êtes fâché. Parce que vous savez que vous êtes en tort.

Reuben ouvrit la bouche pour lui répondre, mais il s'arrêta soudain. Il poussa un grognement, alluma une autre cigarette et s'attabla.

— Vous ne faites pas de quartier, hein, Frieda ? Vous n'accordez même pas le droit de se voiler la face ?

— Parce que vous voulez vous voiler la face ?

— Évidemment. N'est-ce pas le cas de tout le monde ? (Il se passa les mains dans les cheveux, qui lui arrivaient désormais sous les épaules depuis son congé forcé, de sorte qu'il ressemblait encore plus à un poète après une nuit folle.) Personne n'aime se sentir humilié.

Frieda s'installa face à lui.

— À ce propos, commença-t-elle, j'ai fait des choses dont j'aimerais vous parler.

Il lui adressa un sourire contrit.

— C'est votre *quid pro quo* pour m'aider à me sentir mieux ? Un troc de hontes ?

— J'ai besoin de vous exposer quelque chose, poursuivit Frieda. Si ça vous va.

— Ça me va, répondit Reuben. C'est juste que je ne m'y attendais pas du tout.

Le mardi suivant, Alan raconta à Frieda une histoire. Il ne parlait pas comme il faisait d'habitude, en se corrigeant, revenant en arrière ou sautant des étapes, se remémorant des détails qu'il avait omis. Il s'exprimait avec aisance, avec peu de pauses, et son discours était construit, cohérent. Frieda se dit qu'il avait dû le répéter plusieurs fois, le réviser mentalement bien souvent avant de venir la voir, pour en supprimer toutes les incertitudes et les contradictions.

— Hier matin, dit-il une fois qu'il eut croisé et recroisé les jambes, frotté ses mains le long de son pantalon et toussé plusieurs fois pour se préparer, j'ai dû aller vérifier une demande de permis de construire. Bien que je sois en congé maladie, il m'arrive quand même de passer de temps en temps pour régler des problèmes dans le service. Il y a certains points que je suis le seul à connaître. C'était dans le district de Hackney, dans un immeuble de bureaux près de la grand-route d'Eastway. Vous voyez où c'est ?

— Ce ne sont pas vraiment les coins de Londres que je fréquente.

— C'est un peu le foutoir par là-bas avec la construction de ce stade olympique, tout ça... C'est comme si on bâtissait une nouvelle ville en carton-pâte sur les décombres d'une ancienne. Et vu qu'il n'y a pas moyen de repousser la date d'achèvement des travaux, ils n'arrêtent pas d'y coller un maximum de monde. Bref, quand j'ai eu fini, je suis allé faire un tour. Il faisait froid, mais j'avais envie d'un peu d'air frais, juste histoire de me rafraîchir les idées. Pour être honnête, aller travailler en ce moment me rend un peu nerveux.

J'ai marché le long du canal, puis je l'ai quitté pour entrer dans Victoria Park. J'ai eu l'impression de m'évader, en allant dans un endroit différent. Il y avait bien quelques personnes dans le parc, mais personne ne s'y attardait. Tout le monde semblait pressé : la tête baissée, marchant rapidement, sachant tous où ils allaient sauf moi, ou en tout cas, c'est l'effet que ça m'a fait. Je ne les observais pas vraiment, pourtant. Je me suis assis sur un banc un moment, à côté d'un terrain de boules. Je songeais à ces dernières semaines et me demandais ce qui m'attendait. J'étais assez fatigué. Je suis tout le temps fatigué en ce moment. Les choses étaient un peu brouillées. J'apercevais certaines des grues qui surplombent Stratford et le Lee Valley Park. Je me suis levé et j'ai continué de marcher entre les étangs. Il y a là un kiosque à musique, ainsi qu'une fontaine. Tout avait l'air abandonné et fermé pour l'hiver. Parvenu de l'autre côté, j'ai traversé la rue et me suis mis à regarder les vitrines des magasins. J'ai été voir une boutique d'antiquités – encore que le mot soit un peu fort. Brocante, plutôt. Dans le temps, j'y achetais pas mal de vieux meubles. Je pensais avoir le coup d'œil pour repérer les bonnes affaires. Ça rend Carrie dingue. Elle veut que je me débarrasse de tout ce que j'ai amassé, que j'arrête d'en rapporter. Mais bon, j'aime bien regarder, voir combien les gens en demandent. Enfin bref, il y avait de drôles de vieilles boutiques, par là. Une quincaillerie avec seaux et balais à franges, et une boutique de vêtements bizarre vendant le genre de trucs que portent les vieilles dames, cardigans et manteaux en tweed. Vous vous demandez pourquoi je vous raconte ça, non ? (Frieda garda le silence.) J'étais devant un autre magasin de bric-à-brac, rempli de trucs qu'on ne peut pas plus imaginer vendre qu'acheter. Je me rappelle, je contemplais une vieille chouette empaillée juchée sur une espèce de fausse branche et j'hésitais vaguement sans savoir si Carrie tolérerait un nouvel oiseau mort dans la maison.

Juste à ce moment-là, une femme s'est avancée vers moi. Au début, je n'y ai pas fait attention. Elle traversait mon champ de vision, si vous comprenez ce que je veux dire. Elle portait un blouson orange vif et une minijupe étroite, avec des bottes à talons hauts.

Alan s'agita sur son fauteuil et baissa les yeux. Il continua de parler mais sans plus croiser le regard de sa thérapeute.

— Tout d'un coup, je me suis rendu compte qu'elle me parlait. Elle a dit : « Oh, toi ! » et elle s'est collée contre moi. (Alan hésita, puis reprit.) Elle a passé ses bras autour de moi et m'a embrassé. Elle… un vrai baiser. Avec sa langue. Vous savez, quand vous êtes dans un rêve où il se passe des choses bizarres et que vous les acceptez juste telles qu'elles sont, en vous laissant porter ? C'était comme ça. Je ne l'ai pas repoussée. J'ai eu l'impression d'être dans un film ou je ne sais pas… Comme si ça n'arrivait pas vraiment à moi mais à quelqu'un d'autre. (Il déglutit avec peine.) Il y avait du sang sur ma lèvre. Après, au bout d'un moment, elle s'est reculée. Elle a dit : « Appelle-moi. Ça fait un bail. Je ne t'ai pas manqué ? » L'instant d'après, elle était partie. Je ne pouvais pas bouger. Je suis resté planté sur place, à la regarder s'éloigner dans son blouson orange.

Un silence s'installa.

— Et alors ? demanda Frieda.

— Ça ne suffit pas ? dit Alan. Une femme que je ne connais pas s'approche pour m'embrasser ? Il vous en faut plus ?

— Je veux dire : qu'avez-vous fait ?

— J'avais envie de la suivre. Je ne voulais pas que ça s'arrête. Mais je suis resté là où j'étais, et après, elle avait disparu et je me suis retrouvé dans ma peau, si vous voyez ce que je veux dire. Le vieil Alan rasoir à qui il n'arrive jamais vraiment rien d'excitant.

— À quoi ressemblait cette femme ? demanda Frieda. Ou n'avez-vous vu que son blouson, sa jupe et ses bottes ?

— Elle avait les cheveux longs, d'un blond tirant sur le roux. Des boucles d'oreilles qui tintaient. (Alan se toucha les lobes. Il toussa et rougit.) Une forte poitrine. Et elle sentait la cigarette, et autre chose aussi. (Il fronça le nez.) Comme une odeur de levure ou autre...

— Et sa tête ?

— Je ne sais pas.

— Vous n'avez pas vu son visage ?

Il sembla déconcerté.

— Je ne m'en souviens pas. Je crois qu'elle était... (Il s'éclaircit la voix.) Je ne sais pas, moi, plutôt jolie. C'est arrivé si vite, tout ça. Et j'avais les yeux fermés la plupart du temps.

— Donc, vous vivez une expérience érotique, excitante, avec une inconnue, quasi sans visage, en pleine rue.

— Oui, reconnut Alan. Mais ce n'est pas mon genre.

— Est-ce vraiment arrivé ?

— Il m'arrive de penser que non… que je me suis juste endormi sur un banc dans le parc et que je l'ai rêvé.

— Ça vous a plu ?

Alan réfléchit un moment et faillit sourire. On aurait dit qu'il se ressaisissait *in extremis*.

— Je me sentais excité, si c'est ce que vous voulez dire. Oui. Si ça s'est réellement produit, c'est mal, et si je l'ai imaginé, c'est mal aussi. D'une autre façon. (Il grimaça.) Que dirait Carrie ?

— Vous ne lui en avez pas parlé ?

— Non ! Bien sûr que non. Comment pourrais-je lui raconter que je me laisse embrasser par une femme à forte poitrine alors qu'on n'a pas fait l'amour depuis des mois ? Alors que je ne sais même pas si c'est arrivé ou si j'en avais juste envie ?

— Que retirez-vous de cette histoire ? demanda Frieda.

— Je vous l'ai déjà dit, je me suis toujours considéré comme invisible. Les gens ne me remarquent pas vraiment, et quand ils le font, c'est parce qu'ils m'ont confondu avec quelqu'un d'autre. Quand ce truc est arrivé, je pense qu'une petite part de moi a été tentée de suivre cette femme, d'être celui avec lequel elle me confondait. Apparemment, sa vie était plus marrante que la mienne.

— Qu'attendez-vous que je vous dise ?

— Une fois que ça été fini, je me sentais complètement désorienté et ensuite je me suis dit : voilà le genre de truc que le docteur Klein veut que je le lui rapporte. Pour l'essentiel, je pense que ce que je vous ai raconté était parfaitement rasoir, mais j'ai trouvé ça étrange et un peu flippant, et j'ai pensé que ce devait être le genre d'histoire que je devais vous confier.

À ces mots, Frieda ne put s'empêcher de sourire.

— Vous croyez que je m'intéresse aux choses étranges et flippantes ?

Il plongea la tête dans ses mains. Entre ses doigts, il ajouta :

— Tout était si simple, avant. Maintenant, rien ne l'est plus. Je ne sais même plus qui je suis, ni ce qui est vrai et ce que j'imagine.

Chapitre vingt-six

— Alors, qu'en pensez-vous ? demanda Frieda.

Jack fit la grimace.

— C'est un fantasme classique, répondit-il.

Ils étaient installés au Numéro 9, devenu leur lieu de rendez-vous habituel pour les séances de supervision de Jack, à présent moins formelles et plus fréquentes. Le jeune homme sirotait son second cappuccino. Il aimait bien l'endroit : Kerry, à la fois maternelle et charmeuse, était aux petits soins avec lui, Marcus sortait parfois de la cuisine et insistait pour qu'il goûte sa dernière création (celle du jour était une tarte à la marmelade que Jack mangea, bien qu'il n'aime pas vraiment les amandes ni la marmelade) et il arrivait que Katya vienne s'asseoir sur les genoux de Frieda. Selon Jack, Katya aimait Frieda à la façon dont les chats aiment les gens qui leur fichent la paix. Frieda l'ignorait ou alors, quelquefois, la soulevait simplement pour la déposer par terre.

— En quoi ?

— Pour les hommes, en tout cas. Une femme aguichante vient vers vous, vous arrache à votre ennuyeuse vie quotidienne en vous faisant vivre un instant déroutant, plus excitant.

— Et donc, que représente cette femme ?

— Vous, peut-être, suggéra Jack en s'empressant d'avaler une gorgée de son café.

— Moi ? s'étonna Frieda. Forte poitrine, blouson orange, jupe courte moulante et cheveux blond-roux ?

Jack rougit et balaya la pièce du regard pour voir si on les avait entendus.

— Une version sexualisée de vous, dit-il. C'est un exemple de transfert classique. Vous êtes la femme qui débarque dans sa vie ordinaire. Il peut vous parler comme il ne peut le faire avec sa propre compagne. Mais il a encore besoin de le maquiller en faisant appel à ce personnage féminin excessivement sexuel.

— Intéressant, concéda Frieda. Un peu scolaire, mais intéressant. Une autre hypothèse ?

Jack réfléchit un moment.

— Je suis interpellé par cette façon qu'il a d'insister sur son anonymat, sur le fait qu'il a tout le temps l'impression qu'on le confond avec d'autres. Il pourrait s'agir d'un cas de syndrome solipsiste. Vous savez, cet état mental de dissociation où les gens ont l'impression d'être les seules personnes réelles et que tous les autres sont des acteurs ou ont été remplacés par des robots, ce genre-là.

— Auquel cas il lui faudrait un IRM.

— Ce n'est qu'une hypothèse, rappela Jack. Je n'irais pas jusque-là à moins qu'il n'y ait d'autres symptômes de déficience cognitive.

— D'autres éventualités ?

— On m'a appris à écouter le patient. J'imagine qu'il est possible qu'une femme l'ait simplement pris pour un autre et que toute cette histoire ne signifie pas grand-chose.

— Pourriez-vous vous imaginer rejoindre une fille et l'embrasser vraiment par erreur ?

Jack faillit mentionner deux ou trois exemples où la chose aurait été on ne peut plus facile, puis préféra s'abstenir.

— Il devait ressembler pas mal à celui pour qui elle l'a pris, dit-il. Si ça s'est réellement produit. Mais si j'ai appris quelque chose de vous, c'est que notre job consiste à gérer ce qu'il y a dans la tête du patient. D'une certaine façon, la véracité des faits n'importe pas. Ce sur quoi nous devons nous concentrer, c'est le sens qu'Alan prête à l'événement et ce qu'il cherchait à faire en vous le rapportant.

Frieda fronça les sourcils. Ça lui faisait bizarre de l'entendre resservir ses propres propos de la sorte. Ils semblaient dogmatiques et peu convaincants.

— Non, dit-elle. Il y a une énorme différence entre le *fait* d'être pris pour un autre, quelle qu'en soit la raison, et le fait de *croire* qu'on le prend pour un autre. Ne pensez-vous pas qu'il serait intéressant de déterminer si cette rencontre a réellement eu lieu ou non ?

— Ça pourrait être intéressant, en effet, répondit Jack, mais c'est juste parfaitement irréalisable. Il faudrait errer dans Victoria Park dans l'espoir improbable de croiser quelqu'un qui se trouvait dans les parages deux jours auparavant – et qu'on ne pourrait pas reconnaître de toute façon parce qu'on ne sait pas de quoi elle a l'air.

— J'espérais que vous en auriez envie, justement, rétorqua Frieda.

— Ah…

Jack fut tenté de répondre plusieurs choses : que cela n'avait rien à voir avec sa formation et que c'était un manque de professionnalisme de sa part que de le lui demander ; que les chances de trouver cette femme étaient nulles, et que même s'il la trouvait, ça ne vaudrait pas le coup. Il se demanda même s'il n'existait pas quelque règle interdisant de vérifier les dires des patients sans leur accord. Mais il ne dit rien de tout cela. En vérité, il était assez content que Frieda le lui ait demandé. D'une curieuse façon, il était même plus content encore qu'elle lui ait proposé de faire quelque chose sortant de l'ordinaire. S'il s'était agi d'une mission régulière supplémentaire, ç'aurait été une corvée. Mais ceci était juste légèrement déplacé, et suggérait une certaine forme d'intimité. À moins qu'il ne se berce d'illusions ?

— D'accord, dit-il.

— Bien.

— Frieda !

La voix surgit de derrière lui, et avant qu'il ait pu voir qui c'était, il remarqua à quel point le visage de Frieda s'était rembruni.

— Que fais-tu ici ?

Jack se dévissa la tête et découvrit une femme perchée sur de longues jambes, à la chevelure blond sale, et qui semblait très jeune, avec ses traits pas encore pleinement formés sous son maquillage spectaculaire.

— Je suis venue pour ma leçon. T'as dit qu'on devait se retrouver ici pour changer.

Elle lança un regard à Jack, qui se sentit rougir.

— Tu es en avance.

— Tu devrais être contente.

Elle prit place à leur table et enleva ses gants. Ses ongles étaient rongés et vernis de violet foncé.

— Il fait un froid de gueux dehors. J'ai besoin de quelque chose pour me réchauffer. Tu ne nous présentes pas ?

— Jack s'en allait, répliqua Frieda sèchement.

— Chloë Klein. (Elle tendit une main, dont il s'empara.) Sa nièce.

— Jack Dargan.

— Alors, comment vous avez fait connaissance, tous les deux ?

— Peu importe, s'empressa de répliquer Frieda. Chimie. (Elle adressa un signe de tête à Jack.) Merci pour votre aide.

On le congédiait, c'était clair. Il se leva.

— Ravie de vous avoir rencontré, déclara Chloë.

En effet, elle semblait ravie d'elle-même.

Jack émergea de la station de métro Hackney Wick et consulta son plan. Il se dirigea vers l'endroit où le Grand Union Canal prenait à l'est depuis la rivière Lea. Il portait un sweat-shirt, un pull, un anorak, des gants et un bonnet de laine avec cache-oreilles mais n'en frissonnait pas moins de froid. La surface du canal était recouverte d'une couche grumeleuse de neige fondue qui ne s'était pas encore transformée en glace. Il longea le chemin de halage jusqu'à ce qu'il aperçoive les grilles du parc sur sa droite. Il consulta les notes que lui avait laissées Frieda. Au loin, le terrain de jeu. Un vent glacé lui piquait les joues de sorte qu'il n'aurait su dire si elles étaient froides ou brûlantes. Il voyait pourtant des poussettes et des petites silhouettes emmitouflées sur le terrain de jeu. Il y avait même deux personnes en survêtement sur le court de tennis. Jack s'arrêta et colla sa figure contre le grillage. C'étaient deux hommes d'un certain âge, grisonnants, se renvoyant la balle à grands coups plats et vigoureux. Jack était impressionné. L'un d'eux rasa le filet et l'autre lui répondit par un lob. Le joueur courut derrière la balle. Celle-ci atterrit juste à l'intérieur de la ligne.

— *Out !* s'écria le joueur. Pas de chance !

Jack sentit ses doigts geler. Alors qu'il s'éloignait du court, il sortit sa main droite du gant pour la fourrer sous sa chemise, contre sa poitrine, et tenter de retrouver quelque sensation dans les doigts. Il prit à gauche et s'engagea sur le sentier principal. Sur sa droite, il repéra le terrain de boules et ensuite, en continuant, le kiosque à musique et la fontaine. Il regarda autour de lui. Il n'y avait pratiquement personne. Rien que, çà et là, quelques promeneurs avec leur chien. Plus loin d'un côté, un groupe d'adolescents, qui se charriaient, chahutaient. Ce n'était pas un temps à se promener pour quiconque ayant quelque chose à accomplir. Il songea à Alan Dekker venu s'éclaircir ici les idées, pour peu qu'il soit bel et bien venu. En fait, maintenant qu'il se trouvait sur place, Jack commençait à croire qu'Alan avait plus ou moins raconté la vérité. Les détails sur le canal, le terrain de jeu et le kiosque à musique étaient trop précis. Pourquoi s'en encombrer si tout n'avait été qu'un rêve ? À mesure qu'il marchait, Jack eut l'impression de sentir ses idées s'éclaircir à leur tour, dans le vent violent venu du nord. L'idée globale de la thérapie lui avait paru de plus en plus insatisfaisante. Était-il vraiment si important de commenter les faits ? Parler de choses et d'autres n'était-il qu'un autre moyen de se retrouver empêtré dans les problèmes de son patient, alors qu'on se devrait plutôt de les aider à les régler ? Peut-être était-ce une autre raison pour laquelle il avait accepté de faire ça pour Frieda. Ça faisait du bien de se confronter à la réalité et de voir si Alan avait dit ou non la vérité. Mais bon, quelles étaient les chances de s'assurer de quoi que ce soit ?

Jack sortit par l'angle sud du parc, traversa la rue et longea la suite de magasins. Ils étaient tels qu'Alan les avait décrits. Parvenu à la quincaillerie, il choisit d'y entrer. C'était le genre d'endroits dont il n'aurait pas cru qu'ils puissent encore exister, et qui paraissait contenir pratiquement tout ce dont il aurait dû s'équiper pour la maison qu'il partageait, mais qu'il n'avait jamais, pour une raison ou une autre, pu se résoudre à acheter : bassines en plastique, escabeaux, tournevis, lampes de poche. Il ferait bien de revenir ici avec la voiture de son colocataire et faire le plein. Quelques pas encore, et il se retrouva devant le dépôt-vente avec la chouette empaillée dans la vitrine. Elle était miteuse et perdait des plumes, et semblait le fixer du regard avec ses grands yeux de poupée. Jack essaya de s'imaginer en train de tirer sur une chouette et de l'empailler. Elle ne comportait pas d'étiquette de prix. Sans doute n'était-elle pas à vendre.

Il inspecta les alentours. C'était ici qu'Alan avait croisé cette femme. S'il l'avait fait. Il avait dit que la rue était vide et qu'il l'avait soudain vue venir vers lui. Se pouvait-il qu'elle habite dans le coin ? Jack recula et leva les yeux vers les immeubles au-dessus des magasins. On aurait dit, en effet, qu'il y avait des appartements aux étages supérieurs, et des entrées le long de la rue entre les vitrines, condamnées pour certaines, surmontées d'un panneau marqué « À vendre ». Mais il ne pouvait tout de même pas commencer à sonner aux portes au hasard pour voir si une femme à forte poitrine répondrait. Le commerce suivant était une laverie automatique à la vitrine fêlée. Alan n'avait pas mentionné qu'elle portait du linge à laver, mais n'avait pas spécifié non plus qu'elle avait les mains vides. Jack entra, inhalant la vapeur chaude avec gratitude. Une femme tout au fond repliait du linge. À la vue de Jack, elle s'avança vers lui. Elle était brune, avec un grain de beauté au coin de la lèvre.

— Vous avez quelque chose à laver ? s'enquit-elle.

— Une de mes connaissances est peut-être venue ici il y a quelques jours, expliqua Jack. Une femme vêtue d'un blouson orange vif.

— Jamais vue.

Jack se dit qu'il devrait ajouter quelque chose, décida de ne pas le faire, puis changea d'avis.

— Je suis médecin, en passant. Vous feriez peut-être bien de faire examiner ce grain de beauté.

— Hein ?

Jack se toucha la figure, juste au-dessus de la bouche.

— Ce serait peut-être bon de le faire examiner.

— Mêlez-vous de vos oignons, dit la femme.

— Oui, vous avez raison, désolé, répondit Jack, qui s'éclipsa de la laverie.

À côté venait un café, une authentique gargote à l'ancienne. Il y entra. L'endroit était vide, exception faite d'un vieil homme édenté dans un coin, qui sirotait bruyamment son thé. Il leva vers Jack des yeux larmoyants. Jack consulta son téléphone : 13 h 20. Il s'attabla et une femme vêtue d'un tablier bleu en nylon s'approcha. Elle portait des pantoufles qui traînaient sur le sol pas très net. Jack étudia le menu au tableau noir et commanda des œufs au plat, du bacon, de la saucisse, une tomate grillée, des frites et une tasse de thé.

— Autre chose ? demanda la femme.

— Je cherche une femme qui porte une veste orange vif, blonde, couverte de bijoux, est-ce qu'elle vient ici ?

— Vous voulez quoi ? demanda la femme avec un fort accent.

Elle portait sur lui un regard méfiant.

— Je me demandais si elle venait ici.

— Vous devez la retrouver ici ?

— La retrouver ?

— Pas ici.

S'ensuivirent plusieurs autres échanges de questions au terme desquelles Jack ne savait toujours pas si la serveuse connaissait cette femme ni même si elle avait compris ce qu'il lui demandait. Les plats arrivèrent et Jack se sentit étrangement heureux. Comme s'il ne pouvait consommer ce genre de cuisine que s'il était seul, en un lieu inconnu, en compagnie d'étrangers. Il trempait précisément ses frites dans les restes du jaune d'œuf en se demandant quoi faire ensuite, quand il la vit. Ou plutôt, il vit une femme vêtue d'un blouson orange vif sur un legging noir moulant, juchée sur des talons hauts, avec des cheveux longs et blonds, qui passait devant la devanture. Un instant, il demeura paralysé. Était-ce une hallucination, ou venait-il bel et bien de la voir ? Et si oui, que faire ? Il ne pouvait pas la laisser filer. Tout ceci se passait pour de vrai. Il fallait qu'il l'aborde. Mais que pourrait-il bien lui dire ? Il se leva d'un bond, renversant du thé sur les restes graisseux de son repas et tâta le fond de ses poches en quête de monnaie. Il en jeta bien plus que nécessaire sur la table. Plusieurs pièces tournoyèrent avant de tomber par terre. Il franchit la porte au pas de course, ignorant les appels de la serveuse. La femme était toujours visible, sa veste contrastait vivement avec les tous gris et marrons des autres individus sur le trottoir.

Il courut vers elle, et se sentit aussitôt hors d'haleine. Pour quelqu'un chaussé de talons hauts, elle marchait étonnamment vite. Ses hanches ondulaient. En s'approchant, il constata que ses pieds étaient nus et gonflés dans les sandales, qui semblaient une taille trop petites. Parvenu à sa hauteur, il posa une main sur son avant-bras.

— Excusez-moi, dit-il.

Quand la femme tourna la tête, il fut parcouru d'un frisson sous le choc. Il s'attendait à une personne jeune et ravissante, à tout le moins sexy – à en croire la description d'Alan. Mais cette femme n'était pas jeune. Elle avait la poitrine tombante. Son visage était creusé de rides et de ridules, et sous le maquillage appliqué en couche épaisse, le teint était terreux. Il distingua des plaques de boutons rouges sur le front. Ses yeux, soulignés d'un eye-liner noir et bordés de cils lourdement fardés, étaient mouchetés de rouge. Son regard était trouble, lui donnant l'air malade et misérable. Il la vit étirer les traits en un semblant de sourire.

— Que puis-je pour toi, mon chou ?

— Désolé de vous déranger. Je voulais juste vous demander quelque chose.

— Je m'appelle Heidi.

— Euh… oui, Heidi… je… c'est difficile à expliquer mais…

— On est du genre timide, hein ? Trente livres la pipe.

— Je voulais vous parler.

— Parler ? (Il sentait l'indifférence dans son regard et s'empourpra.) On peut parler, si c'est ce que tu veux. Mais il t'en coûtera quand même trente livres.

— C'est juste au sujet...

— Trente livres.

— Je ne suis pas sûr d'avoir ça sur moi.

— On m'a arrêtée sur un coup de tête, hein ? Il y a un distributeur plus loin dans la rue. (Elle l'indiqua.) Après, tu peux revenir me voir si tu as toujours envie de parler. J'habite au 41 B. Sonnette du haut.

— Mais je ne crois pas que vous compreniez.

Elle haussa les épaules.

— Trente livres et je comprendrai tout ce que tu voudras.

Jack la regarda traverser la rue. Un moment, il envisagea de rentrer simplement chez lui, et le plus vite possible. Il se sentait obscurément honteux de lui-même. Mais il ne pouvait pas repartir, maintenant qu'il l'avait trouvée. Il se rendit au distributeur et retira quarante livres, puis se dirigea vers le 41 B. Il était situé au-dessus d'une ancienne boucherie halal, à en croire l'enseigne, fermée à présent. Ses stores métalliques étaient couverts de graffitis. Jack inspira un grand coup. Il avait le sentiment que tous les passants devaient le regarder, ricanant en leur for intérieur, quand il pressa la sonnette. Un bourdonnement lui apprit que Heidi l'invitait à monter.

Elle portait un haut vert citron au décolleté profond. Alan avait évoqué une odeur de levure, mais elle venait manifestement de s'arroser de parfum. Elle s'était remis du rouge à lèvres et recoiffée.

— Ben entre.

Après avoir passé le seuil, Jack se retrouva dans un petit salon chichement éclairé et dans lequel régnait une chaleur oppressante. De fins voilages mauves étaient tirés devant la fenêtre. Sur le mur opposé, au-dessus du grand canapé bas, se trouvait une reproduction de

La Joconde. Des bibelots chinois occupaient la moindre surface disponible.

— Laissez-moi vous dire tout de suite que je ne suis pas ce que vous croyez. (Il parlait trop fort.) Je suis médecin.

— Très bien.

— J'aimerais vous demander quelque chose.

Le sourire de la femme disparut. Son regard devint vigilant et soupçonneux.

— Vous n'êtes pas un client ?

— Non.

— Médecin ? Je suis *clean*, si c'est à ça que vous pensez.

Jack se sentit légèrement désespéré.

— Vous connaissez un homme, commença-t-il. Aux cheveux gris, un peu fort.

Heidi se laissa aller dans le canapé. Jack constata à quel point elle était lasse. Elle s'empara d'une bouteille de Dubonnet rouge qui se trouvait à ses pieds et remplit un petit verre à ras bord puis le vida d'un trait dans un mouvement de déglutition bien visible. Une gouttelette liquoreuse lui dégoulina sur le menton. Ensuite elle prit une cigarette dans un paquet posé sur la table, la porta à sa bouche, l'alluma et inhala avec avidité. La fumée resta en suspens dans l'air lourd.

— Vous l'avez embrassé l'autre jour.

— Sans blague.

Jack s'obligeait à parler. Un embarras physique sévère le faisait se tortiller sur sa chaise. Il se vit comme cette femme, Heidi, devait le voir : lascif, puritain, obscène, un jeune homme gauche qui n'avait pas dépassé ses anxiétés adolescentes au sujet des femmes en dépit de son âge et de sa profession. Il sentait la sueur sur ses sourcils. Ses vêtements le démangeaient.

— Je veux dire, vous vous êtes approchée de lui dans la rue et l'avez embrassé. Juste à côté du café et de la boutique avec la chouette dans la vitrine.

— C'est quoi, une mauvaise plaisanterie ?
— Non.
— Qui vous envoie ?
— Non, honnêtement, vous vous méprenez sur mes intentions... Mais mon ami, il était surpris, et je voulais juste savoir si...
— Un chien lubrique.
— Pardon ?
— Votre ami. Vous avez de drôles d'amis, soit dit en passant. En tout cas il paie, au moins. Il aime payer. Ça lui donne le droit de nous humilier autant qu'il veut.
— Alan ?
— Quoi, Alan ?
— Il s'appelle Alan.
— Mais non.
— Comment s'appelle-t-il, selon vous ?
Heidi se versa un autre verre de Dubonnet à ras bord et le vida.
— Je vous en prie, dit-il.
Il sortit l'argent de sa poche arrière, en préleva un billet dix livres, et lui remit le reste.
— Dean Reeve. Et si vous lui répétez que je vous l'ai dit, vous le regretterez. Je vous le jure.
— Je ne lui dirai pas. Sauriez-vous où il habite, par hasard ?
— J'y suis allée une fois, quand sa femme n'était pas là.
Jack fouilla dans sa poche puis dénicha un crayon et un vieux reçu. Il les tendit, elle nota quelque chose au dos et les lui rendit.
— Qu'est-ce qu'il a fait ?
— Je ne sais pas au juste, répondit Jack.
En partant, il lui remit le dernier billet de dix livres. Il voulait s'excuser, même s'il ne savait pas de quoi.

Jack était assis en face d'un homme chauve arborant une moustache cirée qui lisait un magazine sur les armes à feu. Quand il avait appris à Frieda qu'il avait bel et bien trouvé la mystérieuse femme évoquée par Alan, elle avait tenu à le retrouver chez lui. Jack avait faiblement protesté : il ne voulait pas qu'elle voie où il vivait, surtout pas dans l'état où se trouvait l'appartement quand il était parti ce matin. Il s'inquiétait de savoir lequel de ses colocataires serait sur place et ce qu'ils pourraient dire. Pour arranger les choses, le train fut retenu dans un tunnel sur le trajet du retour – à cause d'un passager sous un train, avait-on annoncé dans les hauts-parleurs. Il tentait d'insérer la clé dans la serrure quand il la vit remonter la rue. La nuit tombait et elle était emmitouflée pour lutter contre le froid, mais il l'aurait reconnue n'importe où, rien qu'à sa démarche, rapide et bien droite. Elle semblait si déterminée, songea-t-il, et il fut traversé d'une vague d'exultation à l'idée d'avoir réussi sa mission et d'avoir quelque chose à lui offrir.

Elle parvint à sa hauteur à l'instant même où il poussait la porte. L'entrée était remplie de tracts publicitaires et de chaussures. Une bicyclette reposait contre le mur, qu'ils durent longer en crabe. Une musique forte se déversait depuis l'étage.

— Ça risque d'être un peu désordonné, s'excusa-t-il.

— Pas de problème.

— Je ne sais pas s'il reste du lait.

— Je n'ai pas besoin de lait.

— La chaudière ne marche pas vraiment.

— Je suis chaudement habillée.

— Il fait bon dans la cuisine. (Mais quand il mit un pied dedans, il fit prestement demi-tour.) Ça sera peut-être un peu plus confortable au salon, suggéra-t-il. Je vais brancher le radiateur.

— Tout va bien, Jack, dit Frieda. Je veux juste entendre exactement ce qui s'est passé.

— C'était incroyable, répondit Jack.

Le salon était presque dans un aussi triste état que la cuisine. Il le vit avec les yeux de Frieda : le canapé était un horrible sofa en cuir d'occasion que les parents d'un de ses colocataires leur avaient donné quand ils avaient emménagé, et une longue déchirure le long d'un bras dégorgeait du duvet blanc. Les murs étaient peints d'un vert ignoble. Il y avait des bouteilles, des mugs, des assiettes et des vêtements curieux absolument partout. Des fleurs mortes sur le rebord de la fenêtre. Son sac de squash était ouvert devant eux, avec une chemise sale et une paire de chaussettes roulées posées au-dessus. Le squelette anatomique qu'il possédait depuis son premier trimestre d'université trônait au centre de la pièce, habillé de guirlandes de Noël clignotantes, de plusieurs chapeaux empilés sur son crâne, et de petites culottes en dentelles pendant du bout de ses longs doigts. Il balaya d'un geste les magazines sur la table et les couvrit d'un manteau qui gisait sur le canapé. S'il avait été en séance avec Frieda, il aurait pu lui parler du chaos dans lequel il vivait et lui confier que cela lui donnait le sentiment de ne pas totalement maîtriser sa vie non plus. Si c'était lui qui lisait ces magazines (ce qui n'était pas le cas, même s'il lui était arrivé d'y jeter subrepticement un œil de temps à autre), il aurait pu en parler également. Il aurait pu expliquer qu'il avait le sentiment de vivre entre deux eaux, à cheval entre son ancienne vie estudiantine et le monde adulte, auquel il n'avait toujours pas l'impression d'appartenir. Il aurait pu décrire le désordre de son âme. C'est juste qu'il ne voulait pas qu'elle le voie de ses propres yeux.

— Asseyez-vous. Pardon, laissez-moi enlever ça. (Il ôta l'ordinateur portable et la bouteille de Ketchup du fauteuil.) Ce n'est que provisoire. Certains de mes colocataires sont un peu désorganisés.

— J'ai été étudiante, répliqua Frieda.

— On n'est plus étudiants, pourtant. Je suis médecin, plus ou moins. Greta est comptable, même si ça ne se voit pas.

— Vous l'avez trouvée.

— Oui, répondit Jack en s'animant. Vous y croyez, vous ? J'étais sur le point d'abandonner, et soudain, paf : la voilà. C'était un peu troublant pourtant, je dois dire. C'est difficile à comprendre, franchement… Elle était à la fois la femme dont Alan vous avait parlé et… eh bien, pas du tout. Pas vraiment.

— Depuis le début, ordonna Frieda.

Sous son regard concentré, Jack lui raconta tout ce qui s'était passé. Il rapporta la conversation avec la femme mot pour mot, aussi fidèlement qu'il le put. À la fin, un silence s'abattit.

— Et… ? demanda-t-il.

La porte s'ouvrit et un visage lança un regard interrogateur. À la vue de Frieda, il adopta une mine concupiscente assez expressive, puis se retira. Jack rougit jusqu'à la racine des cheveux.

— Elle l'a traité de chien lubrique ?

— Oui, sauf qu'elle a dit qu'il s'appelait Dean.

— Tout ce qu'a raconté Alan était vrai. (Frieda semblait parler à elle-même.) Tous ces trucs qu'on croyait imaginés existaient bel et bien. Il n'inventait rien. Mais cette femme – celle dont il a dit qu'il ne l'avait jamais vue jusque-là – savait qui il était.

— Elle le connaissait sous le nom de Dean Reeve, corrigea Jack. En tout cas, c'est ce qu'elle a dit.

— Pourquoi mentirait-elle ?

— Je ne pense pas qu'elle mentait.

— Elle a tout décrit dans les mêmes termes que lui, sauf qu'elle soutient que c'est arrivé avec un autre.

— Oui.

— Est-ce qu'il nous ment ? Si oui, à quoi ça rime ?

— Elle n'avait rien de la femme glamour à laquelle je m'attendais, médita Jack.

Il se sentait gêné de parler de Heidi, mais avait envie de confier à Frieda ce qu'il avait ressenti, dans cette pièce surchauffée aux relents douceâtres, s'efforçant de ne pas penser à tous les hommes qui s'étaient hissés le long de cet étroit escalier. Il se remémora ses yeux injectés de sang et se sentit légèrement écœuré, comme si c'était sa faute.

— Certains de mes collègues se sont occupés de travailleurs du sexe, dit Frieda. (Elle le regardait comme si elle pouvait lire ses pensées.) Dans l'ensemble, ils sont drogués, maltraités et pauvres. Il n'y a pas grand-chose de glamour là-dedans.

— Donc Alan va voir des prostituées sous le nom de Dean. Et ne peut se résoudre ensuite à le confesser ni à dire les choses comme elles sont, mais doit emballer le tout dans cette étrange histoire inventée de toutes pièces, qui le décharge de toute responsabilité et fait moins de tort à la fille. C'est ce que vous pensez ?

— Il existe un moyen d'en avoir le cœur net.

— On pourrait y aller ensemble.

— Je pense que ce serait mieux si j'y allais seule. Tu as fait un travail formidable, Jack. J'apprécie, et je t'en suis très reconnaissante. Merci.

Il marmonna quelque chose d'incompréhensible. Elle n'aurait su dire s'il était heureux de son compliment ou déçu qu'elle le congédie.

Chapitre vingt-sept

La rencontre entre Alan et Heidi avait eu lieu près de Victoria Park. L'adresse qu'avait obtenue Jack indiquait Brewery Road dans le quartier de Poplar à l'est de Londres, à plusieurs kilomètres de là. Frieda prit le train de banlieue pour s'y rendre. Elle contempla la rivière Lea depuis le quai, sale et grise, qui parcourait quelques derniers méandres avant de se déverser dans la Tamise. Elle s'en détourna et passa devant l'arrêt de bus, puis sous l'énorme carrefour. Elle sentait gronder les camions au-dessus de sa tête. Le passage souterrain débouchait d'un côté sur un hypermarché. Elle consulta son plan puis prit sur la droite, en direction de la zone résidentielle qui se trouvait de l'autre côté. On était au cœur de ce qui avait été autrefois l'ancien East End, rasé durant le blitz par les bombes visant initialement les docks. Tous les deux ou trois cents mètres, quelques maisons ayant survécu se dressaient avec défi parmi les immeubles et les tours rebâties sur les terrains bombardés. Les façades de ces nouveaux parcs de HLM étaient déjà défraîchies, délavées et érodées. Certains bâtiments avaient des vélos et des pots de fleurs sur leurs étroits balcons, ainsi que des rideaux aux fenêtres. D'autres étaient condamnés. Dans une cour, une bande d'adolescents se blottissait autour d'un feu alimenté par des débris de mobilier.

Frieda marchait lentement, tachant de s'imprégner de l'atmosphère des lieux, qui n'avait jamais été qu'un nom pour elle. C'était un quartier de la ville qu'on avait oublié et négligé. La façon dont il avait été construit évoquait à elle seule une forme de rejet. Elle passa devant une station d'essence désaffectée, avec des fosses dans l'avant-cour là où se tenaient les pompes autrefois, et devant les décombres irréguliers d'un bâtiment en briques rouges qui s'élevaient encore derrière. Puis elle continua devant une enfilade de magasins, dont deux seulement demeuraient ouverts – un salon de coiffure pour hommes et une boutique vendant du matériel de pêche. Sur un terrain vague poussaient des orties surgies du béton fissuré. Elle dépassa une suite de rues nommées d'après des comtés de l'Ouest – Devon, Somerset, Cornouailles –, et une autre d'après des poètes : Milton, Cowper, Wordsworth.

Enfin, elle atteignit un ensemble d'édifices ayant échappé aux bombes. Frieda regarda au travers des grilles de l'école primaire. Dans la cour, des garçons shootaient dans un ballon. Dans un coin, un groupe de petites filles portant des foulards pouffaient de rire. Elle se retrouva ensuite devant une usine fermée. Un panneau sur la façade annonçait sa reconversion en bureaux et appartements. Venait après un pub aux vitrines crasseuses, suivi d'une rangée de maisons. Les moindres portes et fenêtres étaient recouvertes de plaques métalliques, boulonnées aux murs. Frieda consulta de nouveau son plan. Elle traversa la rue et s'engagea dans Brewery Road, sur sa droite. La rue s'incurvait de sorte que Frieda ne pouvait voir où celle-ci menait, mais un panneau de signalisation à l'angle avait indiqué qu'il s'agissait d'une impasse. Au coin se trouvaient d'autres commerces encore, tous fermés et à l'abandon. Frieda lut les anciennes enseignes. Autrefois officiaient là une compagnie de taxis, un magasin d'électronique, un marchand de journaux. Les panneaux signalant des biens à vendre ou des baux à céder se multipliaient. Venaient enfin les maisons. Nombre d'entre elles étaient abandonnées, d'autres subdivisées en appartements, mais l'une d'elles comportait un échafaudage en façade. Quelqu'un avait eu cette audace. Après tout, on n'était qu'à quelques minutes de l'île aux Chiens. D'ici dix ans, toutes auraient été rénovées et il y aurait un restaurant ainsi qu'un pub gastronomique dans la rue.

Il pressa sa figure contre la vitre. Des squelettes de neige tombaient dans ce monde perdu. Elle avait les cheveux noirs et il ne pouvait voir son visage. Il savait qu'elle n'existait pas pour de vrai. Il n'y en avait plus, des gens comme ça. Petite, et nette comme une danseuse sur une boîte à musique qui tourne et tourne quand on remonte la clé. Un jour, une femme aux longs cheveux roux l'avait appelé « mon petit chou ». Quand il était encore Matthew, avant qu'il ne lui lâche la main.

Si elle levait les yeux, verrait-elle son visage ? Mais ce n'était plus le sien. C'était celui de Simon et Simon appartenait à quelqu'un d'autre.

La danseuse disparut. La sonnette retentit à la porte.

Elle parvint au numéro 17, l'adresse notée sur son bout de papier. La maison avait subi un début de ravalement, à sa façon. La porte d'entrée avait été laquée d'un vert foncé. Une architrave de style géorgien avait été bâtie tout autour. Les encadrements des fenêtres de la façade avant étaient tous en aluminium flambant neuf. Le muret du jardin comportait des débris de verre cimentés tout du long, comme un avertissement. Que dirait-elle ? Que cherchait-elle réellement à découvrir ? Frieda pressentit que si elle commençait à y réfléchir, elle finirait par s'en tenir là et repartir. Aussi s'abstint-elle. Elle appuya sur la sonnette et entendit résonner le carillon à l'intérieur. Elle patienta, recommença, tendit l'oreille.

Rien, se disait-elle quand, au même moment, il fut clair qu'il y avait quelque chose au contraire. Elle perçut un son derrière la porte, qui s'avéra être un bruit de pas. La porte s'ouvrit vers l'intérieur. Une femme se trouvait là, barrant l'entrée. Elle était baraquée, pâle et grosse : son embonpoint était souligné par son tee-shirt noir trop petit pour elle et son caleçon également noir qui ne lui descendait qu'à mi-mollet. Elle portait deux tatouages, un motif bleu entrelacé autour du bras gauche et un autre – un oiseau, un canari peut-être, songea Frieda – sur l'avant-bras. Ses cheveux blonds laissaient voir des racines noires, ses yeux pochés étaient maquillés de bleu qui avait coulé tout autour, et son rouge à lèvres violet tirait sur le noir, comme une contusion. Elle fumait une cigarette et tapota la cendre sur le seuil, de sorte que Frieda dut faire un pas de côté pour l'éviter. Ce qui ranima chez elle un souvenir d'enfance, quand elle était toute petite, celui d'être allée à la foire, une dangereuse fête foraine aux installations branlantes qui ne serait sans doute plus autorisée de nos jours. Frieda, alors âgée de huit ans, avait remis ses cinquante pence à des femmes de cette trempe, assises dans des cabines de verre à l'entrée de la maison fantôme ou des autos tamponneuses.

— Qu'est-ce que vous voulez ?

— Désolée de vous déranger, commença Frieda. Est-ce bien ici qu'habite Dean Reeve ?

— Pourquoi ?

— J'aimerais juste lui parler un instant.

— Il n'est pas là, répliqua la femme sans bouger.

— Mais il habite ici ?

— Pourquoi vous cherchez à le savoir ?

— J'aimerais juste lui toucher un mot. Au sujet de l'ami d'un ami. Ce n'est pas très important.

— C'est à propos d'un boulot ? s'enquit la femme. Quelque chose s'est mal passé ?

— Pas du tout, répondit Frieda, s'efforçant de paraître rassurante. J'aimerais juste lui dire un mot. Il y en a pour une minute. Savez-vous quand il sera de retour ?

— Il vient juste de sortir, dit la femme.

— Puis-je l'attendre ?

— Je laisse pas entrer les étrangers chez moi.

— Rien que deux minutes, s'il vous plaît, plaida Frieda fermement.

Elle s'avança d'un pas vers la femme, jusqu'à la frôler. La corpulence et l'hostilité de cette dernière n'en devinrent que plus nettement perceptibles. Derrière elle, la maison était plongée dans le noir et dégageait une étrange odeur douceâtre que Frieda ne parvenait pas tout à fait à identifier.

— Qu'est-ce que vous lui voulez, à Dean ?

La femme semblait fâchée, mais également effrayée. Sa voix s'était élevée un peu.

— Je suis médecin.

Sur ces mots, Frieda se retrouva au chaud dans l'étroite entrée, peinte dans un rouge sombre, ce qui ne faisait que la rétrécir plus encore.

— Quelle sorte de médecin ?

— Rien de grave, rétorqua sèchement Frieda. La routine, c'est tout. Il y en a pour un instant.

Elle s'efforça de paraître plus assurée qu'elle ne l'était. La femme repoussa la porte d'entrée, qui se referma avec un cliquetis.

Elle fit demi-tour et sursauta. Sur un rebord au-dessus de l'encadrement d'une porte sur la gauche reposait un petit oiseau empaillé, une espèce de faucon, aux ailes déployées.

— Dean l'a déniché dans une boutique du coin. Pour pas cher. Impossible de s'en débarrasser aujourd'hui. Y me fout les jetons.

Frieda franchit la porte donnant dans le salon. Y trônaient une télévision à grand écran, des amplis et des haut-parleurs, reliés par un réseau de fils compliqué. Des DVD s'entassaient par terre. Les rideaux donnant sur la rue étaient tirés. La pièce était meublée en tout et pour tout d'un canapé tourné face à la pièce et, contre le mur du fond, d'une énorme commode remplie de tiroirs miniatures.

— Ça, c'est original, commenta Frieda.

La femme écrasa sa cigarette sur la tablette de la cheminée et en alluma une autre. Elle avait les ongles vernis mais Frieda distinguait du jaune autour. Autour de son épaisse alliance en or, son annulaire avait gonflé.

— Il l'a déniché dans un dépôt-vente. Ça vient d'une de ces anciennes boutiques de vêtements. Ces tiroirs servaient à ranger les petits objets, par exemple les chaussettes ou les pelotes de laine. Dean l'utilise pour ses outils et autres ustensiles, vous voyez, genre plombs, vis, règles. Des trucs pour ses maquettes.

Frieda sourit. La femme semblait plutôt contente d'avoir trouvé quelqu'un à qui parler, même si des gouttes de sueur perlaient sur son large front et qu'elle décochait des regards nerveux à droite et à gauche, comme si elle s'attendait à ce que quelqu'un débarque dans la pièce à tout moment.

— Qu'est-ce qu'il fabrique ?

— Des bateaux. Des vraies miniatures, tout bien comme il faut. Il les emmène aux étangs et leur fait faire un tour.

Frieda regarda autour d'elle à la recherche de quelque chose. Elle avait une drôle d'impression qu'elle n'arrivait pas à cerner. L'impression d'être déjà venue ici auparavant. Comme dans un rêve qui s'estomperait à mesure qu'elle tenterait de se le réapproprier. Un maigre chat à la robe écaille de tortue entra dans la pièce sur la pointe des coussinets et, alors qu'elle se penchait pour le caresser, un second surgit. Il était gros et d'un gris mat avec des boules de poils énormes pendouillant de sa fourrure. Elle recula d'un pas. Elle n'avait pas envie de le toucher. Elle aperçut deux autres chats encore, entrelacés dans un coin du canapé. Voilà d'où venait l'odeur : litière de chat, merde de chat, et désodorisant.

— Combien de chats avez-vous ?

La femme haussa les épaules.

— Ça va, ça vient...

Il se coucha par terre avec l'oreille collée au plancher, et écouta les voix. Celle qu'il connaissait, et l'autre. Douce, telle un courant d'eau claire qui le parcourrait. Qui le débarrasserait de la souillure. Petit garçon sale... Qui lui rincerait la bouche. Il ne se rendait pas compte. Il n'était qu'un ingrat. Il devrait avoir honte. Saleté.

— Je m'appelle Frieda Klein.

Elle parlait lentement, comme si elle avait franchi un miroir et pénétré un autre monde. La femme ne répondant pas, elle demanda :

— Et vous ?

— Terry.

La femme écrasa sa cigarette dans un cendrier débordant, puis en prit une autre, présentant le paquet à Frieda dans le même geste. Frieda avait cessé de fumer des années auparavant. Depuis lors, elle s'y était sentie allergique. Elle en détestait l'odeur dans l'atmosphère, sur les vêtements des gens. Mais cela lui donnerait une excuse pour rester. Il y avait toujours une forme de camaraderie à fumer ensemble. Ce souvenir datait de surprises-parties de sa jeunesse : ça vous donnait quelque chose à faire de vos mains, quelque chose à tripoter quand on ne savait pas quoi dire. On en voyait encore, des fumeurs debout sur le seuil des portes dans la rue. Bientôt, cela serait également interdit. Où iraient-ils alors ? Elle hocha la tête, prit la cigarette et se pencha en avant pendant que Terry actionnait d'une chiquenaude le petit briquet en plastique bon marché. Frieda tira une bouffée et la sentit s'engouffrer, redécouvrant la sensation. Elle exhala la fumée et se trouva presque étourdie.

— Est-ce que Dean vit tout le temps ici ?

— Évidemment. (Noyés dans les chairs peinturlurées, boursouflées de son visage, les yeux de Terry se plissèrent.) Comment ça ?

— Et il travaille ici ?

— Non, à l'extérieur.

— Il fait quoi ?

La femme la regarda. Elle se mordilla la lèvre inférieure et tapota la cendre dans le cendrier.

— Vous enquêtez sur lui ?

Frieda se contraignit à sourire.

— Je ne suis que médecin. (Elle balaya les lieux du regard.) J'imagine qu'il est plus ou moins dans la construction. J'ai raison ?

— Un peu, oui, concéda Terry. Pourquoi tenez-vous à le savoir ?

— Je viens juste de croiser quelqu'un qui le connaît. (Elle perçut bien à quel point son explication était peu convaincante.) Je voulais lui poser une question. Me renseigner. Je m'en irai dans une minute, s'il ne revient pas.

— J'ai des trucs à faire, dit la femme. J'aimerais que vous partiez, maintenant.

— Dans une minute. (Frieda agita sa cigarette.) Quand j'aurai fini ça. Vous travaillez ?

— Sortez de chez moi.

Et là Frieda entendit s'ouvrir la porte d'entrée. Puis une voix hors de la pièce.

— Par ici ! lança Terry.

Une silhouette apparut dans l'encadrement de la porte. Frieda entrevit dans un éclair une veste de cuir, un jean, des bottines de chantier puis, tandis que l'homme s'avançait en pleine lumière, tous les doutes s'effacèrent. Si les vêtements différaient, exception faite de la chemise aux carreaux de couleurs vives, l'erreur n'était plus possible.

— Alan, dit-elle. Alan. Que se passe-t-il ?

— Hein ?

— C'est moi... commença Frieda, avant de s'interrompre.

Elle comprenait soudain à quel point elle avait été bête, d'une bêtise incommensurable. Ses pensées se brouillèrent. Elle ne savait pas quoi dire. Elle prononça enfin, dans un effort désespéré pour se ressaisir :

— Dean Reeve, je crois ?

Le regard de l'homme allait d'une femme à l'autre.

— Qui êtes-vous ? (Sa voix était calme, égale.) Que faites-vous ici ?

— Je pense qu'il y a eu confusion, expliqua Frieda. J'ai croisé quelqu'un qui vous connaît.

Elle songea à la femme au blouson orange, puis à Terry. L'épouse de Dean. Elle étudia le visage impassible de son interlocuteur, ses yeux marron foncé. Elle s'efforça de sourire de nouveau mais l'expression de l'homme s'altéra.

— Comme êtes-vous entrée ici ? À quoi vous jouez ?

— C'est moi qui l'ai laissée entrer, intervint Terry. Elle a dit qu'elle voulait te parler.

L'homme s'avança vers Frieda et leva la main dans sa direction, sans laisser penser qu'il allait la frapper mais plutôt dans l'intention de la toucher pour vérifier qu'elle était bien réelle. Elle recula d'un pas.

— Je suis désolée. Je pense qu'il s'agit d'une erreur. Je vous ai pris pour un autre. (Elle se tut un instant.) Ça ne vous est jamais arrivé ?

L'homme la regarda comme s'il pouvait voir en elle. Elle eut l'impression qu'il la touchait, qu'elle sentait littéralement ses mains sur sa peau.

Il savait qu'il devait la prévenir. Ils allaient l'attraper et la transformer en autre chose, elle aussi. Elle ne serait plus danseuse. Ils lui attacheraient les pieds. Ils lui banderaient la bouche.

Il tenta de crier mais ne réussit qu'à produire le bourdonnement qui lui restait coincé dans la bouche et à l'arrière de la gorge. Il se leva, tanguant, avec le mauvais goût dans la bouche qui ne s'en allait jamais, et sauta sur place, encore et encore, jusqu'à voir rouge, jusqu'à ce que la tête lui tourne, que les murs penchent vers lui et qu'il retombe par terre. Il se cogna la tête sur le plancher. Elle l'entendrait. Sûrement.

— Qui êtes-vous ?

La voix était également la même. Un peu plus assurée, mais la même.

— Désolée, répéta Frieda. J'ai fait une erreur.

Elle brandit la cigarette et ajouta :

— En tout cas, merci. Inutile de me raccompagner. Désolée de vous avoir dérangée.

Elle fit demi-tour et, aussi naturellement que possible, sortit de la pièce et tenta d'ouvrir la porte d'entrée. Au début, elle ne sut quelle poignée actionner puis trouva enfin la bonne, ouvrit le battant et sortit. Elle jeta la cigarette par terre et s'éloigna lentement avant de détaler à toutes jambes dès qu'elle eut atteint le coin de la rue. Elle courut tout du long jusqu'à la gare, bien que sa poitrine la brûle, qu'elle parvienne à peine à respirer et que de la bile lui remonte dans la gorge. Elle avait l'impression de foncer dans un épais brouillard qui obscurcissait tous les poteaux indicateurs familiers et rendait le monde étrange, irréel.

Il la vit partir. Lentement, puis plus vite, ensuite, elle se mit à danser. Elle s'était échappée et elle ne reviendrait jamais puisqu'il l'avait sauvée.

La porte s'ouvrit dans son dos.

— Tu as été un très vilain petit garçon, tu sais ?

Une fois montée à bord du train, elle regretta, pour la première fois de sa vie, de n'avoir pas de téléphone portable. Elle regarda autour d'elle. Une jeune femme était assise quelques rangs plus loin, d'apparence relativement inoffensive, aussi Frieda se leva-t-elle et alla-t-elle la rejoindre.

— Excusez-moi. (Elle s'efforça de paraître neutre et purement factuelle, comme s'il s'agissait d'une requête ordinaire.) Pourrais-je vous emprunter votre téléphone ?

La femme enleva les écouteurs de ses oreilles.

— Pardon ?

— Pourrais-je vous emprunter votre téléphone, s'il vous plaît ?

— Ça va pas, putain ?!

Frieda sortit son portefeuille de son sac.

— Je vous paie, proposa-t-elle. Cinq livres ?

— Dix.

— Très bien. Dix.

Elle tendit le billet et prit le téléphone de la femme, tout petit et très fin. Il lui fallut plusieurs minutes pour comprendre comment passer un simple appel. Ses mains tremblaient encore.

— Allô ? Allô ? J'aimerais parler à l'inspecteur divisionnaire Karlsson, s'il vous plaît.

— Qui dois-je annoncer ?

— Docteur Klein. Frieda.

— Patientez un moment, s'il vous plaît.

Frieda obtempéra. Elle contemplait sans les voir les immeubles balafrés défilant au dehors.

— Docteur Klein ?

— Oui.

— Je crains qu'il ne soit occupé pour l'instant.

Frieda se remémora leur dernière entrevue, la colère qu'il avait manifestée à son endroit.

— C'est urgent, insista-t-elle. J'ai une information de première importance à lui communiquer.

— Je suis désolée.

— Je veux dire, tout de suite. Je dois lui parler immédiatement.

— Voulez-vous parler à quelqu'un d'autre ?

— Non !

— Puis-je prendre un message pour vous ?

— Oui. Dites-lui de me rappeler sur-le-champ. Je suis sur un portable. Oh, mais je n'en connais pas le numéro...

— Il s'est affiché, dit la voix à l'autre bout.

— J'attends le coup de fil alors.

Elle resta assise avec le téléphone en main, attendant qu'il sonne. Le train s'arrêta et un groupe d'adolescents débraillés et boutonneux s'engouffra dans le wagon : que des garçons vêtus de jean portés sous leurs fessiers concaves, exception faite d'une crevette qui, sous son maquillage maladroit, avait l'air d'avoir treize ans. Sous les yeux de Frieda, l'un des garçons porta une canette de cidre blanc à ses lèvres et essaya de la forcer à boire. Elle secoua la tête, mais il s'obstina, et au bout de quelques secondes, elle ouvrit la bouche et le laissa en verser. Le liquide dégoulina sur son petit menton. Elle portait une parka doublée de fausse fourrure à la fermeture Éclair ouverte et en dessous, constata Frieda, rien qu'un dos nu couvrant à peine sa poitrine menue et ses clavicules saillantes. Elle devait geler, la pauvre môme, maigrichonne comme elle était. Un instant, Frieda fut tentée d'aller les rejoindre et de frapper avec son parapluie les jeunes crétins qui ricanaient, mais elle se ravisa. Elle en avait assez fait pour aujourd'hui.

Le train arrêta sa course trépidante et fit halte avant la gare suivante. La neige s'était remise à tomber, des flocons épars incroyablement gros tournoyaient derrière la vitre. Frieda plissa les yeux : était-ce un héron sur la rive, grand, immobile, élégant parmi les ronces ? Elle fixa le portable du regard, l'adjurant de sonner, et comme il n'en faisait rien, rappela, tomba sur la même voix à l'autre bout, redemanda à parler à Karlsson, et s'entendit répondre – d'une voix sèchement polie – qu'il était toujours indisponible.

— Qui était-ce ?

Sa voix était calme, mais elle n'en eut pas moins un mouvement de recul.

— Je ne sais pas. Elle a sonné à la porte, comme ça.

Dean lui saisit gentiment le menton et lui inclina la tête en arrière de façon à ce qu'elle le regarde droit dans les yeux.

— Qu'est-ce qu'elle voulait ?

— J'ai juste été ouvrir. Elle est entrée de force. Je ne savais pas comment la retenir. Elle a dit qu'elle était docteur.

— Elle t'a dit son nom ?

— Non. Si. Quelque chose qui sort un peu de l'ordinaire. (Elle lécha ses lèvres violettes.) Frieda, suivi d'un nom court. J'sais plus…

— Tu ferais mieux de me le dire.

— Klein. C'est ça. Frieda Klein.

Il lui lâcha le menton.

— Docteur Frieda Klein. Et elle m'a appelé Alan…

Il sourit à sa femme et lui tapota légèrement sur l'épaule.

— Attends-moi là. Tu ne vas nulle part.

Le train fit un bond en avant, pour s'arrêter de nouveau dans un crissement de freins. Frieda regarda la fille boire encore. L'un des garçons passa sa main sous sa jupe et elle pouffa. Elle avait l'œil vitreux. Le train repartit dans une secousse. Frieda sortit son petit carnet d'adresses de son sac et le feuillcta jusqu'à parvenir au nom qu'elle cherchait. Elle envisagea de redemander son portable à la femme, puis se ravisa. Enfin, le train entra en gare en grinçant, sous la neige qui tombait lentement. Frieda descendit et se rendit aussitôt dans une cabine téléphonique à l'entrée. Elle n'acceptait pas les pièces. Frieda dut y insérer sa carte de crédit avant de composer le numéro.

— Dick ? dit-elle. C'est moi, Frieda. Frieda Klein.

« Dick » était Richard Carey, un professeur en neurologie de l'université de Birmingham. Elle avait fait partie d'un comité avec lui lors d'une conférence quatre ans auparavant. Il l'avait invitée à sortir et elle avait trouvé une excuse pour décliner, mais ils étaient restés en contact, dans une certaine mesure. C'était exactement le genre de personne dont elle avait besoin. Quelqu'un avec des relations, qui connaissait tout le monde.

— Frieda ? Où te cachais-tu ?

— J'ai besoin d'un nom, répondit-elle.

Chapitre vingt-huit

Frieda avait annulé tous ses rendez-vous ce matin-là mais fut de retour en temps et en heure pour ses séances de l'après-midi, y compris celle avec Alan. En se rendant à son bureau, elle avait l'impression que l'odeur de la maison de Dean Reeve lui collait toujours aux vêtements : cendres froides et merde de chat. Le jour tombait déjà. On n'était plus qu'à trois jours du jour le plus court de l'année. La neige qui tombait ce matin s'était transformée en pluie de neige fondue qui se répandait en ruisselets boueux sur la route. Elle avait les pieds humides dans ses bottes et la peau à vif. Elle aurait tout donné pour être chez elle, dans son fauteuil au coin du feu.

Alan était le dernier de ses patients. Elle redoutait de le voir, appréhendait cette entrevue, éprouvant presque une répugnance physique, et dut prendre sur elle quand il franchit enfin la porte, le visage rougi par le froid et de l'eau perlant sur son duffel-coat. Elle serra les poings sous les longues manches de son chandail et s'obligea à l'accueillir calmement et à prendre place en face de lui. Il avait la même tête que lors de leur dernier entretien, et que l'homme qu'elle avait croisé quelques heures plus tôt. Il lui fut difficile de ne pas l'observer bouche bée. Devait-elle lui dire ce qu'elle savait ? Mais comment le pourrait-elle ? Que dirait-elle ? « J'ai enquêté sur votre vie, sans que vous le sachiez et sans votre consentement, pour vérifier la véracité de ce que vous me confiez entre ces quatre murs, et je vous ai trouvé un vrai jumeau. » À moins qu'il ne le sache déjà ? Était-ce cela qu'il lui dissimulait, comme il le dissimulait à sa femme ? Se tramait-il quelque chose d'étrange ?

— Qu'est-ce que je vais faire si je n'arrive pas à supporter Noël ?

Il lui parla. Elle s'efforça d'entendre les mots et d'y répondre intelligiblement. Dans sa voix fluette perçait le timbre de Dean Reeve, aux intonations plus fermes, presque railleuses. En rencontrant Dean, elle avait vu Alan, et voilà qu'en Alan, elle voyait Dean. Enfin il s'en allait, se levait et engonçait son corps corpulent dans le duffel-coat, en reboutonnait les boutons avec un soin minutieux. Il la remerciait. Disait qu'il ne savait pas comment il aurait fait sans elle. Elle lui tendit une main polie. Enfin, il disparut et elle se laissa aller dans son fauteuil, pressant ses doigts sur ses tempes.

Dean se tenait de l'autre côté de la rue, fumant son énième cigarette. Cela faisait quasiment une heure qu'il était là et elle ne s'était toujours pas montrée. Quand elle viendrait, il la suivrait, verrait où cela le menait, mais la lumière dans son cabinet était toujours allumée et des silhouettes se dessinaient à la fenêtre de temps à autre. Il observa chaque personne qui entrait dans l'immeuble, chaque personne qui en sortait. Certains s'étaient protégés de la pluie par une capuche et il ne pouvait distinguer leurs traits. Il faisait froid, un temps pourri, mais peu lui importait, en fait. Il n'était pas de ces geignards perpétuels incapables de se mouiller les pieds, qui ouvraient leur parapluie au moindre soupçon de pluie ou patientaient sur le seuil des portes des magasins et des bureaux pour attendre qu'elle passe.

En face, la porte s'ouvrit une fois de plus et une silhouette en sortit. Lui-même, en personne. Alors que son double regardait autour de lui, son visage fut parfaitement visible. Aucune erreur possible. Dean se figea sur place. Il demeura ainsi jusqu'à ce que l'individu soit pratiquement hors de vue. Un sourire lui fendit les traits et il leva une main vers cet homme, comme s'il pouvait le faire reculer.

Tiens, tiens, tiens… M'man, vieille renarde…

Frieda demeura assise immobile durant dix minutes, les yeux clos, tachant d'éclaircir ses pensées brouillées. Puis, brusquement, elle se mit debout, enfila son manteau, éteignit les lumières, verrouilla la porte à double tour et sortit.

Elle se rendit tout droit chez Reuben. Elle était absolument certaine de le trouver à son domicile. Lui et Josef semblaient avoir instauré une routine consistant à boire de la bière et de la vodka tout en regardant des jeux télévisés. Reuben criait les réponses et, quand il tombait juste, Josef chantait ses louanges et lui portait un toast en reprenant une lampée.

Il s'avéra que Reuben était seul, en train de se préparer une omelette. Nul signe de Josef, bien que sa vieille camionnette blanche soit garée devant la maison, avec la roue avant grimpée sur le trottoir.

— Il est là-haut, dit Reuben.

— Seul ?

Reuben eut un sourire provocateur, comme s'il mettait Frieda au défi d'émettre une quelconque désapprobation. Elle regarda la photo de la femme et des enfants de Josef, toujours retenue par un aimant sur la porte du réfrigérateur. Avec leur pose formelle, leurs vêtements démodés et leurs yeux sombres, ils étaient d'un autre monde.

— C’est à vous que je voulais parler. J’ai besoin de vos conseils.

— Bizarre que vous les recherchiez à présent que je ne suis plus vraiment en mesure de les prodiguer.

— Il s’est passé quelque chose.

Reuben mangea son omelette à même la poêle pendant que Frieda lui exposait son histoire. De temps à autre, il l’assaisonnait de quelques gouttes de Tabasco, ou bien levait un verre pour siroter une gorgée d’eau. Parvenu au milieu du récit, il cessa de manger cependant, reposa sa fourchette, éloigna la poêle sans bruit. Il l’écouta dans un silence religieux, quoique, durant les brèves pauses, Frieda avait l’impression d’entendre grincer un lit à l’étage.

— Voilà, conclut-elle enfin. Qu’en pensez-vous ?

Reuben se leva. Il alla à la porte-fenêtre tout récemment installée et se plongea dans la contemplation du jardin détrempé. Il faisait nuit : ne se découpaient que les formes ployées des buissons et des arbres nus et, au-delà, les fenêtres éclairées d’une cuisine. Le grincement avait apparemment pris fin. Il se retourna.

— Vous avez fait fort, déclara-t-il, hilare.

Il semblait particulièrement amusé.

— J’ai fait très fort, vous voulez dire.

— Mon avis, c’est que vous devriez : un, aller trouver la police et ne pas vous laisser rembarrer. (Il comptait sur ses doigts.) Deux, dire à Alan tout ce que vous savez de lui. Trois, voir cet expert de Cambridge. Peu importe dans quel ordre, mais faites ça aussi vite que vous pourrez.

— Oui.

— Oh ! Et quatre, voir votre propre superviseur. Vous en avez toujours un ?

— Une, en sommeil.

— Peut-être qu’il est temps de la réveiller. Et ne vous torturez pas trop au sujet de cette affaire. Ça ne vous va pas.

Frieda se leva.

— Je voulais voir si Josef accepterait de m'accompagner à Cambridge. Le moment est probablement mal choisi pour le lui demander.

— Je pense qu'ils ont terminé.

Reuben se rendit au pied des marches et lança d'une voix forte :

— Josef ! T'as une minute ?

Un cri étouffé parvint de l'étage et, peu après, Josef descendait, pieds nus. À la vue de Frieda, il eut l'air gêné.

Frieda rentra chez elle en traversant Regent's Park, les mains plongées au fond des poches de son manteau. Le vent froid du nord lui faisait du bien et pouvait presque noyer ses pensées. Après avoir traversé Euston Road, elle s'arrêta dans un magasin et acheta un sachet de pâtes, un autre de salade, un petit bocal de sauce, et une bouteille de vin rouge. Parvenue à sa porte, elle était en train de farfouiller à la recherche de sa clé quand elle sentit qu'on lui touchait l'épaule : elle sursauta.

— Alan, dit-elle. Mais qu'est-ce que vous faites là ?

— Je suis désolé. Il fallait que je vous parle. Ça ne pouvait pas attendre.

Frieda lança un regard impuissant autour d'elle. Elle se sentait comme un animal sauvage qu'on aurait traqué jusque dans sa tanière.

— Vous connaissez la règle, répliqua-t-elle. Nous devons nous y tenir.

— Je sais, je sais, mais…

Il l'implorait. Son duffel-coat était mal boutonné, ses cheveux en bataille. Il avait le visage bleui par le froid. Frieda avait sa clé en main, suspendue au-dessus de la serrure. Sa vie était régie par de nombreuses lois, mais la règle absolue, l'inviolable, commandait de ne jamais laisser entrer un patient chez elle. C'était le fantasme numéro un des patients, que de s'immiscer dans sa vie, de découvrir qui elle était vraiment, de s'octroyer un ascendant sur elle, de lui faire subir ce qu'elle leur faisait, de dévoiler ses secrets. Mais tant de règles avaient déjà été violées. Elle inséra la clé dans la serrure et la tourna.

— Cinq minutes, lui concéda-t-elle.

Il tendit sa main devant lui. Des brindilles, ces doigts. Personne ne voudrait plus le manger, maintenant. Sales, ces pieds : ce n'étaient plus des pieds, c'étaient des racines s'enfonçant dans la terre, et bientôt il ne pourrait plus bouger du tout.

Mais ils l'arrachèrent de là où il était et l'emballèrent, et il sentit ses brindilles claquer et ses racines fourrées au fond d'un sac, et qu'on lui bouchait la bouche avec de la terre, et qu'on le poussait sans ménagement dans une obscurité nouvelle. Ils l'emmenaient au marché. Le petit cochon s'en allait au marché. Qui en donnerait un denier ? On le saisit, on le porta, il glissa plus profondément au fond du sac et les voix grommelèrent, en disant des gros mots, et la sorcière cria « Jacques a dit, Jacques a dit ». Mais Jacques s'appelait Simon, et Simon ne dit rien parce qu'il avait la bouche fermée et qu'il avait complètement perdu la voix à présent.

Bing, bing, bing. Ensuite, il se retrouva allongé sur quelque chose de dur et un claquement retentit au-dessus de lui. L'obscurité se fit encore plus dense et ça sentait autre chose, une odeur huileuse et intense. Il entendit une pétarade, un crachotement, un ronronnement, évoquant le bruit que faisait le chat-sorcière quand il jouait à planter ses griffes dans sa peau endolorie, mais en plus fort. Son corps rebondissait. Sa tête tressautait sur la surface rigide.

Ensuite, il se retrouva de nouveau immobile. Un cliquetis se fit entendre, et il sentit des doigts durs le pincer au travers du sac, l'étreindre au niveau de l'épaule, de sa cuisse tendre. Il comprit que son corps se désagrégeait parce qu'une douleur le parcourait comme une rivière, s'immisçait dans ses moindres recoins. Il ne savait plus comment demander « pourquoi ? », et ne retrouvait pas le mot pour « s'il vous plaît ». Il ne restait rien. Plus de Matthew. Ballotté contre le sol. Froid. Tellement froid. Un froid brûlant. Un bruit de ferraille, un gémissement d'effort, et la voix grommela de nouveau et là, soudain, on le sortit du sac.

Deux têtes dans la pénombre. Des bouches qui s'ouvraient et se refermaient. Simon aurait voulu dire non, mais ne pouvait parler. Ils le poussaient dans un trou. Était-ce un four, même si ses doigts étaient des brindilles, des glaçons, trop pointus pour qu'on les mange ? Mais ça ne pouvait pas être un four parce qu'il n'y régnait aucune chaleur, rien qu'un froid lancinant et l'obscurité. Bâillon défait : il ouvrit la bouche, mais rien n'en sortit. Rien que son souffle.

— Un seul bruit et tu finiras coupé en petits morceaux et donné à manger aux oiseaux, dit la voix du maître. Entendu ?

S'il avait entendu ? Il n'entendait plus rien maintenant, si ce n'est le bruit d'une pierre qu'on traînait par terre, et ensuite il fit noir, une nuit froide, silencieuse, éternelle, et seul son cœur parlait encore, tel un tambour sous sa peau tendue. Je-suis-là, je-suis-là, je-suis-là.

Chapitre vingt-neuf

— J'ai vu Alan hier, dit Frieda.

C'était pratiquement la première fois qu'elle prenait la parole. Josef l'avait embarquée à bord de sa camionnette et avait évoqué Reuben, le travail et sa famille. Quand Frieda s'exprima enfin, on aurait presque dit qu'elle se parlait à elle-même.

— C'est votre patient, non ?

— Il est venu chez moi. Il a trouvé où j'habitais et il est venu chez moi. Je lui ai dit que si ça allait mal, il pouvait me contacter n'importe quand. Mais il était censé me téléphoner, pas toquer à ma porte. Ça m'a fait l'effet d'une violation. Si les choses avaient été normales, je l'aurais congédié. J'aurais probablement cessé de le voir, je l'aurais adressé à un confrère.

Josef ne répondit pas. Il déportait sa fourgonnette sur plusieurs files.

— C'est ici qu'on prend l'autoroute, non ?

— C'est ça.

Frieda leva involontairement les mains dans un geste de protection quand Josef se déporta brusquement pour s'insérer entre deux camions.

— Tout va bien, dit-il.

Elle regarda autour d'elle. Ils atteignaient déjà la lisière de ce qu'on pourrait qualifier de campagne, avec champs couverts de givre et arbres solitaires.

— Une violation, reprit Josef. Comme quand je suis venu chez vous.

— C'est différent. Vous n'êtes pas mon patient. Je suis un mystère pour eux. Ils fantasment sur moi et, assez souvent, tombent amoureux. Même si ce n'est pas que de moi qu'il est question. Ça fait partie du métier, mais il faut être prudent.

Josef la dévisagea depuis son siège de conducteur.

— Et vous tombez amoureuse aussi ?

— Non, rétorqua Frieda. On sait tout d'eux, tous leurs fantasmes, leurs peurs secrètes, leurs mensonges. On ne peut pas tomber amoureux de quelqu'un dont on sait tout. Je ne parle pas à mes patients de ma vie et je ne les laisse en aucun cas approcher de chez moi.

— Vous avez fait quoi, après ?

— J'ai failli à ma règle. Je l'ai laissé entrer, rien que pour quelques minutes. Pour une fois, je dois admettre qu'il avait le droit d'être curieux.

— Vous lui avez tout dit ?

— Je ne peux pas tout lui dire. Il y a des trucs que je ne comprends pas moi-même. C'est pour ça qu'on va là où on va.

— Vous avez dit quoi alors ?

Frieda plongea son regard au-delà de la vitre. Bizarre de vivre dans une ferme à dix minutes de Londres. Elle avait toujours pensé que si elle devait habiter à l'extérieur de Londres, ce serait loin, quelque part à des heures, des jours de là. Un phare abandonné, ce serait chouette. Peut-être même pas abandonné. Les psychothérapeutes pouvaient-ils se reconvertir en gardiens de phares ? Existaient-ils encore des gardiens de phares ?

— C'était délicat, expliqua Frieda. J'ai tenté de lui rendre les choses le moins pénible possible. Mais comment ne pas faire de mal quand on apprend à quelqu'un qu'on lui a trouvé un frère dont il ignorait tout ?

Elle n'aurait su dire si Josef comprenait réellement tout ou non.

— Il était pas content ?

— En fait, sa seule réaction a plutôt été de rester cloué sur place. Le choc provoque souvent une forme de calme étrange chez les gens quand on leur annonce une nouvelle vraiment importante, un élément qui va radicalement bouleverser leur existence. J'ai ajouté qu'il y avait d'autres détails que je serais en mesure de lui communiquer bientôt, mais que la police risquait de s'en mêler de nouveau – encore que je n'en sache rien, bien sûr. Je ne sais pas si tout ça a quoi que ce soit à voir avec le petit garçon ou si tout ne s'est pas juste emmêlé dans mon imagination. Bref, j'ai dit que j'étais désolée si cela devait se produire, mais que cette fois-ci, ça n'avait rien à voir du tout avec lui. Ça fait beaucoup à digérer d'une traite.

— Il a répondu quoi ?

— J'ai tenté d'obtenir de lui une réaction quelconque, mais il ne voulait pas parler. Il s'est pris la tête dans les mains un moment. Il m'a semblé qu'il pleurait, quoique je n'en sois pas certaine. Il a sans doute besoin de prendre ses distances et de réfléchir à tout ça, de laisser les choses se décanter.

— Il a envie de rencontrer son jumeau ?

— Je ne sais pas, répondit Frieda. Je n'arrête pas d'y penser. J'ai comme l'impression que ça n'arrivera pas. Quoi qu'il en soit, je crois que le problème, chez Alan, c'est cette culpabilité qu'il ressent mais qu'il ne comprend pas. C'est quand je lui ai dit que j'irai de nouveau trouver la police qu'il a paru le plus secoué. Il lui est difficile de se trouver de nouveau confronté à ça. Mieux valait qu'il l'apprenne par ma bouche. J'ai cru qu'il allait se mettre en colère contre moi, mais il semblait en état de choc. Il est juste parti, comme ça. J'avais l'impression d'avoir failli à ma tâche. Mon véritable devoir est d'aider mon patient.

— Vous avez découvert la vérité, répliqua Josef avec assurance.

— Rien dans la description de mon métier ne parle de découvrir la vérité. Il s'agit d'aider mon patient à s'en sortir.

Frieda consulta l'itinéraire qu'elle avait imprimé. Simplissime. Une demi-heure plus tard, ils quittaient la M11 et continuaient jusqu'à un petit village situé à quelques kilomètres de Cambridge.

— Ça doit être ici, déclara-t-elle.

Josef s'engagea dans une courte allée de graviers qui menait à une vaste maison géorgienne. L'allée étant bordée de voitures rutilantes, il fut difficile au fourgon de se faufiler entre elles.

— Elles doivent coûter cher, fit-il remarquer.

— Tâchez de ne pas les rayer, répondit Frieda. (Elle sortit du véhicule et sentit ses pieds s'enfoncer dans les gravillons.) Voulez-vous venir ? Je peux dire que vous êtes mon assistant.

— J'écoute la radio, répondit Josef. Ça améliore mon anglais.

— C'est très gentil de votre part. Je vous paierai.

— Vous payez en préparant un repas. Un repas de Noël anglais.

— Il serait sans doute préférable que je vous paie, si vous voulez mon avis, répliqua-t-elle.

— Allez-y. Vous attendez quoi ?

Frieda se détourna et s'avança péniblement sur les cailloux jusqu'à la porte d'entrée, décorée d'une couronne de Noël. Elle pressa la sonnette et, n'entendant rien, actionna le gros heurtoir de cuivre. La maison en vibra tout entière. La porte s'ouvrit sur une femme vêtue d'une robe longue sophistiquée. Elle arborait un sourire de bienvenue qui s'effaça sitôt qu'elle vit Frieda.

— Oh, c'est vous, constata-t-elle.

— Le professeur Boundy est-il là ?

— Je vais le chercher, répondit la femme. Il est en compagnie de nos invités du déjeuner. (Elle hésita un instant.) Vous feriez mieux d'entrer, j'imagine.

Frieda pénétra dans le vaste hall d'entrée. Elle percevait des murmures. La femme traversa le hall en faisant claquer ses talons sur le parquet sans se soucier de l'écho. Elle ouvrit une porte et Frieda entraperçut un groupe d'hommes en costumes et de femmes en robes élégantes. Elle examina la grande pièce où elle se trouvait. D'un côté, un escalier tournant richement orné s'élevait vers les étages. Une niche creusée dans le mur abritait un bonsaï. Elle entendit des pas et, en se retournant, elle vit un homme s'avancer dans sa direction. Il avait des cheveux gris ramenés en arrière et des lunettes à monture invisible. Il portait un complet sombre et une cravate aux motifs voyants.

— Nous allions passer à table, lui apprit-il. Y avait-il une raison pour laquelle nous n'aurions pu nous entretenir au téléphone ?

— Cinq minutes, plaida Frieda. Ça ne prendra pas plus.

Il consulta ostensiblement sa montre. Frieda trouva presque drôle d'être reçue avec autant de grossièreté.

— Vous feriez mieux de me suivre dans mon bureau, finit-il par lui dire.

Il la mena de l'autre côté du hall dans une pièce située tout au fond, tapissée de rayonnages remplis de livres à l'exception d'un pan de portes-fenêtres donnant sur une étendue gazonnée. Un sentier s'éloignait de la maison, menant à une gloriette et à son banc de pierre. Il prit place derrière un bureau en bois.

— Dick Lacey a chaleureusement vanté vos mérites, lâcha-t-il. Il a dit que vous aviez besoin de me voir de toute urgence et que cela ne pouvait pas attendre. Même si c'est Noël et que je suis en famille. Aussi ai-je accepté de vous recevoir. (Il défit sa montre et l'étala sur le bureau.) Brièvement.

Il indiqua un fauteuil d'un geste de la main mais Frieda l'ignora. Elle se dirigea vers la fenêtre et regarda au dehors, réfléchissant au meilleur moyen d'aborder le sujet. Elle pivota.

— Je viens de faire une expérience déroutante, commença-t-elle. Un de mes patients traverse des problèmes familiaux. L'un des facteurs est qu'il a été adopté. Il a été abandonné bébé et ne sait rien du tout de ses parents biologiques. Il n'a jamais cherché à les retrouver. Je ne pense pas qu'il saurait seulement comment entamer le début d'une recherche.

Elle marqua une pause.

— Écoutez, lâcha le professeur Boundy. S'il s'agit de retrouver des parents…

Frieda l'interrompit :

— Il s'est produit un certain nombre d'événements et j'ai obtenu l'adresse d'une personne avec laquelle il semblait avoir un lien. Je ne fais pas ce genre de choses d'habitude, mais je suis allée à l'adresse indiquée, sans prévenir. (Soudain, Frieda se sentit presque gênée.) Ce qui suit est un peu difficile à expliquer pour moi. Quand je suis entrée dans cette maison, ça m'a fait l'effet d'un rêve. Je dois préciser que je m'étais rendue chez Alan auparavant. Alan est mon patient. En entrant dans cette autre maison, j'ai eu l'impression d'être déjà venue. Elles n'étaient pas à proprement parler identiques, mais il y avait des détails dans l'une qui faisaient penser à l'autre.

Elle fixa le professeur Boundy. Allait-il la trouver folle ? Rire ?

— En quoi ?

— En partie, il ne s'agissait que d'une atmosphère, s'enhardit Frieda. Les deux maisons étaient un peu étouffantes. La maison d'Alan est remplie de petites pièces et dégage un sentiment d'intimité. L'autre maison est comme ça aussi mais de façon plus prononcée encore, on s'y sentait presque claustrophobe. On aurait dit qu'on en chassait la lumière. Mais il y avait d'autres détails en commun, étranges. Dans les deux, ils conservent des objets dans de petits casiers étiquetés. Il y avait même des similarités franchement bizarres. Par exemple, j'ai reçu un choc en découvrant qu'il y avait un oiseau empaillé à chaque fois. Alan avait un pauvre petit martin-pêcheur et Dean un faucon. C'était troublant. Je n'ai pas su quoi en penser.

Elle continua d'observer le professeur Boundy. Il était à présent adossé au fond de son fauteuil, les bras croisés, contemplant le plafond. Attendait-il seulement qu'elle en ait fini ?

— Il y a eu plus que ça, insista Frieda. C'était à la frontière du réel. Quand j'ai pénétré dans la maison de Dean Reeve, j'ai éprouvé la sensation de la connaître, comme une maison où j'aurais vécu enfant : on sait qu'on est déjà venu, sans savoir pourquoi. Les deux maisons dégageaient cette même impression intime, étouffante. Bref, j'étais là avec sa compagne, ou sa femme, quand il – Dean – est arrivé. Un instant, j'ai cru que c'était Alan et qu'il menait une double vie. Puis je me suis rendu compte qu'Alan n'avait pas seulement été abandonné bébé. Il avait un jumeau dont il ignorait l'existence.

— Abandonné *parce qu'*il avait un jumeau, intervint le professeur Boundy.

— Pardon ?

Un coup retentit et la porte s'ouvrit. C'était la femme qui avait accueilli Frieda.

— On passe à table, chéri, déclara-t-elle. Je leur dis que tu arrives d'un instant à l'autre ?

— Non, répondit le professeur Boundy sans se retourner pour la regarder. Commencez sans moi.

— On peut attendre.

— Laisse-nous.

La femme – manifestement l'épouse de Boundy – lança un regard entaché de soupçons à Frieda. Elle se détourna et partit sans un mot.

— Et ferme la porte, ajouta Boundy d'une voix forte.

La porte de son bureau se referma doucement.

— Désolé pour cet incident. Puis-je vous offrir quelque chose à boire ? Nous avons une bouteille de champagne ouverte. (Frieda secoua la tête.) Ce que je m'apprêtais à expliquer, c'est qu'il arrive que des mères aient des jumeaux dont elles sont incapables de s'occuper, et qu'elles en confient donc un à l'adoption. À moins qu'elles ne se contentent de l'abandonner. (Boundy contempla de nouveau le plafond, puis braqua sur Frieda ses yeux où brillait quelque chose de presque féroce.) Donc, pourquoi avoir fait tout ce chemin pour me voir ?

— Pour les raisons que je vous ai déjà exposées : j'ai longuement réfléchi à ce que j'ai cru ressentir en entrant dans cette maison. Ça relevait presque de la magie, et je ne crois pas à la magie. J'ai parlé à Dick Lacey, je me suis renseignée sur vous, et j'ai appris que vous vous étiez particulièrement penché sur les jumeaux élevés séparément. Je sais, bien sûr, qu'il s'agit d'une question d'un intérêt capital sur le plan de l'inné et de l'acquis. J'ai lu des articles sur le sujet. Mais ce à quoi je me suis retrouvée confrontée semblait hors du champ de la science et de la raison. Plutôt de l'ordre d'une mascarade diabolique, une sorte de tour qu'on jouerait à mon esprit. C'est pour ça que j'avais besoin de parler à un spécialiste.

Boundy s'adossa de nouveau à son fauteuil.

— Je suis certainement un expert en la matière. Voici ce qu'il en est : je m'intéresse au rôle joué par les facteurs génétiques dans le développement de la personnalité. Les chercheurs ont toujours été intrigués par le cas des jumeaux, mais le problème est qu'ils partagent généralement le même environnement en plus des mêmes gènes. Ce que nous aimerions vraiment faire, c'est prendre deux vrais jumeaux, les élever dans des environnements différents et voir ce qu'il en ressort. Malheureusement, cela ne nous est pas permis. Il arrive cependant que parfois – rarement –, le destin le fasse pour nous en séparant les jumeaux à la naissance. Ces vrais jumeaux sont des cas idéaux. Leur conception génétique étant identique, tout écart doit être d'ordre environnemental. Aussi nous sommes-nous lancés à la recherche de pareils jumeaux, et quand nous les avons trouvés, nous avons examiné leur histoire personnelle dans leurs moindres détails. Nous leur avons fait passer des tests de personnalité, des examens médicaux.

— Et qu'avez-vous trouvé ?

Boundy se leva, s'approcha de la bibliothèque et fit glisser un livre.

— J'ai écrit ceci. Enfin, co-écrit. Les idées sont de moi. Vous devriez le lire.

— Mais d'ici là… tenta Frieda.

Boundy posa l'ouvrage sur le bureau avec déférence.

— Il y a de cela un peu plus de vingt ans, j'ai livré mon premier article sur nos découvertes lors d'une conférence à Chicago. Il était basé sur l'examen de vingt-six paires de vrais jumeaux élevés séparément. Savez-vous quelle a été la réaction de mes confrères ?

— Non.

— La question était purement rhétorique. La réaction s'est partagée entre ceux qui m'accusaient d'incompétence et ceux qui m'accusaient de malhonnêteté.

— Comment ça ?

— Pour prendre un exemple, un jumeau vivait à Bristol et l'autre à Wolverhampton. Quand ils ont pu se retrouver à plus de trente ans passés, ils ont découvert qu'ils avaient tous les deux épousé une femme prénommée Jane, dont ils avaient divorcé pour se remarier avec une dénommée Claire. Tous deux collectionnaient des maquettes de trains miniatures, leur hobby, tous deux détachaient les bons de réduction au dos des paquets de céréales, les deux portaient la moustache et des favoris. Ensuite, il y a eu une paire de vraies jumelles. L'une vivait à Édimbourg, l'autre à Nottingham. L'une était réceptionniste chez un médecin, l'autre chez un dentiste. Les deux aimaient porter du noir, les deux étaient asthmatiques, les deux avaient peur de l'ascenseur au point d'emprunter l'escalier même dans les immeubles avec beaucoup d'étages. Et cetera, et cetera. La même étude sur les faux jumeaux a montré que cette tendance disparaissait quasiment.

— Alors pourquoi ces accusations ?

— Les autres psychologues ne parvenaient tout simplement pas à me croire. Qu'a dit Hume, déjà, au sujet des miracles ? Que toutes les autres solutions étant plus probables – tricherie, erreur humaine, peu importe –, c'était donc cela qu'il convenait de penser, et donc ça que pensaient les gens. Certains se sont levés après mon exposé pour dire que j'avais dû me tromper, que les jumeaux devaient nécessairement se connaître. Ou bien que les chercheurs visaient à établir des ressemblances et sélectionnaient donc les preuves, en partant du principe que deux existences ont forcément quelque chose d'étrange en commun.

— Je pense que j'aurais douté, moi aussi.

— Vous pensez que ça n'a pas été mon cas ? répliqua Boundy. On a tout vérifié. Les jumeaux ont été interrogés par différents chercheurs, on a passé au crible le passé des sujets, tout. On a tenté de démolir l'hypothèse, mais les constats ont résisté.

— S'ils ont résisté, alors de quoi diable s'agit-il ? Vous n'évoquez pas une forme de perception extrasensorielle, parce que si c'est le cas…

Boundy rit.

— Bien sûr que non. Mais vous êtes thérapeute. Vous pensez que nous ne sommes que des êtres rationnels, qu'il suffit d'évoquer ses problèmes et…

— Ce n'est pas exactement…

Boundy continua comme s'il ne l'avait pas entendue.

— D'aucuns comparent nos cerveaux à des ordinateurs. Si c'est vrai – ce qui n'est pas le cas –, alors l'ordinateur arrive au monde avec un tas de logiciels pré-installés. Comme une tortue femelle qui passe toute sa vie en mer, vous voyez. Elle n'apprend pas comment s'échouer sur le sable, déposer ses œufs et les enterrer en observant sa mère. Certains neurones commencent à s'activer selon des procédés qui nous échappent et la tortue sait quoi faire, point barre. Ce qu'a démontré mon étude des vrais jumeaux, c'est qu'en grande partie, tout ce qui passe pour des réactions à l'environnement, des décisions prises en faisant appel à son libre arbitre, n'est en fait que des élaborations de types de comportements innés chez le sujet. (Boundy ouvrit les mains tel un magicien qui viendrait juste de réaliser un tour particulièrement adroit.) Et voilà. L'affaire est réglée. Vous n'avez pas à vous inquiéter de devenir folle.

— Non, en effet, lui concéda Frieda, qui ne semblait nullement soulagée par ce qu'elle venait d'entendre.

— Le problème, c'est que ces jumeaux séparés se font de plus en plus rares. Les assistantes sociales sont moins enclines à les séparer, les agences d'adoption ne le font pas. Une bonne nouvelle pour les jumeaux, évidemment. Moins bonne pour les gens comme moi. (Il fronça les sourcils.) Mais vous n'avez pas répondu à ma question. Pourquoi était-ce si urgent ?

Frieda répondit comme si elle avait l'esprit ailleurs.

— Vous m'avez été d'une grande aide, dit-elle. Mais il me reste quelque chose à faire.

— Peut-être pourrais-je vous aider. Aimeriez-vous en savoir plus sur la famille de votre patient ?

— Probablement.

— Mon équipe est passée relativement maître dans l'art d'enquêter sur les secrets de famille. En toute discrétion. Nous avons établi des liens informels fort utiles au fil des ans. Ils sont doués pour découvrir des choses sur les histoires familiales que les gens ne savent pas eux-mêmes. Du même genre que celles sur lesquelles vous êtes apparemment tombée, mais de manière un peu plus systématique.

— Ça pourrait m'être utile, reconnut Frieda.

— S'il y a quoi que ce soit que je puisse faire pour vous aider… insista le docteur Boundy. (Son ton était désormais plus chaleureux, et presque désinvolte.) Ce pourrait être un moyen de compenser ma grossièreté à votre arrivée. J'en suis désolé, mais vous avez débarqué au milieu de l'un de ces dîners redoutables où nous recevons les voisins. Vous voyez le genre… C'est la pire période de l'année.

— Je comprends.

— Évidemment, mon équipe ne pourra pas s'y mettre avant la fin des vacances. Comme vous le savez, tout est fermé en Grande-Bretagne pour la dizaine de jours à venir. Mais si vous me donnez les noms de ces deux frères, ainsi que leur adresse éventuellement, ou tout autre détail dont vous pourriez avoir connaissance, peut-être pourrions-nous procéder à quelques vérifications quand nous serons de nouveau tous à pied d'œuvre.

— Quel genre de vérifications ?

— Relatives à la généalogie. Et s'ils ont jamais eu affaire aux services sociaux, s'ils ont des casiers judiciaires, des problèmes d'endettement. Cela resterait strictement confidentiel. Nous sommes très discrets. (Il prit son livre sur le bureau et le tendit à Frieda.) Lisez ceci, et vous constaterez à quel point nous sommes prudents.

— Très bien, répondit la jeune femme, qui nota les deux noms et adresses sur un bout de papier.

— Il n'en ressortira sans doute pas grand-chose, ajouta le docteur Boundy. Je ne peux rien vous promettre.

— Ne vous en faites pas.

Il lui reprit le livre des mains.

— Permettez que je vous le dédicace. Au moins, ça vous empêchera d'aller le vendre.

Il y inscrivit quelque chose puis le lui rendit. Elle prit connaissance du mot.

— Merci.

— Puis-je vous offrir de quoi déjeuner ?

Elle secoua la tête.

— Votre aide m'aura été précieuse. Mais je suis pressée.

— Je comprends parfaitement. Laissez-moi vous raccompagner.

Il l'escorta jusqu'à la porte, tout en évoquant de possibles confrères communs, des colloques auxquels ils auraient pu l'un et l'autre se rendre. Il avança la main pour serrer la sienne, puis sembla se raviser.

— Ils sont intéressants, ajouta-t-il, ces jumeaux séparés. J'ai écrit un article un jour sur des paires de jumeaux dont l'un était mort *in utero*. On aurait dit qu'ils savaient, même s'ils n'en étaient pas conscients, si vous voyez ce que je veux dire. C'était comme s'ils pleuraient une chose dont ils ignoraient l'existence, et qu'ils passaient leur temps à la rechercher.

— Quel impact cela peut-il avoir sur une vie ? demanda Frieda. De se sentir incomplet comme ça. Comment on avance avec ça ?

— Je n'en sais rien, répondit Boundy. Mais ça me paraît important, en tout cas. (Il lui serrait la main à présent.) J'espère vous revoir bientôt, ajouta-t-il.

Debout sur le perron, il la regarda grimper à bord de la camionnette, puis continua d'observer cette dernière qui redescendait bruyamment l'allée, évitant de peu une Mercedes en stationnement qui appartenait au directeur de l'université où exerçait le Professeur

Boundy. Une fois qu'il eut refermé la porte, il n'alla pas rejoindre les invités pour autant. Il resta plongé dans ses pensées quelques instants, puis retourna à son bureau et ferma la porte. Il s'empara du téléphone et composa un numéro.

— Kathy ? Seth. Que fais-tu de beau ?… Dans ce cas, arrête tout et rapplique, que je te raconte… Je sais que c'est Noël, mais Noël se produit tous les ans et ça, c'est une fois dans sa vie. (Il consulta sa montre.) Une demi-heure ?… Parfait. Je t'attends.

Boundy raccrocha et sourit, tout en prêtant l'oreille au bourdonnement des conversations et au tintement des verres dans la pièce d'à côté.

Chapitre trente

Frieda remonta à bord de la fourgonnette et Josef coupa la radio. Il lui lança un regard plein d'attente.

— On se tire d'ici, déclara-t-elle. Et prêtez-moi votre portable. Je dois passer un coup de fil.

Mais il n'y eut aucun réseau sur plusieurs kilomètres. Quand une barre unique s'afficha enfin sur l'écran, elle donna ordre à Josef de s'arrêter.

— Je vais fumer, annonça-t-il en descendant de la camionnette.

Frieda composa le numéro du commissariat de police.

— Je dois impérativement parler à l'inspecteur divisionnaire Karlsson. Je sais qu'il ne sera pas là un samedi et je sais que vous ne me communiquerez pas son numéro à domicile, mais je vais vous donner celui de ce portable : dites-lui qu'il doit me rappeler sur-le-champ. Dites-lui que s'il ne le fait pas dans les dix minutes qui viennent, j'appelle la presse et leur communique les informations sur Matthew Faraday qu'il a refusé d'entendre. Dites-le-lui exactement en ces termes. (Son interlocutrice se mit à parler mais Frieda lui coupa la parole.) Dix minutes.

Elle observa Josef. Il semblait parfaitement en paix, assis sur le bas-côté de la route sous un arbre dénudé, tout tordu par des décennies de vent soufflant sur ce plat paysage. Le ciel était blanc et le champ labouré évoquait une mer brune gelée.

Le portable sonna.

— Frieda à l'appareil.

— À quoi vous jouez, putain ?

— Il faut que je vous voie, tout de suite. Où êtes-vous ?

— Chez moi. Je passe la journée avec mes enfants. Je ne peux pas partir.

— Où habitez-vous ? (Elle nota l'adresse qu'il lui communiqua sur un petit bout de papier.) J'arrive.

Elle ouvrit la porte et héla Josef.

— On rentre ? demanda-t-il en grimpant à bord du véhicule.

— Pouvez-vous me déposer d'abord quelque part, encore une fois ?

Karlsson vivait non loin de Highbury Corner dans une maison semi-mitoyenne de style victorien, subdivisée en plusieurs appartements. En gravissant les marches menant à la porte d'entrée, Frieda eut, grâce à la fenêtre en contrebas, une vue plongeante sur son appartement en entresol. Il traversa son champ de vision à cet instant précis, portant dans ses bras une toute petite fille, qui avait les bras et les jambes passés autour de lui comme un koala.

C'est ainsi qu'il se présenta à la porte. Il n'était pas rasé, portait un jean et un épais gilet bleu. La fillette avait des boucles blondes et des jambes nues potelées. Elle sanglotait, sa joue humide pressée contre sa poitrine. Elle ouvrit un œil bleu brillant pour examiner Frieda et le referma.

— Vous en avez mis, du temps.

— Embouteillages : le match de football.

— Ce n'est vraiment pas le moment.

— Je ne serais pas ici si vous n'aviez pas ignoré mes appels.

Le vaste salon était jonché de jouets et de vêtements d'enfants. Un garçon était assis dans le canapé en train de regarder des dessins animés à la télévision et de manger des pop-corn. Tout doucement, Karlsson dénoua les bras et les jambes de sa fille et l'installa à côté de son frère. Ses pleurs redoublèrent.

— Rien que cinq minutes, plaida-t-il. Ensuite, je vous emmène tous les deux nager, promis. Donne-lui des pop-corn, Mikey.

Sans quitter l'écran des yeux, le garçon tendit le gobelet et elle prit une poignée qu'elle se fourra dans la bouche. Des morceaux lui restèrent collés au menton. Frieda et Karlsson se rendirent à l'autre bout de la pièce, près de la grande fenêtre d'où elle apercevait Josef à bord de sa fourgonnette. Karlsson se tenait légèrement en retrait, comme s'il faisait écran entre ses enfants et elle.

— Bien, et alors ?

Frieda relata les événements de ces derniers jours. À mesure que progressait le récit, Karlsson se raidit et son expression passa de l'impatience irritée à la concentration extrême. Quand elle eut fini, il garda le silence un moment. Puis s'empara de son portable.

— Je vais devoir trouver quelqu'un pour garder les enfants. Leur mère vit à Brighton.

— Je peux le faire, proposa Frieda.

— Vous venez avec moi.

— Que diriez-vous de Josef ?

— Josef ?

Frieda fit signe en direction de la camionnette.

— Hein ? s'exclama Karlsson. Vous êtes cinglée ?

— C'est un ami, répondit Frieda. Il a pris soin d'un de mes confrères. En réalité, c'est un maçon.

Karlsson semblait peu convaincu.

— Vous vous portez garante ?

— C'est un ami.

Elle sortit chercher Josef.

— On rentre ? lui demanda-t-il une fois de plus. J'ai froid, et faim aussi, maintenant.

— J'ai besoin que vous gardiez deux petits enfants pour moi, répondit-elle.

Il ne parut aucunement surpris. Il hocha la tête avec docilité et descendit du véhicule. Elle n'aurait su dire s'il avait bien compris ce qu'elle lui avait demandé.

— Ils seront peut-être un peu difficiles. Vous n'avez qu'à… je ne sais pas, moi… leur donner des bonbons ou quelque chose. Une amie viendra prendre la relève.

— Je suis père, répliqua-t-il.

— Je reviens aussi vite que possible.

Josef essuya consciencieusement ses bottes sur le paillasson. Karlsson le reçut, déjà revêtu de son manteau et portant un sac.

— Je vais vous présenter aux enfants, dit-il. Leur mère sera là d'ici une heure et demie environ. Merci du coup de main. Mikey, Bella, ce monsieur va s'occuper de vous jusqu'à ce que maman arrive. Soyez gentils avec lui.

Josef se planta devant les deux enfants qui braquaient vers lui un regard fixe. Bella ouvrit la bouche : elle s'apprêtait à brailler.

— Mon nom est Josef, déclara-t-il en s'inclinant légèrement à sa manière formelle.

Chapitre trente et un

Une sonnerie retentit à la porte. Dean Reeve ne tourna même pas la tête. Il s'y attendait. Il se leva et gravit l'escalier en courant pour aller rejoindre Terry, qui peignait la petite chambre à grands coups de blanc maladroits. Elle avait presque fini : ne restaient plus que quelques dizaines de centimètres carrés.

Il lui caressa les cheveux.

— Ça va aller ? lui demanda-t-il.

— Évidemment.

— Vaudrait mieux.

— J'ai dit que oui. (La sonnette retentit de nouveau.) Tu ne vas pas répondre ?

— Ils ne vont pas s'en aller. Tu me finis ça. Et vite, maintenant.

Il redescendit les marches et ouvrit la porte. Ce n'était pas la personne à laquelle il s'attendait. Sur son seuil se tenait une jeune femme. Elle portait des lunettes à monture invisible et ses cheveux bruns étaient attachés avec juste quelques mèches retombant sur son front. Vêtue d'une veste en daim noire, d'un jean et de bottes en cuir qui lui remontaient presque jusqu'aux genoux, elle tenait une serviette en cuir à la main. Elle sourit et demanda :

— Vous êtes Dean Reeve ?

— Qui êtes-vous ?

— Je suis désolée de débarquer comme ça, sans prévenir. Mon nom est Kathy Ripon et je suis venue vous faire une proposition. Je travaille pour une université et nous faisons des recherches sur une population sélectionnée au hasard. Tout ce que je veux, c'est vous remettre un questionnaire et le remplir avec vous. Ce n'est qu'un simple test de personnalité. Cela ne vous prendrait qu'une demi-heure, peut-être un peu plus. Je le ferais avec vous. Après quoi, évidemment, nous vous récompenserions pour le temps que vous nous avez consacré. Mon employeur vous versera cent livres. (Elle sourit.) Tout ça pour remplir un simple formulaire. Pour lequel je vous aiderai.

— Je n'ai pas le temps pour ça.

Et il entreprit de refermer la porte.

— S'il vous plaît ! Ça ne prendra pas longtemps. Nous ferons en sorte que vous soyez dûment rétribué.

Il la dévisagea, plissant les yeux.

— J'ai dit : non.

— Que diriez-vous de cent cinquante ?

— C'est quoi, cette histoire ? Franchement. Pourquoi moi ?

— C'est strictement au hasard.

— Alors pourquoi insister autant ? Allez frapper chez le voisin.

— Il n'y a aucun piège, persista-t-elle, même si elle cafouillait un peu. Votre nom n'apparaîtra nulle part. Nous faisons juste une enquête sur les types de personnalité. (Elle plongea la main dans la poche de son manteau et en sortit un portefeuille. Elle y préleva une carte qu'elle lui tendit. Elle comportait sa photo.) Vous voyez ? C'est l'institut pour lequel je travaille. Vous pouvez appeler mon patron, si vous voulez. Ou examiner notre site Internet.

— Je vais vous reposer la question : pourquoi moi ?

Elle sourit de nouveau, mal assurée cette fois-ci. D'habitude, l'argent suffisait, et elle ne comprenait pas où était le problème.

— Votre nom est sorti dans notre base de données. Nous recherchons tous types de profils pour notre étude et votre nom y figurait, c'est tout. Cent livres pour une demi-heure de votre temps. Cela ne vous causera aucune difficulté.

Dean réfléchit un moment. Il regarda le visage anxieux de la femme puis, derrière son épaule, la rue vide de part et d'autre.

— Très bien, entrez.

— Merci.

L'espace d'un instant, elle se sentit parcourue d'un frisson d'inquiétude mais elle le chassa et pénétra dans la maison.

— Je ne crois pas que vous me disiez toute la vérité, dit Dean, et la porte se referma sur eux accompagnée d'un petit cliquetis définitif.

Noir, tellement noir. Pas un bruit. Sauf celui d'eau qui goutte. Une langue desséchée et gonflée goûta l'humidité ferreuse. Ensuite, un bruissement de tout petits pieds. De longues dents jaunes s'apprêtent-elles à me découper en petits morceaux pour me donner à manger aux oiseaux ? Il ne doit pas parler, pas dire un mot. Il brûle de froid de la tête aux pieds, mais il ne doit pas parler.

Un grattement. Un grommellement. Une obscurité moins profonde qui écorche ses yeux sensibles. Le Maître, qui parle à voix basse. Ne doit pas parler. Pas un son. Même pas respirer.

Nouveau grattement, obscurité redoublée.

Oh non. Oh non. Ce n'est pas lui qui faisait ce bruit. Comme un animal sauvage qui halèterait. Comme un animal sauvage qui crierait juste à côté de lui. Sans plus s'arrêter. Quelque chose qui le cherche à tâtons, le secoue, crie, hurle et hurle, d'une voix suraiguë et cassée et hystérique, ses tympans vont crever. Il ne doit pas parler. C'était un test et il ne pouvait pas le rater parce que s'il le ratait, c'en était fini.

Mais ça n'en finit pas. C'était en dehors de lui, et aussi dedans, un hurlement déchirant qui s'amplifiait, résonnait, et qu'il ne pouvait fuir. Doigts sur les oreilles, corps roulé en boule, tête sur la pierre, genoux cagneux sur des pierres anguleuses, peau écorchée, surtout, pas un bruit. Il était une fois... un petit garçon.

Les choses ne se déroulèrent pas comme l'avait prévu Frieda. Ils ne sautèrent pas à bord d'un véhicule pour foncer droit à l'adresse indiquée. Au lieu de ça, une heure plus tard, Frieda se retrouva assise dans le bureau de Karlsson en train de faire une déposition à un agent en uniforme pendant que Karlsson restait debout à côté, le front soucieux. Au début, Frieda eut du mal à se contenir.

— Que faisons-nous ici ? s'emporta-t-elle. Vous ne croyez pas que la situation est un chouïa plus urgente que ça ?

— Plus vite nous obtiendrons votre déposition, plus vite nous pourrons obtenir un mandat et agir.

— On n'a pas le temps pour ça.

— C'est vous qui nous en faites perdre.

Frieda dut prendre une profonde inspiration rien que pour pouvoir parler calmement.

— Très bien, concéda-t-elle. Alors, que voulez-vous que je dise ?

— Faites simple, conseilla Karlsson. Tout ce que nous voulons, c'est que le juge nous délivre un mandat. Donc n'entrez pas dans les détails sur les rêves ou autres fantasmes de votre patient. En fait, n'en parlez même pas.

— Vous voulez dire, taire la vérité ?

— Révélez juste la part de vérité utile à la procédure. (Il lança un regard à Yvette Long.) Prête ?

Yvette lui sourit et sortit un stylo. *Elle est amoureuse de son patron*, songea Frieda. Karlsson se tut un moment avant de reprendre :

— En gros, ce que vous cherchez à dire, c'est : « Durant une thérapie avec mon patient Alan Dekker, celui-ci a fait certaines déclarations impliquant son frère Dean Reeve dans l'enlèvement de blah blah blah… ».

— Pourquoi ne pas le dicter vous-même ?

— Si nous entrons trop dans les détails, le juge peut se mettre à poser des questions délicates. Si nous trouvons le garçon, peu importe si c'est le pape en personne qui vous en a parlé. La seule chose qu'il nous faut, c'est ce mandat.

Frieda fit une brève déposition durant laquelle Karlsson acquiesça de la tête et émit quelques commentaires, de temps à autre.

— Ça ira, dit-il enfin.

— Je signerai ce que vous voudrez, conclut Frieda. Tant que vous faites quelque chose.

Yvette lui tendit le formulaire. Frieda le signa, ainsi que la copie carbone en dessous.

— Je fais quoi, maintenant ? s'enquit-elle.

— Rentrez chez vous, ce que vous voudrez.

— Qu'allez-vous faire ?

— Notre boulot. On va attendre le mandat, qui devrait nous être accordé d'ici une heure ou deux.

— Je ne peux pas vous aider ?

— Ce n'est pas une attraction de fête foraine.

— Ce n'est pas juste, rétorqua Frieda. C'est moi qui vous ai prévenu.

— Si vous voulez assister aux interventions, il faudra vous enrôler dans les forces de la police. (Il se tut un instant.) Désolé. Je ne voulais pas me montrer… Écoutez, je vous tiendrai au courant du développement de la situation dès que possible. C'est tout ce que je peux vous promettre.

De retour chez elle, Frieda se sentit comme un enfant qu'on aurait traîné hors du cinéma cinq minutes avant la fin du film. Au début, elle arpenta son salon de long en large. Tout se passait ailleurs. Mais que pouvait-elle faire ? Elle composa le numéro de Josef et n'obtint pas de réponse. Elle appela Reuben qui lui apprit que Josef n'était pas encore rentré. Enfin, elle se fit couler un bain chaud et s'allongea dedans la tête quasi immergée, s'efforçant de ne pas penser, mais en vain. Elle en ressortit, enfila un jean et une vieille chemise. À l'évidence, il y avait quand même des choses à faire, notamment prendre des dispositions pour Noël, quelles qu'elles soient. Elle avait refoulé cette perspective pendant des semaines et devait maintenant agir. À commencer par recaler des rendez-vous avec des patients : il lui semblait impossible ne serait-ce que d'envisager de traiter la moindre de ces obligations pour l'instant.

Elle se prépara du café, une cafetière entière, qu'elle but résolument jusqu'au bout. Elle eut soudain le sentiment d'être le sujet d'une expérience psychologique visant à démontrer de quelle façon le fait de ne pas contrôler une situation et de manquer d'autonomie engendrait des symptômes d'anxiété quasi paralytiques. Il était presque 18 heures, et il faisait nuit noire quand on sonna à la porte. C'était Karlsson.

— Tout s'est bien passé ?

Karlsson passa devant elle en la frôlant.

— Vous demandez s'il était là ? Non, il ne l'était pas. (Il s'empara de la tasse de café entamée de Frieda et en but une gorgée.) Il est froid.

— Je peux vous en refaire.

— Pas la peine.

— J'aurais dû être là, regretta Frieda.

— Pourquoi ? demanda Karlsson d'un ton sarcastique. Pour pouvoir inspecter le placard qui aurait pu nous échapper ?

— J'aurais aimé observer le comportement de Dean Reeve.

— Il s'est montré assuré, si c'est ce que vous voulez dire. Comme quelqu'un qui n'aurait rien à cacher.

— Et je suis déjà allée chez eux. J'aurais pu voir s'ils avaient modifié quelque chose depuis ma visite.

— Malheureusement, le mandat ne nous autorise pas à emmener des touristes.

— Attendez, dit Frieda.

Elle versa le reste du contenu de la cafetière dans un mug propre et le réchauffa au micro-ondes. Elle le remit à Karlsson.

— Vous voulez quelque chose avec ? Ou dedans ?

Il secoua la tête et sirota une gorgée.

— Ainsi donc, voilà tout, conclut Frieda.

— Le portrait-robot que vous avez fait l'autre jour. La reconstitution du visage de la femme.

— Eh bien quoi ?

— Vous l'avez ?

— Oui.

Bref silence.

— Je ne veux pas seulement dire : est-ce que vous l'avez toujours ? Je veux dire : pourriez-vous aller me le chercher et me le montrer ?

Frieda quitta la pièce et revint, le tirage à la main. Elle le posa sur la table.

— Il est un peu froissé.

Karlsson se pencha dessus pour l'examiner.

— Pendant que les agents fouillaient la maison de fond en comble, et la remettaient ensuite en état, je suis allé faire un petit tour dans leur chambre. Je suis tombé sur ceci, accroché au mur.

De sa poche latérale, il sortit une petite photo encadrée qu'il posa sur la table à côté du portrait.

— Elle vous rappelle quelque chose ?

Chapitre trente-deux

— C'est la même, dit Frieda.

— Elle lui ressemble, corrigea Karlsson, qui se frotta violemment le visage avec son poing.

— Ça doit être elle.

— Vous en êtes convaincue, hein ?

— Évidemment.

Il la regarda, l'air grave.

— C'est la femme dont s'est souvenue Rose, insista Frieda.

— Rose ne s'est pas « souvenue ». On l'a aiguillée au fil d'un processus de choix multiples dans une succession d'images progressivement réduites à ça. Ce n'est pas la même chose que de se souvenir.

— C'est elle. Bien sûr que c'est elle. Vous avez une autre explication ?

— Pas besoin d'explication, putain. Au terme d'une série de suggestions, une jeune femme traumatisée nous sort un visage qu'elle a peut-être bien vu – ou non – vingt-deux ans auparavant, ou bien qu'elle a pu imaginer ou inventer, et qui se trouve ressembler vaguement à la photo d'une femme volée chez quelqu'un plus ou moins suspecté d'un autre crime. Comment pensez-vous que ça passerait auprès des tribunaux ?

Frieda ne répondit rien.

— Et pendant ce temps, aucune trace de Matthew. Quand je dis aucune trace, je veux dire : rien. Pas un fil, pas une fibre. Et ils venaient juste de finir de repeindre une pièce. La peinture était encore humide. S'il a été enfermé là-dedans, toute trace de lui aura disparu. Vous savez ce que je crois ? Je crois qu'il est mort depuis longtemps et qu'on me mène par le bout du nez dans un univers de faux espoirs. Si c'étaient les parents du gosse, ce serait compréhensible. Mais vous avez commencé à espérer vous aussi.

Frieda scruta la photo si intensément qu'elle en eut presque mal à la tête.

— C'est un vieux portrait de famille, constata-t-elle.

— Probablement.

— Regardez.

Frieda posa une main sur l'image, masquant les cheveux.

— Quoi ?

— Vous ne voyez pas la ressemblance ? Dean Reeve. Et Alan aussi. Ça doit être sa mère. *Leur* mère.

Frieda se mit à murmurer pour elle-même afin de mieux réfléchir.

— Suis-je censé comprendre ce que vous marmonnez ? s'impatienta Karlsson.

— Vous vous rappelez quand j'ai parlé d'une femme ? Joanna ne se serait pas laissé embarquer par un homme comme Dean Reeve. Mais elle aurait pu le faire avec elle. Vous ne pensez pas ?

— Désolé, dit Karlsson. J'avais d'autres choses en tête, comme mener une enquête, des interrogatoires, trouver des preuves, des petites choses quoi. Il y a des règles. Mes hommes doivent trouver des indices, des preuves.

Frieda l'ignora. Elle fixa la photo de toutes ses forces, comme si celle-ci pouvait lui livrer ses secrets.

— Est-elle encore en vie ? Elle ne devrait pas être si âgée que ça.

— On trouvera, répliqua-t-il. C'est une piste à suivre.

Frieda se souvint soudain de quelque chose.

— Vos enfants vont bien ?

— Ils ont retrouvé leur mère, si c'est ce que vous voulez dire.

— Ça s'est bien passé avec Josef ?

— Il leur a fait des crêpes et des dessins sur les jambes à l'encre indélébile.

— Bien. Entre-temps, vous gardez Dean sous surveillance ?

— Pour ce que ça vaut… (Le ton de Karlsson était dur.) Même si vous avez raison, il sait qu'on l'a à l'œil. Donc…

— Vous sous-entendez qu'il ne vous mènera pas à Matthew parce qu'il présume que vous le surveillez ?

— Exactement.

— Mais s'ils ont caché Matthew quelque part, ils sont bien obligés de le nourrir, de le faire boire.

Il haussa les épaules. Son visage était sombre.

— Ce n'est sans doute pas lui. Si c'était le cas, il l'a probablement tué sur-le-champ. S'il ne l'a pas fait, il l'aura tué après que vous avez toqué à la porte. Et s'il ne l'a pas fait… Tout ce qu'il lui reste à faire, c'est de rester assis et d'attendre.

Karlsson se pencha au-dessus de Rose qui était assise, en train d'examiner la photo. Sa cuisine était petite et mal chauffée, et une tache brune s'étalait au plafond. Le ballon d'eau chaude gargouillait et un robinet gouttait.

— Alors ? demanda-t-il enfin.

Rose leva les yeux vers lui. Il fut frappé de constater à quel point sa peau était pâle et diaphane, avec de petites veines bleues apparentes sous la surface.

— Je ne sais pas, répondit-elle.

— Mais vous pensez que ça pourrait être elle ?

Il avait envie de l'attraper par les épaules et de la secouer.

— Je ne sais pas, répéta-t-elle. Je ne m'en souviens pas.

— Ça ne vous rappelle rien.

Elle secoua la tête avec désespoir.

— Je n'étais qu'une petite fille, plaida-t-elle. C'est trop loin.

Karlsson se redressa. Il avait mal au dos et le cou raide et endolori.

— Évidemment. Je m'attendais à quoi, de toute façon ?

— Je suis désolée. Mais vous ne tenez pas à ce que je vous mène sur une fausse piste, si ?

— Pourquoi pas ? (Son rire soudain et cassant les surprit tous les deux.) Les autres le font bien.

Frieda prit place à sa table d'échec et rejoua l'une des parties figurant dans son livre de matchs historiques, Beliavsky contre Nunn, en 1985. Les pièces au pied feutré évoluaient sur l'échiquier. Le feu crépitait dans l'âtre. La pendule égrenait les minutes. Les pions tombèrent et les reines progressèrent. Elle songea à Dean et Alan, à leurs yeux marron foncé. Elle songea à Matthew et s'attarda sur son joyeux visage parsemé de taches de rousseur. Elle songea à Joanna, à son sourire anxieux, ébréché. Elle s'efforça de ne pas entendre leurs voix aiguës et fluettes, criant d'angoisse pour que leur mère vienne à leur secours. C'était comme si ses pensées s'enfonçaient dans les fissures de l'échiquier. Quelque chose… Il y avait forcément quelque chose, un détail qui lui avait échappé, une clé cachée, minuscule, qui pourrait s'insérer dans ce mystère impénétrable et le percer à jour. Quelles que soient les horreurs qu'elle révélerait, tout valait mieux que de rester dans l'incertitude. Elle s'autorisa à repenser aux parents de Matthew lors de la conférence de presse – à leurs visages terrorisés. Quel effet cela ferait-il d'être à leur place, couchés dans leur lit nuit après nuit en train d'imaginer leur fils les réclamant à corps et à cri ? Qu'avaient pu endurer les parents de Joanna, mois après mois, année après année, sans jamais savoir et jamais avoir une tombe sur laquelle déposer des fleurs ?

À minuit, son téléphone retentit.

— Vous dormiez ? demanda Karlsson.

— Oui, mentit Frieda, qui, le cœur battant, souleva un fou et le serra fort dans son poing.

— Je vais aller rendre visite à Mrs Reeve. Elle est dans une maison de retraite à Beckton. Ça vous dirait de m'accompagner ?

— Alors comme ça, elle est vivante. Oui, évidemment que je viens.

— Bien. Je vous envoie une voiture demain matin à la première heure.

Un jour, alors qu'elle était étudiante, Frieda était allée à Beckton pour aller voir les usines à gaz semblables à une ruine colossale dressée dans le désert. Elle avait gardé les photos qu'elle avait prises alors. Il ne restait rien de ces usines aujourd'hui : seul un terril herbeux rappelait leur ancien emplacement. Tous ces vestiges et ces étrangetés avaient, semblait-il, été démolis, et à la place se dressaient des rangées de maisons datant des années 1980, des immeubles, des centres commerciaux et de petites zones industrielles.

La maison de retraite River View – « Vue sur le fleuve », à l'appellation trompeuse – était un vaste bâtiment moderne en briques orange vif, de plain-pied, érigé autour d'une cour comportant une petite pelouse pelée en son centre, dénuée d'arbres et d'arbustes. Des grilles métalliques protégeaient des fenêtres aux encadrements également métalliques. L'ensemble évoquait des baraquements militaires aux yeux de Frieda. Il y avait des fauteuils roulants, des déambulateurs, des béquilles, un grand bac contenant des fleurs en plastique dans le hall d'entrée surchauffé, où flottait une odeur de désodorisant au pin mêlée à ce qui ressemblait à du porridge en train de cuire. Frieda percevait les échos d'une radio, mais à part ça, tout était très silencieux. Leurs pas résonnèrent. Peut-être la plupart des pensionnaires étaient-ils encore au lit. Dans le salon se trouvaient deux personnes seulement – ce qu'il restait d'un tout petit homme au crâne chauve et dont les lunettes rondes reflétaient la lumière ; une forte femme drapée dans ce qui ressemblait à une cape orange volumineuse, avec le cou dans une minerve et les pieds glissés dans d'énormes pantoufles molletonnées. Des puzzles étaient étalés sur des tables, attendant leur heure.

— Par ici.

La femme les précéda le long d'un couloir. Ses cheveux étaient gris argenté, avec mise en pli régulière et serrée. Elle ondulait des fesses en marchant, avait des mollets et des avant-bras fortement musclés et des lèvres qui s'incurvaient vers le bas même quand elle souriait. Elle s'appelait Daisy, mais n'avait rien d'une jolie fleur.

— Je vous préviens, dit-elle avant d'ouvrir la porte comportant un œilleton de surveillance, elle ne vous dira pas grand-chose.

Elle leur adressa son sourire aux coins tombants.

Ils pénétrèrent dans une petite pièce carrée. L'air était lourd et sentait le désinfectant. Il y avait des barreaux à la fenêtre. Frieda fut frappée par le dénuement du lieu. Était-ce à cela que se résumait une vie ? Un lit étroit, une affiche du pont des Soupirs au mur, une unique étagère contenant une Bible reliée en cuir, un chien en porcelaine, un vase sans fleurs dedans, et une grande photo dans un cadre en argent du fils qu'elle avait choisi de garder. Dans un fauteuil à côté de l'armoire se trouvait une silhouette ramassée revêtue d'une robe de chambre en flanelle et gainée de bas de contention marron, épais.

June Reeve était petite, ses pieds touchaient à peine le sol, et ses cheveux étaient du même gris décoloré que ceux d'Alan et Dean. Quand elle tourna la tête vers eux, Frieda ne perçut pas immédiatement la ressemblance avec sa photo. Les traits de la vieille femme s'étaient étalés. La forme de son visage avait comme disparu, ne restaient plus que des éléments de chair disparates – un menton pointu, une petite bouche sèche, des yeux marron qui étaient bien ceux de ses fils mais d'apparence vitreuse. Impossible de deviner son âge. Soixante-dix ans ? Cent ? Si ses mains et sa chevelure semblaient jeunes, son regard fixe et égaré dans le vague et sa voix faisaient nettement plus vieux.

— Vous avez de la visite, claironna Daisy.

— Qu'est-ce qu'elle s'est fait aux mains ? demanda Karlsson.

— Elle se ronge les doigts jusqu'à les faire saigner, alors on lui met des moufles.

— Bonjour, Mrs Reeve, dit Frieda.

June Reeve garda le silence, quoique ses épaules soient prises d'un curieux soubresaut. Ils firent trois pas de plus dans la pièce, à peine assez grande pour les contenir tous les quatre.

— Bien, je vous laisse alors, déclara Daisy.

— Mrs Reeve ? insista Karlsson. (Il grimaçait et étirait la bouche, comme si le fait d'énoncer clairement ses paroles lui permettait d'en capter le sens.) Je m'appelle Malcolm Karlsson. Et voici Frieda.

La tête de June Reeve pivota. Elle posa son regard laiteux sur Frieda.

— Vous êtes la mère de Dean, déclara la psychiatre en s'agenouillant par terre à ses côtés. Dean ? Vous vous rappelez de Dean ?

— De quoi je me mêle ? (Elle avait la voix pâteuse et enrouée, comme si ses cordes vocales étaient abîmées.) Je n'aime pas les fouineurs.

Frieda scruta intensément son visage en s'efforçant de lire une histoire dans les rides et les replis. Cette figure s'était-elle bien trouvée sur les lieux vingt-deux ans auparavant ?

June Reeve frotta ses mains bandées l'une contre l'autre.

— Je prends mon thé fort, avec plein de sucre.

— On perd notre temps, déplora l'inspecteur.

Frieda s'approcha de la vieille femme au point de sentir son odeur aigre.

— Parlez-moi de Joanna.

— Ça ne vous regarde pas.

— Joanna. La petite fille.

June Reeve ne répondit pas.

— Vous l'avez enlevée ? (Le ton de Karlsson était tranchant.) Vous et votre fils. Racontez-nous.

— Ça ne va rien arranger, coupa Frieda.

Puis elle ajouta gentiment :

— C'était devant la boutique de bonbons, n'est-ce pas ?

— Qu'est-ce que je fais là ? demanda la vieille femme. Je veux rentrer chez moi.

— Vous lui avez donné des bonbons ?

— Mistral gagnant, répondit-elle. Nounours en gélatine.

— C'est ça que vous lui avez donné ?

— De quoi je me mêle ?

— Ensuite, vous l'avez fait monter dans une voiture, poursuivit Frieda. Avec Dean.

— Alors, on a été vilaine ? (Quelque chose tenant du sourire obscène parut sur sa figure.) Hein ? Se faire pipi dessus comme ça... Mordre. *Vilaine.*

— Joanna était vilaine ? demanda Frieda. June, parlez-nous de Joanna.

— Je veux mon thé.

— Elle a mordu Dean ? (Silence.) Il l'a tuée ?

— Mon thé. Trois sucres.

Elle se renfrogna, comme sur le point de pleurer.

— Où avez-vous emmené Joanna ? Où est-elle enterrée ?

— Qu'est-ce que je fais là ?

— Il l'a tuée tout de suite, ou il l'a cachée quelque part ?

— Je l'ai enveloppé dans une serviette, dit-elle sur un ton agressif. Quelqu'un a dû le trouver et le prendre. Qui êtes-vous pour juger ?

— Elle parle d'Alan, traduisit Frieda à mi-voix pour Karlsson. On l'a retrouvé emmailloté dans le petit parc d'un lotissement.

— Et qui êtes-vous, de toute façon ? Je ne vous ai pas demandé de venir. Les gens feraient mieux de se mêler de leurs affaires. Qu'est-ce que vous croyez...

— Où est le cadavre ?

— Mon thé, mon thé ! (Elle éleva la voix jusqu'à ce qu'elle se casse.) Du thé !

— Votre fils, Dean.

— Non.

— Dean a caché Joanna quelque part.

— Je ne vous dirai rien. Il prendra soin de moi. Fouineurs. Fouille-merde. Espèce d'emmerdeurs de mes deux.

— Elle est agitée, intervint Daisy qui avait paru sur le seuil. Vous n'obtiendrez plus rien d'elle, maintenant.

— Non, en effet. (Frieda se releva.) Nous allons la laisser tranquille.

Ils quittèrent la pièce et parcoururent le couloir dans l'autre sens.

— A-t-elle jamais dit quoi que ce soit au sujet d'une dénommée Joanna ? demanda Karlsson.

— Elle est très réservée, répondit Daisy. Elle passe la plupart du temps dans sa chambre. En fait, elle ne dit pas grand-chose, sauf pour se plaindre. (Elle grimaça.) Pour ça, elle est assez forte.

— Avez-vous jamais eu le sentiment qu'elle semblait coupable de quoi que ce soit ?

— Elle ? Elle est juste furieuse. Et se sent victimisée.

— À quel sujet ?

— Vous en avez eu un aperçu. Que les gens se mêlent de sa vie.

En se dirigeant vers la sortie, Karlsson ne dit mot.

— Eh bien ? s'enquit Frieda.

— Eh bien quoi ? rétorqua Karlsson avec amertume. J'ai une femme qui s'efforce de reconstituer un visage après avoir passé vingt-deux à l'oublier. J'ai un vrai jumeau avec des rêves et des fantasmes dérangeants, et maintenant une femme souffrant d'Alzheimer qui parle de bonbons.

— Il y avait des indices dans ce qu'elle a dit. Des éléments.

Karlsson poussa la porte si fort qu'elle en rebondit contre le chambranle.

— Des éléments. Ah oui, ça ! Des miettes de n'importe quoi, des ombres de souvenirs, d'étranges coïncidences, des impressions bizarres, des ébauches d'intuitions. Voilà à quoi se résume cette putain d'affaire. Je pourrais y laisser ma carrière, comme l'enquêteur de Joanna il y a vingt-deux ans.

Ils sortirent dans le froid et s'arrêtèrent.

— Bonjour, les salua Dean Reeve.

Il était rasé de près et s'était coiffé les cheveux en arrière. Il leur adressait un sourire aimable. On aurait dit une provocation.

Frieda resta muette. Karlsson hocha courtoisement la tête.

— Comment va ma mère aujourd'hui ? (Il brandit un sac en papier brun taché de gras.) Je lui apporte son *doughnut*. Elle aime bien son petit *doughnut* le dimanche. L'appétit, voilà tout ce qui lui reste.

— Au revoir, répliqua Karlsson d'une voix sèche.

— Nous nous recroiserons, j'en suis sûr, répondit Dean poliment. D'une façon ou d'une autre.

Et en passant devant eux, il fit un clin d'œil à Frieda.

Chapitre trente-trois

À 10 heures passées, Frieda était assise toute seule dans son cabinet. Elle consulta sa montre. Alan était en retard. Était-ce bien étonnant ? Après ce qu'il avait appris sur lui-même et sur la duplicité de sa psychanalyste, s'attendait-elle vraiment à ce qu'il revienne ? Il avait été négligé par un thérapeute et trahi par un second. Que ferait-il maintenant ? Peut-être renoncerait-il purement et simplement à se faire soigner. Ce serait une conclusion logique. À moins qu'il ne porte plainte. Encore. Cette fois-ci, ça risquait de faire des dégâts. Frieda y réfléchit mais eut du mal à l'envisager sérieusement : cela pouvait attendre. Pour l'instant, elle avait l'impression de ne pas être à sa place. Elle était restée éveillée la nuit entière ou presque, heure après heure. En temps normal, elle se serait levée et habillée pour sortir marcher dans les rues désertes, mais elle s'était contentée de rester couchée à ressasser les propos de Karlsson. Il avait raison. Elle avait dévoilé des rêves et des bribes de souvenirs, ou d'images qui ressemblaient à des souvenirs, des ressemblances. Parce que c'était ce qu'elle faisait, voilà quel était son domaine : les trucs qui se passaient dans la tête de gens, ceux qui les rendaient heureux ou malheureux, ou craintifs, les liens qu'ils établissaient en leur for intérieur entre des événements distincts, susceptibles de les aider à avancer dans le chaos et la peur.

Mais voilà qu'il y avait autre chose. Là, dehors, quelque part, se trouvait Matthew. Ou le corps de Matthew. Peut-être, sans doute, avait-il été tué dans l'heure qui avait suivi son enlèvement. C'était ce que vous apprenaient les statistiques. Et s'il était vivant, pourtant ? Frieda s'obligea à y penser comme elle se forcerait à regarder le soleil en face, malgré la douleur. Qu'avait dû endurer cet autre enquêteur, Tanner ? Avait-il atteint le stade où il rêvait de trouver un cadavre ? Rien que pour être fixé ? On sonna à l'interphone et Frieda invita Alan à monter.

Quand elle ouvrit la porte, il entra de manière relativement décontractée et prit place sans son fauteuil habituel. Frieda s'installa face à lui.

— Je suis désolé, commença-t-il. Le métro est resté coincé dans un tunnel pendant vingt minutes. Je ne pouvais rien faire.

Alan s'agita sur son siège. Il se frotta les yeux et passa ses doigts dans ses cheveux. Il ne disait rien. Frieda y était habituée. Plus que ça, elle trouvait important de ne pas rompre les silences, de ne pas les combler de son propre bavardage, même si la situation pouvait s'avérer très frustrante. Le silence, en soi, pouvait devenir une forme de communication. Il lui était déjà arrivé de passer dix ou vingt minutes avec un patient avant que l'un d'eux ne prenne enfin la parole. Elle se rappelait même un problème abordé durant sa formation : si un patient venait à s'endormir, devait-elle le réveiller ? Non, avait affirmé son superviseur. S'endormir constituait en soi une forme de déclaration. Elle n'avait jamais réussi à se faire vraiment à l'idée. Si c'était une forme de communication, alors elle était onéreuse et stérile. Son ressenti la poussait à croire qu'un coup de pouce bienveillant ne violait pas réellement la relation thérapeutique. Comme le silence se prolongeait, elle se prit à penser qu'une forme d'encouragement serait peut-être nécessaire cette fois-ci.

— Quand quelqu'un ne veut pas parler, hasarda-t-elle, c'est parfois qu'il y a trop de choses à dire. On ne sait plus par quoi commencer.

— J'étais juste fatigué, répondit Alan. J'ai mal dormi depuis notre dernier entretien, et j'ai repris le travail, plus ou moins, ce qui m'a coûté.

Nouveau silence. Frieda se sentait déroutée. Se jouait-il d'elle ? Son silence constituait-il une forme de punition ? Elle ressentait également de la frustration : le moment était tout indiqué pour se pencher sur ce qu'il avait appris de lui-même, pas pour s'en détourner.

— Est-ce bien la vraie raison ? Allons-nous faire comme si ça n'était jamais arrivé ?

— Quoi donc ?

— Je sais que ce que vous avez appris aura un impact sur vous, poursuivit-elle. Cela doit bouleverser votre univers de fond en comble.

— Ce n'est pas aussi moche que ça, dit-il, l'air perplexe. Mais comment l'avez-vous appris ? Carrie vous a appelée ? Est-ce qu'elle a cafeté dans mon dos ?

— Carrie ? Je crois qu'il y a un malentendu, là... Que se passe-t-il ?

— J'ai des trous de mémoire. J'ai cru que c'était de ça que vous parliez.

— Comment ça, des trous de mémoire ?

— J'ai envoyé des fleurs à Carrie, je les ai fait livrer, mais après, je ne me suis pas rappelé l'avoir fait. Qu'est-ce que cela signifie ? Je devrais faire ce genre de choses plus souvent. Mais pourquoi est-ce que je ne m'en souviens pas ? C'est ce qui arrive quand on devient fou, non ?

Frieda se tut un moment. Ces propos lui restaient inintelligibles. C'était comme si Alan lui parlait dans une langue qu'elle ne comprenait pas tout à fait. Pire, elle avait le sentiment que quelque chose, quelque part, ne tournait pas rond. Puis une idée germa dans sa tête, qui lui fit l'effet d'un coup de poing. Elle dut se ressaisir pour être en mesure de parler sans que sa voix tremble.

— Alan, reprit-elle, s'entendant de loin. Vous rappelez-vous être venu chez moi vendredi soir ?

Il sembla alarmé.

— Moi ? Non. Non... Je m'en souviendrais.

— Vous voulez dire que vous n'êtes pas venu chez moi ?

— Je ne sais même pas où vous habitez. Comment aurais-je pu venir ? Qu'est-ce que c'est que cette histoire ? Je n'aurais pas pu oublier un truc pareil. J'ai passé la soirée chez moi. On a regardé un film, on s'est fait livrer un dîner tout prêt.

— Excusez-moi un instant, coupa Frieda, aussi calmement qu'elle le put. Je dois...

Elle sortit de la pièce pour se rendre dans le petit cabinet de toilette. Croyant qu'elle allait vomir, elle se pencha au-dessus de l'évier. Elle inspira plusieurs fois, lentement, profondément, avant de faire couler de l'eau froide et de passer le bout de ses doigts dessous. Respirer, respirer. Elle referma le robinet puis regagna le cabinet de consultation.

Alan leva les yeux, l'air soucieux.

— Vous allez bien ? s'enquit-il.

Elle s'assit.

— Vous ne perdez pas la tête, Alan. Mais je dois juste m'assurer de quelque chose. Depuis notre dernier entretien ici, vous n'avez jamais cherché à me joindre, vous voyez... pour me parler ?

— Vous cherchez à me tester, là ? Parce que si c'est le cas, vous n'en avez pas le droit.

— Je vous en prie.

— Très bien, concéda Alan. Non. Je n'ai jamais cherché à vous joindre. Les séances sont assez éprouvantes comme ça.

— Nous allons devoir nous en tenir là. Je suis désolée. Je vous serais reconnaissante de patienter quelques minutes à l'extérieur, après quoi je vous reprends.

Alan se leva.

— Que se passe-t-il ? Mais de quoi parlez-vous, bon sang ?

— Je dois passer un coup de fil. Urgent.

C'est tout juste si elle ne poussa pas Alan dehors, avant de se ruer sur le téléphone et d'appeler Karlsson sur son mobile. Elle savait que les nouvelles ne seraient pas bonnes, et à mesure qu'elle expliquait ce qui s'était passé, elles lui semblaient de pire en pire.

— Comment est-ce possible ? s'exclama Karlsson. Vous êtes aveugle ?

— Je sais, je sais. Ils sont identiques, vraiment identiques. Et il doit avoir vu son frère. Il était habillé comme lui. Ou pas mal comme lui.

— Mais pourquoi a-t-il fait ça ? Dans quel but ?

Frieda prit une profonde inspiration et le lui expliqua.

— Seigneur ! Que lui avez-vous dit ?

— Je lui ai dit ce qu'il devait savoir, selon moi. Enfin, je veux dire, ce qu'Alan avait besoin de savoir.

— En d'autres termes : tout.

— Quasiment, oui. (Elle distingua un bruit à l'autre bout de la ligne.) C'était quoi, ça ?

— Moi, en train de donner un coup de pied dans mon bureau. Donc vous lui avez fait part de vos soupçons à son sujet. Comment avez-vous pu faire une chose pareille ? Vous n'observez pas vos patients ? (Nouveau bruit de coup.) Donc, il savait que nous arrivions ?

— Il s'y est forcément préparé. Autre chose, je crois qu'il a envoyé des fleurs à la femme d'Alan. En tout cas, quelqu'un l'a fait. Ce devait être lui, d'après moi.

— Dans quel but ?

— J'imagine qu'il cherche à nous démontrer qui est le plus fort.

— Ça, on le sait déjà. Il faudra bien qu'on trouve le moyen de l'amener au commissariat, de toute façon. Ainsi que sa femme ou sa compagne, peu importe ce qu'elle est. À tout hasard.

— Il se joue de nous.

— C'est ce qu'on va voir.

Chapitre trente-quatre

Seth Boundy composa le numéro du portable de Kathy Ripon. Il écouta le répondeur s'enclencher et laissa un nouveau message, même si celui-ci ne disait en substance que la même chose que les précédents : « Rappelez-moi immédiatement. » Il vérifia ses e-mails pour la énième fois afin de s'assurer qu'elle ne l'avait pas contacté durant les quelques minutes écoulées depuis qu'il avait regardé la dernière fois. Il vérifia aussi sa boîte de courriers indésirables au cas où son message y aurait échoué. Il était irrité. Il ne pouvait se concentrer sur autre chose. Mais à quoi jouait-elle ?

Sa femme toqua à la porte de son bureau et entra dans la pièce avant qu'il ait eu le temps de répondre qu'il était occupé.

— Le déjeuner est servi, dit-elle.

— Je n'ai pas faim.

— Je croyais que tu sortais faire des courses. Tu n'as rien fait de tout ce que tu as promis. Tu comptes sur moi pour acheter quelque chose à ta sœur ?

— Je le ferai plus tard.

— On n'est plus qu'à trois jours de Noël. Tu es en vacances.

Boundy lança à sa femme un regard qui la convainquit de se retirer et de refermer la porte. Cette fois-ci, il appela Kathy à son domicile. La sonnerie retentit sans fin dans le vide, personne ne décrocha. Il rassembla ses souvenirs : elle vivait à Cambridge, bien sûr, mais où se rendait-elle en vacances ? Où habitaient ses parents ? Il se rappelait vaguement qu'elle avait un jour évoqué la région de son enfance devant lui, mais il n'y avait pas réellement prêté attention. Pourtant, quelque chose lui chatouillait la mémoire. Quoi donc ? Une histoire de fromage. Oui, une course derrière un fromage dans sa ville natale.

Il tapa *cheese-rolling* sur Google et obtint aussitôt des douzaines d'entrées sur la descente pour casse-cou qui se déroulait chaque année à Gloucester.

Seth contacta le service des renseignements et demanda le numéro des Ripon – il ne connaissait pas le prénom des parents – à Gloucester. Il s'avéra qu'il n'y en avait qu'un. Il le composa. Une femme répondit. Oui, elle était bien la mère de Kathy. Non, sa fille n'était pas là. Elle venait bien passer Noël chez elle mais n'était pas encore arrivée. Non, elle ne savait pas où se trouvait Kathy. Seth Boundy raccrocha son combiné. Ce qui avait commencé par de l'agacement s'était mué en perplexité, et virait désormais à l'anxiété. Cette femme, le Dr Klein, pour quelle raison était-il si urgent qu'elle lui parle ? Pourquoi cela n'aurait-il pas pu attendre ? Il avait été si excité à l'idée de cette nouvelle paire de jumeaux méconnue jusqu'ici qu'il y avait à peine songé. Qu'avait-il fait ? Durant quelques minutes, il demeura assis dans son fauteuil, soucieux. Puis il s'empara de son portable une fois de plus.

Le faible son suraigu s'était tu depuis longtemps : il ne savait plus depuis quand. Les jours n'existaient plus : ne régnait plus qu'une nuit interminable. Mais le bruit n'avait duré que le temps qu'il fallait à sa mère pour lui lire une histoire le soir, avant de se coucher, quand il était encore Matthew. *Le Petit Chaperon rouge*, mais elle se faisait dévorer par le loup. *Hansel et Gretel*, mais ils se perdaient dans la forêt et leur père ne revenait jamais les chercher. Il avait entendu haleter, renifler, crier, rugir, comme une machine rouillée qui aurait déraillé et se débiterait elle-même en morceaux. Ensuite, rapidement, les bruits horribles avaient cessé et l'avaient laissé tranquille de nouveau. Rien que ce bruissement dans le coin et l'eau qui gouttait, et les ratés de son cœur et l'odeur fétide qu'il dégageait. Son corps l'avait lâché. Il était allongé dans ce qu'il restait de lui. Mais il était seul. Il avait tenu sa promesse. Il n'avait pas fait un bruit.

Frieda arpenta sa pièce de long en large, consciente qu'Alan attendait à l'extérieur. Elle ne voulait pas lui parler avant l'arrivée de Karlsson. Elle avait commis suffisamment d'erreurs comme ça. Le téléphone sonna et elle s'en empara brusquement.

— Frieda ?

— Chloë ! Je ne peux pas te parler maintenant. Je te rappelle, OK ?

— Non, non, non ! Attends. Mon père se tire à Fidji à Noël.

— Je suis occupée.

— T'en as vraiment rien à foutre ? Qu'est-ce que je vais faire ? C'est moi qu'il devait emmener quelque part, pas sa bimbo de mes deux. Je vais me retrouver enfermée dans notre trou à rats sordide pendant toutes les vacances avec ma mère.

— Chloë, ça peut attendre !

— J'ai un rasoir à portée de main, tu sais. Je suis assise dans ma chambre avec un rasoir.

— Le chantage ne marche pas !

— Tu es ma *tante*. Tu es censée m'aimer. Je n'ai personne d'autre. Lui ne m'aime pas. Et ma mère...

Elle est cinglée, point barre. Je vais devenir dingue. Vraiment.

— Je passe ce soir. On en parlera tout à l'heure.

— Mais est-ce qu'on peut venir chez toi pour Noël ?

— Chez moi ?

— Oui.

— C'est minuscule, chez moi, je ne sais pas cuisiner, il n'y aura pas de sapin. Et je déteste Noël.

— Je t'en supplie, Frieda. Tu ne peux pas me laisser pourrir ici comme ça.

— OK, OK. (Elle était prête à tout pour pouvoir enfin raccrocher.) Et maintenant, je te laisse.

Karlsson impressionna Frieda. Il semblait capable de faire plusieurs choses à la fois : parler avec empressement dans son téléphone à quelque employé du commissariat, émettre des ordres d'une voix nette, d'un ton sec, les diriger, elle et un Alan sidéré, hors de l'immeuble puis vers sa voiture. Klarsson ouvrit la porte à ce dernier.

— J'aimerais que vous et le docteur Klein veniez avec moi. Nous vous expliquerons en chemin.

— J'ai fait quelque chose ? demanda Alan.

Frieda posa une main sur son épaule. Karlsson prit place à l'avant. Elle n'entendit que des fragments des ordres qu'il aboyait par bribes. « Empêchez qu'ils se parlent », dit-il. Puis : « Je veux qu'ils passent chaque putain de centimètre carré de cette maison au peigne fin. »

Entre-temps, Frieda s'adressait à Alan aussi clairement et calmement qu'elle en était capable. Ce faisant, elle eut l'étrange impression d'avoir déjà raconté cette histoire au même visage et ne put s'empêcher de comparer les deux. Comment avait-elle pu ne pas remarquer la différence ? Si leurs expressions étaient presque les mêmes, pour Alan chaque découverte semblait être un choc. Au milieu de son exposé, il murmura :

— J'ai une mère. Et un vrai jumeau. Depuis combien de temps êtes-vous au courant ?

— Pas longtemps. Quelques jours, pas plus.

Il prit une longue inspiration, tout en frissonnant.

— Ma mère...

— Elle ne se rappelle pas grand-chose, Alan. Elle ne va pas bien.

Il concentra son regard sur ses mains.

— Il me ressemble beaucoup ?

— Oui.

— Je veux dire, à tous les égards ?

Frieda comprit.

— Par certains aspects, oui, lui concéda-t-elle. C'est compliqué.

Alan leva les yeux vers elle avec une vivacité dont elle n'avait eu que des aperçus jusqu'ici.

— Il n'est pas vraiment question de moi ici, n'est-ce pas ? dit-il. Pas vraiment. Vous vous servez de moi pour l'attraper.

Un instant, Frieda se sentit honteuse mais presque contente en même temps. Il ne se contentait pas de geindre et de s'effondrer face à de telles informations : il réagissait. Il lui en voulait.

— Pas vraiment, non. Je suis là pour vous. Mais il y a... (Elle fit un geste d'impuissance.) ... toute cette histoire.

— Vous supposez qu'il a accompli ce dont je n'avais fait que rêver ?

— Il se peut que vous partagiez certains sentiments, oui, répondit Frieda.

— Donc je suis pareil ?

— Qui sait ? intervint Karlsson depuis sa place avant, faisant sursauter Alan. Mais on aimerait bien avoir une déposition. Nous vous serions reconnaissants de votre coopération.

— Très bien.

Alors qu'ils approchaient du commissariat, ils virent un groupe d'hommes et de femmes rassemblés sur le trottoir, dont certains avec des appareils photo et des caméras.

— Qu'est-ce qu'ils font là ? demanda Frieda.

— Ils campent devant, c'est tout, répondit l'inspecteur. Comme des mouettes sur un tas d'ordures. On va passer par-derrière.

— Il est ici ? s'inquiéta soudain Alan.

— Vous n'aurez pas à le voir.

Alan pressa sa figure contre la vitre, comme un petit garçon plongeant le regard dans un monde qui lui est incompréhensible.

Chapitre trente-cinq

Frieda patientait avec Alan, assise, dans une petite pièce dénudée. Elle entendait sonner des téléphones. Quelqu'un leur apporta du thé, tiède et noyé dans le lait, et repartit. Une pendule était fixée au mur et l'aiguille des minutes progressait lentement, inexorablement. L'après-midi s'écoula. Dehors régnait un froid glacé, qui faisait tout scintiller ; dedans, une atmosphère surchauffée, renfermée, oppressante. Ils ne parlèrent pas vraiment. L'endroit s'y prêtait mal. Alan ne cessait de sortir son portable de sa poche et de le consulter. À un moment donné, il s'endormit. Frieda se leva et regarda par la petite fenêtre. Une baraque de chantier ainsi qu'une benne s'offraient à sa vue. La nuit tombait.

La porte s'ouvrit, Karlsson apparut.

— Venez.

Elle vit aussitôt qu'il écumait de colère. Ses traits étaient parcourus de tics.

— Un problème ?

— Par ici.

Ils traversèrent un bureau en *open space* bourdonnant d'activité, de sonneries de téléphone, de bavardages. Une réunion se tenait à l'autre bout. Ils s'arrêtèrent devant une porte.

— Il y a là quelqu'un que vous devriez rencontrer, annonça Karlsson. Je reviens dans une minute.

Il lui ouvrit la porte. Frieda s'apprêtait à poser une question puis s'interrompit. La vision de Seth Boundy était tellement inattendue qu'un instant elle eut du mal à se rappeler qui il était. Il n'avait plus la même allure, non plus. Ses cheveux s'étaient hérissés sur sa tête, par petits paquets, et sa cravate était desserrée. Son front luisait de sueur. À sa vue, il se leva, avant de se rasseoir aussitôt.

— Désolée, je ne comprends pas, commença Frieda. Que faites-vous ici ?

— Je me suis simplement comporté en citoyen responsable, répliqua-t-il dans un murmure. Je n'ai fait qu'exprimer mon inquiétude, et voilà qu'on m'a emmené sans ménagement à Londres. Franchement, c'est…

— Inquiétude. Quelle inquiétude ?

— L'une de mes étudiantes de doctorat a semble-t-il disparu. Ce n'est probablement rien. C'est une grande fille.

Frieda prit place en face de Boundy. Elle posa les coudes sur la table qui les séparait et le regarda fixement. Le regard du professeur se déroba nerveusement pour se poser sur la fenêtre, avant de revenir sur le visage de la jeune femme. Quand elle reprit la parole, c'était d'un ton plus bas, plus dur.

— Mais pourquoi ici ? Que faites-vous à Londres ?

— Je… (Il marqua une pause et repoussa ses cheveux en arrière. Ses lunettes étaient posées de travers sur son nez.) Voyez-vous, l'occasion était trop belle. Vous n'êtes pas une scientifique. Ces sujets deviennent de plus en plus rares.

— C'est à cause des adresses, déclara Frieda.

Il s'humecta les lèvres et l'observa, mal à l'aise.

— Vous avez envoyé quelqu'un aux adresses que je vous ai données.

— Il s'agissait juste d'établir un premier contact. Un truc de routine.

— Et vous n'avez plus de ses nouvelles ?

— Elle ne répond pas au téléphone, expliqua Boundy.

— Pourquoi ne m'en avez-vous pas parlé ?

— Ce n'était que la routine.

— Qui est cette étudiante ?

— Katherine Ripon. Elle est très compétente.

— Et vous l'avez envoyée là-bas toute seule ?

— C'est une psychologue. Il ne s'agissait que d'un bref entretien.

— Vous rendez-vous compte de ce que vous avez fait ? s'émut Frieda. Ne savez-vous pas qui est cet homme ?

— Je ne savais pas. J'ai juste cru que vous vouliez garder leur cas pour vous. Vous ne m'avez rien dit à son propos.

Frieda faillit lui administrer une gifle puis se retint. Peut-être était-ce autant sa faute que la sienne. N'aurait-elle pas dû anticiper ce qu'il risquait de faire ? N'était-elle pas censée posséder quelque talent pour deviner ce qu'ont les gens en tête ?

— Vous n'avez vraiment plus reçu de nouvelles ?

On aurait dit que Boundy ne l'écoutait pas.

— Elle va s'en tirer, n'est-ce pas ? (Il parlait à moitié pour lui-même.) Ce n'est pas ma faute. Elle va ressurgir. Les gens ne s'évanouissent pas comme ça dans la nature.

Il fallut à Karlsson un moment pour se ressaisir. Il ne voulait pas s'emporter ni laisser sa peur transparaître. La colère devait être une arme à employer avec discernement, non pas une faiblesse et une perte de contrôle de soi. Le reste pourrait attendre. Il entra dans la pièce, referma soigneusement la porte derrière lui et s'assit face à Dean Reeve, l'observant en silence quelques instants. Il ressemblait tellement à l'homme qui avait pris place à bord de sa voiture qu'au début les similitudes masquèrent toute différence. Tous deux étaient plutôt petits, costauds et râblés, avec le visage rond. Les deux avaient les cheveux gris avec un épi au milieu, et de vagues reflets cuivrés rappelant le roux qu'ils avaient autrefois arboré – celui de Matthew Faraday et du petit garçon des fantasmes d'Alan. Les deux avaient des yeux bruns saisissants et un teint piqué d'anciennes taches de rousseur. Ils portaient l'un et l'autre des chemises à carreaux – celle d'Alan était bleue et verte, se souvenait-il, alors que celle de Dean était plus vivement colorée. Ils se rongeaient les ongles, et avaient le même tic consistant à se frotter les mains contre les cuisses et à croiser puis décroiser les jambes. C'était parfaitement troublant, comme un rêve étrange et dérangeant où rien n'existerait à l'unité, où tout ressemblerait à autre chose. Même la façon qu'il avait de mordre sa lèvre inférieure était identique. Mais quand Dean, croisant les bras sur la table et se penchant en avant, ouvrit la bouche, il cessa d'évoquer son frère jumeau aux yeux de Karlsson, bien que les deux aient le même timbre légèrement étouffé, un peu embrumé.

— Re-bonjour, lança-t-il.

Karlsson tenait un dossier qu'il déposa devant lui. Il l'ouvrit d'un coup sec, y préleva une photo qu'il plaça devant Reeve, la faisant tourner de façon à ce qu'elle s'offre à lui dans le bon sens.

— Regardez, ordonna-t-il.

Il scruta les traits de Reeve dans l'espoir d'y lire une réaction, épia ses yeux pour y trouver une lueur attestant qu'il l'aurait reconnu. Il ne vit rien.

— C'est lui ? demanda Reeve. Je veux dire, le garçon que vous recherchez ?

— Vous ne lisez pas les journaux ?

— Non.

— Vous ne regardez pas la télévision ?

— Le foot, seulement. Terry regarde les émissions de cuisine.

— Et là ? Vous reconnaissez cette fille ?

Karlsson disposa l'ancienne photo de Joanna en face de Reeve, qui l'étudia quelques secondes, avant de hausser les épaules.

— Ça veut dire non ?

— Qui est-elle ?

— Vous ne le savez pas ?

— Si je le savais, pourquoi je vous poserais la question ?

Reeve ne regardait pas Karlsson mais ne semblait pas non plus éviter son regard. Certaines personnes, quand on les convoque pour un interrogatoire, craquent sur-le-champ. D'autres témoignent de signes de stress : ils transpirent, balbutient, se mettent à parler à tort et à travers. Karlsson constata rapidement que Reeve n'était pas de ceux-là. Il avait l'air plutôt indifférent, à moins que ce ne soit légèrement amusé ?

— Vous n'avez donc rien à dire ? insista Karlsson.

— Vous ne m'avez pas posé de question.

— L'avez-vous vu ?

— Vous m'avez déjà posé cette question quand vous êtes venu chez moi. Je vous avais répondu. Et je ne l'ai toujours pas vu.

— Auriez-vous la moindre idée de l'endroit où il pourrait être ?

— Non.

— Où étiez-vous l'après-midi du vendredi 13 novembre, vers 16 heures ?

— Vous me l'avez déjà demandé. Vous ne faites que me reposer la même question. Et je vais vous faire la même réponse. Je ne sais pas. C'était il y a longtemps. J'étais sans doute au boulot, ou en train de rentrer du boulot. Peut-être que j'étais déjà chez moi, prêt pour le week-end.

— Où travailliez-vous à ce moment-là ?

Reeve haussa les épaules.

— Ch'ais pas. Je bosse par-ci, par-là. Je suis mon propre patron. Je fais les choses à ma guise. Personne ne peut me traiter par-dessus la jambe.

— Peut-être pourriez-vous faire un petit effort pour vous souvenir.

— Peut-être que je bossais pour moi-même ce jour-là. Terry me tanne toujours pour que je retape la maison. Les femmes, hein !

— Et c'est ce que vous faisiez ?

— Peut-être bien. Peut-être pas.

— Mr Reeve, nous allons interroger tous vos voisins, toute personne ayant pu vous voir ce jour-là. Vous pourriez sûrement vous montrer un peu plus précis.

Reeve se gratta la tête en feignant la solennité.

— Il n'y a pas beaucoup de voisins, dit-il. Et on mène une vie discrète.

Karlsson s'adossa à sa chaise et croisa les bras.

— Une certaine Katherine Ripon, âgée de vingt-cinq ans, a été vue pour la dernière fois il y a trois jours alors qu'elle quittait Cambridge pour se rendre à deux adresses. L'une d'elles était la vôtre.

— Qui est-elle ?

— Une scientifique. Elle voulait s'entretenir avec vous au sujet d'une sorte de projet de recherche, et voilà qu'elle a disparu.

— De quoi voulait-elle me parler ?

— L'avez-vous vue ?

— Non.

— Nous sommes également en train d'interroger votre femme.

— Elle saura dire non aussi bien que moi.

— Et notre mandat de perquisition dans votre maison est toujours valide.

— Vous l'avez déjà fouillée.

— Nous la fouillons à nouveau.

Reeve se fendit d'un léger sourire.

— Je connais cette impression. Désagréable, hein ? Quand on a perdu un truc et que ça rend tellement dingue qu'on commence à chercher là où on a déjà regardé.

— Et nous allons passer en revue toutes les vidéos des caméras de surveillance. Si elle est venue dans votre quartier, nous le saurons.

— Vous m'en voyez ravi, répliqua Reeve.

— Pour résumer, si vous avez quelque chose à nous dire, mieux vaudrait le faire maintenant.

— Je n'ai rien à vous dire.

— Si vous nous dites où il est, poursuivit Karlsson, nous pouvons négocier. Nous pouvons tout effacer. Et s'il est mort, vous pourrez au moins mettre un terme à tout ceci, et délivrer les parents de leur supplice.

Reeve prit un mouchoir en papier dans sa poche et se moucha bruyamment.

— Z'avez une poubelle ?

— Pas ici.

Reeve posa le mouchoir roulé en boule sur la table.

— Nous savons que vous vous êtes fait passer pour votre frère jumeau, persista Karlsson. Pourquoi vous avez fait ça ?

— Pas vraiment. Je n'ai fait qu'envoyer quelques fleurs. (Il ébaucha de nouveau un léger sourire en coin.) Elle en reçoit sans doute pas assez. Les femmes aiment bien ça.

— Je peux vous garder ici, continua Karlsson.

Reeve eut l'air pensif.

— J'imagine que je pourrais me fâcher maintenant. Je pourrais dire que je veux un avocat.

— Si vous en voulez un, on peut vous le trouver.

— Vous savez ce dont j'ai vraiment envie ?

— Quoi ?

— D'une tasse de thé. Avec du lait et deux sucres. Et d'un biscuit, peut-être. Je ne suis pas difficile. Tout me va : fourrés, au gingembre, aux raisins.

— On n'est pas au café.

— Mais si vous me gardez, vous devrez me nourrir. Le fait est que vous avez fouillé ma maison et que vous n'avez rien trouvé. Vous m'avez fait venir et vous m'avez demandé si j'ai vu cet enfant et cette femme, et j'ai répondu non, l'histoire s'arrête là. Mais si vous voulez que je reste assis là, alors je reste assis là. Et si vous voulez que je reste là toute la nuit et toute la journée de demain, je le ferai aussi, tout en continuant de dire non. Ça m'ennuie pas. Je suis d'une nature patiente. Je vais à la pêche. Vous pêchez ?

— Non.

— Je vais aux réservoirs. J'accroche un ver de farine à l'hameçon, je lance le tout dans l'eau, et je m'assieds, tout simplement. Il m'arrive de rester assis là une journée entière alors que le bouchon n'a pas bougé, et j'ai quand même passé une bonne journée. Donc je peux rester assis ici à boire votre thé et à manger vos biscuits, pas de problème, si ça vous chante, mais ça va pas vous aider à retrouver ce garçon.

Karlsson consulta la pendule au mur par-dessus l'épaule de Reeve. Il regarda la grande aiguille évoluer sur le cadran. Soudain, il eut la nausée et dut déglutir péniblement.

— Je vais vous chercher votre café, dit-il.

— Mon thé, corrigea Reeve.

Karlsson quitta la pièce et un agent en uniforme passa devant lui pour lui succéder dans la salle d'interrogatoire. Il se rendit d'un pas rapide, presque en courant, dans la cour située à l'arrière du bâtiment. Il s'agissait autrefois d'un parking mais on y faisait aujourd'hui des travaux d'agrandissement du bâtiment. Il inspira goulûment l'air froid de la nuit comme s'il le buvait. Il consulta sa montre : il était 18 heures. C'était comme si le temps le griffait. Une tête l'observait depuis une fenêtre éclairée et, l'espace d'un instant, il crut que c'était celle de l'homme qu'il venait d'interroger, avant de comprendre que c'était celle de son jumeau, Alan. La tête se retourna, désœuvrée. Il rentra et demanda à un agent d'aller chercher le thé de Reeve, puis descendit dans la salle d'interrogatoire située à l'entresol. Il y trouva Terry et la femme agent de police en pleine altercation.

— Elle veut fumer.

— Désolé, répliqua Karlsson. L'inspection du travail nous l'interdit.

— Je peux sortir m'en griller une ? demanda-t-elle.

— Dans une minute. Quand on aura eu une petite conversation.

Il s'assit et la toisa par-dessus la table. Elle portait un jean et un blouson d'aviateur vert fluo d'aspect brillant. Entre le bas de sa veste et le haut de son jean surgissait un bourrelet de chair blanche. Karlsson entraperçut le bord d'un tatouage. Un motif oriental. Il s'obligea à afficher un sourire affable.

— Ça fait combien de temps que vous êtes ensemble ? demanda-t-il.

— Pourquoi cette question ?

— Informations d'ordre général.

Elle se tordait les mains, se massait les doigts. Elle était réellement en manque de cigarette.

— Depuis toujours, si vous tenez à le savoir. Posez-moi juste les questions que vous avez à me poser.

Karlsson lui montra la photo, qu'elle regarda comme s'il s'agissait d'un gribouillis insignifiant. Il lui soumit celle de Joanna Vine et c'est à peine si elle y jeta un coup d'œil. Il l'informa de la disparition de Katherine Ripon, mais elle se contenta de remuer la tête.

— Je n'ai vu aucun des trois, affirma-t-elle.

Il s'enquit de ses faits et gestes le 13 novembre, et elle remua la tête à nouveau.

— Ch'ais pas.

Il y avait quelque chose de léthargique et d'insondable chez elle. Karlsson sentit sa poitrine se serrer d'impatience et d'irritation. Il avait envie de la secouer pour obtenir d'elle une réaction, quelle qu'elle soit.

— Pourquoi repeigniez-vous la chambre du haut quand nous sommes venus chez vous ?

— Elle avait besoin d'être repeinte.

— À chaque minute qui passe, dit-il, les choses se corsent. Mais il n'est pas trop tard. Si vous commencez à coopérer, je ferai pour vous tout ce qui est en mon pouvoir. Je peux vous aider, comme je peux aider Dean, mais vous devez me donner quelque chose en échange.

— Je ne les ai pas vus.

— Si c'est votre mari et que vous cherchez à le protéger, la meilleure façon de le faire est de lâcher le morceau.

— Je les ai pas vus.

Il ne put rien obtenir d'autre.

Karlsson trouva Frieda assise à la cafétéria. Il crut au début qu'elle écrivait quelque chose, mais en s'approchant, il constata qu'elle dessinait. Elle avait fait l'esquisse, sur un napperon en papier, du verre d'eau à moitié plein situé sur la table en face d'elle.

— Pas mal.

Elle leva les yeux et il vit à quel point elle était fatiguée, à quel point sa peau était pâle, presque diaphane. Il détourna le regard, complètement abattu.

— Vous voyez vos enfants à Noël ? s'enquit-elle.

— Pour la veillée, oui, pendant une heure, et le lendemain de Noël.

— Ça doit être dur.

Il haussa les épaules, trop ému pour parler.

— Je n'ai pas d'enfants, continua Frieda, comme si elle parlait pour elle-même. Peut-être parce que je ne veux pas être vulnérable à tout ce chagrin. Je peux le supporter chez les patients, mais avec mes propres enfants, je ne sais pas si je pourrais…

— Je n'aurais pas dû me mettre en colère. Ce n'était pas vraiment votre faute.

— Non, vous aviez raison. Je n'aurais jamais dû lui donner ces adresses. (Elle marqua un temps d'arrêt.) Pas de progrès côté Reeve, donc ?

— L'inspectrice Long est avec Dean Reeve en ce moment, et elle repose en gros les mêmes questions. Normalement, elle a un don pour faire parler les gens. Mais je n'ai guère d'espoir.

Il s'empara du verre qu'avait dessiné Frieda et but, avant de s'essuyer les lèvres sur sa manche.

— Certaines personnes, reprit-il, peuvent supporter la pression. Dès que je suis entré dans la salle d'interrogatoire et que je me suis assis en face de lui, je l'ai senti : il n'en a rien à foutre.

— Vous voulez dire qu'il se sent intouchable ?

— Quelque chose comme ça, oui. Il sait qu'on ne peut pas l'inquiéter. La question est : pourquoi ?

Frieda patienta. Karlsson reprit le verre et l'examina, avant de le reposer.

— Ce gosse est mort, déclara-t-il. Ou bien s'il ne l'est pas, il le sera bientôt. On ne le retrouvera pas. Oh, ne vous méprenez pas sur mes intentions. On ne laisse pas tomber. On va faire tout ce qu'on peut. C'est Noël, on devrait être avec nos mômes, mais tout le monde bosse à fond. On va repasser la maison des Reeve au peigne fin. On va toquer aux portes auxquelles on a déjà toqué. On va trouver tous les chantiers sur lesquels Dean Reeve a travaillé durant l'année passée et aller voir si ça nous mène quelque part. On fera appel à toutes les forces qu'on a pour fouiller le quartier, avec des chiens renifleurs. Mais vous avez vu le coin vous-même, toutes ces maisons condamnées, ces vieux entrepôts, ces appartements scellés. Il y en a des milliers et il pourrait se trouver dans n'importe lequel d'entre eux… ou parfaitement ailleurs. Sauf qu'on ferait sans doute mieux de chercher un lopin de terre récemment retourné, ou un corps en train de flotter dans le fleuve.

— Mais vous pensez que c'est lui.

— Je le sens, répliqua Karlsson brutalement. Je sais que c'est lui, et lui sait que je le sais. C'est pour ça qu'il se délecte de la situation.

— Il sait que vous ne pouvez pas le pincer. Comment ça se fait ? Pourquoi ?

— Parce qu'il s'est débarrassé des preuves.

— Et sa femme ? Elle parle, elle ?

— Elle ? (Il secoua la tête, frustré.) Elle est pire, si la chose est possible. Elle reste plantée sur son cul et vous regarde comme si ce que vous venez de dire n'avait aucun sens et elle répète sans cesse la même phrase. C'est lui qui porte la culotte, pas de doute là-dessus, mais il est exclu qu'elle ne sache pas quelque chose. À mon avis, elle a fait à Matthew ce que la mère de Dean Reeve a fait à Joanna : elle l'a convaincu de monter à bord d'une voiture. Mais ce n'est qu'une supposition. Je n'ai pas l'ombre d'une preuve.

— Rien ?

— Eh bien… (Il eut l'air sombre.) On a notre nouvel indice, évidemment, et de taille : Kathy Ripon. Elle va le voir et disparaît. On est en train d'interroger ses parents, ses amis, quiconque aurait pu la voir, on lance des recherches à grande échelle, on rapatrie toutes les vidéos de surveillance de la ville – ensuite, on verra si on peut apporter la preuve qu'elle s'est trouvée dans le coin. À en croire ce qu'en disent les médias, ces caméras de surveillance se trouvent à tous les coins de rues et rien ne nous échappe, mais il n'en est rien. Quoi qu'il en soit, il m'arrive de penser que des journées voire des semaines de film à visionner peuvent ralentir une enquête plutôt que la faciliter. (Il consulta sa montre, grimaça.) Bref, si elle est venue à Londres ce jour-là, comme le soutient le professeur

Boundy, elle devrait avoir été filmée soit à King's Cross soit dans Liverpool Street, et on parviendra peut-être à reconstituer son trajet à partir de là. Il y a un trou entre le moment où elle a quitté Cambridge suite à l'appel de Boundy, et celui où on s'est mis à fouiller la maison des Reeve plus tard ce même jour.

— Et Alan ?

— L'inspecteur Wells est avec lui en ce moment, il prend sa déposition. C'est chez lui que comptait se rendre Kathy Ripon après son jumeau, évidemment.

— Je vais l'attendre, je pense. Le raccompagner chez lui.

— Merci. Revenez ensuite.

— Je ne travaille pas pour vous, vous savez.

— Me feriez-vous le plaisir de revenir ensuite ?

Mais il gâcha son effet en ajoutant :

— Ça vous va comme ça ?

— Pas vraiment. Mais je reviendrai parce que j'aimerais me rendre utile.

— Je connais ce sentiment, répliqua amèrement Karlsson. En tout cas, si rien d'autre ne marche, vous pourrez toujours les amener à confesser leurs rêves.

Chapitre trente-six

Quand Frieda proposa à Alan de le ramener chez lui, celui-ci garda le silence et se contenta de la regarder fixement.

— Alan ? Avez-vous appelé Carrie ?

— Non.

— Vous pouvez l'appeler en chemin.

— Je ne m'en vais pas avant de l'avoir vu.

— Vous voulez dire, Dean ?

— Mon frère. Mon jumeau. Ma moitié. Je dois le voir.

— C'est impossible.

— Je ne partirai pas avant de l'avoir vu.

— La police est en train de l'interroger.

— J'ai passé les quarante premières années de ma vie sans rien savoir de ma famille, sans même avoir de nom, et voilà que j'apprends que j'ai une mère encore en vie, et un vrai jumeau, qui se trouve à quelques mètres de moi. Quel effet croyez-vous que ça fait ? C'est votre domaine, vous devriez savoir. Dites-moi !

Frieda s'assit et se pencha vers lui.

— Qu'est-ce que vous espérez en retirer ?

— Je n'en sais rien. Seulement, je ne peux pas m'en aller comme ça, alors que je suis si proche.

— Je suis désolée, reprit Frieda. Ce n'est pas possible. Pas maintenant.

— Très bien. (Alan se leva et entreprit d'enfiler son duffel-coat.) Dans ce cas, c'est à elle que nous rendrons visite.

— Elle ?

— Ma mère. Celle qui a gardé mon frère mais qui m'a abandonné.

— C'est pour ça que vous voulez le voir ? Pour comprendre pourquoi elle l'a choisi, lui, plutôt que vous ?

— Il doit bien y avoir une raison, non ?

— Vous n'étiez que deux bébés. Et elle ne se souviendra plus de vous.

— Je dois la voir.

— Il est tard.

— Il pourrait être minuit, je m'en fous. Vous allez me dire où elle est, ou je dois le trouver par moi-même ? Peut-être que votre copain l'enquêteur pourrait me le dire.

Frieda sourit et se leva à son tour.

— Je vous le dirai. Si c'est vraiment ce que vous voulez. Mais appelez Carrie et dites-lui à quelle heure vous comptez rentrer, dites-lui que vous allez bien. C'est moi qui règle le taxi.

— Vous venez ?

— Si vous y tenez.

Karlsson était assis face à Dean Reeve. La moindre question recevait une réponse immédiate et laconique – telle une balle envoyée sur une batte inerte, sans répit –, ponctuée par le même petit sourire écœurant. Il observait Karlsson. Il savait que celui-ci était en colère tout comme il savait qu'il se sentait de plus en plus impuissant.

Il se comporta de même avec Yvette Long – si ce n'est qu'avec elle, son regard glissait de sa figure à son corps, et qu'à la grande colère de la policière, elle se surprit à rougir.

— Il nous nargue ! rapporta-t-elle en rageant à son patron.

— Ne te laisse pas atteindre. Si tu craques, tu le laisses gagner.

— Il l'a déjà fait.

— Êtes-vous sûr d'être prêt ? demanda Frieda.

Alan se tenait debout à ses côtés. Il semblait effrayé et ses yeux s'embuaient déjà.

— Vous voulez bien m'accompagner ?

— Si c'est ce que vous voulez.

— Oui. S'il vous plaît. Je ne peux pas...

Il déglutit.

— Très bien, allons-y, alors.

Frieda le prit par la main, comme un petit enfant. Elle le mena le long du couloir en direction de la chambre exiguë où se trouvait sa mère. Il traînait des pieds et elle sentait ses doigts froids dans les siens. Elle lui adressa un sourire rassurant, puis toqua à la porte et l'ouvrit. Alan entra. Elle entendait sa respiration laborieuse. L'espace d'un instant, il demeura parfaitement immobile, à fixer la vieille femme assise voûtée dans son fauteuil. Puis il s'approcha d'un pas titubant et s'agenouilla à côté d'elle.

— Mère ?

Frieda dut se détourner devant l'expression d'horreur et de supplication abjecte qu'il affichait.

— On a encore fait des bêtises ?

— Ce n'est pas lui. C'est moi. L'autre.

— Tu as toujours fait des bêtises.

— Vous vous êtes débarrassée de moi.

— *Jamais*. *Jamais* je ne me suis débarrassée de toi. Plutôt crever. Qui t'a raconté une chose pareille ?

— Vous m'avez abandonné. Pourquoi vous m'avez abandonné ?

— Notre petit secret, hein ?

Frieda, assise sur le lit, observait Mrs Reeve intensément. Elle évoquait très certainement ce qu'elle avait fait avec son fils, tant d'années auparavant.

— Pourquoi moi ?

— Vilain garçon. Qu'est-ce qu'on va faire de toi, hein ?

— Je suis Alan. Pas Dean. Je suis votre autre fils. Votre fils perdu.

— Tu m'as apporté un *doughnut* ?

— Vous devez me dire pourquoi vous avez fait ça. J'ai besoin de savoir. Après je vous laisserai en paix.

— J'aime bien mes *doughnuts*.

— Vous m'avez emballé dans une serviette de rien du tout et laissé dans la rue. J'aurais pu mourir. Ça vous était égal ?

— Je veux rentrer chez moi, maintenant.

— Qu'est-ce qui n'allait pas chez moi ?

Mrs Reeve lui caressa gentiment la tête.

— Vilain, vilain Dean. Ça ne fait rien...

— Quelle espèce de mère êtes-vous ?

— Mais *je suis* ta mère, mon petit chéri.

— Il a des ennuis, vous savez, votre cher Dean. Il a fait quelque chose de mal, de très mal.

— Je ne sais rien.

— Il est au commissariat.

— Je ne sais rien.

— Regardez-moi. *Moi*. Je ne suis pas lui.

— Je ne sais rien. (Elle se mit à se balancer d'avant en arrière dans son fauteuil, le regard posé sur Frieda, chantonnant les mots comme s'il s'agissait d'une berceuse.) Je ne sais rien. Je ne sais rien. Je ne sais rien.

— M'man, plaida Alan.

Il prit sa main avec précaution, fit une grimace, et osa le dire :

— Maman ?

— Vilain. Très vilain.

— Vous ne vous en êtes même pas soucié, hein ? Vous n'avez jamais eu une pensée pour moi. Comment avez-vous pu ?

Frieda se leva et saisit Alan par le bras.

— Allez, venez, l'invita-t-elle. Ça suffit comme ça. Vous avez besoin de rentrer chez vous, là où vous êtes vraiment chez vous.

— Oui, reconnut-il. (Elle constata que son visage était baigné de larmes.) Vous avez raison. Ce n'est qu'une méchante vieille femme. Ce n'est pas ma mère. Je ne la déteste même pas. Elle n'est rien pour moi, rien du tout.

Ils prirent le taxi en silence. Alan avait les yeux fixés sur ses mains et Frieda sur la nuit défilant de l'autre côté de la vitre. La neige s'était remise à tomber, et tenait cette fois-ci sur les trottoirs, les toits et les branches des platanes. Ce serait un Noël blanc, songea-t-elle, le premier depuis des années. Elle se remémora avoir descendu une colline en luge quand elle était enfant, avec son frère, à côté de la maison de sa grand-mère. Joues cuisantes, flocons dans les cils, bouche ouverte pour crier, le monde, blanc et flou, qui défilait à toute allure. Combien de temps s'était écoulé depuis qu'elle avait fait de la luge, ou un bonhomme de neige, ou même lancé une boule de neige ? Combien de temps, d'ailleurs, depuis qu'elle avait vu son frère ou sa sœur ? Ses parents ? L'univers de son enfance avait disparu tout entier, et à la place, elle avait bâti un monde de responsabilités adultes, autour des peines et des besoins d'autrui, un monde bien compartimenté, fait d'ordre et de frontières bien gardées.

— C'est ici, sur la gauche, expliqua Alan au chauffeur, qui arrêta son véhicule.

Il sortit sans refermer la porte, mais Frieda ne le suivit pas.

— Vous n'entrez pas ? dit-il. Je ne sais pas comment lui annoncer ça.

— À Carrie ?

— J'aimerais que vous l'aidiez à comprendre.

— Mais, Alan…

— Vous ne comprenez pas quel effet ça fait, ce que j'ai appris aujourd'hui, ce qui m'est arrivé. Je ne vais pas trouver les mots. Ça va lui faire un choc.

— Pourquoi pensez-vous que ma présence puisse aider ?

— Vous rendrez les choses, je ne sais pas, moi… professionnelles, quoi. Vous pouvez le lui expliquer dans les mêmes termes qu'avec moi, et ça paraîtra plus, vous savez… sécurisant, quoi.

— Vous y allez ou vous restez ? coupa le chauffeur.

Frieda hésita. Elle étudia le visage anxieux d'Alan, les flocons qui tournoyaient sous le réverbère et se posaient sur ses cheveux gris. Elle eut une pensée pour Karlsson l'attendant au commissariat, rageant de frustration.

— Vous n'avez pas besoin de moi. Mais d'elle. Dites-lui ce que vous avez appris et ce que vous ressentez. Donnez-lui une chance de comprendre. Puis venez me voir demain, à 11 heures. On en reparlera à ce moment-là. (Elle se tourna vers le chauffeur.) Pourriez-vous me reconduire au commissariat, s'il vous plaît ?

Chapitre trente-sept

Frieda s'attendait à ce que le vacarme se soit calmé et à trouver le commissariat plongé dans le noir, déserté, mais il n'en était rien. À son entrée, elle fut assaillie par le fracas, le raclement des chaises métalliques qu'on reculait, celui de portes s'ouvrant et se refermant, des téléphones qui sonnaient, de gens qui criaient au loin, de peur ou de colère, de pieds claquant dans le couloir. Frieda se fit la réflexion que les postes de police devaient connaître un regain d'activité aux alentours de Noël, quand les ivrognes s'enivraient plus que d'habitude, que les personnes isolées l'étaient plus qu'à l'accoutumée, que les tristes et les fous étaient poussés au-delà de ce qu'ils pouvaient endurer, et que remontaient à la surface toute la douleur et les troubles de l'existence. À tout moment, quelqu'un pouvait s'écrouler dans l'embrasure de la porte, un couteau planté dans la poitrine ou une aiguille dans le bras, une femme à la figure contusionnée pouvait s'approcher en titubant du bureau en soutenant qu'il n'avait pas voulu lui faire de mal.

— Alors… ? demanda-t-elle à Karlsson, quand il vint la chercher à l'accueil, bien qu'elle n'ait pas vraiment besoin de poser la question.

— La garde à vue touche à sa fin, dit-il. Ensuite, je serai obligé de les relâcher. Ils auront gagné. Pas de Matthew Faraday, pas de Kathy Ripon.

— Qu'attendez-vous de moi ?

— Aucune idée. Vous pourriez leur parler. Ce n'est pas ce que vous faites d'habitude ?

— Je ne suis pas une sorcière. Je ne détiens aucun pouvoir magique.

— Dommage.

— Je vais leur parler. Est-ce officiel ?

— Officiel ?

— Serez-vous présent ? Est-ce que ça sera enregistré ?

— Comment voulez-vous vous y prendre ?

— J'aimerais les voir seul à seul.

Dean Reeve n'avait nullement l'air fatigué. Il semblait frais comme un gardon, mieux que ne l'avait jamais vu Frieda, inattaquable, comme s'il tirait subsistance de la situation. Quand elle ramena sa chaise vers la table, Frieda eut le sentiment qu'il s'amusait. Il lui sourit.

— Tiens, c'est vous qu'ils m'ont envoyée pour discuter. Sympa. Une jolie femme.

— Pas pour discuter, répondit Frieda. Pour écouter.

— Qu'est-ce que vous comptez écouter ? Ça ?

Il se mit à tambouriner de son index sur le plateau de la table, en arborant toujours cette ébauche de sourire affable.

— Alors comme ça, vous avez un jumeau, déclara Frieda.

Tap tap-tap tap.

— Un vrai jumeau, en prime. Ça vous fait quoi, comme effet ?

Tap tap-tap tap.

— Vous n'étiez pas au courant, hein ?

Tap tap-tap tap.

— Votre mère ne vous l'a jamais dit. Ça fait quoi de savoir que vous n'êtes pas unique ? De savoir qu'il existe quelqu'un qui a la même tête que soi, qui parle comme soi, qui pense comme soi ? Tout ce temps-là, vous avez cru qu'il n'y en avait qu'un comme vous.

Il sourit et elle insista :

— Vous êtes comme un clone. Et vous n'en avez jamais rien su. Elle vous a maintenu dans l'ignorance tout ce temps. Ça ne vous donne pas le sentiment d'avoir été trahi ? Ou de passer pour un idiot, peut-être.

Il frappait la table de son doigt boudiné, soutenant toujours son regard. Le sourire qu'il affichait ne changea pas mais Frieda pouvait littéralement ressentir sa colère sur sa peau, et la pièce s'en trouva enlaidie.

— Tous vos plans ont foiré. Tout le monde sait ce que vous avez fait. Ça fait quoi d'avoir planifié quelque chose en secret et de le voir soudain dévoilé ? Il devait devenir votre fils, c'est ça ? Ce n'est pas ça qui était prévu ?

Le tapotement s'intensifia. Frieda le ressentait jusque dans ses tempes, tel un battement insidieux.

— Si vous prétendez être le père de Matthew, comment pouvez-vous le mettre en danger ? Votre devoir est de le protéger. Si vous me dites où il est, vous le sauvez et vous vous protégez vous-même. Et vous restez maître de la situation.

Frieda savait qu'il ne dirait rien. Qu'il ne ferait que continuer à lui offrir le même sourire doucereux et pianoter du doigt sur la table. Il ne craquerait pas : il tiendrait plus longtemps que tous ceux qui viendraient prendre place face à lui, les contraindrait à baisser les yeux, se murerait dans son silence, et à chaque fois il remporterait une nouvelle petite victoire qui le fortifierait. Elle se leva et sortit en sentant son sourire moqueur dans son dos.

Terry se comporta différemment. Elle était assoupie quand Frieda entra dans la salle, la tête sur ses mains jointes, comme en prière, laissant échapper un ronflement sifflant. Sa bouche était ouverte et elle bavait un peu. Même quand elle se réveilla, fixant Frieda un instant d'un œil trouble comme si elle ne la reconnaissait pas, elle resta avachie sur sa chaise. Elle reposait de temps en temps sa tête sur la table, donnant l'impression qu'elle était prête à se rendormir. Son maquillage avait coulé. Elle avait du rouge à lèvres sur les dents. Les cheveux gras. Frieda ne devinait ni peur ni forte colère chez cette femme, simplement un ressentiment emprunt d'hostilité d'être ainsi retenue dans cette pièce dénudée et inconfortable pendant des heures interminables. Elle avait envie de retrouver sa maison surchauffée et ses chats. Elle voulait une cigarette. Elle avait froid. Elle avait faim, et ce qu'on lui avait servi ici était immangeable. Elle était fatiguée – et ça se voyait : son visage était bouffi et ses yeux irrités. De temps à autre, elle enveloppait de ses bras son gros corps triste pour se réconforter, se bercer.

— Ça fait combien de temps que vous êtes ensemble, Dean et vous ? demanda Frieda.

Terry haussa les épaules.

— Quand vous êtes-vous mariés ?

— Il y a des siècles.

— Comment vous êtes-vous rencontrés ?

— Il y a des années. Quand on était gosses. Je peux avoir ma clope, maintenant ?

— Vous travaillez, Terry ?

— Vous êtes qui, vous ? Pas un flic, hein ? Vous n'en avez pas l'air.

— Je vous l'ai déjà dit, une sorte de médecin.

— Rien ne cloche chez moi. Sauf que je suis ici.

— Avez-vous le sentiment d'être obligée de faire ce que Dean vous dit ?

— Il me faut cette clope.

— Vous n'êtes pas obligée de faire ce que vous dit Dean.

— C'est ça, ouais. (Elle bâilla à s'en décrocher la mâchoire.) C'est fini ?

— Vous pouvez nous parler de Matthew. Vous pouvez nous dire ce que vous savez de Joanna et Kathy. Ce serait courageux de votre part.

— Je ne sais pas de quoi vous parlez. Vous croyez savoir des trucs sur ma vie, mais non. Les gens comme vous ne savent rien des gens comme nous.

Chapitre trente-huit

Un e-mail de Sandy s'afficha sur son écran d'ordinateur. Il l'avait rédigé à 1 heure du matin et y racontait qu'il avait tenté de ne pas prendre contact mais qu'il avait finalement trouvé cela impossible. Elle lui manquait tellement qu'il en avait mal. Il n'arrivait pas à croire qu'il ne la reverrait jamais, ni ne la tiendrait plus dans ses bras. Pouvaient-ils passer un moment ensemble ? Il partait pour les États-Unis dans quelques jours, mais aimerait la voir avant son départ. Il le fallait. « Je t'en prie », écrivait-il. « S'il te plaît, Frieda, je t'en prie. »

Frieda resta assise plusieurs minutes, le regard braqué sur le message. Puis elle cliqua sur « Supprimer ». Elle se leva et se versa un verre de vin, qu'elle but debout à côté de la cheminée remplie de cendres grises et froides. Il était 2 h 30, le pire moment pour être éveillé, celui où les désirs étaient les plus denses. Elle retourna à son ordinateur et récupéra le mail dans les « Messages supprimés ». Ces derniers jours, Sandy lui avait semblé appartenir à de l'histoire ancienne, être bien éloigné. Pendant que lui se consumait de pensées pour elle, elle était consacrée tout entière à un enfant enlevé. Et pourtant, avec ce mail, le sentiment de manque revint au galop, un vrai torrent de tristesse. S'il avait été là en ce moment, elle aurait pu lui parler de ce qu'elle éprouvait. Il comprendrait comme nul autre. Il lui prêterait une oreille attentive, sans dire un mot, et à lui elle pouvait confesser l'échec, le doute, la culpabilité. Même si elle gardait le silence, lui saurait ce qui se passait en elle.

Elle écrivit : « Sandy, viens dès que tu auras ce message. Peu importe à quelle heure. » Elle se figura ce que ça ferait d'ouvrir la porte et de revoir sa tête. Puis elle cligna des yeux et se secoua. Une fois de plus, elle cliqua sur « Supprimer », vit le message s'effacer, éteignit son ordinateur et descendit dans sa chambre.

Ressasser les événements à 3 heures du matin était un exercice périlleux. Allongée dans son lit à contempler le plafond, Frieda avait l'impression de réfléchir avec plus d'acuité, sans distraction d'aucune sorte, mais ses pensées prenaient aussi un tour plus inquiétant, comme si elle était au fond de la mer. Elle songea à Dean Reeve. Et à Terry. Comment s'immiscer dans leurs cerveaux ? N'était-ce pas le talent qu'elle était censée maîtriser ? Frieda avait passé la majeure partie de sa vie adulte à rester assise dans des pièces où les gens parlaient, parlaient, parlaient sans fin. Parfois, ils avouaient des vérités qu'ils n'avaient jamais verbalisées jusqu'ici, pas même admis en leur for intérieur. Ils mentaient, se justifiaient, ou s'apitoyaient sur eux-mêmes. Ils étaient en colère, tristes, ou abattus. Mais tant qu'ils parlaient, Frieda réussissait à s'emparer de leurs propres mots pour en faire une histoire susceptible de donner une forme de sens à leur existence, ou au moins un simple refuge au sein duquel survivre. Mais toutes ces personnes venaient la trouver de leur plein gré ou lui étaient adressées par un confrère. Que faisait-on avec celles qui ne voulaient pas parler, qui n'en étaient pas capables ? Comment les atteindre ?

Ces dernières années, elle avait assisté à des séminaires où avait été évoquée la torture. Pourquoi maintenant ? Comment se faisait-il que tout le monde soit soudain si avide d'en discuter ? Si tenté par l'idée ? Était-ce dans l'air du temps ? Dean Reeve. Elle avait vu son visage, son lent sourire. Il ne dirait rien, quoiqu'on lui fasse. Il percevrait la torture comme une forme de triomphe. On porterait atteinte à sa propre humanité, à tout ce qu'on estimait, tout ça pour rien. Mais Terry. Si on... non, songea Frieda, pas on, moi, Frieda Klein. Si j'étais seule dans une pièce en compagnie de Terry Reeve. Pendant une heure. Frieda s'imagina les instruments médicaux, les scalpels, les pinces. Deux fils électriques, un générateur. Un crochet au plafond. Une chaîne ou une corde. Une baignoire remplie d'eau. Une serviette. Frieda avait reçu une formation médicale. Elle savait ce qui ferait vraiment, vraiment mal. Elle savait comment provoquer un sentiment de mort imminente. Une heure seule avec Terry Reeve, et sans poser de questions. Considérons le cas comme une formule mathématique. L'information requise, X, se trouve dans la tête de Terry. Si l'on réussissait à mettre en œuvre le processus consistant à extraire X de là, alors on retrouverait Kathy Ripon, qui serait rendue aux siens et mènerait la vie à laquelle elle avait droit. Faire une chose pareille serait mal, aussi mal que peut l'être le Mal. Mais si elle, Frieda, était dans le noir quelque part, ligotée par des câbles, bâillonnée par une bande adhésive, que penserait-elle si quelqu'un d'autre était assis dans une salle d'interrogatoire en compagnie de la ravisseuse, à nourrir des scrupules, se disant qu'il y a des choses à ne pas faire, se payant le luxe d'être bonne pendant qu'elle-même, Frieda, ou Kathy, se trouvait toujours plongée dans le noir quelque part ? Sauf que Terry Reeve ne savait peut-être effectivement rien, ou presque rien. Auquel cas on se retrouverait en train de torturer quelqu'un en vain dans l'espoir de trouver un X qui n'était pas vraiment là, tout en pensant qu'on ne trouve pas parce qu'on n'a pas encore assez torturé.

Quand bien même, il était facile de faire ce qu'il convenait pour sauver quelqu'un, mais serait-elle prête à faire le mal ? Voilà le genre de pensées débiles qui bourdonnaient dans un cerveau à 3 heures du matin quand le taux de sucre dans le sang était bas. Elle avait appris durant sa formation et par expérience que ces heures-là engendraient un raisonnement négatif, destructeur. Voilà pourquoi elle avait pris l'habitude de se lever au beau milieu de la nuit. D'aller marcher, de lire un mauvais livre, de prendre un bain, un verre... Tout valait mieux que de rester allongée dans son lit à se tourmenter avec des pensées noires. Mais cette fois-ci, elle ne se leva pas. Elle s'obligea à rester et à réfléchir au problème. La solution se trouvait dans la tête de Dean Reeve. Selon toute vraisemblance. Et elle ne pouvait l'obtenir. Que pouvait-elle faire ? Et là, Frieda eut une idée. Elle connaissait également ce genre de pensées, l'illumination qu'on a en pleine nuit, pour se réveiller le lendemain et se remémorer sa brillante idée, qui s'est, on ne sait pourquoi, fossilisée, et qui, dans la lumière crue du matin, s'avère idiote, banale, ridicule.

Le jour pointait à peine quand elle sortit de chez elle, prit vers le nord en traversant Euston Road, puis longea le parc. Quand elle sonna à la porte de Reuben, il était 8 heures à peine passées. Josef vint ouvrir et Frieda fut accueillie par une odeur de café et de bacon en train de frire.

— Vous ne travaillez pas ? s'enquit-elle.

— Mais c'est mon boulot, dit Josef. Et je travaille sur place. Entrez.

Frieda le suivit jusqu'à la cuisine. Reuben était attablé devant un petit déjeuner composé d'œufs brouillés, de bacon et de pain grillé à moitié entamés. Il reposa son journal et examina Frieda avec une expression soucieuse.

— Vous allez bien ?

— Fatiguée, c'est tout, répondit-elle.

Elle se sentait mal à l'aise d'être ainsi scrutée par les deux hommes. Elle se passa les doigts dans les cheveux, comme s'il se pouvait qu'il y ait là quelque chose de pris au piège qu'elle ne pouvait voir.

— Vous avez l'air pas bien, dit Josef. Assoyez-vous.

Elle prit place à table.

— Ça va, répliqua-t-elle. Pas assez dormi, simplement.

— Vous voulez un petit déjeuner ? offrit Reuben.

— Non, je n'ai pas faim, répondit Frieda. Je vais juste vous en piquer un peu.

Elle prit un morceau de pain grillé dans l'assiette de Reuben et le mastiqua. Josef posa une assiette devant elle et eut tôt fait de la remplir d'œufs, de bacon et de toasts. Frieda lança un regard à Reuben. Peut-être que la raison pour laquelle elle semblait malade était que lui semblait aller nettement mieux.

— Vous formez un joli couple tous les deux, déclara-t-elle.

Reuben but quelques gorgées de son café. Il préleva une cigarette du paquet posé sur la table et l'alluma.

— Je vais vous dire un truc : vivre avec Josef est fichtrement plus chouette que de vivre avec Ingrid. Et ne me dites pas que ce n'est pas une bonne façon de me prendre en main.

— Très bien, je me tais.

— J'ai réfléchi, je vais peut-être inviter Paz à dîner.

— Surtout pas, quelle mauvaise idée…

— Ah oui ?

— Ne faites pas ça. De toute façon, Paz refuserait si vous aviez la bêtise de la mettre en position de le faire.

Josef se rassit. Il secoua le paquet de cigarettes de Reuben pour en extraire une. Frieda ne put s'empêcher de sourire en constatant quelle intimité confortable les liait l'un et l'autre. Reuben lança son briquet à Josef, qui l'attrapa et s'en alluma une.

— Je ne suis pas ici pour parler de *vos* problèmes, dit-elle.

— Que se passe-t-il ?

Frieda souleva un morceau de bacon et mordit dedans. Quand avait-elle mangé pour la dernière fois ? Elle regarda Josef.

— Reuben a été mon thérapeute un certain temps. Quand on suit une formation, on doit se faire analyser soi-même et c'est Reuben que je voyais trois fois par semaine, parfois quatre, pour lui parler de ma vie. Reuben connaît tous mes secrets. Ou, en tout cas, ceux que j'ai choisi de partager avec lui. C'est pour ça que ça a été difficile pour lui quand j'ai tenté d'interférer dans sa vie et de l'aider à son tour. C'était comme un père qui se ferait dicter sa conduite par sa fille délinquante.

— Délinquante ? répéta Josef.

— Vilaine, expliqua Frieda. Qui fait des bêtises. Difficile. Incontrôlable.

Reuben ne réagit pas, sans avoir l'air contrarié pour autant. La pièce était presque enveloppée d'un brouillard de fumée. Reuben et un maçon d'Europe de l'Est : Frieda n'arrivait pas à se souvenir quand elle s'était trouvée dans une pièce aussi enfumée que celle-ci.

— Quand on arrête la thérapie, reprit-elle, ça procure le même sentiment que quand on quitte son foyer. Il faut un certain temps pour commencer à percevoir ses parents comme des gens ordinaires.

— Vous voyez quelqu'un en ce moment ? demanda Reuben.

— Non. Je devrais.

— Vous parlez d'un petit ami ? suggéra Josef.

— Non, répondit Frieda. Quand les thérapeutes demandent si vous voyez quelqu'un, ils veulent dire : un thérapeute. Les petits amis, les petites amies, les maris, les femmes, ça va, ça vient. Son thérapeute, voilà la relation qui compte vraiment.

— Vous avez l'air fâchée, remarqua Reuben.

Elle secoua la tête.

— Il faut que je vous pose une question, dit-elle. Juste une question, et après, je m'en vais.

— Alors, posez-la. Vous voulez qu'on s'isole ?

— Ça me va, ici. (Elle baissa les yeux sur son assiette. Elle était presque vide.) Plus que quiconque, vous êtes celui qui m'avez appris que mon métier consistait à mettre de l'ordre dans la tête de mon patient.

— C'est votre mission, c'est incontestable.

— Qu'on ne peut pas intervenir dans la vie d'un patient. Qu'on doit juste modifier l'attitude du patient envers cette existence.

— J'espère que mon enseignement était un peu plus nuancé que ça, coupa Reuben.

— Mais que dites-vous du fait de se servir d'un patient pour venir en aide à quelqu'un d'autre ? demanda Frieda.

— L'idée paraît assez saugrenue en soi.

— Mais est-ce mal ?

Un délai s'ensuivit, le temps pour Reuben d'écraser sa cigarette dans une sous-tasse et d'en allumer une autre.

— Je sais que nous ne sommes pas en séance, dit-il, mais comme vous le savez, quand un patient vous pose une question, ce qu'on cherche normalement à faire, c'est essayer de suggérer que le patient connaît déjà la réponse et la redoute, et qu'il cherche à en transférer la responsabilité sur le thérapeute. Donc, est-ce que ça valait la peine de marcher jusqu'à Primrose Hill pour entendre ce que vous saviez que j'allais vous dire ?

— J'avais quand même besoin de l'entendre prononcé à haute voix, répliqua Frieda. Et j'ai pris un bon petit déjeuner.

Frieda entendit la porte s'ouvrir et se retourna. Une jeune femme, très jeune même, entra dans la pièce. Elle était pieds nus et ne portait qu'une robe de chambre d'homme trois fois trop grande pour elle. Ses cheveux blonds étaient tout décoiffés et on aurait dit qu'elle venait juste de se réveiller. Elle prit place à table. Reuben surprit le regard de Frieda et fit un geste infime de la tête en direction de Josef. La femme tendit la main vers Frieda.

— Sofia, se présenta-t-elle, avec un accent que la thérapeute ne parvint pas totalement à identifier.

Chapitre trente-neuf

— Donc, on fait juste comme d'habitude ? demanda Alan. Vous voulez que je parle.

— Non, répondit Frieda. J'aimerais que vous me parliez de quelque chose de particulier aujourd'hui. J'aimerais parler de secrets.

— Il y en a un paquet. Il s'avère que la plupart des secrets de mon existence sont des secrets dont j'ignorais jusqu'à l'existence.

— Je ne veux pas parler de ceux-là. Je veux parler de ceux que vous connaissez.

— Quel genre ?

— Eh bien, qu'en est-il de ceux que vous cacheriez à Carrie, par exemple ?

— Je ne comprends pas ce que vous voulez dire.

— Tout le monde a besoin de secrets, répliqua Frieda. Même dans la relation la plus intime. On a besoin d'un espace privé. D'une pièce, d'un bureau, au besoin, d'un simple tiroir fermé à clé.

— Vous voulez parler du tiroir du bas dans lequel je cache mes revues ou vidéos porno ?

— Par exemple. Avez-vous un tiroir du bas dans lequel vous cachez vos revues porno ?

— Non, répondit Alan. Je disais ça parce que c'est un cliché.

— Si les clichés existent, c'est qu'ils détiennent une part de vérité. Si vous conserviez quelques revues porno dans un tiroir quelque part, ce ne serait pas un crime.

— Je ne garde pas de revues porno dans un tiroir, ni dans un carton, ni enterrées dans le jardin. Je ne sais pas ce que vous cherchez à me faire dire. Je suis désolé de vous décevoir mais je ne cache rien à Carrie. En fait, j'ai dit à Carie qu'elle était absolument libre d'inspecter tous mes tiroirs, d'ouvrir mon courrier, de fouiller dans mon portefeuille. Je n'ai rien à lui cacher.

— Ne parlons plus de secrets, dans ce cas. Je pense à une autre dimension que vous pouvez sonder. Mettons qu'il s'agisse d'un hobby. Nombre d'hommes ont des hobbies, ainsi qu'un lieu où le pratiquer. C'est un moyen de s'évader, un refuge. Ils vont dans leurs abris et construisent des modèles réduits d'avions ou de Tower Bridge avec des allumettes.

— À vous entendre, ça a l'air débile.

— Non, j'essaie de suggérer quelque chose d'innocent, de bénin. J'essaie de situer où se trouve votre propre espace intime. Vous avez un abri ?

— Je ne sais pas où vous voulez en venir mais il se trouve que Carrie et moi avons bel et bien un abri de jardin. Je l'ai construit moi-même et je viens tout juste de le finir. C'est là que nous rangeons quelques outils et quelques affaires dans des cartons. Il se verrouille avec une clé pendue à côté de la porte donnant sur le jardin, à laquelle nous avons l'un et l'autre accès.

— Peut-être que vous m'avez mal comprise, Alan. Ce que je cherche à savoir, c'est où vous allez quand vous avez besoin d'être seul. Je n'essaie pas de vous piéger. Je vous demande juste de répondre à cette question : vous est-il jamais arrivé d'avoir un coin secret, ailleurs que chez vous et Carrie, où vous rendre pour pratiquer un hobby ou autre, ou simplement vous retrouver en paix, un endroit dont personne d'autre n'avait connaissance ou bien où personne ne pouvait vous trouver ?

— Oui, répondit Alan. Quand j'étais ado, Craig, un de mes amis, avait un garage fermé où il rangeait une voiture et une moto, et j'y allais pour bricoler sa bécane avec lui. Là, vous êtes contente ?

— C'est exactement ce que j'avais à l'esprit, répondit Frieda. Aviez-vous l'impression d'y trouver un refuge ?

— Ben, c'est qu'on ne peut pas franchement réparer sa moto dans son salon, si ?

Frieda inspira profondément, tâchant d'ignorer l'hostilité d'Alan.

— Un autre endroit ?

Alan réfléchit un moment.

— À dix-neuf, vingt ans, j'aimais bien trafiquer des moteurs. Un ami d'ami avait un atelier dans une de ces caves voûtées sous les arches du pont dans le quartier de Vauxhall. J'ai travaillé pour lui un été.

— Parfait. Sous le pont, donc. Une remise fermée à clé. Y a-t-il un autre endroit où vous alliez quand vous vouliez vous éloigner de chez vous ?

— Quand j'étais gosse, je fréquentais une maison de jeunes. C'était dans une sorte de cabane en bordure d'une cité. On jouait au ping-pong. Je n'ai jamais été très bon.

Frieda fit une pause pour faire le point. Elle savait que tout ceci était trop direct, trop superficiel, et qu'elle n'allait nulle part. Quelques semaines plus tôt, Alan ne savait même pas qu'il avait un frère. À présent, oui. La source avait été polluée, comme aurait dit Seth Boundy. Il était sur ses gardes : il lui jouait un numéro. Peut-être avait-il besoin d'être amadoué un peu.

— J'aimerais que vous imaginiez quelque chose. Nous avons évoqué ces refuges à l'écart de chez vous. Un endroit où vous pouvez vous retrancher. Imaginez maintenant que vous ayez bel et bien eu un secret. Que vous ayez eu quelque chose à cacher, que vous ne pouviez cacher chez vous. Où l'auriez-vous dissimulé ? Ne réfléchissez pas. Pensez avec le cœur, d'instinct. À votre avis ?

Un long silence s'abattit. Alan ferma les yeux. Puis il les ouvrit et fixa Frieda avec l'expression d'une personne traquée.

— Je sais ce que vous cherchez à savoir. Il ne s'agit pas de moi, n'est-ce pas ?

— Comment ça ?

— Vous vous jouez de moi. Vous vous servez de moi pour en savoir plus sur lui.

Frieda garda le silence.

— Vous me posez des questions non pas pour m'aider, pour résoudre mes problèmes, mais parce que vous pensez que ça pourrait vous donner un indice sur l'endroit où chercher ce gosse. Une info à transmettre à la police.

— Vous avez raison, finit par avouer Frieda. Ce n'était sans doute pas la chose à faire. Non, ce n'était définitivement pas la chose à faire. Mais j'ai cru que si ce que vous disiez pouvait apporter la moindre aide, alors nous devions essayer.

— Nous ? reprit Alan. Que voulez-vous dire par « nous » ? J'ai cru venir ici pour trouver de l'aide à mes problèmes. J'ai cru que vos questions avaient pour but de me soigner. Vous me connaissez. Je ferais n'importe quoi pour faire revenir ce gosse. Vous pouvez pratiquer toutes les expériences que vous voulez sur moi, pas de problème. Ce pauvre gosse… Mais vous auriez dû me prévenir. Vous auriez vraiment dû me prévenir, putain.

— Je ne pouvais pas, expliqua Frieda. Si je vous l'avais dit, ça n'aurait pas marché. Non pas que ça ait marché, évidemment. L'idée m'est venue en désespoir de cause. J'avais besoin de savoir ce que vous me révéleriez spontanément.

— Vous vous êtes servie de moi.

— Oui, en effet.

— Pour que la police puisse se mettre à explorer les garages fermés et les dessous de ponts de chemin de fer.

— Oui.

— Sans doute là où ils cherchent déjà, par ailleurs.

— J'imagine, concéda Frieda.

Nouveau silence.

— Je pense que nous allons en rester là, déclara Alan.

— Fixons un nouveau rendez-vous, proposa Frieda. Pour une vraie séance digne de ce nom.

— Je vais devoir y réfléchir.

Ils se levèrent, assez gauches, comme deux personnes constatant qu'elles quittent une soirée au même moment.

— J'ai des courses de Noël de dernière minute à faire, ajouta Alan, alors ma journée ne sera pas complètement perdue. Je peux aller à Oxford Street d'ici à pied, n'est-ce pas ?

— C'est à environ dix minutes.

— Ça me va.

Ils gagnèrent la porte, que Frieda ouvrit pour le laisser sortir. Il s'en allait, quand il fit brusquement demi-tour.

— J'ai retrouvé les miens, dit-il. Mais ça ne ressemble guère à des retrouvailles.

— Qu'est-ce que vous espériez ?

Un sourire lui échappa.

— On a le métier chevillé au corps, hein ? J'ai réfléchi. Ce dont je rêvais vraiment, c'est ce qu'on voit parfois dans des films, ou qu'on lit dans des livres, lorsque des gens vont sur la tombe de leurs parents et grands-parents, pour s'y asseoir et leur parler, ou simplement méditer. Certes, ma mère est toujours en vie. Sans doute me sera-t-il plus facile de lui parler quand elle sera morte. Là, je pourrai faire comme si elle était ce qu'elle n'était pas : quelqu'un capable de m'écouter et de me comprendre, quelqu'un auprès de qui je pourrais m'épancher. Voilà ce que j'aimerais. M'allonger auprès de la tombe et parler à mes ancêtres.

— On a tous plus ou moins besoin d'une famille.

Frieda savait qu'elle était la dernière à le penser.

— On dirait une phrase toute faite trouvée dans un *cracker* de Noël, répliqua Alan. C'est de saison, j'imagine.

Chapitre quarante

— Je fais le gâteau ! déclara Chloë. (Elle semblait plus animée que d'habitude.) Pas de pudding. Je déteste, et de toute façon, il y a une tonne de calories par bouchée. Et pour ça, j'aurais dû m'y prendre des semaines à l'avance, c'est-à-dire quand je croyais encore que j'allais chez papa, avant qu'il ne se trouve quelque chose de mieux à faire. Je pourrais en acheter un, j'imagine, mais ce serait tricher. Il faut préparer son propre dîner de réveillon, pas seulement mettre quelque chose au micro-ondes pendant quelques minutes, non ?

— Ah bon ?

Frieda s'avança, le combiné à l'oreille, jusqu'à la grande carte de Londres punaisée au mur. Elle plissa les yeux dans la faible lumière.

— Ouais, je fais une recette trouvée sur le Net, aux framboises, fraises, cranberries et chocolat blanc.

Frieda posa le doigt sur la zone qu'elle examinait et traça un chemin.

— Et toi, tu prépares quoi ? continua Chloë. Pas de la dinde, j'espère. Ça n'a aucun goût, la dinde. M'man a dit qu'il n'y avait aucune chance que tu fasses de la dinde.

— Ce n'est pas encore vraiment décidé.

Frieda montait à l'étage à présent, dans sa chambre.

— Ne me dis pas que tu n'y as pas pensé. Pas ça. Je t'en prie, pas ça. C'est demain, la veillée ! Je m'en fiche d'avoir des cadeaux ou pas. D'ailleurs, je me fiche de savoir ce qu'on va manger, en fait. Mais ce que je ne veux pas, c'est que tu n'y penses même pas, comme si ça n'avait aucune espèce d'importance pour toi. Ça, je ne pourrais pas le supporter. Littéralement. C'est Noël, Frieda. Souviens-toi. Tous mes potes ont des super fêtes de famille, ou alors ils vont à l'île Maurice avec leur père, ou j'sais pas quoi encore... Moi, je viens chez toi. Tu dois faire un effort pour que ça soit un moment à part !

— Je sais, dit Frieda, qui se forçait à répondre. (Elle prit un gros pull-over gris dans son tiroir et le jeta sur le lit, suivi d'une paire de gants.) Je vais le faire. J'y pense. Promis.

Penser à Noël lui donna une légère nausée : un enfant et une jeune femme disparus, Dean et Terry Reeve en liberté, et elle était censée boire et manger, s'amuser et se coiffer d'une couronne en papier.

— On sera juste toutes les trois, ou tu as invité du monde ? Ça m'irait, hein. En fait, j'aimerais bien. Dommage que Jack ne puisse pas venir.

— Quoi ?

— Jack. Tu sais...

— Tu ne sais même pas qui est Jack.

— Mais si.

— Tu ne l'as rencontré qu'une fois pendant environ trente secondes.

— Avant que tu ne le fasses dégager fissa pour me l'ôter de la vue. C'est ça, ouais. Mais on est potes sur Facebook maintenant.

— Ah oui ?

— Ouais. On doit se revoir à son retour. Ça te pose un problème ?

Cela lui posait-il un problème ? Évidemment que ça posait un problème. Son stagiaire et sa nièce. Mais c'était un problème pour plus tard, pas pour maintenant.

— Tu as quel âge ? lui demanda-t-elle.

— Tu sais bien quel âge j'ai. Seize ans. J'ai l'âge...

Frieda se mordit la langue. Elle n'avait par envie de demander : l'âge de quoi ?

— On pourrait faire des jeux de mime, s'enthousiasma Chloë. On vient à quelle heure ?

— Qu'est-ce que tu préfères ?

— Que dirais-tu du début d'après-midi ? C'est ce qui se fait chez les autres. Ils ouvrent leurs cadeaux en traînassant un peu, et après ils se tapent la cloche dans l'après-midi ou tôt le soir. On pourrait faire ça.

— Très bien.

Frieda ôta ses pantoufles. Coinçant le téléphone entre son menton et son épaule, elle enleva sa jupe et son collant.

— On apporte le champagne. C'est m'man qui a dit ça. C'est sa contribution. Et que dirais-tu de *crackers* ?

Frieda se remémora la remarque d'Alan sur le pas de la porte et se rabroua mentalement.

— Je m'occupe des *crackers*, dit-elle avec fermeté. Et ce ne sera pas de la dinde.

— Quoi alors ?

— Surprise.

Avant de sortir de chez elle, Frieda appela Reuben. C'est Josef qui répondit. Une musique forte s'élevait dans le fond.

— Voulez-vous passer Noël chez moi, avec Reuben ? demanda-t-elle sans préambule.

— On vient, déjà.

— Pardon ?

— Nous avons décidé. Vous préparez un repas de Noël pour moi. Dinde et pudding aux prunes.

— J'avais à l'esprit quelque chose d'un peu différent. Du style, que je ne préparerais pas. Que faites-vous en Ukraine pour Noël ?

— Cuisiner pour mes amis est mon honneur. Douze plats.

— Douze ? Non, Josef, un, ça ira.

— Douze plats, obligatoire chez moi.

— Mais c'est trop.

— Jamais trop.

— Si vous y tenez, céda Frieda d'un ton sceptique. Je pensais juste à quelque chose de simple. Des boulettes de viande. Ce n'est pas ukrainien, ça ?

— Pas de viande. Jamais de viande ce jour-là. Le poisson, c'est bien.

— Peut-être que vous pourriez demander à Reuben de vous aider. Autre chose : que faites-vous là, tout de suite ?

— Je dois faire les courses pour mon dîner.

— Je vous rembourserai. C'est le moins que je puisse faire. Mais avant ça, Josef, voulez-vous faire un tour avec moi ?

— C'est froid et mouillé, dehors.

— Sûrement pas aussi froid qu'en Ukraine, allons. Une deuxième paire d'yeux me serait bien utile.

— Et on va où, là ?

— Je vous retrouve à la station de métro. Reuben vous expliquera comment vous y rendre.

Frieda remonta le col de son manteau pour se protéger la figure du froid.

— Vos chaussures sont trempées, fit-elle remarquer à Josef.

— Les pieds aussi, répliqua ce dernier.

Il ne portait pas de gants, mais une veste légère qui devait appartenir à Reuben, songea-t-elle, et une écharpe rouge vif qu'il avait enroulée plusieurs fois autour de son cou et du bas de son visage, de sorte que sa voix était étouffée. Ses cheveux, trempés par la neige fondue, lui collaient au crâne.

— Merci d'être venu, dit-elle, ce à quoi il répondit par son curieux petit salut habituel, tout en faisant un pas de côté pour éviter une flaque.

— Et pourquoi ça ?

— Une promenade dans Londres. J'en fais souvent. C'est une façon de réfléchir. Normalement, je le fais toute seule mais, cette fois-ci, j'avais envie de quelqu'un avec moi. Mais pas n'importe qui. J'ai pensé que vous pourriez m'aider. La police a fait du porte-à-porte pour rechercher Matthew et Kathy, ou les corps de Matthew et Kathy. J'avais besoin de venir ici, rien que pour sentir l'atmosphère des lieux, en fait.

Elle se souvint des paroles d'Alan. Bâtiments condamnés, ateliers abandonnés sous les ponts, garages fermés, tunnels. Ce genre d'endroits. Se mettre dans la peau de cet homme. Imaginer ce qu'il avait dû ressentir, en proie à la panique, jetant des regards égarés tout autour de lui pour trouver une cache. Une cachette où nul n'irait regarder : un endroit d'où celui qui appellerait à l'aide ne pourrait être entendu. Elle fouilla désespérément du regard les appartements, les maisons, éclairées pour certaines et ornées de décorations de Noël, les magasins aux portes grandes ouvertes, déversant leur chaleur sans retenue dans les rues hivernales, sur les routes embouteillées, les consommateurs qui grouillaient en tous sens, tenant fermement des sacs remplis de cadeaux et d'aliments.

— Derrière des murs épais, sous nos pieds. Je n'en sais rien. On commence ensemble, puis on continue séparément. J'ai plus ou moins établi un itinéraire.

Josef hocha la tête.

— Deux ou trois heures, et après vous pouvez aller faire vos courses, le rassura-t-elle.

Frieda ouvrit son plan de Londres et trouva la bonne page. Elle indiqua un point.

— On est là. (Elle remonta son doigt de deux centimètres.) Dean a dû faire vite pour se débarrasser du petit. Donc je dirais qu'il a dû l'emmener à moins d'un kilomètre de là. Un kilomètre et demi, à la rigueur.

— Pourquoi ? s'enquit Josef.

— Comment ça ?

— Pourquoi un kilomètre et demi ? Pourquoi pas cinq ? Ou dix ?

— Reeve a dû prendre une décision rapidement. Il a dû choisir une planque dans le coin. Un endroit qu'il connaissait.

— Ou chez un ami ?

Frieda secoua la tête.

— Je ne pense pas, dit-elle. Je pense qu'on peut confier un objet à un ami, pas un enfant. Je ne pense pas qu'il soit du genre à avoir ce genre d'ami. Plutôt à mettre Matthew quelque part. Quelque part où il savait qu'il pourrait retourner. Mais ensuite, il s'est retrouvé surveillé, et n'a pas pu y aller.

Josef croisa les bras comme pour se protéger du froid.

— Beaucoup de peut-être, constata-t-il. Peut-être il a kidnappé l'enfant. Peut-être le garçon est en vie. Peut-être il le cache près de la maison.

— Ce ne sont pas des suppositions, rétorqua Frieda.

— Un kilomètre et demi... médita Josef. (Il posa son doigt sur la carte, à l'endroit où vivait Dean Reeve. Il l'ôta.) Un kilomètre et demi ? répéta-t-il, avant de tracer un cercle autour du point. Près de cinq kilomètres carrés. Plus, je pense.

— Je vous ai fait venir pour m'aider, coupa Frieda. Pas pour me dire ce que je sais déjà. Si c'était vous, que feriez-vous ?

— Si je vole, je vole matériel. Une perceuse, une ponceuse, je revends pour quelques livres. Je ne vole pas un petit enfant.

— Mais si vous le faisiez.

Josef eut un geste impuissant.

— Je sais pas. Un placard, un coffre, une pièce fermée. Un endroit où il y a personne.

— Il y a plein d'endroits sans personne par ici, répondit Frieda. Alors ? On y va ?

— Quel chemin ?

— Comme on ne sait pas où il est, et pas où aller, peu importe. J'ai pensé m'éloigner en spirale de sa maison.

— Spirale ? demanda Josef.

Frieda dessina une spirale du doigt.

— Comme l'eau qui se précipite dans un trou, expliqua-t-elle. (Elle indiqua la rue d'un geste de la main.) Par ici.

Ils commencèrent à longer un lotissement portant le nom de John Ruskin. Elle leva les yeux vers les rangées de maisons attenantes les unes aux autres. Plus de la moitié des appartements étaient scellés au moyen de grilles métalliques barrant leur porte et leurs fenêtres. N'importe lequel d'entre eux pouvait constituer une cache. Au bout du lotissement se trouvait une usine à gaz, avec des chaînes rouillées en travers du portail d'entrée. Un vieux panneau sur les grilles indiquait que l'endroit était gardé par des chiens. Cela semblait peu probable. Ils se dirigeaient à présent vers le nord et, au bout de la rue, ils prirent à droite en direction de l'est le long d'un dépôt de camions, puis d'une casse.

— C'était comme ça Kiev, du coup je suis venu à Londres.

Il s'arrêta devant une nouvelle enfilade de magasins fermés. Tous deux levèrent les yeux vers les anciennes enseignes peintes sur les façades de brique : Papeterie Evans & Johnsons, J. Jones Stores, pub Le Black Bull.

— Tous partis, constata-t-il.

— Il y a un siècle, ce quartier était une ville, expliqua Frieda. C'est là que se trouvaient les plus grands docks du monde. Les bateaux faisaient la queue jusqu'à la mer pour décharger. Des dizaines de milliers d'hommes travaillaient ici, avec leurs femmes et leurs enfants. Durant la guerre, tout a été bombardé et a brûlé. Aujourd'hui on dirait Pompéi, sauf que des gens essaient toujours d'y vivre. Il aurait sans doute été préférable qu'on le rende aux champs, à la forêt et aux marécages.

Une voiture de police passa devant eux et Frieda comme Josef la suivirent des yeux jusqu'à ce qu'elle tourne au coin.

— Ils cherchent aussi ? s'enquit Josef.

— J'imagine. Je ne sais pas vraiment comment ils procèdent.

Tout en marchant, Frieda jetait des coups d'œil à son plan pour s'assurer de leur trajet. L'une des choses qu'elle appréciait chez Josef était qu'il ne parlait pas quand ce n'était pas nécessaire. Il ne ressentait pas le besoin de faire le malin ou de faire mine de comprendre des choses dépassant son entendement. Et quand il prenait la parole, il pensait réellement ce qu'il disait. Ils venaient de longer un entrepôt vide quand Frieda se rendit compte que Josef s'était arrêté et qu'elle avait continué sans s'en apercevoir. Elle revint sur ses pas.

— Vous avez vu quelque chose ?

— Pourquoi est-ce qu'on fait ça ?

— Je vous l'ai dit.

Il lui prit le plan des mains et l'étudia.

— On est où ?

Elle toucha la feuille du doigt. Il déplaça le sien sur le plan, reconstituant leur cheminement.

— Ça ne sert à rien, dit-il. On passe devant maisons vides, immeubles vides, église vide. Sans entrer. C'est sûr qu'on peut pas entrer. On peut pas regarder tous les trous, toutes les pièces, les toits, les caves sous les maisons. On cherche pas. Pas vraiment. On marche et vous racontez les bombes pendant la guerre. Pourquoi vous faites ça ? Pour vous sentir mieux ?

— Non, répondit Frieda. Pour me sentir encore pire, sans doute. J'espérais juste qu'en venant ici, en arpentant ces rues, on tomberait sur quelque chose.

— La police cherche. Ils peuvent entrer dans les maisons, poser des questions. Ça, c'est le travail de la police. Nous ici, on fait que…

Josef agita les mains d'impuissance, faute de trouver le mot.

— Un geste, compléta Frieda. Quelque chose plutôt que rien.

— Un geste pour quoi ?

— Mais on doit bien faire quelque chose. On ne peut pas rester chez soi le cul sur sa chaise.

— Quelque chose pour quoi ? reprit Josef. Si le petit Matthew est couché dans la rue, on tombera peut-être dessus. Mais s'il est mort et enfermé dans une pièce ? Aucune chance.

— C'est vous qui m'avez dit ça, vous vous souvenez ? Que je croyais pouvoir aider les gens en restant assis dans une pièce à parler. Vous avez dit que je ferais mieux de me bouger le cul et d'aller régler leurs problèmes. Ça n'a pas vraiment marché, si ?

— Je n'ai pas… (Il se tut un instant, cherchant les mots une fois de plus.) Juste bouger le cul ne va pas régler le problème. Je reste pas dans une maison pour la réparer. Je construis le mur, j'installe les tuyaux et l'électricité. Marcher juste dans la rue n'est pas retrouver le garçon.

— La police ne le trouve pas non plus, constata Frieda. Ni la femme.

— Quand on cherche un poisson, dit Josef, on cherche là où sont les poissons. On ne se promène pas que dans les champs.

— Un proverbe ukrainien ?

— Non, mon idée. Mais on ne peut pas juste marcher dans les rues. Pourquoi vous m'avez amené ici faire ça ? On est comme des touristes, là.

Frieda examina le plan en plissant les yeux. Elle le referma. Il s'était déjà humidifié sous la neige fondue et glaciale et les pages étaient froissées.

— Très bien, concéda-t-elle.

Souffle. Cœur. Langue sur la pierre. Petit bruit asthmatique dans la poitrine. Lumières dans ses yeux. Tête remplie de feux d'artifice, rouge, bleu, orange. Fusées. Étincelles. Flammes. Ils avaient enfin allumé le feu. Tellement froid, et ensuite, tellement chaud. De la glace à la fournaise. Il doit se déshabiller, échapper à cette chaleur suffocante. Son corps fond. Il ne resterait rien. Rien que des cendres. Des cendres et un bout d'os, et personne ne saurait qu'il s'était agi un jour de Matthew, yeux marron, cheveux roux, un ourson aux pattes de velours.

Chapitre quarante et un

Dans le métro, bousculés à l'heure de pointe, ils n'échangèrent pas un mot sur le trajet du retour. Alors que Frieda ouvrait la porte d'entrée, elle entendit le téléphone sonner. Elle décrocha. C'était Karlsson.

— Je n'ai pas votre numéro de portable, déclara-t-il.

— Je n'en ai pas, lui apprit Frieda.

— Vous ne devez pas être le genre de médecin dont on a besoin en cas d'urgence, j'imagine.

— Que se passe-t-il ?

— C'est l'objet de mon appel. Je voulais juste vous prévenir que depuis une heure et demie environ, Reeve et sa compagne ont été relâchés dans la nature.

— Vous avez manqué de temps ?

— On aurait pu les garder un peu plus, si on avait vraiment voulu. Mais n'est-il pas préférable qu'ils soient en liberté ? Peut-être qu'il commettra un faux pas et nous conduira quelque part.

Frieda réfléchit un moment.

— J'aimerais pouvoir le croire, répondit-elle. Mais ce n'est pas ce que j'ai ressenti durant notre entretien. Il m'avait plutôt l'air d'un homme résolu.

— À la première erreur, on le coffre.

— Il est certain que vous le suivez, continua Frieda. Je pense que ça l'amuse même, maintenant. Nous l'avons mis en position de force. Il sait très bien ce que nous endurons. À mon avis, rien de ce que nous pourrions faire ou lui concéder ne lui procurera autant de plaisir que ça.

— Ça ne vous pose pas de problème, à vous, rétorqua Karlsson. Vous avez votre travail. Vous pouvez continuer.

— C'est exact, convint Frieda. Ça va pour moi.

Une fois qu'elle eut raccroché, Frieda resta assise un moment à fixer le vide. Puis elle monta à l'étage et contempla les toits mouchetés de neige par la fenêtre de sa chambre. La nuit était claire et froide. Elle se fit couler un bain et resta allongée dedans durant près d'une heure. Ensuite, elle s'habilla et se rendit dans son atelier au grenier, où elle s'assit devant sa table à dessin. Depuis combien de temps ne s'était-elle trouvée là, disposant de temps pour elle-même ? Impossible de s'en souvenir. Elle se saisit de son crayon à mine tendre et le tint entre son pouce et son index, sans rien dessiner cependant. Elle ne parvenait à penser qu'à Matthew, dehors, là, quelque part, par ce froid féroce, peut-être en vie et terrifié, mais probablement mort depuis longtemps ; à Kathy Ripon, qui avait frappé à la mauvaise porte ; à Dean et à Terry quittant le commissariat, libres.

Pour finir, elle reposa son crayon sur la feuille blanche et redescendit. Elle prépara un feu au salon et y jeta une allumette, patienta jusqu'à ce que les flammes lèchent le charbon. Puis regagna sa cuisine. Elle dénicha une demi-barquette de salade de pommes de terre dans le réfrigérateur et la mangea sans façon à la cuillère, debout à la fenêtre. Puis elle prit un verre dans l'évier, le rinça et y versa du whisky. Elle le sirota très lentement. Elle aurait aimé que le temps s'écoule plus vite ; que cette nuit soit passée. Le téléphone retentit et elle décrocha.

— Vous ne pensiez sans doute pas que vous auriez de mes nouvelles de sitôt ?

— Karlsson ?

— Évidemment.

— Excusez-moi, vous êtes au téléphone : je ne vous vois pas.

— Reeve a-t-il cherché à vous joindre ?

— Pas depuis votre dernier coup de fil.

— Il l'a déjà fait.

— Que se passe-t-il ?

— On les a perdus.

— Qui ça, les ?

— Reeve. Ainsi que Terry.

— Je croyais que vous les filiez.

— Je n'ai pas à me justifier devant vous.

— Je me fiche que vous vous justifiiez ou non. Je me demandais juste comment ça a pu arriver.

— Oh, vous savez… Le métro, la foule, et une mission foirée par des agents incompétents. Peut-être qu'ils comptaient bel et bien se tirer, peut-être pas. Je n'en sais rien. Pas plus que je ne sais ce qu'ils vont faire.

Frieda consulta sa montre. Minuit passé.

— Ils ne rentreront pas chez eux. Si ?

— Ils pourraient. Pourquoi pas ? On n'a retenu aucune charge contre eux. Et on est en pleine nuit. Où iraient-ils, sinon ?

Frieda s'efforça de réfléchir.

— Ça pourrait être une bonne chose, concéda-t-elle. Peut-être qu'ils se sentent libres, à présent. Ça pourrait être positif.

— Je n'en sais rien, douta Karlsson. Je ne suis plus sûr de rien, même pas assez pour deviner. Même pas sûr que ça importe, au fond. Où auraient-ils pu les mettre ? S'ils sont attachés dans un placard dans un appartement vide quelque part, combien de temps peuvent-ils survivre sans eau ? À supposer qu'ils ne soient pas déjà… bref, vous voyez. Quoi qu'il en soit, il cherchera peut-être à entrer en contact avec vous. On a déjà vu plus bizarre. Tenez-vous prête.

Après avoir raccroché, Frieda se reversa un doigt de whisky et le vida d'un trait, qui lui brûla la gorge et la fit tressaillir. Elle passa au salon, mais le feu s'était éteint et le froid régnait dans la pièce à l'atmosphère déprimante. Elle avait besoin de se reposer, elle le savait, mais l'idée de se retrouver au lit, les yeux grands ouverts, tandis que son cerveau bruisserait d'images, lui faisait horreur. Elle resta allongée un moment dans le canapé, une couverture tirée sur elle, mais le sommeil la fuyait, laissant place à une veille aride et affolée. De guerre lasse, elle se leva et retourna à la cuisine. Elle fit trois pas dans son petit jardin. Le froid lui coupa le souffle et lui fit monter des larmes aux yeux, mais elle s'en délecta. Cela la réveilla, l'arracha à son état vaseux, lui rendit sa lucidité et aiguisa ses pensées. Elle resta debout sans manteau ni gants, jusqu'à ce que sa figure s'engourdisse et qu'elle n'y tienne plus, puis rentra.

Elle retourna à la carte de Londres près de la porte d'entrée. L'éclairage n'était pas suffisamment fort pour distinguer tous les détails, les noms des petites rues. Elle l'arracha du mur et l'étala sur la table du salon. Elle alluma le plafonnier. Même ainsi, la lumière restait insuffisante. Elle alla chercher la lampe de chevet posée à côté de son lit, l'emporta au salon et la posa sur le bord supérieur de la carte. Elle prit un crayon et fit une croix sur la rue où vivait Dean Reeve. Elle eut soudain la sensation vertigineuse d'observer Londres depuis un avion survolant la ville à une altitude de huit cents mètres, dans un ciel parfaitement dégagé. Elle voyait les points de repères, les méandres de la Tamise, le Dôme du millénaire, l'aéroport de la City, Victoria Park, la Lea Valley. Elle étudia de plus près les rues qu'elle avait empruntées avec Josef. Plaça les zones hachurées indiquant les cités, les usines.

Elle eut une pensée pour Alan, auquel elle avait fait un si grand tort, et songea à quel point elle ne s'était pas montrée à la hauteur. Elle avait échoué autant comme thérapeute qu'en tant qu'enquêtrice. Alan et Dean étaient dotés des mêmes cerveaux, avaient les mêmes pensées, faisaient les mêmes rêves, de la même façon que deux oiseaux différents construiraient des nids identiques. Mais le seul moyen d'accéder à ces pensées était de passer par l'inconscient, et quand elle avait parlé à Alan la dernière fois, ç'avait été comme de demander à quelqu'un d'expliquer comment conduire une bicyclette. Non seulement s'était-il montré incapable de trouver les mots pour lui répondre, mais elle avait endommagé cette aptitude. Qu'on se mette à réfléchir à la façon de maintenir une bicyclette en équilibre tout en pédalant, et on a toutes les chances de tomber. Alan l'avait démasquée et s'en était pris à elle. Peut-être cela indiquait-il une certaine force. Cela aurait pu suggérer que la thérapie agissait, et même qu'elle était arrivée à son terme : Frieda avait en effet l'impression que le lien entre eux avait été rompu et qu'il ne pouvait être réparé. Il ne pourrait plus jamais se livrer à elle, comme devait le faire un patient. Elle se remémora cette dernière séance. Il était ironique que le meilleur moment de cette séance, la seule intimité qu'ils aient jamais établie, soit arrivé une fois la séance terminée, alors qu'ils se séparaient, quand il ne la percevait plus en tant que thérapeute. Qu'avait-il dit sur le fait de se sentir en sécurité ? Elle tenta de se rappeler ses mots. Et au sujet de sa mère. De sa famille…

Brusquement, une pensée la frappa. Était-ce possible ? C'était à l'instant où il avait cessé de réfléchir à de possibles planques. Se pourrait-il qu'il… ?

Frieda fit courir son doigt en une spirale s'éloignant progressivement de la maison de Dean Reeve jusqu'à ce qu'il s'arrête soudain. Elle s'empara de son manteau et de son écharpe et sortit de chez elle au pas de course, quitta les ruelles, traversa la place. Il faisait encore nuit et ces petites rues adjacentes étaient désertes ; elle entendait ses propres pas résonner derrière elle. Ce n'est que lorsqu'elle parvint à Euston Road, dans le flot incessant de la circulation de Londres, qu'elle put héler un taxi. Tandis qu'il prenait de la vitesse, elle ne cessait de ressasser l'idée. Aurait-elle dû appeler la police ? Qu'aurait-elle eu à dire ? Elle songea à Karlsson et à son équipe, en train de cogner aux portes, de prendre des dépositions. Des plongeurs avaient dragué le fleuve. Ce qu'ils voulaient, c'était quelque chose de tangible, un vêtement, une simple fibre, une empreinte digitale, et tout ce qu'elle avait réussi à leur proposer, c'étaient des souvenirs, des projections, des rêves qui semblaient parfois coïncider. Mais ne faisait-elle que distinguer des schémas de la même façon que les enfants lisent des formes dans les nuages ? Tant de fausses pistes, déjà. Celle-ci n'en était-elle qu'une autre ?

— Où voulez-vous que je vous dépose ? s'enquit le chauffeur.

Élément inhabituel : c'était une femme.

— Il y a une entrée principale ?

— Il n'y en a qu'une d'ouverte, répondit la femme. Il y en a une autre à l'arrière, mais elle est fermée.

— La principale, alors.

— Je ne suis pas sûre que ce sera déjà ouvert. Ça ouvre du lever du jour au coucher du soleil.

— Le soleil se lève à présent. Regardez.

Il était presque 8 heures, en cette veille de Noël.

Quelques minutes plus tard, le taxi s'arrêtait. Frieda régla et sortit. Elle leva les yeux sur l'enseigne victorienne ouvragée : « Cimetière Chesney Hall ». Alan avait dit qu'il nourrissait le fantasme de se rendre sur une tombe familiale, de pouvoir s'allonger dans l'herbe et parler à ses ancêtres. Pauvre Alan. Il n'avait pas de sépulture familiale sur laquelle se recueillir, ou en tout cas pas dont il ait connaissance.

Mais qu'en était-il de Dean Reeve ? Les grandes grilles du cimetière étaient fermées mais à côté se trouvait une petite entrée ouverte pour les piétons. Frieda entra et inspecta les lieux. C'était immense, grand comme une ville. Des alignements innombrables de pierres tombales se succédaient, rangées par avenues. Des statues, des colonnes brisées, des croix. Ça et là, des mausolées. Une zone sur la gauche semblait négligée et remplie d'herbes folles, les tombes disparaissaient presque sous le feuillage. Le souffle de Frieda émettait de la buée dans le froid.

Devant elle, dans l'avenue principale, Frieda vit une simple cabane en bois. La porte était ouverte et l'on apercevait une lampe allumée par la fenêtre, constata-t-elle. Conservait-on des registres dans les cimetières ? Elle se mit en chemin et, se faisant, lança des regards de part et d'autre sur les tombes. L'une d'elles retint son attention. La tombe familiale des Brainbridge. Emily, Nicholas, Thomas et William Brainbridge avaient tous perdu la vie dans les années 1860 avant d'atteindre leurs dix ans. Leur mère, Edith, était décédée en 1883. Comment avait-elle fait pour vieillir seule quand ses défunts petits s'évanouissaient dans le passé ? Peut-être avait-elle eu d'autres enfants à élever, des enfants qui avaient grandi, déménagé, et qui étaient désormais enterrés autre part.

Quelque chose, un bruissement peut-être, poussa Frieda à se retourner. Au travers des grilles, elle apercevait une silhouette, au début indistincte parce qu'elle progressait, et qui parut ensuite à l'entrée : là, elle la reconnut. Elle. Leurs regards se croisèrent. Frieda vit Terry Reeve, et Terry Reeve vit Frieda. Il y avait quelque chose dans cet œil fixe, une intensité que Frieda n'avait jamais vue auparavant. Frieda fit un pas en avant mais Terry fit demi-tour et s'éloigna ; elle disparut à sa vue. Frieda revint sur ses pas en courant mais, le temps qu'elle sorte du cimetière,

Terry s'était évaporée dans la nature. Elle scruta les alentours, désespérée. Puis parcourut l'avenue dans l'autre sens et parvint à la cabane. Une femme âgée siégeait derrière un bureau de fortune. Une bouteille Thermos était posée devant elle, ainsi qu'un petit écriteau signalant les « Amis du cimetière de Chesney Hall ». Sans doute avait-elle un bien-aimé gisant là quelque part, un mari ou un enfant. Peut-être était-ce ici qu'elle se sentait chez elle, parmi les siens. Frieda sortit son portefeuille et fouilla dedans.

— Vous avez un téléphone ? demanda-t-elle.

— Ben, c'est que je… commença la femme.

Frieda trouva la carte de visite qu'elle cherchait.

— Il faut que je passe un appel, dit-elle. À la police.

Après avoir délivré son message à Karlsson à la va-vite, Frieda s'adressa de nouveau à la vieille dame.

— J'ai besoin de trouver une tombe familiale. Est-ce possible ?

— On a des plans du cimetière, répondit la femme. Les tombes figurent pratiquement toutes dessus. Quel nom ?

— Reeve. R-E-E-V-E.

La femme se leva et s'approcha d'un classeur rangé dans un coin de la pièce. Elle le déverrouilla et en sortit un épais grand livre, rempli à la main d'une encre noire passée, et se mit à le feuilleter avec une application laborieuse, se léchant l'index de temps à autre.

— Nous avons trois Reeve répertoriés, dit-elle enfin. Theobald Reeve, mort en 1927, sa femme Ellen Reeve, 1936, et une Sarah Reeve, 1953.

— Où sont-ils enterrés ?

La femme fourragea dans un tiroir avant de déplier un plan imprimé du cimetière.

— Ici, dit-elle en posant son doigt sur le point. Ils sont tous enterrés non loin les uns des autres. En prenant l'allée centrale, puis la troisième sur votre droite...

Mais Frieda partait déjà, lui arrachait la feuille de la main, prenait son élan. La veille dame l'observa, puis regagna son bureau, dévissant le bouchon de son Thermos, attendant que les proches endeuillés viennent rendre hommage à leurs disparus. La période de Noël était toujours très animée.

Frieda remonta l'allée centrale à l'allure d'un bolide puis emprunta le sentier de droite, étroit mais bien entretenu. De part et d'autre se trouvaient des pierres tombales, relativement récentes pour certaines, faites de marbre blanc avec des noms gravés dessus, en noir, nettement lisibles. D'autres étaient plus anciennes, noyées sous le lichen et le lierre, parfois tombées à la renverse. Il était difficile de lire les noms de certains des défunts gisant là et Frieda dut passer ses doigts sur les contours des lettres pour les déchiffrer. Les Philpott, les Bell, les Farmer, les Thackeray ; ceux qui étaient décédés à un âge avancé et ceux qui n'avaient pas franchi le cap de la vingtaine ; ceux dont la tombe était encore fleurie et ceux qui avaient depuis longtemps sombré dans l'oubli.

Elle se déplaça aussi vite que possible parmi les pierres. S'accroupissant devant chacune pour se relever ensuite, plissant les yeux dans le petit jour. Les Lovatt, les Goran, les Booth. Ses yeux brûlaient de fatigue et l'espoir lui broyait la poitrine. Un merle la contempla du haut d'un buisson d'aubépine dénudé et, au loin, elle perçut un grondement de voitures. Fairley, Fairbrother, Walker, Hayle. Et là, elle s'arrêta, et entendit son cœur tambouriner dans ses tympans. Reeve. Là, un Reeve... Une petite stèle, qui se désagrégeait, légèrement penchée de côté. Elle l'avait trouvé.

Mais alors, avec un sentiment d'échec écrasant, elle comprit qu'elle n'avait rien trouvé du tout. Comment un enfant pourrait-il se trouver caché ici, en effet, parmi les sépultures pitoyables qui s'étiraient tout autour d'elle ? Horrifiée, le cœur soulevé, elle les examina de plus près dans l'espoir d'y relever des traces de terre récemment retournée où l'on aurait pu enterrer un corps, mais elles étaient recouvertes d'un tapis dense d'herbes folles. Personne ne pouvait se trouver caché là. Elle s'affaissa à côté de l'inscription « Theobald Reeve », frustrée jusqu'à la nausée. Matthew n'était pas ici finalement. Il ne s'était agi que d'une illusion, un dernier sursaut d'espoir.

Combien de temps resta-t-elle ainsi agenouillée dans le froid mordant, consciente d'avoir échoué, elle ne le savait pas. Mais elle finit par redresser la tête et entreprendre de se relever, et c'est à ce moment qu'elle le vit : un grand mausolée en pierre, se dérobant presque à la vue derrière un entrelacs de ronciers et d'orties. Elle courut vers lui, sentant les épines s'accrocher à ses vêtements. Ses pieds s'enfoncèrent dans la boue couverte de neige fondue et le vent lui fouettait les cheveux autour de la figure de sorte qu'elle y voyait à peine. Assez, toutefois, pour savoir qu'on était venu récemment par ici. Une sente se dessinait vaguement là où les orties et les ronces avaient été couchées. Parvenue à l'entrée, elle constata que celle-ci était bloquée par une lourde porte en pierre, mais à voir les ornières dans la boue, il était clair que quelqu'un l'avait poussée de côté il y avait peu.

— Matthew, cria-t-elle à la pierre muette, qui tombait en poussière. Attends ! Tiens bon ! On est là. Attends !

Puis elle se mit à tirer sur la porte avec ses doigts nus, tâchant de trouver une prise, tendant l'oreille à l'affût d'un bruit qui lui confirmerait qu'il était là, et qu'il était vivant.

La porte en pierre céda un peu. Un entrebâillement se fit. Elle s'acharna dessus. À l'autre bout de la colline, elle entendit des voitures, distingua des phares. Puis des voix, puis des gens qui se précipitaient vers elle. Elle vit Karlsson, lut son expression et se demanda si elle avait la même tête.

Enfin, ils fondirent sur elle – une armée d'agents en mesure de repousser la porte, de braquer leurs lampes torches dans l'obscurité humide, de se glisser dedans.

Frieda recula. Un calme effroyable se fit en elle. Elle patienta.

Il ne parvenait plus à entendre son cœur. Pas grave. Il lui avait fait trop mal quand il battait fort. L'Homme de Fer avait tort. Et il n'arrivait plus à faire entrer et sortir son souffle correctement. Il entrait par petits soubresauts, sans le remplir. Plus de feu, plus de froid glacial non plus, et même le sol n'était plus si dur, parce que son corps n'était plus qu'une plume tremblant à sa surface, qui bientôt s'élèverait, et flotterait à la dérive.

Oh, non. S'il vous plaît. Pas ça. Il ne voulait plus de bruits déchirants, pas plus que de la lumière blanche qui lui déchiquetait les yeux. Il ne voulait pas de ces têtes qui le dévisageaient et de ses mains qui l'agrippaient, de cette cacophonie de voix, de ces cahots. Il était trop fatigué pour vouloir connaître la suite. Il croyait l'histoire finie, enfin.

C'est là qu'il vit la danseuse, la femme aux flocons de neige dans les cheveux. Elle ne criait pas, ne courait pas comme les autres. Elle se tenait parfaitement immobile de l'autre côté du monde, cernée de tombes, et elle le fixait d'un air grave, mieux qu'un sourire. Il l'avait sauvée, et voilà qu'elle le sauvait à son tour. Elle se pencha sur lui et ses lèvres lui effleurèrent la joue. Le mauvais sort était rompu.

Chapitre quarante-deux

Debout à côté du lit, Frieda l'observait. La petite silhouette était toujours repliée dans la position où on l'avait trouvée. Il était alors à moitié déshabillé : dans son délire mortifère, le garçon avait en effet arraché les vêtements qu'il portait, la chemise à carreaux identique à celles qu'affectionnaient les jumeaux – pour rester allongé quasi nu sur le sol de terre froid du mausolée. Il dormait à présent sur un matelas d'eau chaude. Il était couvert de superpositions de linge fin et des moniteurs relayaient les battements de son cœur. Sa figure, qui, sur les photos qu'elle avait vues de lui, était ronde et rose et respirait la joie, était si blanche qu'elle tirait sur le vert. Ses taches de rousseur ressortaient comme des pennies rouillés. Ses lèvres étaient exsangues. Une joue était contusionnée et bouffie. On lui avait bandé les mains parce qu'il s'était arraché les doigts à force de s'en prendre aux murs de pierre. Ses cheveux avaient été sommairement teints en noir, une bande de roux apparaissait à la raie. Seul le moniteur indiquait qu'il n'était pas mort.

L'inspecteur de police Munster était assis dans un coin de la pièce. C'était un jeune homme aux cheveux bruns et aux yeux sombres qui avait fait partie de l'équipe recherchant Matthew depuis le premier jour. Il était presque aussi pâle que le garçon, et immobile, comme sculpté dans la pierre. Il attendait que le garçon reprenne conscience. Les yeux de Matthew papillonnèrent, pour mieux se refermer. Ses cils étaient longs et roux ; ses paupières, translucides. Karlsson avait demandé à Frieda de rester, elle aussi, jusqu'à l'arrivée du psychiatre pour enfants. Quand bien même elle se sentait de trop, exclue des événements qui se déroulaient, comme étrangère aux pas empressés, au bruit de ferraille des chariots, des médecins et des infirmières échangeant des murmures. Pire, elle comprenait le jargon employé, la solution saline intraveineuse chauffée, le risque de choc hypovolémique. Ils tentaient d'élever sa température corporelle, et elle n'était qu'une spectatrice.

La porte s'ouvrit une fois de plus et on fit entrer les parents. Ils avaient les traits pâles, tirés et émaciés de ceux qui ont passé des journées à guetter de mauvaises nouvelles. Voilà qu'ils reprenaient espoir, une nouvelle forme de torture. La femme s'agenouilla à côté du lit, écartant les tuyaux, prenant la main bandée de son fils dans la sienne, enfouissant son visage contre son corps. Deux infirmières durent la tirer en arrière. L'homme semblait empourpré, perdu et fâché. Son regard ne cessait d'explorer la pièce, d'embrasser tout l'équipement, cette activité débordante.

— Qu'est-ce qu'il a ?

Le médecin examinait un graphique. Il ôta ses lunettes pour se frotter les yeux.

— Nous faisons tout notre possible mais il est extrêmement déshydraté et souffre d'hypothermie sévère. Il a trop froid.

Mrs Faraday laissa échapper un sanglot.

— Mon petit garçon. Mon si joli garçon…

Elle porta sa main à sa bouche et l'embrassa, puis se mit à lui caresser le bras et le cou, répétant sans fin que tout irait bien maintenant, qu'il était en sécurité.

— Mais il va s'en tirer ? demanda Mr Faraday. Il va s'en tirer.

Comme si, à force d'insister, la chose deviendrait vraie.

— Nous le réhydratons, expliqua le médecin. Et nous allons lui faire une dérivation cardio-pulmonaire. Autrement dit, nous le relions à une machine, pompons son sang, le réchauffons, et le réinjectons.

— Et quand vous l'aurez fait, ça ira ?

— Vous feriez mieux d'attendre dehors, dit le médecin. Nous vous tiendrons informés s'il y a du changement.

Frieda fit un pas en avant et prit la main de Mrs Faraday. Elle paraissait hébétée et se laissa reconduire à l'extérieur. Son mari la suivit. On les invita à prendre place dans une petite salle d'attente privée de fenêtre et meublée, en tout et pour tout, de quatre chaises et d'une table décorée d'un vase remplie de fleurs en plastique. Mrs Faraday regarda Frieda comme si elle venait tout juste de remarquer sa présence.

— Vous êtes médecin ?

— Oui, répondit Frieda. J'ai collaboré avec la police. J'attendais que vous arriviez.

Elle s'assit à côté d'eux pendant que Mrs Faraday parlait sans discontinuer. Son mari ne disait rien, lui. Frieda vit combien ses ongles étaient sales, ses yeux cerclés de rouge. Frieda voulut prendre la parole mais Mrs Faraday se tourna pour la regarder droit dans les yeux en lui demandant si elle avait des enfants. Frieda répondit que non.

— Alors vous ne pouvez pas comprendre.

— Non.

C'est là qu'intervint Mr Faraday. Sa voix était râpeuse, comme s'il était enroué.

— Combien de temps a-t-il passé là-dedans ?

— Pas longtemps.

Trop longtemps : Kathy Ripon avait débarqué chez Dean le samedi après-midi. On était à présent à la veille de Noël. Frieda se remémora ces derniers jours. Pluie, pluie chargée de neige, neige. De l'eau avait dû suinter le long des murs. Il avait dû pouvoir la lécher comme un animal. Elle repensa à lui, à cette première vision qu'elle avait eue de lui, à son corps émacié, contusionné, aux yeux ouverts mais qui ne voyaient pas, à la bouche contractée dans un rictus de terreur. C'était ça le pire. Au début, il n'avait pas compris qu'on lui portait secours. Il croyait qu'ils revenaient le chercher. Et il y avait un autre sujet de préoccupation. Où était Kathy ? Avait-elle un mur humide quelque part ?

— Ce qu'il a dû endurer... murmura Mr Faraday. (Il se pencha vers Frieda.) Est-ce qu'on l'a... enfin, vous voyez ?

Frieda secoua la tête.

— C'est vraiment une chose horrible, horrible, à infliger à un enfant, concéda-t-elle. Mais je pense qu'il le considérait comme son fils.

— Ordure, siffla Mr Faraday. Est-ce qu'ils ont pris celui qui a fait ça ?

— Je ne sais pas, répondit Frieda.

— Il mériterait d'être enterré vivant, comme l'a été mon fils.

Une interne entra dans la salle d'attente. Elle était jeune et très belle, avec un teint de pêche et des cheveux blonds soigneusement ramenés en arrière en queue-de-cheval. Son visage resplendissait. Et Frieda sut que les nouvelles seraient bonnes.

Ils s'agenouillèrent de part et d'autre du lit, sous la lumière crue et parmi les tuyaux pendant de toute part. Ils tenaient ses mains bandées, répétaient son nom et lui susurraient des mots doux, comme à un nouveau-né. Mon petit chou, mon ange, mon sucre d'orge, Mattie, mon garçon, ma tourterelle. Ses yeux étaient toujours clos mais sa figure avait perdu cette teinte mortelle, ce blanc de craie. Ses membres raides s'étaient assouplis. Mrs Faraday sanglotait et parlait tout à la fois. Des mots tendres lui échappaient entre deux contractions de la gorge. Le petit était vaseux et à peine réceptif, comme si on l'avait tiré en pleine nuit d'un profond sommeil.

— Matthew, Matthew, murmura Mrs Faraday, se blottissant presque contre lui.

Il dit quelque chose et elle se rapprocha encore.

— Que dis-tu ?

Il le répéta. Elle lança des regards autour d'elle, perplexe.

— Il a dit : « Simon ». Qu'est-ce que ça veut dire ?

— C'est comme ça qu'ils l'appelaient, répondit Frieda. Je pense qu'ils l'ont rebaptisé.

— Hein ?

Mrs Faraday fondit en larmes de plus belle.

L'inspecteur Munster écarta Mr Faraday, puis se pencha sur le lit et se mit à parler à Matthew. Il brandit une photo de Kathy Ripon sous le nez du garçon, dont les yeux n'étaient pas en mesure de faire le point correctement.

— Vous n'avez pas le droit ! protesta Mrs Faraday. Il est gravement malade. Il ne peut pas faire ça. Ce n'est pas bon pour lui.

Une infirmière expliqua que la pédopsychiatre était en route mais qu'elle avait téléphoné pour prévenir qu'elle était coincée dans les embouteillages. Frieda entendit l'inspecteur Munster tenter d'expliquer que s'ils avaient récupéré leur fils, d'autres parents attendaient toujours de retrouver leur fille : Mr Faraday rétorqua quelque chose d'agressif, Mrs Faraday redoubla de sanglots.

Frieda se pressa les tempes du bout des doigts. Elle s'efforça d'ignorer le bruit pour être en mesure de réfléchir. Matthew avait été arraché à ses parents, caché, puni, affamé, on lui avait dit que sa mère n'était plus sa mère, que son père n'était plus son père, qu'il n'était plus lui-même mais un autre – un garçon prénommé Simon – puis il avait été mis à l'isolement, livré à la mort, nu et seul. À présent, il reposait, clignant des yeux, dans une pièce trop éclairée, tandis que des visages étrangers se penchaient sur lui tout droit sortis du cauchemar dont il émergeait, lui criant des mots qu'il ne comprenait pas. C'était un petit garçon, à peine sorti de la toute petite enfance. Mais il avait survécu. Alors que personne n'aurait pu le sauver, lui y était parvenu. Quelles histoires s'était-il raconté, couché dans le noir ?

Elle passa de l'autre côté du lit, en face de Mrs Faraday.

— Je peux ? demanda Frieda.

Mrs Faraday la dévisagea d'un air hébété mais ne refusa pas. Frieda approcha sa figure de Matthew, de façon à pouvoir chuchoter.

— Tout va bien, commença-t-elle. Tu es rentré. On t'a sauvé. (Elle vit une légère lueur dans ses yeux.) Tu es en sécurité. Tu t'es échappé de la maison de la sorcière.

Il émit un son, qu'elle ne put déchiffrer.

— Qui était là-bas avec toi ? continua-t-elle. Qui était avec toi dans la maison de la sorcière ?

Les yeux de Matthew s'ouvrirent tout grand soudain, comme ceux d'une poupée.

— La fouineuse, répondit-il. La fouille-merde.

Frieda eut l'impression que Dean était dans la pièce, que Matthew était la marionnette d'un ventriloque et qu'il parlait.

— Où est-elle ? Où est-ce qu'ils l'ont mise ? La fouineuse ?

— Emmenée, répondit-il avec ce qu'il lui restait de voix. Dans le noir.

Puis il se mit à sangloter, tordant son corps d'avant en arrière. Mrs Faraday passa ses bras autour de son fils pris de convulsions et de haut-le-cœur, puis le serra contre son sein.

— Ça va aller, déclara Frieda.

— Et c'est censé signifier... ? s'interrogea Munster.

— Ça n'augure rien de bon. Rien de bon du tout.

Frieda traversa la salle d'attente pour se rendre dans un couloir. Elle regarda autour d'elle. Un aide-soignant poussait une vieille femme dans un fauteuil roulant.

— Je peux trouver de l'eau quelque part ? s'enquit Frieda.

— Il y a un McDonald à l'entrée principale, répondit-il.

Elle venait à peine d'emprunter le long corridor qu'un cri s'éleva derrière elle. C'était Munster. Il courut à sa rencontre.

— Je viens de recevoir un appel, déclara-t-il. Le patron veut vous voir.

— Pour quoi faire ?

— Ils ont trouvé la femme.

— Kathy ?

Le soulagement s'engouffra brusquement en elle, au point de l'étourdir.

— Non. L'épouse, corrigea Munster. Terry Reeve. Une voiture vous attend en bas.

Chapitre quarante-trois

Yvette Long regarda Karlsson et fronça les sourcils.

— Qu'est-ce qui ne va pas ?

— Votre cravate. Elle est de travers.

Elle se pencha en avant pour l'ajuster.

— Vous devez être à votre avantage pour les caméras, dit-elle. Vous êtes un héros. Et le préfet Crawford sera là. Son assistant vient de téléphoner. Il est très content de vous. Cette conférence de presse va faire date. La salle est pleine à craquer.

Le portable de l'inspecteur vibra sur la table. Son ex-épouse avait laissé plusieurs messages chaque fois plus venimeux que le précédent, lui demandant quand diable il viendrait chercher ses enfants.

— On a retrouvé le gosse, dit Karlsson. C'est la seule chose dont ils aient à cirer. Où est Terry Reeve ?

— En bas. Elle vient d'arriver.

— A-t-elle dit quoi que soit au sujet de Kathy Ripon ?

— Je n'en sais rien.

— Je veux deux agents avec elle en permanence.

Il s'empara de son téléphone et rédigea un texto : « Désolé. Appelle bientôt. »

Il pressa sur « envoyer ». Peut-être écouterait-elle les nouvelles et comprendrait-elle, mais il savait que ça ne marchait pas comme ça : il y avait les enfants des autres, et puis il y avait les vôtres. Un agent passa la tête dans l'embrasure de la porte pour annoncer l'arrivée du Dr Klein. Karlsson lui répondit de la faire monter immédiatement. Quand Frieda entra, il fut frappé par son regard farouche et reconnut en lui sa propre lassitude transportée de joie, qui rendait toute idée de sommeil impossible.

— Comment va-t-il ?

— Il est vivant, répondit Frieda. Ses parents sont avec lui.

— Je veux dire : il se remettra ?

— Qu'est-ce que j'en sais ? Les jeunes enfants sont étonnamment résistants. En tout cas, c'est que disent les manuels.

— Et tout ça, grâce à vous. C'est vous qui l'avez trouvé.

— J'en ai trouvé un, et j'ai perdu l'autre. Pardonnez-moi si je ne danse pas de joie. Vous tenez Terry Reeve.

— Elle est en bas.

— J'ai traversé la foule en entrant. Je m'attendais presque à ce qu'ils brandissent des fourches et des torches allumées.

— C'est compréhensible, commenta Karlsson.

— Ils devraient être chez eux en train de veiller sur leurs propres enfants, répliqua Frieda. Où l'avez-vous trouvée ?

— Chez elle.

— Chez elle ? s'étonna-t-elle.

— On surveillait la maison, évidemment. Elle est rentrée chez elle, et nous l'avons arrêtée. Aussi simple que ça, aucun brillant travail d'enquête à l'œuvre.

Il fit une grimace.

— Pourquoi est-elle rentrée chez elle ? s'interrogea Frieda, plus pour elle-même qu'à l'attention de Karlsson. Je pensais qu'ils auraient un plan.

— Ils en avaient bien un. C'est vous qui l'avez contrecarré quand vous l'avez vue au cimetière. Elle l'a appelé. On le sait. On a son téléphone. Elle a cherché à le joindre. Il s'est enfui.

— Pourquoi pas elle, dans ce cas ? Et pourquoi s'est-elle rendue au cimetière ?

— Vous pouvez lui poser la question vous-même. J'aimerais que vous veniez avec moi.

— J'ai l'impression que je devrais déjà détenir la réponse, répondit Frieda. Que disent les juristes à ce sujet ? On ne devrait jamais poser de question dont on ne connaisse déjà la réponse.

— Nous avons besoin de demander quelque chose que nous ignorons, rétorqua Karlsson. Où est Kathy Ripon ?

Frieda s'assit sur le coin du bureau de Karlsson.

— J'ai un mauvais pressentiment à ce sujet, dit-elle.

— Vous en aviez également un mauvais au sujet de Matthew, rétorqua Karlsson.

— C'est différent, cette fois-ci. Ils voulaient un fils. Ils le considéraient comme un enfant. Même quand ils se sont débarrassés de lui, ils ne l'ont pas tué. Ils l'ont caché quelque part, comme le petit qu'on abandonnerait dans les bois du conte de fées.

— Ils ne l'ont pas abandonné dans les bois. Ils l'ont enterré vivant.

— Kathy Ripon, c'est autre chose. Elle ne faisait pas partie du plan. Elle n'était qu'un obstacle. Mais pourquoi Terry s'est-elle rendue au cimetière ? Et pourquoi, ensuite, retourner chez elle ?

— Peut-être qu'elle voulait vérifier s'il était mort, suggéra Karlsson. Ou l'achever. Et peut-être qu'elle voulait récupérer quelque chose chez elle avant de prendre la fuite. Elle a pu prendre les devants pour son mari. Pour voir si la voie était libre. (Les mains de Frieda tremblaient, constata Karlsson.) Je peux vous offrir quelque chose à boire ?

— De l'eau, ça ira.

Karlsson s'assit et observa la psychanalyste tandis que cette dernière vidait son gobelet. Tous deux burent ensuite une tasse de café noir. Ils gardèrent le silence.

— Vous êtes prête ? dit-il enfin.

Terry Reeve était assise dans la salle d'interrogatoire, le regard fixé dans le vide devant elle. Karlsson prit place en face. Frieda resta debout derrière lui, adossée au mur, à côté de la porte. Il lui faisait un effet étonnamment froid contre son dos.

— Où est Katherine Ripon ? demanda Karlsson.

— Pas vue, répondit Terry.

Karlsson détacha lentement la montre qu'il portait au poignet et l'étala sur la table entre eux.

— Permettez que je clarifie la situation, commença-t-il. Peut-être imaginez-vous que vous allez être inculpée pour négligence criminelle et que vous vous en tirerez avec une peine légère et que vous serez remise en liberté dans deux ou trois ans pour bonne conduite. Les choses ne vont pas se passer ainsi, j'en ai peur. La pièce est insonorisée, mais si on vous emmenait dans le couloir, vous seriez en mesure d'entendre les cris de la foule, et cette foule vocifère à votre sujet. S'il y a une chose que nous n'aimons pas en Grande-Bretagne, ce sont bien les gens qui font du mal aux enfants et aux animaux. Un autre détail, que le Docteur Klein ici présent considérerait probablement comme sexiste : les gens vouent une haine particulière aux femmes qui font ça. Vous serez condamnée à la prison à vie, et si vous imaginez qu'il s'agira en gros de cours de poterie et de groupes de lecture, alors réfléchissez à deux fois. Ce n'est pas à ça que ressemble la prison pour les gens qui s'en sont pris aux enfants.

Karlsson se tut un moment. Terry continuait à regarder droit devant elle.

— Mais si vous nous dites où elle est, reprit-il, les choses pourraient être tout autres.

Elle continua à garder le silence.

— Votre mari s'est fait la malle. Nous le rattraperons bientôt. Entre-temps, c'est vous qui allez encaisser pour deux. Je peux vous offrir une porte de sortie. Mais l'offre ne tiendra pas longtemps. En effet, si vous ne nous aidez pas, la colère de la population va décupler.

— Cherchez pas : vous n'arriverez pas à me monter contre lui, répliqua Terry. On a tout fait ensemble.

— Il compte bien là-dessus, rétorqua Karlsson. Il se taille. Ou tente de le faire. Et c'est vous qui ramassez.

— Il peut compter sur moi, continua Terry. Il a toujours pu le faire. Je peux tenir pour lui.

— Vous faites ça pour quoi ? regretta Karlsson, d'une voix quasi plaintive. C'est fini. Ça ne sert à rien.

Elle se contenta de hausser les épaules. Karlsson lança un bref regard en arrière à Frieda, avec une expression de défaite. Il reprit sa montre et la glissa dans la poche de sa veste, puis se leva et s'approcha d'elle.

— Qu'est-ce qu'elle espère en tirer ? Qu'est-ce qu'il lui reste à perdre ?

— Lui, peut-être, suggéra Frieda à voix basse. Je peux lui parler ?

— Je vous en prie.

Frieda s'avança et s'assit sur la chaise que venait de quitter Karlsson. Elle fixa Terry du regard, laquelle soutint le sien, tout en serrant les mâchoires comme si elle la défiait.

— C'est grâce à vous que Matthew est en vie, commença Frieda. Ça fait bizarre à entendre, et je ne crois pas que la foule là-dehors vous en saura réellement gré, mais c'est une réalité.

Terry eut l'air méfiante.

— Vous essayez juste de me passer de la pommade. Vous cherchez à me faire parler.

— Je ne fais que dire la vérité. Quand je vous ai vue au cimetière, j'ai su que Matthew s'y trouvait. Si nous ne l'avions pas trouvé aussitôt, il serait mort.

— Et alors ?

— Il n'est pas mort. Il en sera au moins ressorti un point positif, non ? Est-ce pour ça que vous y êtes retournée ? Vous alliez vérifier s'il était encore en vie ?

Terry lui jeta un regard dédaigneux.

— Je n'ai rien à vous dire.

— Ça a dû peser lourd sur votre conscience, dit Frieda. D'une certaine façon, ça aurait été plus facile si vous l'aviez tué. Mais ces derniers jours, vous étiez sous surveillance. Quand vous étiez ici, vous avez dû avoir l'image de ce petit garçon couché dans le noir. Alors vous y êtes retournée. Mue par une sorte de... je ne sais pas au juste quel mot conviendrait. D'attention, peut-être. Et là, vous m'avez vue, et vu que je vous avais vue. Vous vous êtes enfuie et vous avez appelé Dean. Vous vous en faisiez pour lui aussi. Vous vous préoccupiez de son sort. Et lui, est-ce qu'il l'a fait pour vous ?

— Vous n'arriverez pas à me monter contre lui.

— Je ne cherche pas à le faire.

— Putain de menteuse !

— Matthew va s'en tirer, continua Frieda. J'arrive juste de l'hôpital. Cette information vous soulagera, je pense.

— Rien à foutre.

— Je crois que si. Mais pour l'heure, nous devons savoir ce qui est arrivé à Kathy.

Terry haussa les épaules, comme à son habitude.

— Et Joanna ? Qu'est-il arrivé à Joanna, Terry ? Où est-elle enterrée ?

— Demandez à Dean.

— Très bien.

— Y sont où, mon thé et ma clope, alors ?

— Je vais vous poser une dernière question : pourquoi êtes-vous rentrée chez vous ?

— J'sais pas. Pourquoi pas ?

Frieda réfléchit un moment.

— Je crois savoir.

— Ah ouais ?

— Vous êtes allée au cimetière et vous m'avez vue, vous saviez que nous trouverions le garçon et vous avez prévenu Dean, et vous saviez que vous aviez fait ce que vous pouviez pour lui. Et après ? Quoi ? Vous alliez réellement vous enfuir ? Vraiment ? Ça servirait à quoi ? Auriez-vous pu vivre en cavale ? Vous cacher pour toujours ? Prendre une nouvelle identité ? À votre place, j'aurais raisonné comme vous l'avez fait, je crois. L'idée était trop fatigante. Vous avez fait ce que vous pouvez. J'aurais juste eu envie de rentrer chez moi, ne serait-ce que pour une minute. J'aurais juste eu envie de rentrer chez moi.

Terry respira profondément. Elle tâta la poche de son jean et en sortit un vieux mouchoir froissé, dans lequel elle se moucha bruyamment. Puis elle jeta le mouchoir par terre et reposa son regard fixe sur Frieda.

— Vous n'arriverez pas à me faire dire quoi que ce soit contre lui, dit-elle. Je n'ai rien à dire.

— Je sais. (Frieda se leva, puis s'agenouilla et ramassa le mouchoir trempé.) Vous n'avez pas besoin d'ajouter « coupable d'avoir jeté des détritus sur la voie publique » à vos autres problèmes.

— Oh, allez vous faire foutre, pesta Terry.

Frieda et Karlsson quittèrent la pièce. Karlsson envoya deux femmes agents de police surveiller Terry. Il s'apprêtait à dire quelque chose quand un autre enquêteur surgit. Ce dernier haletait et pouvait à peine aligner trois mots.

— Alan Dekker vient d'appeler. Il a parlé à Dean Reeve. Il l'a rencontré.

— Putain de merde ! (Karlsson se tourna vers Frieda.) Vous voulez venir ? Lui tenir la main ?

Frieda réfléchit un instant.

— Non. J'ai quelque chose à faire.

Karlsson ne put s'empêcher de sourire.

— Ça ne présente pas suffisamment d'intérêt pour vous ?

— Je dois absolument faire quelque chose.

— Des courses de Noël, ou un truc que je devrais savoir ?

— Je n'en sais rien, répondit Frieda.

Karlsson patienta mais Frieda n'en dit pas plus.

— Bon ben, merde, alors.

Karlsson s'en alla.

Frieda s'assit et pianota sur la table. Puis elle se leva et se rendit dans la salle des opérations. Au fond résonnaient un tintement de verres, des rires. On aurait dit que l'affaire était classée et que les réjouissances avaient commencé. Elle fouilla dans sa poche à la recherche d'un calepin et le feuilleta. Elle s'approcha d'un bureau, souleva un combiné téléphonique et composa un numéro.

— Sasha ? C'est Frieda. Oui, je suis tellement contente de vous avoir. J'ai besoin que vous me rendiez un service, un très grand service. On peut se retrouver ? Je veux dire : tout de suite. Je peux venir là, maintenant, où que vous soyez… Super. Ciao.

Elle raccrocha sèchement. À l'autre bout de la pièce, un jeune enquêteur se retourna et se demanda ce que faisait cette doctoresse à traverser ainsi les bureaux au pas de course.

Chapitre quarante-quatre

Karlsson toqua à la porte, laquelle s'ouvrit presque avant que sa main ne retombe le long de son corps. Une petite femme, d'apparence robuste, se tenait devant lui, vêtue d'un vieux jean et d'un pull orange dont les manches avaient été remontées aux coudes. Sa figure, non maquillée, respirait la fatigue et l'anxiété.

— Carrie Dekker ? Je suis l'inspecteur divisionnaire Malcolm Karlsson. Et voici l'inspectrice Yvette Long. Je crois que votre mari et vous-même nous attendiez.

— Alan est dans la cuisine. (Elle hésita.) Il est dans tous ses états.

— Nous avons juste besoin de poser des questions.

— Puis-je rester ?

— Si vous le souhaitez.

Karlsson la suivit dans la cuisine.

— Alan, annonça-t-elle d'une voix douce. Ils sont là, Alan.

Il n'était plus qu'une forme décomposée, éperdue. Toujours vêtu de son vilain duffel-coat, il était attablé dans la cuisine, le dos rond. Quand il leva la tête, Karlsson constata qu'il semblait avoir pleuré depuis des heures, des jours, même.

— La situation est pressante, commença Karlsson. Vous devez nous dire ce qui s'est passé.

— Je lui ai dit qu'il ferait mieux de ne pas y aller, dit Carrie. Je lui ai dit. J'ai dit qu'il se mettait en danger.

— Je n'étais pas en danger. Je te l'ai dit. On s'est retrouvés dans un endroit bondé de monde. Quelques minutes, seulement. (Il déglutit.) C'était comme de se regarder dans un miroir. J'aurais dû vous en parler. Je sais que j'aurais dû. Il y a quelques semaines, je ne soupçonnais même pas qu'il existait. Il fallait que je le voie. Je suis désolé.

Il tremblait et voilà que ses yeux se remplissaient de larmes, à nouveau. Carrie s'assit à côté de lui et prit l'une de ses mains dans les siennes. Elle lui baisa les articulations et lui pencha sa grosse tête pesante vers elle.

— Tout va bien, mon chéri, murmura-t-elle.

Klarsson vit combien elle le protégeait, de quelle manière maternelle et tendre.

— À quelle heure vous a-t-il appelé ?

— Quelle heure était-il, Carrie ? Vers les 9 heures, peut-être un peu avant. J'ai entendu qu'on avait retrouvé le petit garçon.

— En partie grâce à vous.

— Je suis juste content d'avoir pu faire quelque chose.

— Quand il vous a appelé, qu'avez-vous dit ?

— Qu'on devait se voir. Qu'il n'avait pas beaucoup de temps devant lui et que ce serait notre seule occasion. Qu'il voulait me donner quelque chose.

— Et vous avez accepté ?

— Oui, admit-il dans sa barbe. J'avais le sentiment que si je ne le faisais pas, je ne le reverrais plus jamais. Que c'était la seule chance qui me serait donnée de le faire et que si je la loupais, je le regretterais pour le restant de mes jours. Ça vous paraît stupide ?

— Vous avez le numéro avec lequel il vous a appelé ?

— C'était un mobile, répondit Carrie. Après le départ d'Alan, j'ai composé le 3131 et je l'ai noté.

Elle lui passa un bout de papier, que Karlsson remit à l'inspectrice Long.

— Où aviez-vous convenu de vous retrouver ?

— Dans la grand-rue. Il y était déjà, m'a-t-il dit. Vers l'ancien Woolworths. Il est fermé et condamné, maintenant. Il a dit qu'il m'attendrait. Ensuite, j'ai prévenu Carrie.

— T'étais bien obligé, non ? Je t'avais entendu au téléphone, de toute façon. J'étais prête à y aller avec lui. Je voulais, mais il m'a répondu que son frère risquait de ne pas lui parler si j'étais là. Du coup, je l'ai laissé partir mais pas avant qu'il promette de m'appeler toutes les cinq minutes. J'avais besoin de savoir qu'il allait bien.

— À quelle heure l'avez-vous retrouvé ?

— J'ai marché lentement. Je me sentais malade tout le long du trajet. Environ dix minutes.

— Il était là ?

— Il s'est approché de moi par-derrière. Par surprise.

— Qu'est-ce qu'il portait ? Vous vous rappelez ?

— Un vieux blouson en cuir. Un jean. Un bonnet en laine, genre marron verdasse, je crois, qui lui cachait les cheveux.

— Continuez.

— Il m'a appelé frangin. Il a dit : « Eh ben, frangin, ravi de faire ta connaissance. » Comme si c'était une blague.

— Quoi d'autre ?

— Ensuite Carrie m'a appelé sur mon portable et je lui ai dit que tout allait bien. J'ai ajouté que je rentrerais aussitôt que possible. Puis, je lui ai dit : « Désolé, chérie... » Alors il a dit : « On se ferait pas un peu mener par le bout du nez, frangin ? Tu sais quoi, les casse-pieds, faut éviter. Ce sont les pires, crois-moi. » Il a dit qu'il voulait voir ma tête. Et me donner quelque chose.

— Quoi donc ?

— Une seconde.

Karlsson regarda Alan récupérer un fourre-tout en toile sous la table. Il était manifestement lourd et tintait. Il le glissa sur le sol entre eux deux.

— Il voulait me remettre ses outils de prédilection, expliqua-t-il. Je ne les ai pas encore regardés.

Il entreprit de tirer sur la fermeture à glissière de ses gros doigts.

— Ne les touche pas, s'écria vivement Carrie. Ne touche surtout pas à ses affaires.

— C'était un cadeau.

— Il est tordu. On ne veut pas de ça dans la maison.

— Je vais les emporter, coupa Karlsson. A-t-il ajouté quoi que ce soit ?

— Pas vraiment… Si, quelque chose d'idiot. De me rappeler qu'il y a pire que d'être mort.

— Qu'est-ce que ça veut dire ?

— Je n'en sais rien.

— Comment s'est-il comporté ? Il était agité ?

— J'étais dans tous mes états, mais lui était calme. Il ne semblait pas pressé. C'était comme s'il savait où il allait.

— Autre chose ?

— Non. Il m'a tapoté sur l'épaule, a ajouté que c'était sympa d'avoir fait ma connaissance, après quoi il est parti, et c'est tout.

— Il a pris quelle direction ?

— Je ne sais pas. Je l'ai vu quitter la grand-rue. Vers le dépôt de bus et le terrain vague où ils sont en train de construire le supermarché.

— Il ne vous a pas dit où il allait ?

— Non.

— Vous ne le couvrez pas ?

— Je ne ferais pas une chose pareille. C'est un sale type. Il dégageait quelque chose...

Ce dernier aveu fut émis d'une voix soudain venimeuse.

— Une fois que vous l'avez vu partir, vous êtes rentré chez vous ?

— J'ai appelé Carrie pour lui dire que j'allais bien et qu'il était parti. Je me sentais bizarre, mais c'était aussi un soulagement. Comme si quelque chose était sorti de mon existence, que j'étais libéré de lui.

— Vous n'êtes allé nulle part, n'avez parlé à personne après l'avoir vu partir ?

— Non. Personne.

— Et vous ne voyez rien d'autre à ajouter ?

— C'est tout. Je suis désolé. Je sais que j'ai eu tort.

Karlsson se leva.

— L'inspectrice Long va rester ici pour l'instant, et j'enverrai un deuxième agent la rejoindre. Faites simplement ce qu'ils vous disent.

— Il va revenir ?

Carrie plaqua brusquement ses mains contre sa bouche.

— C'est juste une précaution.

— Vous nous croyez en danger ?

— C'est un homme dangereux. Cette histoire n'est peut-être pas terminée. Je regrette que vous ne nous ayez pas appelés.

— Désolé. C'est juste que... il fallait que je le voie. Rien qu'une fois.

Karlsson ordonna un redéploiement d'agents dans le quartier où Reeve avait rencontré son frère. Il ne nourrissait guère d'espoirs, cependant. L'après-midi commençait à peine et le jour replongeait déjà dans la nuit. Dans les maisons et les appartements, les éclairages de Noël luisaient aux fenêtres et les guirlandes pendaient aux heurtoirs. Il y avait des arbres bariolés dans les magasins et les rues étaient illuminées par des cloches, des rennes et des personnages de dessins animés pour enfants. Un petit groupe d'hommes et de femmes entonnaient des chants de Noël devant le Tesco Direct en agitant bruyamment des corbeilles. Une fois de plus, quelques flocons flottaient dans l'air mordant. Ce serait un Noël plus ou moins sous la neige, songea Karlsson, mais pour lui, Noël ne signifiait rien. Vaguement, il imagina ses enfants chez eux loin d'ici : l'arbre et ses cadeaux rangés à son pied, l'odeur des *mince pies*, leurs joues en feu, la vie de famille se poursuivant, sans lui. On avait sauvé Matthew, désormais sain et sauf, ce qui dépassait en soi les plus folles espérances. Les journaux présenteraient l'enfant comme le meilleur cadeau de Noël que recevraient jamais ses parents. Un miracle. En vérité, cela faisait l'effet d'un miracle aux yeux de Karlsson. Il tenait depuis longtemps Matthew pour mort. Il se savait fatigué, sans le ressentir pour autant. Il se sentait terriblement alerte, l'esprit plus clair que depuis des jours.

Frieda se trouvait encore au poste de police quand il revint. Elle était assise dans une salle d'interrogatoire vide, le dos bien droit, recoiffée, buvant quelque chose dans un mug. Il perçut une odeur mentholée. Elle leva vers lui un regard rempli d'espoir.

— Ils cherchent toujours. Il se balade dans la nature, quelque part. Où peut-il aller ?

— Alan va bien ?

— Très choqué. Qui ne le serait pas ? Il vient de faire une expérience traumatisante et ce n'est pas fini. Sa femme est forte.

— Il a de la chance de l'avoir.

— Vu sa tête, vous devriez avoir bientôt de ses nouvelles.

— Peut-être, encore que je sois sans doute la dernière personne au monde qu'il ait envie de voir. Moi, j'aimerais le voir par contre. Tout le reste mis à part, il va bientôt avoir les traits de l'homme le plus haï du pays.

— Je sais. Et ces gens, là, dehors... (Il fit un signe du menton en direction de la foule toujours amassée devant le commissariat.) Ce ne sont pas les plus doués pour le pardon.

Karlsson sortit et, avant que Frieda ait seulement eu le temps de commencer à se demander ce qu'elle allait faire, s'il était ou non temps de rentrer chez elle et de tenter de dormir, l'inspecteur se précipita de nouveau dans la pièce.

— Ils l'ont trouvé, déclara-t-il.

— Où ça ?

— Dans un vieux dock à côté du canal, à deux pas de l'endroit où il a retrouvé Dekker. Sous un pont. Il s'est pendu.

Chapitre quarante-cinq

Le véhicule ne put conduire Karlsson jusqu'au canal. Il s'arrêta au pont qui le traversait. Un agent l'attendait, qui lui fit descendre une volée de marches jusqu'au chemin de halage.

— Qui a trouvé le corps ? s'enquit Karlsson.

— Un vieil homme qui promenait son chien, répondit l'agent. Comme il n'avait pas de portable et ne trouvait pas de cabine, il a dû rentrer jusque chez lui alors qu'il a une jambe qui le fait souffrir. Il s'est écoulé une heure avant que quelqu'un n'arrive sur les lieux. S'il avait eu un portable, peut-être que les urgentistes auraient pu faire quelque chose.

Devant lui, Karlsson voyait des gens sur le chemin, des gosses pour l'essentiel, cherchant à avoir un aperçu de la scène. Accompagné de l'agent, il passa sous le ruban de police et s'écarta du sentier principal pour longer le petit bras de rivière, un cul-de-sac aqueux, en fait. Il avait un jour fait office de quai pour que les barges puissent s'amarrer à côté d'une usine. Il était à présent abandonné, désolé, avec des buissons poussant dans les murs lézardés. Plusieurs agents étaient regroupés au loin, mais aucun sentiment d'urgence ne se dégageait des lieux. L'un d'eux dit quelque chose que Karlsson ne put entendre et les autres rirent. Plus loin encore, le long du chemin, Karlsson aperçut l'un des membres de son équipe, Melanie Hackett, en train de discuter avec un collègue. Il la héla.

— Ils l'ont descendu, lui apprit-elle. (Elle désigna d'un geste une bâche verte au sol.) Vous voulez voir ?

Karlsson hocha la tête. Elle tira le drap. Il était préparé, mais n'en tressaillit pas moins. Les yeux figés fixant le vide, les pupilles dilatées, la langue gonflée dépassant entre les dents. Hackett tira encore sur le drap. La corde avait disparu mais la marque de ligature le long du cou, se poursuivant derrière l'oreille, était clairement visible.

— Il ne s'est même pas changé depuis la dernière fois, fit-elle remarquer. Il porte les mêmes vêtements qu'au commissariat.

— Il n'est jamais repassé chez lui, commenta Karlsson.

Il fit la grimace. On percevait nettement une odeur de merde. Son expression n'échappa pas à Hackett, qui remonta le drap.

— C'est ce qui arrive quand on se pend, expliqua-t-elle. Si les gens le savaient, ça les dissuaderait peut-être de faire un truc pareil.

Karlsson regarda autour de lui. Il y avait quelques fenêtres sur la façade de l'ancienne usine, mais toutes étaient condamnées de longue date.

— On peut voir ce coin de quelque part ?

— Non, répondit Hackett. Ce bout du canal est plutôt tranquille, et personne ne s'aventure jusqu'ici.

— J'imagine que c'est pour ça qu'il est venu là.

— Il savait que les jeux étaient faits.

— Pourquoi dites-vous ça ?

— Il y avait une lettre dans sa poche.

— Quel genre ?

— Elle est dans une boîte avec le reste des affaires qu'on a trouvées dans ses poches. (Elle s'approcha d'une petite caisse bleue et en sortit une chemise transparente.) Il avait un téléphone portable, un paquet de cigarettes, un briquet, un stylo, et ceci. C'était dans une enveloppe sans rien écrit dessus.

Elle lui remit la chemise. Karlsson put prendre connaissance du mot sans même ouvrir cette dernière. Il s'avança un peu sur le sentier pour sortir de l'ombre du pont. C'était une petite page arrachée à un carnet de notes à spirales. Il reconnut les grosses boucles de l'écriture en les comparant mentalement à la signature qu'il avait vue en bas de la déposition de Reeve. Le mot était bref, et facile à lire :

Je sais ce qui m'attend. Je n'en veux pas, surtout pas. Dites à Terry que suis désolé. Désolé de te laisser, bébé. Elle sait qu'elle a toujours été la seule pour moi. Elle n'a rien fait dans tout ça. Elle ne prendra pas sa propre défense. Dites-lui que j'ai fait de mon mieux. Il est temps d'y aller.

Dean Reeve

Karlsson lança un regard à Melanie Jackett.

— Il la laisse se démerder, conclut-il.

— Qu'est-ce qu'on fait, alors ? demanda-t-elle.

— Faites pression sur elle autant que possible. C'est tout ce qui nous reste.

Karlsson appela Frieda chez elle. Il lui raconta pour le corps, et au sujet du mot.

— Je ne sais pas pourquoi, je ne l'ai jamais imaginé dans une salle d'audience.

— Et moi, je ne sais pas ce que je dois comprendre, répliqua Karlsson. Enfin bref, j'avais dit que je vous tiendrais au courant. Voilà, vous êtes informée.

— Et je vous tiendrai au courant de mon côté, rétorqua Frieda.

— Ce qui signifie ?

— Je ne sais pas bien encore. S'il se passe quoi que ce soit, je reprends contact avec vous.

Après avoir raccroché, Frieda resta assise, rigoureusement immobile. Sur la table devant elle se trouvait une tasse de café en faïence blanche. La lumière provenant de la fenêtre tombait dessus de sorte que l'un des côtés baignait dans l'ombre, une ombre presque bleue. Elle tenait en main un bloc de papier et un morceau de charbon et tentait de capturer l'image avant que la lumière ne change, que la forme de la tasse ne s'altère et que l'image ne soit perdue. Elle étudia la tasse et baissa le regard sur sa feuille. Raté. Sur son dessin, l'ombre ressemblait à ce qu'on attendait d'une ombre ordinaire : ce n'était pas celle qu'elle avait sous les yeux à présent. Elle arracha la page du bloc puis la déchira en deux, et encore en deux. Elle se demandait si elle pourrait supporter de recommencer quand le téléphone retentit. C'était Sasha Wells.

— Joyeux Noël, fanfaronna-t-elle. J'ai des nouvelles pour vous.

Elles se donnèrent rendez-vous au Numéro 9, qui se trouvait être à deux pas de l'endroit où travaillait Sasha. En entrant dans le café, Frieda embrassa du regard les guirlandes argentées, les étoiles et les petites boules pendues ça et là dans la salle. Kerry l'accueillit et indiqua l'étalage en vitrine.

— Tu aimes notre Père Noël ?

— J'aimerais le voir cloué sur une croix, répliqua Frieda.

Kerry lui lança un regard choqué et désapprobateur.

— C'est destiné aux enfants, dit-elle. Et c'est Katya qui l'a fait.

Frieda commanda le café noir le plus fort qu'ils puissent produire. Quand Sasha arriva, Frieda songea combien elle avait changé par rapport à la jeune femme tremblante, craintive qu'elle avait rencontrée quelques semaines plus tôt. Certes, cela ne signifiait pas nécessairement qu'elle allait mieux, mais elle portait un tailleur, ses cheveux étaient tirés en arrière, et elle était vêtue de façon à pouvoir affronter le monde. À la vue de Frieda, elle se fendit d'un large sourire. Frieda se leva, la présenta à Kerry et commanda pour elle une tisane accompagnée d'un muffin. Elles s'attablèrent de concert. Le sourire de Sasha s'évanouit pour laisser place à une expression soucieuse.

— Depuis quand ne vous êtes-vous pas reposée ? demanda-t-elle.

— J'ai travaillé, répliqua Frieda. Bon, alors ?

Sasha mordit dans son muffin et but une gorgée de tisane d'un même élan, quasiment.

— Je meurs de faim, marmonna-t-elle, la bouche pleine, avant d'avaler. Bien, je tiens d'abord à souligner à quel point vous devriez m'être reconnaissante. Je travaille dans la génétique mais je ne fais pas d'analyses. Cependant, je connais quelqu'un qui connaît quelqu'un et, mieux que ça, je les ai arrachés à une réception de Noël et j'ai obtenu d'eux qu'ils les fassent pratiquement en trente secondes. Pour résumer : les analyses sont faites.

— Résultat ?

— Vous devez me dire : « merci ».

— Je vous suis très reconnaissante, Sasha.

— Il faut reconnaître que je vous dois beaucoup pour le coup de poing que vous avez administré à ce salopard, au risque de vous retrouver en prison pour la peine, mais bon. Même sans ça, ça a été pour moi un plaisir. Et au risque d'être extrêmement pénible, je dois commencer par émettre comme préambule que tout ceci est strictement officieux, et doit rester entre nous.

— Mais parfaitement.

— Et je vais également ajouter que je suis partagée entre le désir de savoir pourquoi vous voulez en savoir plus sur ce bout de mouchoir en papier, et le fait que je soupçonne qu'il vaut mieux pour moi que j'en sache aussi peu que possible.

— Je vous promets que c'est crucial, répondit Frieda. Et secret.

— En outre, vous êtes médecin, tout ça, et vous savez donc qu'il y a des problèmes de droit en jeu, des questions de vie privée, et que si ça doit être pris en compte dans la moindre procédure juridique, cela n'aura strictement aucune valeur légale.

— Ne vous en faites pas. Ce n'est pas un problème.

— Ce que je veux dire, c'est que je suis contente d'avoir de vos nouvelles, et je caressais l'espoir qu'on se retrouverait un jour pour boire un verre et papoter, mais j'espère vraiment que je ne vais pas soudain me retrouver sommée de faire une déclaration sous serment quelque part.

— Non. Je vous le promets.

— Alors pourquoi vouliez-vous ce génome mitochondrial ?

— Ce n'est pas évident ?

— Si, j'imagine, en un sens, mais c'est vraiment inhabituel.

Silence. Frieda sentit sa voix trembler et retint son souffle.

— Bon, et alors, ce résultat ?

L'expression de Sasha se fit soudain sérieuse.

— Positif.

— Ah.

Frieda expira longuement.

— Et voilà tout, commenta Sasha, qui l'étudiait de près.

— Qu'est-ce que ça veut dire ? Qu'est-ce ce que ça signifie réellement ? Les tests ADN ne font qu'indiquer des probabilités, non ?

Les traits de Sasha se détendirent.

— Pas dans ce cas-là. Vous êtes médecin, non ? Vous avez fait de la biologie. L'ADN de la mitochondrie se transmet intact de femme en femme. Ça colle, ou ça ne colle pas. Dans le cas d'espèces, ce sont les mêmes.

— C'est pour que je sois sûre.

— Je ne suis pas certaine de tenir à le savoir, mais d'où proviennent ces deux échantillons ?

— Vous avez raison, mieux vaut ne pas savoir. En tout cas, merci, merci infiniment de votre aide.

— Je ne vous ai pas aidée.

— Mais si, vous l'avez fait.

— C'est que je jouais à l'espionne, corrigea Sasha. Je veux dire, je n'ai pas conservé d'échantillons ou de documents. Je vous ai communiqué le résultat. C'est tout.

— Bien sûr, répliqua Frieda. C'est ce que j'avais promis depuis le début. J'avais juste besoin de savoir.

Sasha acheva de boire sa tisane.

— Et sinon, vous faites quoi pour Noël ?

— Les choses viennent de se compliquer un peu.

— C'est bien ce que je pensais.

Chapitre quarante-six

— Vous n'avez rien de mieux à faire le soir de Noël ?

Karlsson se trouvait à la porte de la salle d'interrogatoire. Il était las, avait les yeux irrités et mal à la gorge, comme s'il couvait quelque chose. Il était 20 heures. Enfin, le commissariat était pratiquement déserté et la moitié des pièces plongées dans l'obscurité.

— Pas dans l'immédiat, répondit Frieda.

— Vaudrait mieux que ça vaille le coup. J'allais rentrer chez moi.

À la vérité, il ne tenait nullement à rentrer chez lui dans son appartement vide à la veille de Noël. Il eut une pensée pour ses enfants, surexcités, en train de mettre une part de *mince pie* traditionnel de côté pour le Père Noël.

— A-t-elle dit quoi que ce soit ?

— Pas vraiment. Rien au sujet de Kathy.

Frieda entra dans la salle d'interrogatoire. Une jeune femme agent de police, qui se frotta furtivement les yeux, était assise dans un coin. Terry était avachie sur sa chaise, la figure marbrée et fatiguée sous ses cheveux au blond criard. Elle regarda Frieda avec indifférence.

— Je n'ai rien à vous dire. Il est mort. C'est de votre faute, à tous. Et vous avez le garçon. Qu'est-ce que vous voulez de plus ? J'ai identifié le corps. Ça ne vous suffit pas ? Foutez-moi la paix.

— Je ne suis pas ici pour parler de Dean.

— Je lui ai dit, reprit-elle en indiquant Karlsson d'un brusque mouvement de la tête, debout près de la porte, bras croisés. Je ne dirai rien de rien. Comme c'est écrit dans sa lettre, je n'ai rien fait de mal.

— Vous devez être heureuse que Matthew soit en vie, continua Frieda, baissant les yeux sur les ongles rongés de Terry, sa peau blanche et fatiguée.

Terry haussa les épaules.

— Ça a dû être pénible pour vous de le savoir prisonnier sous terre, sans pouvoir lui venir en aide.

Terry bâilla la bouche grande ouverte. Ses dents étaient tachées de nicotine. Derrière elle, Frieda entendit Karlsson remuer d'impatience.

— Ça vous aide de savoir que, d'une certaine manière, vous l'avez sauvé en retournant là-bas ?

— Allez, Frieda, coupa Karlsson en faisant un pas en avant et en parlant d'une voix sifflante mal contenue. On a déjà évoqué tout ça. Si elle ne peut pas nous aider pour Kathy, à quoi bon ?

Frieda l'ignora. Elle se pencha sur la table et plongea son regard dans les yeux bruns, éteints, de Terry.

— Un petit enfant, enlevé à ses proches et mis au secret. Matthew serait devenu Simon et aurait oublié sa première mère, son premier père, toutes les journées écoulées avant celle où on l'avait arraché à une première existence pour lui en faire vivre une autre. Pauvre petite chose. Pauvre petit. Que devient-on, après un déchirement aussi terrifiant ? Que fait-on de soi-même, quand on se retrouve à ce point perdu et changé ? Peut-être que c'est un peu comme d'être enterré vivant pour le restant de ces jours ici-bas. N'y a-t-il vraiment rien que vous souhaitiez me dire, Terry ? Dean est mort. Il ne peut plus rien. Vous n'avez plus que vous-même à présent, celle que vous avez dû enterrer. Non ? Vous n'avez rien à dire ? Très bien.

Frieda se leva. Elle toisa Terry quelques secondes.

— Je voulais vous préparer. Votre sœur est là, dehors, qui veut vous rencontrer.

Un instant, un silence lourd de tension flotta dans la petite pièce. Elle pouvait sentir le regard de tout un chacun fixé sur elle.

— C'est quoi, ce bordel ? rugit Karlsson.

— Terry ? l'encouragea doucement Frieda.

— De quoi vous parlez ?

— Je la fais entrer, d'accord ?

Le regard de Frieda était toujours posé sur Terry, mais l'expression de cette dernière n'avait pas changé. Elle se contentait de fixer Frieda, impassible. Frieda ouvrit la porte et parcourut d'un pas rapide le couloir jusqu'à la salle d'attente.

— Vous pouvez entrer maintenant, Rosie.

— On n'est pas dans un putain de spectacle du West End. Vous n'êtes pas le chef, ici.

Karlsson hurlait, arpentait la pièce en tout sens, s'époumonait. Il était blanc de rage.

— Qu'est-ce qui vous a pris de l'annoncer soudain comme ça, comme un prestidigitateur qui sortirait un lapin de son chapeau ?

— Je ne voulais pas qu'elle l'apprenne de la bouche d'un agent de police. Je voulais lui annoncer la nouvelle gentiment.

— Et là, vous l'avez fait, vous croyez ?

— Pourquoi êtes-vous tellement en colère ?

— Seigneur, je commence par où ? (Il s'arrêta soudain d'aller et venir comme un forcené et s'effondra sur une chaise. Il se frotta vigoureusement la figure.) Comment l'aviez-vous deviné ?

— Je n'en étais pas sûre, expliqua Frieda. Je n'arrêtais pas de repenser au fait qu'elle était rentrée chez elle, de réfléchir à ce que signifiait un foyer pour elle. Et au fait qu'ils n'avaient pas tué Matthew. Même Dean. Il ne l'a pas tué. Et puis, je l'ai vue en train de dormir.

— Dormir ?

— Je suis entrée dans la salle d'interrogatoire alors qu'elle s'était endormie. Sa figure reposait sur ses mains jointes. Rose m'a dit un jour que Joanna s'endormait exactement de cette façon, ses mains comme en prière, la tête par-dessus. Il y a des détails qu'on ne peut effacer – un certain sourire, par exemple, un petit geste, la façon de s'endormir. Du coup, je devais en avoir le cœur net, et j'ai fait faire un test. J'ai récupéré de l'ADN sur un mouchoir, ainsi que celui de Rose.

— Elle faisait tellement plus vieille que son âge. D'après les rares documents que nous avons trouvés chez eux, elle serait plus âgée, plus proche de l'âge de Dean.

— Elle était pauvre. Pauvre, et maltraitée toute sa vie.

— Vous allez me soutenir qu'elle est une victime.

— Oui, en effet.

— Elle est également coupable. Elle a aidé Dean à kidnapper Matthew, vous vous rappelez ?

— Je sais.

— Il serait mort. Elle l'aurait aidé à le tuer. Et où est Kathy Ripon ? Elle ne le dit pas.

— Je ne crois pas qu'elle le sache.

— Ah, vous ne croyez pas ? En vous basant sur quoi ? Vous le sentez, c'est ça ?

— Je le suppose. Et ça tiendrait plus ou moins la route. C'était un moyen de devenir mère.

— Et dire qu'elle était sous mon nez tout ce temps-là, constata Karlsson.

— C'est un triomphe, dit Frieda. Le fait d'avoir retrouvé un enfant perdu fait déjà de vous un héros.

Et voilà que vous en avez retrouvé deux. Matthew et Joanna.

— Ce n'est pas une enfant perdue.

— Oh que si. Et c'est elle qui me fait le plus pitié dans l'histoire.

Karlsson tressaillit comme s'il souffrait d'une migraine aveuglante.

— C'est vous. C'est vous qui les avez trouvés l'un et l'autre.

Frieda fit un pas en avant et posa sa main sur la joue de Karlsson. Il ferma les yeux un moment.

— Vous savez ce que j'aimerais ?

— Quoi ? répondit Karlsson, d'une voix douce. De la reconnaissance, de l'amour, comme nous tous ?

— Non, répondit Frieda. J'aimerais aller dormir. J'aimerais rentrer chez moi et dormir au moins mille ans, puis retourner à mes patients. Je ne veux pas d'une conférence de presse, ni expliquer comment j'ai été amenée à me servir d'un patient pour trouver un assassin. J'ai des sujets de réflexion à méditer, et je dois le faire seule. Je veux regagner discrètement mon antre. Vous avez trouvé Matthew. Vous pouvez faire un test ADN – légal, celui-ci – et démontrer que Terry est Joanna. Et Dean Reeve est mort.

Il y eut un silence. Puis elle ajouta :

— Mais si vous songez à poursuivre Joanna pour meurtre, à faire d'elle un bouc émissaire maintenant que Dean a mis fin à ses jours, je reconsidérerai ma position…

— Que dites-vous ?

— Voire simplement à la poursuivre pour complicité.

— Elle est coupable et vous le savez.

— Je sais que la foule vociférante là, dehors, rêve de voir couler son sang – et que, en tant que femme, elle sera traitée encore pire que si elle était un homme. Tout comme je sais qu'elle a été kidnappée alors qu'elle parlait à peine ; qu'on l'a violentée psychologiquement et qu'on lui a fait un lavage de cerveau, qu'elle ne peut donc pas être tenue pour responsable de ses actes, et que si vous envisagez de la faire poursuivre en justice pour ce qu'elle a fait en tant que victime d'un crime commis à son encontre pendant plus de deux décennies, vous me retrouverez au tribunal en tant qu'expert, témoin de la défense.

— Ne la tenez-vous pas pour responsable de ce qu'elle a fait ?

— Essayez seulement, répliqua Frieda.

Karlsson consulta sa montre.

— Bon, ben puisque c'est Noël...

— En effet.

Frieda se leva.

— Je vais vous faire reconduire.

— Je préférerais marcher.

— On est au beau milieu de la nuit et vous habitez à des kilomètres.

— Ça me va.

— Et ça gèle, dehors.

— Ça me va aussi.

Ça lui allait même mieux que ça : c'était parfait. Frieda avait envie de se retrouver seule dans la nuit et le froid glacial de la ville qu'elle aimait, elle avait envie de marcher jusqu'à en épuiser son corps et son esprit. Sa petite maison douillette lui faisait l'effet d'un but lointain, d'un endroit qu'elle devait rallier au prix d'un gigantesque effort.

En faisant entrer Rose dans la salle pour qu'elle y rencontre sa sœur, Frieda avait tenu le bras de la jeune femme et senti le violent tremblement qui s'était emparé de toute sa personne. Rose avait à peine franchi le seuil et contemplé avec une intensité effrayante, apeurée, la silhouette qui se trouvait assise devant elle.

Vingt-deux ans plus tôt, sa maigrichonne brunette de petite sœur, à la dent ébréchée, avait lambiné derrière elle sur le trajet du retour et soudain disparu, comme engloutie par les fentes du trottoir. Elle avait hanté Rose. Son étroit visage pâle, sa voix d'enfant zézéyante, implorante, l'appelant par son nom, avait pénétré ses rêves. Elle avait tenté se la figurer telle qu'elle serait à chaque étape de sa vie par la suite – à dix ans, adolescente, jeune adulte. Des images de synthèse lui avaient montré ce que Joanna aurait dû devenir. Elle l'avait cherchée du regard dans les rues, l'avait entraperçue dans la foule, avait été convaincue de sa mort, n'avait jamais pu l'oublier.

Combien de fois Rose avait-elle imaginé ces retrouvailles ? Qu'elles suffoqueraient, feraient quelques pas hésitants l'une vers l'autre, plongeraient leur regard dans celui de l'autre, s'étreindraient de toutes leurs forces ; les mots se déverseraient, d'amour et de réconfort. Et voici que s'offrait à sa vue une femme d'âge moyen, en surpoids, une fausse blonde, affichant un air d'indifférence apathique, voire même méprisant, comme si elle était une étrangère.

Frieda voyait bien l'incrédulité de Rose, suivie de la brusque prise de conscience, terrifiée, qu'il s'agissait bel et bien de Joanna. À quoi, voyons ? Peut-être aux yeux, à la courbe du menton, à un mouvement de la tête.

— Jo-Jo ? tenta-t-elle d'une voix tremblante.

Mais Terry – Joanna – resta sans réaction.

— Joanna, c'est bien toi ? C'est moi.

— Je ne pige pas de quoi vous parlez.

— C'est moi, Rose. Rosie, reprit-elle dans un sanglot. Tu ne me reconnais pas ?

On aurait dit qu'elle doutait elle-même de son identité.

— Je m'appelle Terry.

Rose frémissait de détresse. Elle se tourna un bref instant vers Frieda, puis de nouveau vers sa sœur.

— Tu es ma sœur. Ton vrai nom est Joanna. On t'a kidnappée quand tu étais enfant. Tu ne te souviens pas ? On t'a cherchée, partout, partout. Tu te rappelles forcément. Mais on t'a retrouvée, maintenant.

Joanna leva les yeux vers Frieda.

— Je suis obligée d'écouter ces conneries ?

— On a tout le temps, répondit Frieda, tant à Rose qu'à Joanna.

Ni l'une ni l'autre ne sembla l'entendre.

Frieda longea le petit parc, calme et blanc au clair de lune. Puis l'église, coincée à la fourche de deux rues, avec ses pierres tombales blotties les unes contre les autres. Elle passa sous les platanes, noueux et dénudés. Sous les guirlandes de Noël, éclairant des rues vides. Devant des cabines téléphoniques défoncées. Une poubelle renversée sur son flanc, laissant échapper son contenu visqueux sur les flocons de neige épars et immaculés. Des grilles rouillées. Des portes condamnées. Des voitures soigneusement alignées. Des immeubles de bureaux vides, avec tous leurs ordinateurs et téléphones éteints pour les vacances. Les magasins avec leurs rideaux métalliques couverts de graffitis. Les maisons aux fenêtres aveugles derrière lesquelles des gens dormaient, ronflaient, marmottaient, rêvaient.

Un feu d'artifice explosa à l'horizon et retomba dans le ciel en une gerbe de couleurs. Un véhicule de police la doubla, puis un camion avec son chauffeur surélevé dans sa cabine, un ivrogne remontant la rue en louvoyant, le regard fixé sur une cible distante, sans la voir. Matthew était vivant. Joanna était vivante. Kathy Ripon manquait encore à l'appel et devait être morte. Dean Reeve n'était plus. Il était 4 h 30 au matin du jour de Noël et Frieda n'avait pas acheté son sapin. Chloë serait fâchée.

Chapitre quarante-sept

— Je te l'ai acheté il y a des semaines, déjà, dit la mère de Matthew. (Elle rangea un gros camion de pompier, dans sa boîte, près du lit de Matthew.) C'est celui que tu as vu dans la boutique, il y a bien longtemps. Tu te souviens ? Tu as pleuré quand je t'ai dit que tu ne pouvais pas l'avoir, mais j'y suis retournée et je te l'ai pris.

— Je ne pense pas qu'il le voie vraiment, suggéra timidement le père de Matthew.

— Je savais que tu reviendrais. Je voulais être prête pour toi.

Le petit garçon ouvrit les yeux, le regard fixe. Elle n'aurait su dire s'il pouvait la voir, ou s'il regardait au-delà, autre chose.

— C'est Noël. Le Père Noël est venu. On verra ce qu'il t'apporte tout à l'heure. Je t'ai dit qu'il n'oublierait pas. Il sait toujours où se trouvent les enfants. Il savait que tu étais à l'hôpital. Il est venu tout spécialement.

La voix s'éleva, aiguë et fluette :

— Mais est-ce que j'ai été sage ?

— Sage ? Oh. On ne fait pas mieux.

Matthew referma les yeux. Ses parents restèrent assis de part et d'autre en tenant ses mains bandées.

Richard Vine et Rose étaient installés ensemble dans sa petite pièce surchauffée, qui sentait également le renfermé. Ils avalaient un brunch et ouvraient les présents qu'ils s'étaient faits l'un à l'autre – une robe de chambre pour lui, et pour elle une bouteille de parfum, le même qu'il lui offrait à chaque Noël. Elle n'avait jamais trouvé le courage de lui dire qu'elle ne l'aimait pas et qu'elle ne s'en mettait jamais. Plus tard, elle se rendrait chez sa mère et son beau-père pour le souper de Noël – dinde avec la garniture de rigueur, bien qu'elle soit végétarienne depuis l'âge de treize ans, de sorte qu'elle s'accommoderait de la seule garniture. Voilà quel avait été l'arrangement convenu depuis toujours après le départ de leur père et la disparition de Joanna.

Elle embrassa son père sur sa joue mal rasée, qui sentait le tabac, un relent douceâtre d'alcool et la sueur, en réfrénant un mouvement de recul. Elle savait qu'une fois qu'elle l'aurait quitté, il s'assiérait devant sa télé et s'abrutirait dans l'alcool. Et sa mère, qui avait si résolument refait sa vie sans Joanna, refusant de mener une vie misérable, en suspens, et d'attendre la fille dont elle était convaincue qu'elle était morte, que dirait-elle, que ferait-elle ? Rose était pertinemment consciente qu'au terme de ce morne rituel familial attendaient les clameurs de l'attention que leur porterait la presse, une curiosité frénétique et un ordre des choses complètement bouleversé.

— Merci, dit-elle. (Elle tapota quelques gouttes de parfum sur ses poignets.) Délicieux, papa.

Autour d'elle, des photos de Joanna, partout. Il ne les avait jamais rangées, pas plus qu'éliminées. Certaines étaient désormais passées, d'autres glissaient à l'intérieur de leur cadre. Rose les étudia, bien qu'elles lui soient tellement familières – le grand sourire anxieux, la frange brune, les genoux osseux. La petite fille timide, réclamant l'attention, qui s'était à ce point logée dans le souvenir de son père, y avait pris une telle place qu'elle l'avait empêché de jamais retrouver une vie normale. Elle ouvrit la bouche pour prendre la parole, sans savoir vraiment comment s'y prendre.

— Papa, commença-t-elle. J'ai quelque chose à te dire avant que tu l'apprennes par quelqu'un d'autre. Prépare-toi.

Elle prit une profonde inspiration et posa sa main sur la sienne.

Tanner servit deux verres de whisky. Ses mains tremblaient, constata Karlsson, des mains d'homme âgé, parsemées de taches brunes de vieillesse.

— Je voulais vous l'apprendre moi-même, dit-il, avant que les journaux ne s'emparent de la nouvelle.

Tanner lui tendit l'un des verres.

— Joyeux Noël, ajouta Karlsson.

Tanner secoua la tête.

— On ne peut pas dire qu'on fêtera franchement Noël, cette année. C'est ma femme qui s'occupait de tout ça. On va rester au lit à regarder la télé. (Il leva son verre.) À votre succès.

Ils trinquèrent et burent chacun une gorgée.

— Un demi-succès, corrigea Karlsson. Une femme est toujours portée disparue. Elle ne rentrera jamais chez elle.

— Je suis désolé.

— La presse n'en aura cure, pourtant. C'est une adulte, après tout. Je sais déjà ce que donneront les gros titres : « Le meilleur cadeau de Noël de tous les temps ». Une conférence de presse va avoir lieu. J'aimerais beaucoup que vous y soyez présent.

— C'est votre grand moment, répondit Tanner. Vous l'avez mérité. Vous avez retrouvé deux enfants disparus, et vivants. C'est plus que ce qu'accomplissent la plupart des flics en une existence. Comment diable avez-vous réussi un coup pareil ?

— C'est un peu difficile à expliquer. (Karlsson se tut un instant comme s'il lui restait encore à mettre de l'ordre dans ses pensées.) J'ai rencontré une psychiatre, celle que fréquentait le frère de Reeve. Son frère jumeau. Elle a appris à connaître comment fonctionnait ce type, des trucs sur ses rêves, et c'est ce qui l'a plus ou moins mise sur la piste. D'une certaine façon.

Les yeux de Tanner se rétrécirent, comme s'il pensait qu'on le faisait marcher.

— Ses rêves... répéta-t-il. Et vous comptez mentionner tout ça à la conférence de presse ?

Karlsson but une gorgée de son whisky et le garda en bouche un moment, jusqu'à ce qu'il lui pique les gencives et la langue. Puis il l'avala.

— Mon patron ne s'est pas montré particulièrement réceptif à cet aspect de l'enquête, convint-il. On se contentera de mettre l'accent sur l'efficacité de mon équipe, je pense, la coopération d'autres services, la réactivité du public et des médias, et les leçons que cela nous enseigne à tous sur le fait de rester vigilant. Vous voyez. Ce qu'on dit d'habitude en pareil cas.

— Et la psychiatre, qu'est-ce qu'elle en dit ?

Un sourire s'épanouit lentement sur les traits de Karlsson.

— Elle donne pas mal de fil à retordre, dit-il. Pas du genre à s'en laisser conter. Mais elle ne veut pas de l'attention.

— Vous voulez dire : les honneurs.

— Si vous voulez.

Tanner indiqua la bouteille de whisky.

— Je ferais mieux d'y aller, dit Karlsson.

— Un truc encore, insista Tanner. Pourquoi ne s'est-elle pas enfuie ?

— Pour fuir quoi ? répliqua Karlsson. Elle ne connaissait rien d'autre. C'était là qu'elle était chez elle. J'ai comme le sentiment que ça l'est toujours, en un sens. On est tous censés s'en réjouir, mais je ne suis pas sûr qu'on l'ait vraiment récupérée.

Sur le pas de la porte, Tanner s'apprêtait à dire quelque chose qui ressemblait à « merci » quand il fut interrompu par des coups sourds frappés à l'étage.

— Elle a une canne, expliqua-t-il. C'est comme ces sonnettes avec lesquelles on appelle le majordome.

Karlsson referma soigneusement la porte derrière lui.

— Ça, on appelle *holubsti* chez moi, expliqua Josef. En Ukraine. Et ça, poisson mariné, qu'on doit prendre sous la glace mais que j'ai trouvé dans un magasin, pas assez de temps. (Il lança à Frieda un regard lourd de reproches.) Là, j'ai des *pyrogi*, à la pomme de terre, au chou et d'autres aux pruneaux.

— Incroyable !

Olivia semblait avoir la gueule de bois, et un peu hébétée. Elle portait une robe de soie violette qui scintillait à la lueur des bougies, lui donnant un air voluptueux, à l'instar d'une vedette de film des années 1950. À côté d'elle était assise Paz, vêtue pour sa part d'une robe rose très courte, avec des nœuds dans les cheveux qui auraient eu l'air ridicules sur n'importe qui d'autre, mais qui ne faisaient que la rendre plus pulpeuse que jamais.

— Mon ami et propriétaire Reuben a fait pour vous ce *pampushky*.

Reuben leva son verre de vodka et fit un geste de salutation mal assuré.

— Et par-dessus tout, nous avons le *kutya*, avec blé, miel, graines de pavot et noix. Essentiel. Avec ça, on peut dire « Joie, Terre, Joie ». (Il se tut un instant.) « Joie, Terre, Joie », répéta-t-il.

— « Joie, Terre, Joie » reprit Chloë, d'une voix forte et claire.

Elle était rayonnante. Elle se rapprocha un peu de Josef, qui lui répondit par un sourire extatique encourageant. Elle pouffa de rire et sourit à son tour d'un air affecté, sur quoi Frieda lança un regard à Olivia, laquelle ne prêtait aucune attention au comportement de sa fille, manifestement raide dingue de l'hôte ukrainien. Elle piquait de sa fourchette les boulettes et autres pâtisseries empilées sur des assiettes partout sur la table.

— Mais combien de temps cela vous a-t-il pris, mon Dieu ?

— Des heures, jamais arrêté. Parce que Frieda est mon amie.

— Ton amie Frieda n'a pas acheté de sapin. Ni de *crackers*, se plaignit Chloë.

— Frieda est là, tu sais, et Frieda avait beaucoup de choses à faire, rétorqua cette dernière.

Elle se sentait écroulée de fatigue, et observait la scène comme à distance. Elle se demanda ce que faisaient les parents de Kathy Ripon à l'instant même. Ce Noël marquait pour eux leur nouvelle vie, sans leur fille. Le premier d'une longue suite de journées arides et désolées.

— Je peux vous raconter une blague, pas besoin de *crackers*, proposa Reuben en lorgnant Paz, qui l'ignora. Combien de surréalistes faut-il pour changer une ampoule ? Un poisson au pneu brûlé, et trois girafes mauves... Non ? Bon, tant pis.

— On porte un toast, déclama Josef, qui avait apparemment endossé le rôle d'hôte sous le toit de Frieda.

— Que tous les maris infidèles aillent se faire foutre, lança Olivia en vidant sa vodka d'un trait, tout en s'en renversant partout.

— Ne soyez pas trop dure envers les maris dévoyés, plaida Reuben. Ce ne sont que des hommes, des hommes faibles et idiots.

— Aux errances loin de chez soi, déclara Josef.

— C'est un toast, ça ? s'enquit Paz. Je veux bien boire à ça.

Ce qu'elle fit, avec vigueur.

— Pauvre Josef, compatit Chloë.

— C'est délicieux, Josef. Est-ce que je suis censée manger le sucré et le salé ensemble comme je le fais ? demanda Olivia.

— Vous êtes bien silencieuse, constata Reuben, qui s'adressait à Frieda.

— Oui. Parler me semble au-dessus de mes forces.

— Vous est-il venu à l'idée que chacun d'entre nous ici pense à quelqu'un ?

— Vous avez sans doute raison.

— On fait une belle collection de laissés-pour-compte et d'inadaptés.

Frieda embrassa du regard la tablée, éclairée à la bougie. Paz, toute mignonne et sensuelle avec ses rubans ridicules ; Josef, avec sa tignasse indomptée et ses yeux sombres et tristes ; Chloë, ses joues en feu et ses bras scarifiés ; Olivia, à l'ivresse et à la sensualité débridées, parlant à tort et à travers ; et Reuben, bien sûr, évoquant sa propre chute avec ironie, un dandy ce soir dans son magnifique gilet brodé. Chacun parlait plus fort que son voisin : nul n'écoutait.

— Il y a pire, conclut-elle en levant son verre.

C'était le maximum dont elle soit capable en matière de toast pour leur souhaiter la bienvenue chez elle.

Il s'écarta d'elle en roulant sur le côté et Carrie resta allongée dans le noir, haletante. Elle sentait l'humidité entre ses jambes se répandre sur le drap. Elle bougea un peu pour s'en éloigner. Elle percevait son poids à côté d'elle. Elle patienta un moment. Elle avait quelque chose à dire mais devait attendre une minute ou deux. Juste avant qu'il s'endorme. Elle compta jusqu'à cinquante avant de prendre la parole.

— C'était merveilleux, commença-t-elle.

— Ouais, pas mal, hein ?

— Le meilleur Noël de ma vie. Ça faisait si longtemps, Alan, qu'on n'avait fait l'amour comme ça. J'ai cru par moments qu'on ne le referait plus jamais. Mais là ! (Elle lâcha un rire étouffé, semblable au roucoulement d'un pigeon.) C'était formidable.

— Je rattrape le temps perdu.

Il posa sa main sur sa cuisse nue. Elle se tourna pour lui offrir un sourire rêveur, laissant courir ses mains sur son dos.

— Il faut que je te dise quelque chose.

— Vas-y.

— Ne le prends pas mal. Je sais ce que tu as traversé. Je sais à quel point ça a été affreux, et déstabilisant, à tant d'égards. J'ai tenté de t'aider et de te soutenir autant que possible, et je n'ai jamais, pas même une minute, cessé de t'aimer – même s'il m'est arrivé d'avoir envie de te secouer et de t'engueuler. Mais c'est du passé, maintenant, et on va pouvoir reprendre nos vies là où on les avait laissées, hein, Alan, tu m'entends ? On l'a tous les deux mérité. On a gagné le droit d'être heureux. On va envisager l'adoption, parce que j'ai envie d'un enfant, je le sais, tout comme je sais que tu ferais un père formidable. Je sais ce que tu disais auparavant sur le besoin que tu avais d'avoir ton propre enfant, mais peut-être que ça a changé, après tout ce que tu as traversé. Ce qui compte, c'est qu'on aimera cet enfant et qu'il nous aimera.

Elle se tut un instant, tout en caressant ses épais cheveux gris.

— Et puis il faudra bien, à un moment donné, que tu recommences à revoir des gens. Ça fait des siècles qu'on n'a vu personne. Je ne me rappelle même plus quand on a reçu à la maison pour la dernière fois. Je comprends bien que tu puisses avoir envie de rester seul quelques jours, maintenant que le cauchemar est terminé, mais ça ne peut pas durer éternellement. Il faudra bien que tu te remettes vraiment au travail. Tu dois te confronter au monde à nouveau. Je veux dire, tu pourrais revoir le docteur Klein, si nécessaire. (Elle se tut une fois de plus.) Alan. Alan ? Tu dors ?

Dean Reeve marmonna quelque chose pour faire croire qu'il dormait à moitié et qu'il ne l'avait pas entendue. Et si elle soupçonnait bien qu'il faisait mine de dormir pour éviter une conversation embarrassante, eh bien, cela lui allait aussi bien. Il ne pouvait espérer faire durer la situation au-delà de quelques jours, de toute façon. Même en l'état, cela avait marché bien mieux qu'il ne l'avait espéré : pas une seconde elle n'avait douté de lui. Et quel empressement ! Elle avait une nature assez passionnée, il n'en revenait pas. Mais ce n'étaient pour lui que de petites vacances. Il s'en irait et nul ne saurait jamais pourquoi. Appelez-ça comme vous voudrez : crise de la quarantaine, traumatisme des événements, des chemins qui divergent, une soudaine prise de conscience – ce qui importait était qu'il était libre et qu'il pouvait recommencer. Il se tourna, comme endormi, ou à moitié endormi, ou feignant le sommeil, et l'entoura de son bras, tâtant son sein, humide de sueur. Il songea à la pauvre Terry. Mais bon, il aurait eu le meilleur de ce qu'elle avait à offrir. Et elle s'en sortirait, probablement, si elle disait ce que les gens voulaient entendre. Et puis il y avait l'autre fille, celle qu'ils n'avaient pas trouvée, qu'ils ne trouveraient plus jamais à présent, sous les pavés de Londres, rien à dire, et même si elle pouvait s'exprimer de l'au-delà, ça ne l'atteindrait pas. Rien ne pouvait plus l'atteindre. Même pas cette Frieda Klein, dont il avait un jour senti les doigts fins contre les siens, et dont les yeux sombres et froids avaient un jour plongé dans les siens, jusqu'en son for intérieur, elle n'avait plus aucune emprise sur lui désormais. Il était un homme neuf et pouvait aller à sa guise, être celui qu'il voulait. Peu de gens sur cette terre se voyaient accorder un tel droit et une pareille liberté. Il sourit, niché dans l'épaule tendre de Carrie, sourit dans la nuit de velours, et se sentit sombrer lentement dans un rêve obscur, tout de tiédeur et de sécurité.

Chapitre quarante-huit

La veille du réveillon de nouvel an, par un jour glacial, sans vent, qui avait recouvert de givre les pare-brise et les toits, Frieda s'éveilla encore plus tôt qu'à l'accoutumée. Elle resta allongée dans le noir un long moment avant de se lever, de s'habiller, de descendre se préparer une théière entière de thé, qu'elle but debout près de la porte donnant sur le petit patio où tout était figé par le givre. Dans quatre jours, elle reprendrait le travail. Une nouvelle année : elle se refusait à prendre de nouvelles résolutions. Elle ne voulait pas renoncer à quoi que ce soit de plus.

Cela faisait des jours, maintenant, alors que les journaux et les chaînes de télévision célébraient le retour de Matthew Faraday, qu'elle se consumait à la pensée de Kathy Ripon, celle qu'ils n'avaient pu sauver, celle dont elle était responsable. Nuit après nuit, elle avait rêvé d'elle, et se réveillait avec l'image de la jeune femme dans la tête. Elle avait eu un visage agréable, malin et rempli d'autodérision. On l'avait envoyée involontairement à son destin, quand elle avait franchi le seuil de la maison de Dean Reeve, et qu'elle s'était retrouvée littéralement aspirée à l'intérieur comme dans un trou noir. Quel avait été son sort ? Quel effet cela lui avait-il fait de comprendre que c'était fichu et que personne ne viendrait la délivrer ? Cette seule idée rendait Frieda malade mais elle s'obligeait à y penser, sans cesse, sans fin, comme si, ce faisant, elle pouvait soulager un peu de la peine et de la peur de Kathy Ripon. Deux enfants disparus avaient été retrouvés, mais on ne peut troquer une vie contre l'autre. Elles sont trop précieuses pour cela. Frieda savait qu'elle ne se pardonnerait jamais, comme elle savait que l'histoire ne serait pas terminée tant qu'on n'aurait pas retrouvé le corps de Kathy et que ses parents pourraient enfin débuter le long processus de leur deuil. Elle n'ignorait pas non plus que s'il n'avait pas encore été retrouvé, il ne le serait sans doute jamais.

Enfin, se détournant de son poste à la fenêtre, elle se décida puis agit prestement, enfila son long manteau chaud et ses gants, quitta la maison d'un pas précipité, prit le métro jusqu'à Paddington pour attraper ensuite le train. Il était quasiment vide, à l'exception de quelques passagers avec des valises. Elle ne tenait pas à s'appesantir sur ce qu'elle s'apprêtait à faire. À la vérité, elle ne savait pas vraiment ce qu'elle s'apprêtait à faire.

Le Terminal 3 de Heathrow était bondé. Il l'est toujours. En pleine nuit, un jour de Noël, en février quand les jours sont les plus gris et en juin quand ils sont frais et verts, que l'époque soit à l'abondance ou à la récession, en temps de deuil ou de réjouissance, les gens vont toujours quelque part. Des queues serpentaient depuis les bureaux d'enregistrement : des familles aux trop nombreux bagages, des petits enfants aux joues fiévreuses assis, l'air abattu, sur des valises énormes, des célibataires arborant une mine dégagée et tranquille. Une toute petite femme noire poussait lentement au sol un engin de nettoyage, les yeux fixés sur sa tâche comme si elle ne remarquait pas les foules grouillantes, les hommes contrariés aux gros ventres qui tiraient sur leurs chemises.

Frieda examina le tableau des départs. Le vol partait dans deux heures et demie. L'enregistrement n'avait pas encore commencé, même si une queue se formait déjà. Elle se rendit au kiosque vendant du café et des pâtisseries, s'acheta une barquette de porridge, épais et crémeux, puis alla s'asseoir sur un banc moelleux d'où elle avait une bonne vue.

Sandy était en retard. Elle n'avait jamais voyagé avec lui, mais l'imaginait être du genre à se pointer toujours à la dernière minute, sans émoi. Pour quelqu'un qui quittait le pays pour une durée indéterminée, il n'avait pas beaucoup de bagages – à moins qu'il n'ait déjà fait envoyer toutes ses affaires par bateau ; tous ses beaux vêtements, ses manuels médicaux, ses poêles à fond épais, ses raquettes de tennis et de squash, ses tableaux accrochés autrefois aux murs. Il s'approcha du comptoir d'enregistrement avec deux modestes sacs et son ordinateur portable accroché à l'épaule. Il portait un jean noir et une veste qu'elle ne se rappelait pas avoir vue auparavant. Peut-être l'avait-il achetée tout spécialement pour ce voyage. Il n'était pas rasé, son visage était plus mince que la dernière fois qu'ils s'étaient vus. Il semblait fatigué et préoccupé, ce qui lui serra le cœur. Elle faillit se lever, puis se rassit, l'observant en train de remettre son passeport. Elle le vit parler, hocher courtoisement la tête, placer ses sacs sur le tapis qui les emporta.

Elle avait imaginé cet instant et se l'était répété bien des fois. De quelle manière elle porterait une main sur son épaule et comment lui ferait demi-tour. De quelle façon, en la découvrant là, son visage s'illuminerait de joie et de soulagement. Ils ne souriraient pas : certains sentiments sont trop forts pour le sourire. Pourtant, quand il s'éloigna du comptoir, elle ne bougea toujours pas. Il s'immobilisa un instant, ne sachant pas où aller apparemment, puis redressa les épaules, adopta une expression résolue et se dirigea d'un pas rapide vers la zone des départs – à longues enjambées, comme s'il avait soudain hâte d'être parti d'ici. Elle ne voyait maintenant plus que son dos. Et voilà qu'il disparaissait dans la foule des passagers se pressant pour franchir les portes donnant sur l'énorme hall à l'éclairage criard au-delà. Frieda sut que si elle ne bougeait pas, elle le perdrait pour de bon – qu'il aurait pénétré dans son nouveau monde sans elle. Ce serait fini.

Elle se leva. Un curieux sentiment se formait dans sa poitrine, de profonde tristesse et de ferme résolution. Elle comprit que sa place était ici – dans ce pays froid, venteux, surpeuplé, tempéré ; dans cette ville grouillante de monde, sale, bruyante, animée ; dans cette petite maison aménagée dans une ancienne écurie, au fond d'une ruelle pavée dont elle avait fait son refuge ; dans le seul endroit au monde où elle se sentait presque à sa place. Elle fit demi-tour et prit le chemin de chez elle.

Remerciements

Ceci est le premier volume d'une série, et pour nous, le début d'un nouveau voyage. Nous aimerions remercier Michael Morris, le docteur Julian Stern et le docteur Cleo Van Velsen pour leur aide et leurs conseils généreux. Ils ne sauraient être tenus pour responsables de l'interprétation que nous avons faite de ces apports.

Tom Weldon et Mari Evans ont été une source de soutien et de loyauté depuis plus d'années qu'aucun d'entre nous ne tient sans doute à se rappeler : nous leur devons beaucoup, comme à la dynamique équipe de Penguin, et ils ont toute notre gratitude.

Nous sommes constamment reconnaissants pour le soin et le soutien sans faille de nos agents, Sarah Ballard et Simon Trewin, ainsi qu'à St John Donald et tout le monde chez United Agents. Sam Edenborough et Nicki Kennedy de ILA nous ont prodigué protection et attentions tout au long de nos années d'écriture commune.

Remerciements chaleureux à notre relectrice-correctrice, Hazel Orme, qui veut bien porter sur nous son regard bienveillant, attentif et soigneux, non seulement avec cet ouvrage, mais depuis tant d'années et de publications.

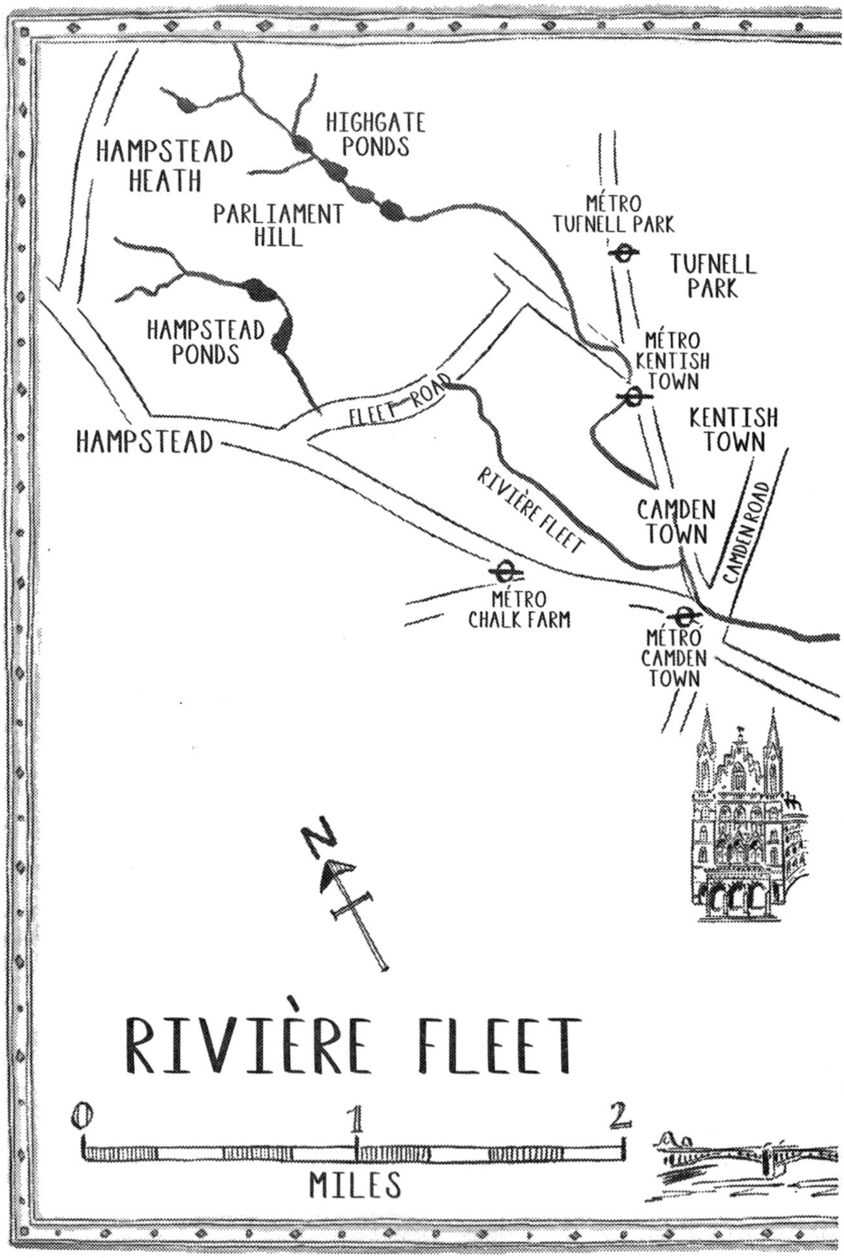
HIGHGATE PONDS
HAMPSTEAD HEATH
PARLIAMENT HILL
MÉTRO TUFNELL PARK
TUFNELL PARK
HAMPSTEAD PONDS
MÉTRO KENTISH TOWN
KENTISH TOWN
FLEET ROAD
HAMPSTEAD
RIVIÈRE FLEET
CAMDEN TOWN
CAMDEN ROAD
MÉTRO CHALK FARM
MÉTRO CAMDEN TOWN
N
RIVIÈRE FLEET
0
1
2
MILES

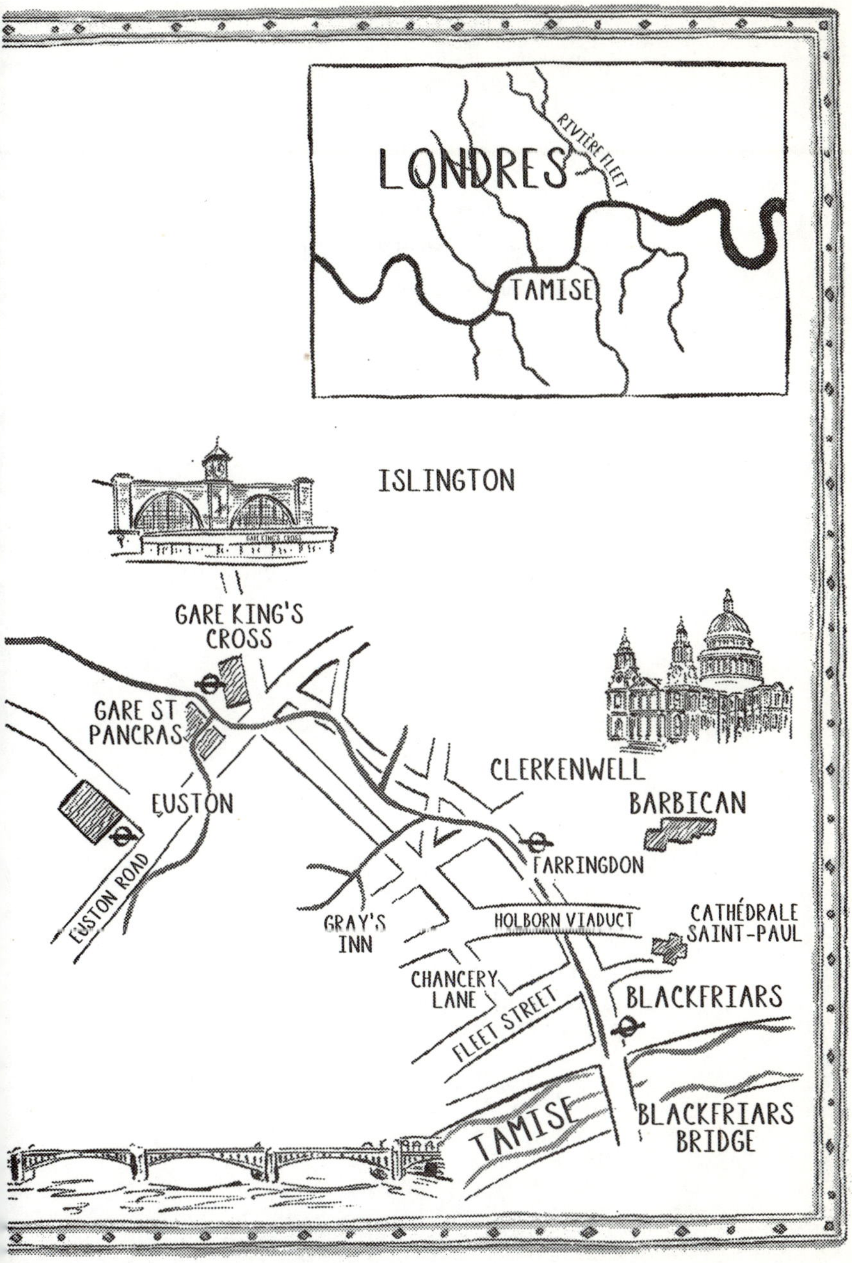
LONDRES
RIVIÈRE FLEET
TAMISE
ISLINGTON
GARE KING'S CROSS
GARE KING'S CROSS
GARE ST PANCRAS
EUSTON
EUSTON ROAD
CLERKENWELL
BARBICAN
FARRINGDON
GRAY'S INN
HOLBORN VIADUCT
CATHÉDRALE SAINT-PAUL
CHANCERY LANE
FLEET STREET
BLACKFRIARS
TAMISE
BLACKFRIARS BRIDGE

Composé par Nord Compo Multimédia
7, rue de Fives, 59650 Villeneuve-d'Ascq

Imprimé en France par

CPI
BRODARD & TAUPIN

à La Flèche en avril 2012
N° d'impression : 68360

FLEUVE NOIR
12, avenue d'Italie
75627 Paris Cedex 13

Dépôt légal : avril 2012